Perry Rhodan

CLASSICS

Die besten Gucky-Geschichten Teil II

von Clark Darlton

BUCH UND ZEIT
BZ

ISBN 3-8166-1830-8

Printed in Germany

Perry Rhodan Classics
Die besten Gucky-Geschichten
Teil II
von Clark Darlton

Vorwort

Walter Ernsting, der unter dem Pseudonym Clark Darlton zu einem der erfolgreichsten Science-Fiction-Autoren im deutschsprachigen Raum wurde, bezeichnet Gucky heute noch als seine »beste Erfindung«. Mit der Figur des kleinen Außerirdischen, der seit 1961 zum Kreis der beliebtesten Hauptfiguren der PERRY RHODAN-Serie gehört, hat sich Clark Darlton ins Herz von Lesern aller Generationen geschrieben. Grund genug, einen zweiten Band der PERRY RHODAN-Classics mit besonders schönen Gucky-Geschichten herauszugeben.

Der kleine Kerl sieht schon so aus, als müsse man ihn gleich knuddeln oder kraulen: stets ein fröhliches Grinsen im pelzigen Gesicht, meist den einzigen Nagezahn als Symbol der Freude gezeigt, immer zu Späßen aufgelegt. Gucky wurde in der PERRY RHODAN-Serie aber nicht nur wegen seines Aussehens und seines Humors so berühmt. In den Romanen Clark Darltons zeigte er sich vor allem von seiner Seite als Multimutant.

Gucky ist nämlich ein besonders fähiger Telepath, das heißt, er kann die Gedanken anderer Menschen oder außerirdischer Intelligenzen lesen. Gerne »schnüffelt« er auch in den Gedanken seiner Freunde, um deren Geheimnisse zu erfahren und diese für freche Streiche ausnutzen zu können.

Der Mausbiber ist darüber hinaus Telekinet, kann also mit seiner Gedankenkraft Gegenstände bewegen. Wer sich seinen Späßen widersetzt, muß damit rechnen, daß ihn der Kleine »fliegen« läßt, ihn also telekinetisch in die Luft hebt und über den anderen zum Kreisen bringt.

Guckys bedeutendste Gabe ist aber wohl die der Teleportation. Der Mausbiber muß sich nur stark auf einen anderen Ort konzentrieren – wobei dieser natürlich nicht in unendlicher Entfernung liegen darf –, um in Nullzeit dortzusein.

Leider ist Gucky nicht immer mit Feuereifer bei seinen Einsätzen dabei, auch wenn er sich immer wieder gerne als »Retter des Universums« feiern läßt. Daneben hat Gucky eine Reihe von Lastern. Mohrrüben lassen ihn manchmal jegliche Vorsicht vergessen, guten Genüssen ist er nie abgeneigt, und gerne läßt er sich stundenlang im Nacken kraulen, vergißt dabei die Welt um sich herum.

Längst ist der Kleine mehr als »nur« eine Romanfigur. Es gibt Hörspiel-Kassetten mit seinen Abenteuern, an denen sich vor allem Kinder erfreuen, und es gibt eine hübsche Plüschfigur, die schon längst die Couch zahlreicher PERRY RHODAN- und Gucky-Fans ziert. Gucky-

Erfinder Clark Darlton, der in Salzburg in Sichtweite der Alpen wohnt, hat »seinen« Gucky auch stets im Blickfeld.

In diesem Sammelband finden sich erneut drei schöne Gucky-Geschichten. »Die Insel der Verbannten« erschien bereits als PERRY RHODAN-Taschenbuch 233, während »Männer für Lacertae« als PERRY RHODAN-Taschenbuch 64 publiziert wurde. Die Geschichte »Krumme Geschäfte« entstammt letztlich dem PERRY RHODAN-Jubiläumsband 6.

Wie sehr das kleine, überaus intelligente Pelzwesen mit seinem augenzwinkernden Humor die Leser über Jahrzehnte hinweg fasziniert, zeigen diese drei Geschichten ganz besonders. Deshalb kann ich Ihnen schon jetzt viel Vergnügen bei der Lektüre wünschen.

Klaus N. Frick

Die Insel der Verbannten

Anfang des dritten Jahrtausends waren es in erster Linie die Einheiten der Solaren Explorerflotte, die Terraner zu unbekannten und noch nicht erforschten Welten brachten. Und es waren auch die Explorer, die den ersten Kontakt zu fremden Zivilisationen fanden. Diese Kontakte mußten vorsichtig und behutsam geknüpft werden, wenn sie friedlich verlaufen sollten. Bisherige Erfahrungen hatten gezeigt, daß Fremde auch meist fremd dachten und somit oft anders handelten, als man erwartete. Es kam aber auch vor, daß eine gewisse gedankliche Übereinstimmung mit den Terranern existierte.

Es mag merkwürdig erscheinen, daß gerade eine solche Übereinstimmung bei der Einschätzung der Lage zur Katastrophe führte.

Die endgültige Antwort auf die Frage, ob ein waffentechnisches Gleichgewicht zwei sich gegenüberstehender Mächte den Konflikt mit Sicherheit verhindert hätte, konnte auch die Expedition des Captain Hennessy in den Sektor AK-78-CB unserer Galaxis nicht erbringen. Aber auch die Frage, ob ein vertrauenvolles Nachgeben den Frieden erhalten kann, mußte offen bleiben.

Was blieb, war nur die Hoffnung, daß bei einer künftigen Begegnung die gemachten Erfahrungen eine positive Rolle spielen und die Vernunft siegen lassen würden. Wie jeder weiß – eine äußerst schwache Hoffnung ...

1.

Nach siebenunddreißig Eingaben und Gesuchen erhielt Captain Hennessy, seit drei Jahren offiziell im Ruhestand, endlich einen positiven Bescheid des terranischen Flottenkommandos, in dem ihm mitgeteilt wurde, daß er für weitere fünf Jahre aktiven Dienst in der Explorerflotte des Solaren Imperiums leisten dürfe.

Hennessy war jetzt siebenundachtzig, seiner Meinung nach im besten Alter. Seine Laufbahn hatte er als Kadett in der Wachflotte begonnen und als Erster Offizier eines Schlachtschiffs beendet. Er hätte nun sein Leben friedlich als Pensionär irgendwo auf der Erde oder einem der vielen Kolonialplaneten beenden können, aber daran dachte er nicht einmal im Traum. Wenn es überhaupt eine Chance für ihn gab, war es die Explorerflotte, bei der es weniger auf das Alter, als vielmehr auf die Erfahrung ankam. Und natürlich auf die Akten, die man während seiner Dienstzeit geführt und in den Computer gefüttert hatte.

Von seinem Penthaus in Terrania konnte er am fernen Horizont die Peripherie des großen Raumhafens so gerade noch erkennen. Abends saß er oft auf der Terrasse hoch über der Stadt und sah nachdenklich den startenden Schiffen nach, die zu den Planeten des Sonnensystems oder gar zu anderen Sternensystemen flogen. Sein Idealismus und seine Jugendsehnsucht waren lebendig geblieben. Daran hatte auch sein Alter nichts ändern können – im Gegenteil.

Um sich etwas zu trösten, hatte er vor zwei Jahren einen Flug nach Alpha Centauri gebucht, aber an Bord des Vergnügungsschiffs hatte er sich als Passagier alles andere als wohlgefühlt. Und dann passierte der peinliche Zwischenfall mit dem Kommandanten, dem er eine Kurskorrektur einreden wollte. Man hatte ihn kurzerhand aus der Hauptzentrale geworfen. Das war im Jahr 2284 gewesen, die entscheidende Wende in seinem Pensionärsleben. Die siebenunddreißig Gesuche folgten.

Und nun lag die Antwort vor ihm. Er las sie zum zehnten Mal durch und zwickte sich dabei abwechselnd ins rechte und linke Bein, um sich davon zu überzeugen, daß er nicht träumte.

Abgesehen von den üblichen Floskeln besagte der Text, daß man seine Eingabe mit besonderer Sorgfalt geprüft und sich entschlossen habe, ihm das Kommando über ein Explorerschiff zu geben, das den Auftrag erhalte, einen bisher noch unerforschten Sektor der Milchstraße zu erkunden. Er solle sich in drei Tagen bei der Einsatzzentrale der Flotte in Terrania melden, um nähere Einzelheiten zu erfahren.

Captain Hennessy beugte sich zur Seite und zauberte eine dickbäuchige Flasche aus dem Kühlschrank, auf deren Etikett groß und deutlich das Wort HENNESSY stand. Er trank das Zeug kalt, was natürlich jeden Kenner dieses edlen Gesöffs zur hellen Verzweiflung gebracht hätte. Das jedoch kümmerte ihn wenig. Für ihn war nur wichtig, daß *sein* Name auf der Flasche zu lesen war.

Obwohl ihm die Neugier arg zusetzte, beschloß er, sich erst am dritten Tag bei der Einsatzstelle zu melden, um »alles Nähere zu erfahren«. Den Gefallen tat er ihnen nicht, schon heute oder morgen vorzusprechen. Schon gar nicht den Bürokraten, die hinter ihren Computern hockten und alle Weisheiten des Universums zu besitzen glaubten.

Rein menschlich ausgedrückt, betrank sich Captain Hennessy an diesem glücklichen Tag und verschlief den nächsten, um sich erst dann auf seinen Auftritt vorzubereiten, der am nächsten Tag stattfinden sollte. Er zog seine sorgfältig gepflegte Uniform an, betrachtete mißbilligend das auf den linken Ärmel geheftete P, und bestellte per Visiphon einen Taxi-Gleiter.

Mit betonter Leutseligkeit begrüßte er den Informationsbeamten, der am Eingang seinen Dienst versah, und übergab ihm das Antwortschreiben der Flotte. Der Mann verzog keine Miene, schob das Schreiben in den Schlitz einer Maschine, zog es wieder heraus und gab es Hennessy zurück. Es war mit einem Stempel versehen.

»Vielen Dank«, sagte der Captain höflich.

»Der Nächste, bitte«, sagte der Beamte, der an der Stimme als Androide zu erkennen war.

»Rindvieh!« murmelte Captain Hennessy und ging weiter. Er verspürte Erleichterung, als er feststellen konnte, daß in der Einsatzzentrale richtige Menschen saßen, wenn auch vor unübersichtlichen technischen Kontrolltafeln und Computereinrichtungen. Immerhin reagierten sie auf seinen Gruß.

»Freut uns, Captain, Sie bei uns zu sehen. Das Schreiben – ja, geben Sie her. Es muß noch durch die Kontrollen. Sie verstehen ...«

»Klar, ich verstehe alles«, log Hennessy.

»Sie können sich solange setzen«, wurde ihm angeboten.

Er nahm auf einer gepolsterten Bank Platz und wartete. Mit unerklärlicher Befriedigung stellte er fest, daß die Kontrolle durch die Computer ebensoviel Zeit in Anspruch nahm, wie früher, als sie noch durch Menschen allein bewerkstelligt wurde. Seiner Schätzung nach vergingen sogar einige Minuten mehr als früher.

Der Beamte überreichte ihm das nun mehrfach abgestempelte Schreiben, nachdem er einen Tagesausweis angeheftet hatte. *Mit eigenen Händen!* stellte Hennessy verblüfft fest.

Nachdem er den Ausweis ein gutes Dutzendmal vorgezeigt hatte, öffnete sich endgültig die Tür zur Einsatzzentrale vor ihm. Hinter einem Schreibtisch, der mit Nachrichtengeräten überladen war, erhob sich der Einsatzleiter der Explorerflotte und streckte dem Captain die Hand entgegen.

»Sie haben sich also entschlossen, uns Ihre wertvollen Erfahrungen und Dienste zur Verfügung zu stellen – aber setzen Sie sich doch, Captain.« Er drückte auf einen Knopf, und auf dem Bildschirm darüber huschten Daten und Informationen. »Mehr als fünfzig Jahre Dienst in der Flotte – beachtlich, Captain. Warum haben Sie sich nicht früher bei uns gemeldet?«

Die Frage kam für Hennessy ziemlich überraschend. »O ... wissen Sie, Colonel, ich dachte, ein wenig Ruhe würde mir guttun, aber das war ein Irrtum. Ich fühle mich zur Flotte hingezogen, sie ist gewissermaßen meine Heimat geworden. Und besonders die Explorerflotte übt eine unwiderstehliche Faszination auf mich aus, eigentlich schon immer. Aber eine Versetzung war zu meiner Dienstzeit nicht möglich, es sei denn ...«

»Ja, ich weiß, Captain. Aber nun, da Sie pensioniert sind, steht dem nichts mehr im Wege.« Der Colonel aktivierte einen anderen Bildschirm. »Sektor AK-78-CB ist absolut unerforscht. Wir schickten bisher zwei Schiffe in dieses Gebiet, aber keines von ihnen kehrte zurück. Ursache unbekannt. Immerhin verrieten die letzten von uns aufgefangenen Berichte positive Situationen. Wir vermuten, daß es in diesem Sektor eine noch unentdeckte technische Zivilisation gibt.«

»Ihre Antwort besagt, daß man mir ein Kommando übergeben will, Sir.«

Der Colonel nickte. »So ist es, Captain. Die CHALLENGER ist ein gutes Schiff. Es hat bereits mehrere Einsätze hinter sich und dürfte nach der jetzt abgeschlossenen Überprüfung und Reparatur wieder voll einsatzfähig sein. Die Konverter wurden ausgewechselt, außerdem ...«

»Es handelt sich wohl um ein älteres Modell, Sir ...?«

Der Colonel lächelte ihn freimütig an und scherzte: »Das sind Sie doch auch, oder?«

»Ja, aber ... oh, Sir, ich verstehe. Sie haben natürlich recht. Um welchen Typ handelt es sich?«

»Kugelraumer EX-13, Sechzig-Meter-Klasse, in früheren Zeiten einmal ›Kaulquappe‹ genannt. Sehr zuverlässig. Reichweite ungefähr achthunderttausend Lichtjahre, also mehr als genug. Und, wie schon gesagt: generalüberholt und wie neu.«

»Besatzung?« fragte Hennessy, schon wieder halb versöhnt.

»Zwanzig, einschließlich des wissenschaftlichen Personals. Das Schiff ist fast völlig automatisiert. Ein Mann würde genügen, es durch die ganze Galaxis zu steuern.«

Hennessy schien nun sämtliche Bedenken überwunden zu haben, er wirkte erleichtert und zufrieden. *Besser die Kaulquappe,* dachte er bei sich, *als überhaupt kein Schiff.* Eigentlich, so überlegte er weiter, war eine kleinere Einheit viel besser als eine große. Mit zwanzig Leuten konnte er leichter fertig werden als mit zweihundert.

»Woraus besteht die Bewaffnung?« erkundigte er sich noch.

»Trotz gewisser Umbauten, die der Eigenschaft des Schiffes als Explorer entsprachen, verfügen Sie über eine automatische Feuerleitstelle, eine schwere Transformkanone, im oberen Pol, und natürlich über die erforderlichen Impulsgeschütze. Zwei Shifts und drei Drei-Mann-Zerstörer befinden sich in den Hangars. Der restliche Raum sind Unterkünfte, Material- und Lebensmittellager und wissenschaftliche Labors.«

Der Colonel schob einige Papiere über den Tisch. Sie enthielten weitere Anweisungen und den Einsatzbefehl. Hennessy nahm sie, warf einen kurzen Blick darauf und erhob sich.

»Wann, Sir?«

»Morgen schon. Noch Fragen?«

»Kann ich die Personalliste einsehen, Sir?«

Der Colonel deutete auf die Papiere in der Hand des Captains. »Ist vorhanden. Lediglich ...« Er zögerte, dann schüttelte er den Kopf. »Nein, vorerst nicht. Ist noch unsicher.«

»Was, Sir?«

»Kann ich Ihnen nicht sagen, Captain. Seien Sie morgen pünktlich bei Ihrem Schiff. Es werden noch weitere Informationen für Sie vorbereitet – von höchster Stelle sozusagen.«

»Rhodan selbst?«

»Erraten, Captain. Ich wünsche Ihnen viel Glück.«

Das war die endgültige Verabschiedung. Hennessy stopfte sämtliche Papiere in seine Tasche und ging. Über die zusätzlichen Informationen von höchster Stelle dachte er höchstens zehn Sekunden nach, dann vergaß er sie wieder. Für ihn existierte im Augenblick nur noch die CHALLENGER, der Flug ins Ungewisse und die Tatsache, daß er wieder eine Verantwortung zu tragen hatte.

Auf dem Nachbargrundstück entfernte Reginald Bull das Unkraut aus dem Erdbeerbeet. Die Bewegung tat ihm gut, und sie war ihm auch von verschiedenen Seiten empfohlen worden. Ihm war völlig klar, daß keine einzige Beere *mehr* wachsen würde, ob er nun einen harmlosen Grashalm aus dem Beet entfernte oder nicht, aber das war ja auch nicht der eigentliche Sinn der Sache.

Zwanzig Meter entfernt beobachtete Gucky seinen alten Freund mit innerlicher Genugtuung. Er lag im Liegestuhl auf seiner Terrasse und schlürfte in unregelmäßigen Abständen einen Schluck eisgekühlten Karottensaft.

»Die Bewegung tut unserem Dicken gut«, murmelte er und verscheuchte den Gedanken an seinen eigenen Rettungsring. »Wird höchste Zeit, daß mal wieder ein Einsatz stattfindet, sonst wird die Milch sauer.«

»Der Herr wünschen ...?« knarrte dicht neben ihm die Stimme seines neuen Haus-Roboters.

Der Mausbiber erschrak für eine Zehntelsekunde, dann fuhr er den dienstbaren Geist an: »Wenn ich vor mich hinmurmele und geistig arbeite, geht dich das einen Dreck an, Aloisius! Ich habe nur laut gedacht. Aber du kannst mir trotzdem ein wenig Eis bringen.«

Aloisius verschwand lautlos.

Bull mußte auf eine früher übersehene Wurzel gestoßen sein, denn er hackte wie ein Wilder in dem Beet herum und stieß dabei fürchterliche Flüche aus, die allerdings erst ihren Höhepunkt erreichten, als er seinen Fuß traf.

»Lästerliches Scheusal!« rief Gucky ihm lautstark zu, ohne seine genüßliche Ruhestellung zu verändern. »Laß sie doch drin, die Wurzel.«

Bully stützte sich auf den Hackenstiel, froh über die Pause. »Was verstehst *du* schon davon? Ich pflege wenigstens meinen Garten. Der deine sieht aus wie ein Stück Amazonasurwald, bevor er abgeholzt wurde. Eine Wildnis, die mein Auge beleidigt. Und das alles nur, weil du zu faul bist, deinen fetten Hintern zu bewegen und ...«

Seine Stimme erstarb. Er hatte den Fehler begangen, sein ganzes Gewicht der Hacke anzuvertrauen, die sich plötzlich selbständig machte und ihm ihre Unterstützung entzog. Bullys aufgestützten Arme hingen in der Luft und fanden keinen Widerstand mehr. Das wiederum hatte zur Folge, daß er wie ein Mehlsack in seinen Erdbeeren landete.

Noch während des Fallens wurde ihm klar, daß kluge Zurückhaltung besser war als sofortige Rache. Er unterdrückte seine Flüche, dachte blitzschnell an sich im Wind wiegende Blumen und andere schöne Dinge, rollte sich vom Beet und richtete sich auf, wobei er jedoch sitzenblieb.

»Tsts, mein Kleiner, was für ein genialer Streich, den du mir da gespielt hast. Wie schade, daß es vorerst der letzte war. Und sicherlich wirst du auch keine Gelegenheit erhalten, mir nachts heimlich meine in wenigen Tagen reifen Erdbeeren zu klauen. Wirklich, zu schade ...«

Drüben rutschte der Mausbiber aus seinem Sessel und kam lässig herbeigewatschelt. »Wie meinst du das, teurer Freund? Übrigens habe ich noch nie etwas gestohlen, schon gar nicht aus deinem Garten.«

»Ach, Perry hat dich noch nicht informiert?«

»Über was?« fragte Gucky und versuchte vergeblich, die chaotischen Gedankenimpulse seines Freundes zu entwirren. Der aber hatte Zeit genug gehabt, seine eigene Abwehrmethode gegen die telepathischen Vorstöße des Ilts zu entwickeln. »Keine Ahnung habe ich.«

»Dann wird dein Roboter jeden Augenblick ans Visiphon gerufen werden«, prophezeite Bully. »Ein Wunder, daß Rhodan solange damit wartet. Er weiß doch, wie sehr du dich hier langweilst.«

»Einsatz?« erkundigte sich der Mausbiber lauernd.

Bully nickte. »Erraten – aber stelle keine Fragen mehr. Da kommt Aloisius.«

Der Roboter, dem man Aussehen und Kleidung eines typischen englischen Butlers verliehen hatte, kam steifbeinig herbeigeschritten.

»Sir«, wandte er sich an Gucky. »Der Großadministrator wünscht ein Gespräch mit Ihnen. Er wartet!« fügte er mit Betonung hinzu.

Der Einfachheit halber teleportierte Gucky ins Wohnzimmer. Rhodans Gesicht belebte den Bildschirm. Er nickte Gucky zu.

»Ich möchte, daß du als mein Sonderbeauftragter den Explorer CHALLENGER begleitest. Es gibt Gründe genug, diesen Auftrag dir zu übergeben, natürlich nur, wenn du zustimmst. Wenn du aber ...«

»Explorer ist immer gut. Wer ist der Kommandant?«

»Captain Hennessy, diente früher in der Flotte. Pensioniert.«

»Schon der Name allein bürgt für Qualität, und pensioniert bedeutet Alter und Reife, Perry! Ich nehme an!«

»Na schön. Dann melde dich morgen früh an Bord der EX-13, so lautet die offizielle Bezeichnung. Ich werde inzwischen den Kommandanten informieren, daß du an dem Erkundungsunternehmen teilnimmst.«

»Hoffentlich freut er sich nicht so sehr, daß ihn der Schlag trifft«, gab Gucky zu bedenken. »Mach es schonend.«

»Du überschätzt dich mal wieder«, gab Rhodan zurück, dann verblaßte sein Gesicht, und der Schirm wurde dunkel.

Gucky kehrte auf die Terrasse zurück und rutschte wieder in seinen Liegesessel. Drüben wütete Bully unverdrossen in seinem Garten. Er schien ihn in einen Kartoffelacker verwandeln zu wollen. Dann sah er auf und erblickte Gucky.

»Nun?« brüllte er so laut, daß einige Spatzen erschreckt von dannen stoben. »Du gehst auf Tour?«

Gucky nickte, holte tief Luft und schrie zurück: »Geht nicht ohne mich, meint Perry.«

»Sehr richtig«, kam es von der anderen Seite. »Du bist der einzige, den man mit einem pensionierten Greis losschicken kann, ohne eine Katastrophe heraufzubeschwören. Na, dann viel Vergnügen.«

»Neidhammel!« quietschte der Mausbiber. Dann ignorierte er Reginald Bull und überlegte, was er mitnehmen sollte. Sein Blick fiel auf Aloisius, der wartend neben der Terrassentür stand und auf seine Befehle wartete.

In der exklusiven Bar »Drei Halbmonde« saßen sich Leutnant Stephan Elsässer und Eva Ramini gegenüber. Sie kannten sich recht lange und waren daher gut befreundet. Der erste gemeinsame Einsatz lag nun vor ihnen, Grund genug, darauf einen Schluck zu trinken.

»Mitglied des wissenschaftlichen Teams also«, stellte Elsässer fest und grinste. »Unter der Leitung von Professor Bergström. Na, das ist erfreulich. Bergström ist ein feiner Kerl und außerdem zu alt für dich.«

»Wie meinst du das, du Ekel?« fauchte sie ihn an, ohne es jedoch allzu ernst zu meinen. »Außerdem bin ich ungebunden.«

»Denkste!« murmelte er in sein Glas hinein. Laut sagte er: »Wir werden bestens zusammenarbeiten, ich bin der Erste Offizier.«

»Und ich die Erste Biologin«, hielt sie ihm stolz entgegen.

»Und die einzige an Bord der CHALLENGER«, fügte er hinzu.

Einen Augenblick sah es so aus, als wollte sie wütend werden, aber dann lachte sie. Eva Ramini war Südamerikanerin und sehr hübsch, eine schlanke dunkelhaarige Schönheit. Sie galt als hervorragende Wissenschaftlerin mit glänzender Zukunft.

»Kennst du den Captain eigentlich näher?« fragte sie.

»Nur flüchtig. Hält viel auf Tradition und gute Sitten. An sich ein Rauhbein, aber ein recht umgängliches. Wenn er dich sieht, wird er sich in einen beispielhaften Kavalier verwandeln.«

»Danke, Stephan. Du machst selten Komplimente.«

»Dadurch werden sie wertvoller«, meinte er selbstbewußt.

Jetzt lachten sie beide, und jeder, der sie beobachtet hätte, wäre zu dem Schluß gekommen, daß sie sich auf die gemeinsame Reise freuten. Er hätte sich auch nicht geirrt.

Captain Hennessy nahm die Information von der Teilnahme des Mausbibers an der Expedition mit leisem Unbehagen auf, und tief in seinem Unterbewußtsein schwelte sofort der Verdacht, daß man ihm einen Aufpasser zugeteilt hatte.

Ein Teil der Besatzung war bereits an Bord gegangen, lediglich Hennessy, Bergström, Elsässer und Eva Ramini hielten sich noch außerhalb des Schiffes auf und warteten auf Gucky, dessen Gleiter gerade mit dreißig Sekunden Verspätung dicht bei der CHALLENGER landete. Als das automatisch gesteuerte Fluggerät wieder abhob, ließ es den Mausbiber und einen Mann in schwarzer Kleidung zurück.

Dem Captain und den anderen verschlug es die Sprache, als die beiden näherkamen. Nicht wegen Gucky, der seine lindgrüne Borduniform trug und den Biberschwanz hinter sich herschleifte, sondern wegen seines seltsamen Begleiters, von dem niemand unterrichtet worden war.

Aloisius hatte eine schwarze Melone auf dem Kopf, und unter der korrekt sitzenden Weste lugte ein gestreiftes Hemd hervor. In der rechten Hand trug er einen dunklen Koffer, in der linken hielt er einen Regenschirm. Seine Miene war starr und drückte im Grunde genommen nichts aus – oder alles. Wie man's nahm. Er hielt sich immer zwei Schritte hinter Gucky, der nun die wartende Gruppe erreichte, lässig die rechte Pfote zum Gruß hob und vor Hennessy stehenblieb.

»Da wären wir«, sagte er ebenso lässig.

Hennessy gab den Gruß mechanisch zurück und fand endlich seine Sprache wieder. »Ziemlich pünktlich.« Er deutete auf Aloisius. »Und wer ist das da? Rhodan erwähnte nur dich ... äh, Sie.«

»Das ist Aloisius, mein Butler. Er zählt nicht als Person, darum brauchte er nicht erwähnt zu werden. Die Mitnahme eines technischen Geräts ist ohne besondere Genehmigung gestattet, wenn ich mich nicht irre.«

»Ein Roboter also?«

»Scharfsinnig herausgefunden«, lobte der Mausbiber und begrüßte nun auch die drei anderen. Besonders lange schüttelte er der Biologin die Hand. »Verlieben darf man sich nicht in Aloisius, Gnädigste, sonst brennen ihm sämtliche Sicherungen durch.«

Captain Hennessy erinnerte sich an seine Pflichten. »Alles an Bord!« befahl er und ließ ihnen den Vortritt. »Wir haben Starterlaubnis.«

Die Quartiere befanden sich auf Deck fünf, in unmittelbarer Nähe der Feuerleitzentrale. Darunter lag, durch den Antigravschacht mit sämtlichen anderen Decks verbunden, die Hauptzentrale. Deck eins beherbergte den Hangar, in dem die Drei-Mann-Zerstörer, zwei Flugpanzer und drei Gleiter auf ihren Einsatz warteten.

Gucky erhielt auf seinen Wunsch hin eine Doppelkabine, die ursprünglich für Ehepaare gedacht war. Die beiden Räume waren mit einer Zwischentür verbunden.

»Haben der Herr noch einen Wunsch?« erkundigte sich Aloisius, nachdem er Guckys Koffer ausgepackt hatte. »Wenn nicht, erbitte ich die Erlaubnis, mich zurückziehen zu dürfen.«

Der Mausbiber hatte es sich auf seinem Bett bequem gemacht. Er warf dem Roboter einen fast flehenden Blick zu.

»Wenn ich den Kerl erwische, der diesen gedrechselten Quatsch einprogrammiert hat, kann er was erleben. Wenn das hier jemand hört, liefern die mich ein. Befleißige dich also künftig einer normalen Sprache. Rede so, wie auch ich reden würde.«

Aloisius trat einen weiteren Schritt zurück, und ehe er die Zwischentür hinter sich zuzog, sagte er: »Ganz wie du willst, alter Meckerfritze!« Und weg war er.

Gucky lag wie erstarrt auf seinem Bett und stierte die Tür an. »Na, so was!« murmelte er schließlich erschüttert.

Obwohl Professor Bergström von der Einsatzzentrale der Explorerflotte mit allen notwendigen Daten über den Sektor AK-78-CB versorgt worden war und diese auch intensiv studiert hatte, wurde er den Verdacht nicht los, nur unzureichend informiert worden zu sein.

Als Chef des wissenschaftlichen Teams besaß er das Privileg, Zutritt zu allen Einrichtungen der CHALLENGER zu haben, also auch zu den Datenspeichern. Bereits wenige Stunden nach dem Start rief er dort die vorhandenen Daten über das Zielgebiet des Explorers ab.

Auf den ersten Blick schienen sie mit jenen der Einsatzzentrale identisch zu sein. Sektor AK-78-CB lag in der relativ sternenarmen Zone eines benachbarten Spiralarms und war so gut wie unerforscht. Die Tatsache, daß zwei Explorer aus diesem Arm nicht zurückgekehrt waren, gab zwar Anlaß zu diversen Vermutungen, von denen eine so richtig oder falsch wie die andere sein konnte. Für eine Feindeinwirkung jedenfalls gab es keine Beweise. Ebenso unbewiesen war die Behauptung – oder auch nur Vermutung –, in dem fraglichen Sektor könne eine technische Zivilisation existieren, die größten Wert darauf lege, unentdeckt und isoliert zu bleiben.

Bergström nahm das letzte Datenblatt zur Hand. Bisher hatte er nichts Neues erfahren können, und sein Interesse begann zu erlahmen, aber bereits die ersten Informationen rüttelten ihn wieder wach. Sie betrafen in erster Linie den Kommandanten angehende Verhaltensratschläge für den Fall des Zusammentreffens mit einer gleichrangigen Zivilisation. Es war Bergström klar, daß diese Befehle nicht für seine Augen bestimmt waren, aber er las sie trotzdem.

Sie besagten eindeutig, daß der Kontakt mit einer fremden Zivilisation unter allen Umständen hergestellt werden sollte, auch wenn diese keinen Wert darauf legte. Jeder unfreundliche Akt sollte mit gleichen Mitteln beantwortet werden. Möglicherweise sollte der Kommandant versuchen, mit den Fremden – immer vorausgesetzt, daß es sie überhaupt gab – einen Handelsvertrag abzuschließen.

Bergström betrachtete das Informationsschreiben mit gerunzelter Stirn. Er überlegte, ob Rhodan davon Kenntnis erhalten hatte, oder ob die Einsatzzentrale wieder einmal selbständig handelte. Die Anordnungen waren eindeutig, wenn auch ein wenig verklausuliert.

Der fremden Zivilisation sollte Terras Macht demonstriert werden.

Bergström schüttelte den Kopf, als er die Papiere ordnete und verstaute. Er war Wissenschaftler und als solcher von Natur aus ein friedfertiger Mensch. Er vertrat die Meinung, daß Expeditionen wie diese in erster Linie dazu da waren, unerforschte Welten zu finden, die für eine eventuelle Besiedlung geeignet waren. Und wenn schon eine Begegnung mit fremden Intelligenzen stattfand, so sollte diese friedlich verlaufen und nicht mit einer Politik der Stärke durchgeführt werden.

Er nahm sich vor, bei passender Gelegenheit mit Captain Hennessy zu sprechen, um unauffällig dessen Ansichten in Erfahrung zu bringen.

Inzwischen hatte die CHALLENGER die erste Linearetappe hinter sich gebracht und kehrte fünfhundert Lichtjahre von der Erde entfernt in den Normalraum zurück, um die vorgeschriebenen Messungen vorzunehmen. Sektor AK-78-CB war somit noch 17.300 Lichtjahre entfernt.

Nachdem es Gucky endlich gelungen war, Aloisius davon zu überzeugen, daß es innerhalb eines Kugelraumers nur äußerst selten regnete, verzichtete der Roboter darauf, beim Verlassen seiner Kabine den Schirm mit sich herumzuschleppen. Überhaupt verließ er seine Kabine sehr oft und trieb sich im Schiff herum, sprach mit diesem oder jenem und stellte unzählige Fragen. Man begann sich an seinen Anblick zu gewöhnen und behandelte ihn mit Zuvorkommenheit, denn niemand wußte, warum er eigentlich an Bord war.

Einige vermuteten, daß er im Auftrag der Einsatzleitung spionieren sollte. Ein vorzüglich programmierter Roboter mit einem selbständig arbeitenden Plasmahirn wäre bestens dafür geeignet. Auf der anderen Seite war man jedoch geneigt, der Zentrale ein solches Mißtrauen nicht anzuhängen. Vielleicht hatte ihn der Mausbiber auch nur aus Bequemlichkeit mitgenommen, zuzutrauen war ihm das schon.

Auch der Erste Offizier machte sich so seine Gedanken, wenn er Aloisius irgendwo im Schiff begegnete. Der Roboter befleißigte sich stets einer ausgesuchten Höflichkeit und wirkte fast devot, was seiner entsprechenden Programmierung zugeschrieben wurde. Lediglich einmal fiel er aus der Rolle.

Antriebsingenieur Rodensky, sechzig Jahre alt und damit ein erfahrener Mann mit vierzigjähriger Raumfahrtpraxis, war gerade dabei, die Antigravprojektoren auf Deck drei routinemäßig zu überprüfen, als Aloisius hereinspaziert kam. Wie üblich trug er seine schwarze Melone auf dem Kopf und bewegte sich so steif, als habe er einen Stock verschluckt.

Eine Weile stand er ganz ruhig und stumm in der Mitte des Raumes und sah Rodensky interessiert zu, der nun allmählich nervös zu werden begann. Bereits zwei Mal hatte er auf den falschen Knopf gedrückt und beinahe einen Fehlalarm ausgelöst. Endlich verlor er die Geduld. Er wandte sich um.

»Ist was?« fragte er, und in seiner Stimme schwang der Ärger mit. »Was stehst du da so herum?«

»Das Problem der künstlichen Schwerelosigkeit hat schon immer mein Interesse geweckt, Sir«, antwortete Aloisius höflich, wie gewohnt. »Wenn es Ihre Zeit erlaubt, wäre ich Ihnen außerordentlich verbunden, wenn Sie die Güte besäßen, mir ein paar bescheidene Fragen zu beantworten. Die erste wäre: Wie funktioniert das da überhaupt?« Er deutete auf die Reihe der Projektoren. »Ich meine diese Metallwürste dort.«

Noch beherrschte sich Rodensky. »Das sind keine Würste, sondern Projektoren. Und es wäre völlig sinnlos, dir ihre Funktionen erklären zu wollen, wenn du nicht darauf programmiert wurdest. Du kannst vielleicht Guckys Uniform ausbürsten oder ihm Getränke aus der Kantine holen, aber ich gebe dir doch den Rat, von hier zu verschwinden. Meine Zeit erlaubt es mir nicht, dir technischen Unterricht zu erteilen.«

»Eine rüde Antwort auf eine höflich gestellte Frage ...«, begann Aloisius, wurde aber sofort unterbrochen.

»Wenn du nicht sofort verschwindest und mich in Ruhe läßt, dann passiert was. Mal sehen, wie dich Doc Shariman zusammenflickt.«

»Falls Sie damit andeuten wollen, Sir, daß Sie die unglaubliche Absicht im Herzen tragen, meinem Mechanismus Schaden zuzufügen, so muß ich Sie darauf aufmerksam machen ...«

Abermals wurde er unterbrochen: »Raus, aber sofort! Und laß dich hier nicht mehr blicken!«

Aloisius ging bis zur Tür, die automatisch zur Seite glitt. Dort drehte er sich um und blickte den Techniker an, der zu seiner Verwunderung feststellen mußte, daß ihm aus dem künstlichen Gesicht des Roboters unverhüllter Haß entgegenströmte.

»Ich gehe lieber, alter Knabe, ehe ich dir das Genick breche. Dein Wissen über die Metallwürste kannst du ruhig für dich behalten. So dumm wie du bin ich schon lange.« Dann war er verschwunden.

Rodensky blieb noch einige Sekunden wie angenagelt auf seinem Platz stehen, ehe er sich kopfschüttelnd wieder an die Arbeit machte. Für ihn lag die Vermutung nahe, daß gelegentliche Fehlschaltungen das wechselhafte Benehmen des Roboters bestimmten. Er beschloß, mit den anderen darüber zu sprechen, besonders mit dem Ersten, der Gucky schon einmal gebeten hatte, dafür zu sorgen, daß sein Aloisius nicht öfter als unbedingt notwendig die Kabine verlassen sollte.

Er hatte gerade seine Arbeit beendet, als die CHALLENGER zur zweiten Linearetappe ansetzte, diesmal zu einem größeren Sprung.

Auf einem seiner seltenen Rundgänge geriet Captain Hennessy auch in das Observatorium. Neben dem Teleskop stand Professor Bergström und blickte durch die Kuppelrundung hinaus in das Gewimmel der Sterne. Obwohl er Hennessys Eintritt bemerkt hatte, drehte er sich nicht um.

»Schöner Anblick, nicht wahr?« sagte der Captain und blieb neben ihm stehen. »Ich genieße es immer wieder.«

»Mir ergeht es ebenso«, gab Bergström zurück und fügte nachdenklich hinzu: »Wir kennen nur einen winzigen Bruchteil dessen, was wir jetzt sehen. Nicht einmal Generationen werden ausreichen, alles zu erforschen, auch wenn es technisch betrachtet in unserer Reichweite liegt.«

»So ist es, Professor. Aber auch wir werden dazu beitragen, daß ein weiterer weißer Fleck von der Sternenkarte verschwindet, nämlich der Sektor AK-78-CB.«

Diese Bemerkung kam Bergström sehr gelegen, denn sie bot einen unauffälligen Ansatzpunkt für seine Fragen. »Was werden wir dort vorfinden?« fragte er, ohne natürlich eine Antwort erwarten zu können. »Hoffentlich treffen wir nicht auf ein technisch hochstehendes Volk, das Fremden gegenüber feindlich gesinnt ist. Was dann?«

Der Captain warf ihm einen forschenden Blick zu, aber der Professor betrachtete weiterhin mit ungeteiltem Interesse die Sterne.

»Die CHALLENGER ist vorzüglich bewaffnet, Professor Bergström, und ich würde nicht zögern, die auch einzusetzen, wenn es sein müßte.

Wir haben für den Notfall sogar eine Arkonbombe an Bord, und Sie wissen, was das bedeutet.«

Bergström nickte. »Totale Vernichtung eines Planeten, ich weiß. Aber Sie denken doch wohl nicht im Ernst daran, diese fürchterliche Bombe einzusetzen.«

»Ich habe gewisse Anordnungen«, wich der Kommandant aus.

Bergström schwieg eine Weile, offensichtlich schockiert. »Anordnungen?« fragte er dann so unschuldig wie möglich.

»Nur für den äußersten Notfall«, lenkte Hennessy ein. »Sie brauchen sich keine Gedanken zu machen. Meines Wissens wurde die Bombe bei einem Erkundungsunternehmen noch nie eingesetzt. Ich habe also nicht die Absicht, hier eine Ausnahme zu praktizieren.«

Bergström nickte, mit der Versicherung scheinbar zufrieden. Um das noch zu unterstreichen, wechselte er das Thema. »Diese komische Figur, Guckys Butler, glauben Sie, daß er eine besondere Mission an Bord zu erfüllen hat?«

Hennessy war über die Frage offensichtlich überrascht, denn er zögerte, ehe er sagte: »Ich bin mir da nicht so sicher. Es erscheint mir ohnehin recht merkwürdig, daß der Mausbiber an der Expedition teilnimmt. Ich wurde auch erst im letzten Moment davon unterrichtet. Tut mir leid, ich kann daher Ihre Frage nicht befriedigend beantworten.«

Bergström bohrte weiter: »Sie müssen zugeben, daß sich dieser Roboter in jeder Hinsicht ungewöhnlich verhält. Angehörige meines Teams haben sich schon beschwert. Er stellt überflüssige Fragen und ist beinahe als aufdringlich zu bezeichnen. Sie werden bald ein Machtwort sprechen müssen.«

Dem Kommandanten wurde das Gespräch allmählich peinlich. »Ehrlich gesagt, Professor, ich möchte eine Konfrontation mit dem Mausbiber, der schließlich im Auftrag Rhodans an Bord ist, vermeiden. Versuchen wir daher, uns mit den Gegebenheiten abzufinden. Wir haben schließlich nichts zu verbergen.«

»Stimmt auch wieder«, gab Bergström sich vorerst zufrieden.

Wenig später setzte das Schiff zur dritten Linearetappe an und verließ den Normalraum.

Am Rand des Spiralarms, der den Sektor AK-78-CB beherbergte, hielt sich die CHALLENGER längere Zeit im Einstein-Universum auf, um Messungen und Datenverarbeitung zu intensivieren und möglichst viele Informationen zu erhalten. In Flugrichtung standen die Sterne ziemlich dicht, manche nur durch zwei oder drei Lichtjahre getrennt. Die Fernortung registrierte eine große Anzahl von Sonnensystemen, deren Planeten unterschiedliche Umweltbedingungen aufwiesen, einige davon sogar erdähnliche.

In der Funkzentrale liefen die Frequenztaster auf Hochtouren, ohne brauchbare Resultate zu erzielen. Wenn die Taster von der Empfangsautomatik angehalten wurden, handelte es sich immer wieder um energetische Turbulenzen, die von nahen oder auch fernen Sternen stammen mochten. Funksignale, die auf intelligente Absender hätten schließen lassen, waren nicht dabei. Auch in der wissenschaftlichen Sektion, in der die Daten ausgewertet wurden, fand man keine entsprechenden Hinweise. Es schien in der Tat so, als gäbe es in dem ganzen Spiralarm nicht eine einzige intelligente Rasse, die das Steinbeil mit etwas Modernerem vertauscht hätte.

Bergström war enttäuscht. Natürlich genügte die optische Beobachtung durch das Positronenteleskop nicht, Endgültiges zu entdecken, aber in Verbindung mit den ausgewerteten Daten ließ sich doch bereits einiges feststellen. Nichts deutete darauf hin, daß in einem Umkreis von etwa tausend Lichtjahren Raumfahrt betrieben wurde oder so etwas wie moderne Funktechnik existierte. Wenn Captain Hennessy unzufrieden war, so ließ er sich das nicht anmerken.

»Wir werden mit sehr kurzen Linearetappen in den Arm eindringen«, sagte er zu seinem Ersten. »Das ist zwar zeitraubend, garantiert aber auch beste Ergebnisse. Unser Auftrag zielt in erster Linie darauf ab, die vermutete Zivilisation zu finden, alles andere ist unwichtig.«

»Es handelt sich also tatsächlich nur um eine Vermutung«, vergewisserte sich Leutnant Elsässer. »Ich möchte wissen, worauf sich diese Vermutung aufbaut, wenn erst zwei Explorer in diesen Sektor geschickt wurden und keiner zurückkehrte.«

»Informationen gibt es keine«, gab Hennessy zu. »Aber es scheint doch wirklich so zu sein, daß es hier eine Gefahr gibt, der zwei unserer Schiffe zum Opfer fielen. Es wird auch unsere Aufgabe sein, nicht das dritte Opfer zu werden.«

Elsässer schüttelte den Kopf. »Ich begreife nur nicht, wieso man eine Gefahr immer in Verbindung mit einer anderen Zivilisation bringen muß.«

»Hm«, machte Hennessy unschlüssig und rief über den Interkom die wissenschaftliche Sektion, um weiteren unbequemen Äußerungen seines Ersten Offiziers auszuweichen.

Der wiederum erinnerte sich, bereits acht Stunden Dienst in der Zentrale gemacht zu haben, und verließ diese, um sich ein paar Stunden aufs Ohr zu legen. Auf dem Weg in seine Kabine warf er einen Blick in das Reich von Eva Ramini, die mit der Analyse der biologischen Daten beschäftigt war.

»Wenn du fragen möchtest, ob wir etwas entdeckt haben, Stephan, so lautet die Antwort: nein! Eine absolut neutrale Region vor uns.«

»Was heißt neutral?« wollte Elsässer wissen.

Sie lächelte ihn an. »Ja, weißt du, das ist nur so ein Ausdruck für: ›Da ist nichts los‹. Niemand kommt mit einer Raumflotte angerauscht und fordert uns auf, von hier zu verschwinden. Das verstehen wir unter neutral.«

»Soll wohl heißen: keine ebenbürtige Partner. Nun, das kann sich auf einen Schlag ändern.«

»Kaum. Unsere bisherigen Erfahrungen haben gezeigt, daß sich jede technisch hochstehende Zivilisation verrät – auch wenn sie es nicht will. Erinnerst du dich daran, daß unsere ersten Explorer mehr als dreihundert Lichtjahre von der Erde entfernt alte Radiosignale auffingen, die von der Erde stammten, als dort die Raumfahrt noch in den Kinderschuhen steckte? Es gab genügend Zivilisationen, die von unserer Existenz wußten, aber sie kümmerten sich nicht darum.«

»Eigentlich seltsam, findest du nicht?«

Sie schüttelte den Kopf und lächelte noch immer. »Nicht alle sind so neugierig wie wir«, sagte sie dann, um sich wieder ihrer Arbeit zuzuwenden.

Elsässer setzte nach einem kurzen Gruß seinen Weg zur Kabine fort. *Vielleicht hat sie recht,* dachte er, *und wir sind wirklich zu neugierig. Aber das waren wir schon immer, sonst hätte es die großen Reisen der frühen Entdecker niemals gegeben. Jetzt, im Zeitalter der interstellaren Raumfahrt, gibt es noch viel mehr Anlaß zur Neugier. Unzählige Welten sind entdeckt und viele von ihnen auch besiedelt worden.*

Vielleicht war dieser Drang zur Expansion sogar gefährlich. Konflikte hatte es schon genug deshalb gegeben, aber wenn immer es möglich war, gingen die Terraner ihnen aus dem Weg. Leider war es aber nicht immer möglich.

Als Stephan Elsässer einige Stunden später wieder erwachte, war die CHALLENGER weiter in den Sektor AK-78-CB eingedrungen.

Doc Shariman blickte ein wenig erstaunt auf, als Captain Hennessy unangemeldet die Krankenstation betrat. »Nanu, Captain, doch wohl nicht krank?«

Hennessy setzte sich unaufgefordert. »Krank? Nein, eigentlich nicht. Immerhin habe ich seit einer Stunde furchtbare Kopfschmerzen. Habe nie welche gehabt.«

Doc schüttelte den Kopf. Eine schwarze Locke rutschte ihm dabei in die hohe Stirn. »Wirklich merkwürdig, Captain. Vor einer halben Stunde war Rodensky hier. Er hatte ebenfalls heftige Kopfschmerzen. Ich gab ihm ein Mittel und riet ihm, sich ein wenig hinzulegen.«

»Geht es ihm inzwischen besser?«

»Wir wollen es hoffen. Er hat sich nicht mehr gemeldet, scheint also zu schlafen.«

Doc stand auf, ging zum Wandschrank und entnahm ihm eine Schachtel.

»Pillen?« entrüstete sich Hennessy.

»Nur eine, aber sie wirkt fast sofort. Wenigstens in den meisten Fällen«, fügte Doc einschränkend hinzu. »Na, schlucken Sie schon, Captain. Und dann ruhen Sie sich ein wenig aus. Wahrscheinlich handelt es sich nur um eine Ermüdungserscheinung.«

Der Kommandant nahm die rosa Pille und schluckte sie hinunter. »Das Ganze bereitet mir einige Sorgen«, sagte er und setzte sich wieder. »Nein, nicht die Kopfschmerzen, sondern der ganze Auftrag. Dabei habe ich mich fast darum gerissen.«

»Und warum dann der Sinneswandel?« wollte Doc wissen.

»Wenn ich das nur wüßte! Das ganze Drum und Dran ist so geheimnisvoll. Ich werde den Verdacht nicht los, daß man auf Terra mehr über diesen verdammten Sektor weiß, als man zugeben möchte. Über den eigentlichen Einsatzbefehl darf ich Ihnen natürlich nicht viel verraten, aber Sie können mir glauben, daß es in ihm von geheimnisvollen Andeutungen nur so wimmelt.«

Doc winkte ab. »Das kenne ich, Captain, ist doch fast immer so, wenn die Leute am Schreibtisch so etwas ausarbeiten. Die wollen sich nur wichtig machen.«

Hennessy blieb skeptisch. »Die Anordnungen stammen zum Teil von Rhodan selbst, und ich kann mir nicht vorstellen, daß der sich mit bürokratischen Verklausulierungen abgibt. Nein, da steckt mehr dahinter. Schon daß Gucky mit von der Partie ist, gibt doch zu denken.«

»Das stimmt allerdings«, gab Doc ihm recht. »Sie müssen aber zugeben, daß er sich sehr zurückhaltend benimmt.«

»Aber sein verteufelter Roboter nicht!« wetterte Hennessy. »Man trifft ihn, wo man geht oder steht. Von wegen Butler! Das glaubt doch nur jemand, der sich die Hose mit der Kneifzange anzieht.«

»Sie meinen also, er hat einen ganz bestimmten Auftrag?«

»Ich bin sogar davon überzeugt.«

»Was machen die Kopfschmerzen?« wechselte Doc abrupt das Thema.

»Oh!« Hennessy griff sich an die Stirn. »Die hatte ich schon fast vergessen, aber jetzt, wo Sie mich daran erinnern – sie sind noch da. Etwas schwächer allerdings, wie mir scheint.«

»Na, sehen Sie! Eine Stunde Schlaf, und Sie fühlen sich wie neugeboren.«

Der Kommandant erhob sich. »Wenn nicht, komme ich erneut vorbei. Und noch etwas: Vergessen Sie das, worüber wir gesprochen haben.«

»Worüber haben wir denn gesprochen?«

Hennessy grinste und verließ die Krankenstation.

Über Interkom gab der Erste Offizier bekannt, daß die nächste Lineaetappe eingeleitet würde. Sie würde direkt in das Zentrum von AK-78-CB führen.

2.

Jene gelbe Sonne, die von den Bewohnern des zweiten Planeten »Thuatha« genannt wurde, stand in einer relativ sternenlosen Zone des Spiralarms unserer Galaxis. Sie war eine Sonne ohne besondere Eigenschaften, höchstens die Terraner hätten es als bemerkenswert empfunden, daß sie in physikalischer Hinsicht Sol sehr ähnlich war.

Insgesamt sieben Planeten umliefen den gelben Stern, aber nur der zweite hatte sich zur Entwicklung einer technisch hochstehenden Zivilisation geeignet. Die humanoiden Bewohner nannten sich »Thuaner«, abgeleitet von dem Namen ihres Planeten »Thuan«.

Zwei Kontinente lagen eingebettet in einem riesigen Ozean, verbunden durch eine Inselkette, die einst eine Landbrücke gewesen sein mochte. Seit Jahrhunderten schon hatte es zwischen den beiden Kontinenten keine Kriege mehr gegeben. Dem sogenannten Rat der Zwei Kontinente gehörten Bewohner aus allen Teilen Thuans an. Sie wurden nicht vom Volk, sondern ausschließlich vom Rat selbst gewählt, lediglich am Ende ihrer festgesetzten Amtszeit mußten sie sich dem Urteil des Volkes stellen. Dann erst entschied sich ihr Schicksal – eine Verbannung für alle

Zeiten auf eine der vielen Inseln, oder ein gesichertes und ruhiges Leben an jedem gewünschten Ort.

Das System hatte sich bewährt, weil es auf Thuan keine Korruption gab und die Mitglieder des Rates besser als das Volk wußten, wer zum Kandidaten geeignet war – und wer nicht. Bisher hatte es nur selten einen Mißgriff gegeben.

Erster Rat und damit Chef der Regierung war seit nun sieben Jahren der Thuaner Patrona, der sein Amt zur Zufriedenheit aller verwaltete und im Fall von Meinungsverschiedenheiten stets zu einem Kompromiß bereit war. Als ihn an diesem Abend der ferngesteuerte Schwebegleiter zu seinem Heim brachte, verriet sein Gesicht Besorgnis. Es war ein harter Tag voller Arbeit und Überlegungen gewesen, voller Diskussionen mit den anderen Mitgliedern des Rates und ohne endgültige Entscheidungen.

Zum dritten Mal während seiner Amtszeit hatte die interstellare Überwachungszentrale das Eindringen eines Raumflugkörpers in die nähere Umgebung der Sonne Thuathas registriert. Die Information war während der Nachmittagsstunden eingegangen.

Obwohl die Thuaner technisch durchaus in der Lage gewesen wären, Raumfahrt zu anderen Sternen zu betreiben, hatten sie sich darauf beschränkt, nur das eigene System zu erforschen und dringend benötigte Rohstoffe von den Planeten und Monden nach Thuan zu bringen. Der Grund war denkbar einfach: Man wollte jeden Kontakt mit anderen Zivilisationen vermeiden und durch eine freiwillige Isolation erreichen, daß niemand auf ihre Existenz aufmerksam wurde.

Die Rechnung ging leider nicht ganz auf. Aber zweimal hatte man das Problem gelöst, warum nicht auch diesmal. Der Planet Thuan war auf Invasoren aus dem All vorbereitet. Auf beiden Kontinenten warteten unterirdische Abwehrforts auf etwaige Angreifer. Ihre Bewaffnung reichte von wirksamsten Narkosegeschützen bis hin zu energetischen Kanonen und sich selbst ins Ziel lenkenden Atomraketen.

Der Wunsch nach absoluter Isolation, das hatten die Wissenschaftler herausgefunden, entsprang dem genetischen Erinnerungskode der Thuaner. Vor zehntausend Jahren etwa, so lautete die offizielle Version, war Thuan von einer unbekannten Zivilisation angegriffen und erobert worden. Über jene Zeit gab es keine Unterlagen, denn die Besatzer hatten alle Aufzeichnungen verboten. Später waren sie verschwunden, denn es gab nichts mehr zu plündern. Es hieß, daß ihr Volk an einer anderen Stelle der Galaxis in schwere Kämpfe verwickelt sei. Sie kehrten nie mehr zurück. Die Thuaner hatten ihre Lehren gezogen, und das Resultat war ein Planet, der einer riesigen Festung glich.

Trotzdem bereitete Patrona das Auftauchen des fremden Raumschiffs mehr Sorgen, als er sich selbst eingestehen wollte. Bewies es doch, daß die Tarnung nicht vollkommen war. Kehrte der längst vergessene Feind zurück?

In seinem Heim, das er allein bewohnte, erwartete ihn zu seiner Überraschung der Zweite Rat, sein potentieller Nachfolger, der Chefwissenschaftler Caldon. Die beiden Männer verband eine aufrichtige Freundschaft, auch wenn sie nicht immer der gleichen Meinung waren.

Der Besuch war um so erstaunlicher, als sie heute nachmittag noch an einer gemeinsamen Sitzung teilgenommen hatten, die wegen des Auftauchens des fremden Raumschiffs einberufen worden war.

Wenn Patrona über die Störung ärgerlich war, so ließ er es sich nicht anmerken. »Ich bin müde«, sagte er nach der kurzen Begrüßung, »aber für einen guten Schluck dürfte noch Zeit sein.«

»Es ist wegen des fremden Objekts«, entschuldigte sich Caldon und folgte dem Ersten Rat ins Wohnzimmer. »Sein Auftauchen scheint mir ein Beweis dafür zu sein, daß man uns entdeckt – oder gar wiederentdeckt hat. Es kann kein Zufall sein.«

Patrona brachte die Getränke und nahm ebenfalls Platz. »Du kennst meine Meinung zu diesem Problem, Caldon. Die beiden anderen Schiffe stammten von demselben Planeten. Sollte das auch bei diesem dritten der Fall sein, gebe ich dir recht: Es ist kein Zufall. Die Frage ist, ob wir diesmal genauso verfahren wie die beiden anderen Male.«

»Warum sollten wir nicht?«

»Das Erscheinen eines dritten Schiffes beweist doch, daß man uns entdeckt hat und Kontakt wünscht. Die Aussagen der Besatzungsmitglieder der ersten beiden Einheiten bestätigen das zum Teil. Ich bin darum für eine Änderung unserer Taktik. Jene Fremden, die sich Terraner nennen, sind hartnäckig. Nur dann, wenn wir ihnen mit aller Deutlichkeit klarmachen, daß wir unsere Ruhe haben wollen, sind sie vielleicht davon zu überzeugen, daß sie nichts in unserer Region zu suchen haben.«

»Mit aller Deutlichkeit ...?« dehnte Caldon seine Frage.

»Ja! Und ich habe da auch schon einen Plan. Du wirst mir zustimmen müssen, daß es wenig Sinn hat, eine Rückkehr dieser Erkundungsschiffe zu ihrer Heimatwelt zu verhindern, wie wir es getan haben. Sie müssen, ganz im Gegenteil, zurückkehren und berichten, und dieser Bericht sollte so aussehen, daß den Fremden für immer die Lust vergeht, noch einmal bis hierher vorzudringen.«

»Und wie möchtest du das anstellen, Patrona?«

Der Erste Rat leerte sein Glas und stellte es hart auf den Tisch zurück. »Wir werden ihnen eine Demonstration unserer Macht geben, mein Freund, und zwar gründlich. Die Mittel dazu sind vorhanden.«

Caldon lehnte sich zurück, ohne sein Unbehagen zu verbergen. »Du weißt, wie sehr ich Gewalt verabscheue, Patrona. Die Mehrheit des Rates denkt genauso. Du wirst auch diesmal mit deinen Vorschlägen kein Glück haben.«

Patrona lächelte flüchtig. »Ich kann mich noch immer auf das Notgesetz berufen, das mir das Recht der alleinigen Entscheidung zubilligt.«

»Dann wirst du dich in zwei Jahren vor dem Volk verantworten müssen.«

Abermals lächelte Patrona, diesmal überlegen und siegessicher. »Natürlich, und es gibt da nur zwei Möglichkeiten: Wenn meine Methode Erfolg hat, werde ich in Ehren entlastet. Und wenn nicht, wird niemand mehr da sein, um über mich zu richten. So einfach ist das.«

»Du bist also diesmal nicht zu einem Kompromiß bereit?«

»Nun, eigentlich liegt die letzte Entscheidung darüber nicht bei uns, sondern bei den Fremden. Früher oder später werden sie versuchen, Kontakt aufzunehmen. Dann sehen wir weiter.«

Caldon erhob sich ziemlich brüsk. »Ich möchte dich nur daran erinnern, daß sich die Terraner der beiden ersten Schiffe friedlich verhielten, nachdem sie gelandet waren. Wir sind es gewesen, die ihr Wort brachen, nicht sie.«

»Zu unserer eigenen Sicherheit«, machte Patrona ihn aufmerksam. »Und der Rat hat zugestimmt.«

Caldon war bereits an der Tür, als er sich umdrehte und sagte: »Ja, er hat zugestimmt, weil ihm keine andere Wahl mehr blieb. Und lebenslängliche Verbannung ist immer noch besser als der Tod.«

Er ging, und wenig später hörte Patrona das Summen des davonschwebenden Gleiters. Nachdenklich schenkte sich der Erste Rat ein neues Glas ein.

Im Verlauf von zwei Jahren und mehr hatten sich die Unterschiede zwischen den ehemals scheinbar so wichtigen Dienstgraden bis zur Unkenntlichkeit verwischt. Die Besatzungen der beiden Explorerschiffe EX-30 und EX-7 waren zu einer verschworenen Gemeinschaft geworden, die nur ein Ziel kannte: Flucht von Thuan und Rückkehr zur Erde.

Die achtzig Männer und Frauen lebten auf einer größeren Insel zwischen den beiden Kontinenten und konnten sich von den Früchten und Tieren selbst ernähren. Trotzdem brachte ihnen ein Schiff der Thuaner in regelmäßigen Zeitabständen zusätzliche Lebensmittel und Getränke.

Der ursprüngliche Plan, sich dieses Schiffes zu bemächtigen und damit zu fliehen, war schnell wieder verworfen worden. Man wäre nicht einmal bis zum nächsten Planeten gekommen, denn der Frachtkahn war nicht raumtüchtig.

Um die Insel herum verhinderten energetische Sperren jeden Fluchtversuch. Sie reichten hinab bis zum Meeresgrund. Hoch über der Insel stand ein stationärer Satellit, der eine permanente Beobachtung der Verbannten ermöglichte.

Einer derjenigen, dessen Gedanken ständig um eine Flucht von dieser Welt kreisten, war der Kosmobiologe Termoil. Er war es auch gewesen, der durch wagemutige Tauchversuche das lückenlose Netz der energetischen Sperre um die Insel ausgekundschaftet hatte.

Als die Thuaner ihnen nach der Landung die Schiffe abgenommen hatten, waren sie immerhin noch so großzügig gewesen, ihren Gefangenen Waffen und Geräte zu lassen, die sie für die Jagd benötigten. Für eine Flucht blieben die Gegenstände untauglich.

Als Termoil mit einem gefangenen Fisch in der freien Hand dem Sandstrand seiner Hütte zustrebte, wäre er bald über Braddox gestolpert, der zwischen einigen Büschen lag und sich sonnte.

Braddox war der ehemalige Kommandant der EX-7, dessen Gleichmut den Verdacht aufkommen ließ, er habe sich mit dem Schicksal abgefunden, was natürlich ein fundamentaler Irrtum war. Aber alle Fluchtpläne, die er sich in den vergangenen Monaten ausgedacht hatte, waren sowohl von den Terranern wie auch von ihm selbst wieder verworfen worden. Es gab kein sichereres Gefängnis als die Insel.

»Faul?« erkundigte sich Termoil und wickelte den Fisch in einige grüne und frische Blätter.

»Ich denke nach«, grunzte Braddox und blinzelte in die Sonne. »Fast wie Sol, nicht wahr?«

»Blau wäre sie mir lieber«, meinte Termoil und setzte sich in den warmen Sand. »Dann würde ich wenigstens nicht immer an Terra erinnert. Weißt du, ob Dermot es bald geschafft hat?«

»Das Funkgerät?« Braddox gähnte. »Es ist auch für einen erfahrenen Funktechniker nicht so einfach, aus den unterschiedlichsten Bauteilen ein brauchbares Gerät zusammenzubasteln. Mit dem Empfänger scheint es ja halbwegs zu klappen, wenigstens auf Normalbasis. Also kein Hyperfunk. Aber der Sender bereitet Schwierigkeiten. Außerdem würde der auch nur lichtschnell arbeiten. Nur ein Zufall könnte uns da helfen.«

»Ein terranisches Schiff in diesem Sektor? Höchst unwahrscheinlich.«

»Warum denn? Man hat unsere beiden Schiffe längst vermißt und wird Nachforschungen anstellen. Unsere gelegentlichen Positionsmeldungen geben genügend Hinweise, unsere Spur zu finden. Zumindest kennt man den Sektor, in dem wir verschwanden.«

Termoil schüttelte den Kopf. »Ich kann immer noch nicht begreifen, wie wir auf diese Thuaner hereinfallen konnten. Vor allen Dingen begreife ich nicht, warum sie es getan haben.«

»Sie haben es uns gesagt«, erinnerte Braddox. »Sie wollen isoliert bleiben. Die schlechten Erfahrungen, die ihre Vorfahren machten, schufen ihre heutigen Gesetze. Seien wir froh, daß sie uns am Leben ließen.«

»Aber sie haben die beiden Schiffe. Sie können mit Hilfe der Aufzeichnungen jederzeit die Position Terras herausfinden.«

»Daran haben sie kein Interesse«, vermutete Braddox überzeugt.

»Hoffentlich«, knurrte Termoil und stand auf. Er nahm seinen eingewickelten Fisch und winkte damit dem ehemaligen Kommandanten zu. »Ich habe meine Mahlzeit für heute. Wir sehen uns später noch.«

»Vielleicht«, gab Braddox gähnend zurück und schloß die Augen.

Termoil begegnete einigen anderen Verbannten, aber er ließ sich auf keine längeren Unterhaltungen mehr ein. Es war warm, und der Fisch würde sich nicht lange halten. Vor Sonnenuntergang mußte er gegrillt sein, aber vielleicht würde er ihn heute auch zur Abwechslung mal wieder mit den Blättern im Feuer schmoren lassen.

Überall standen die Hütten der Verbannten, einfach und primitiv aus den vorhandenen natürlichen Mitteln errichtet und an den besten Stellen gelegen. So hatte sich jeder seine eigene private Sphäre geschaffen, ohne daß der Zusammenhalt der kleinen Gemeinde verlorengegangen wäre. Das gemeinsame Ziel hielt sie zusammen.

Als er Dermots Schuppen passierte, blieb er stehen. Die Neugier war stärker als seine Sorge um den Fisch. Er klopfte gegen die Holztür. »He, Dermot, ich bin's Termoil. Hast du Zeit?«

Der ehemalige Cheffunker der EX-7 öffnete sofort. Er wirkte aufgeregter als sonst. In der Hand fuchtelte er mit einem Werkzeug in der Luft herum.

»Ich glaube, ich hab's«, stieß er hervor und deutete zurück in das Halbdunkel seiner Werkstatt. »Ich habe einen Piepser empfangen.«

»Einen Piepser?« staunte der Kosmobiologe verständnislos, dann begriff er. »Im Radio? Was du nicht sagst!«

»Auf einer *unserer* Frequenzen!« betonte Dermot fast aufgelöst.

Termoil ließ fast seinen eingewickelten Fisch fallen. »Das würde ja bedeuten ...« Weiter kam er nicht, denn vor Aufregung verschluckte er sich.

»Es würde bedeuten«, half ihm der Funker, »daß wir entweder uralte einfach lichtschnelle Funkimpulse auffangen, oder es hält sich in unmittelbarer Nähe ein terranisches Schiff auf. Aber rede nicht darüber. Ich bin mir meiner Sache noch nicht sicher. Außerdem kann ich nicht senden. Funktioniert noch nicht.«

»Aber Braddox sollten wir doch informieren«, schlug Termoil vor.

»Brat deinen Fisch und überlaß das mir«, riet Dermot freundschaftlich. »Ich möchte nicht die Ursache falscher Hoffnungen werden. Vielleicht weiß ich in ein paar Stunden mehr. Dann ist immer noch Zeit, den anderen reinen Wein einzuschenken.«

Termoil nickte und ging weiter. »Wein hat er gesagt, der Sadist!« murmelte er und drückte den Fisch liebevoll an sich. »Mit Wein würdest du dich gut verstehen – in meinem Bauch.«

Er schritt unwillkürlich schneller aus, als seine Hütte am Rand des Buschwaldes auftauchte.

Knapp drei Lichtstunden von der Sonne Thuatha entfernt war die CHALLENGER in Relation zum zweiten Planeten in Orterschutz gegangen, obwohl keineswegs sicher sein konnte, ob man sie entdeckt hatte oder nicht.

Stephan Elsässer hatte den Kommandanten in der Zentrale vertreten, als die Datenverarbeitung die ersten sensationellen Hinweise gab. Im System der gelben Sonne gab es einen bewohnten Planeten mit einer hochentwickelten technischen Zivilisation. Es war nicht schwer gewesen, unterlichtschnell Raumfahrzeuge zu orten, die sich innerhalb des Systems bewegten. Auf fremden Frequenzen waren Funkzeichen aufgefangen worden, an deren Entschlüsselung noch mit Hilfe der Translatoren gearbeitet wurde, eine Methode, die nur wenig Erfolg versprach, solange kein direkter Kontakt stattfand.

Captain Hennessy hatte sofort Orterschutz angeordnet. Nun stand die Sonne genau zwischen dem Schiff und dem zweiten Planeten.

Während in der Kommandozentrale eine verständliche Aufregung herrschte, öffnete Gucky in seiner Kabine den versiegelten Umschlag, der ihm von Rhodan persönlich übergeben worden war. Auf dem stand deutlich und unmißverständlich:

NUR BEI KONTAKT MIT FREMDER ZIVILISATION ZU ÖFFNEN!

Es war dem Mausbiber nicht ganz klar, warum Rhodan diesen Brief ihm und nicht dem Kommandanten gegeben hatte. Überhaupt erschien ihm einiges recht seltsam an dieser Reise. Den Gedanken der Besatzungsmitglieder war nichts zu entnehmen, für sie war es ein Auftrag wie jeder andere: Entdeckung erdähnlicher Welten und Kontakt mit anderen Zivilisationen.

Aber Aloisius hatte sich in seinem Verhalten deutlich verändert. Zwar benahm er sich noch immer ihm gegenüber höflich und meist mit steifer Zurückhaltung, aber immer öfter fiel er dem armen Rodensky in den unteren Decks auf die Nerven. Auch befaßte er sich auffällig intensiv mit einem der drei Drei-Mann-Zerstörer.

Einmal hatte der Techniker ihn daran hindern wollen, den erweiterten Hangar zu betreten, der üblicherweise nur zwei dieser zwanzig Meter langen torpedoförmigen Schiffe aufnehmen konnte. Aber der Roboter hatte ihn glatt hinausgeworfen und war in den Zerstörer geklettert. Erst als Captain Hennessy erschien, verließ Aloisius wortlos und ohne eine Erklärung den Hangar.

Gucky machte seinem »Butler« entsprechende Vorhaltungen, erntete jedoch zu seinem geringen Schrecken lediglich einen hoheitsvollen Blick und eisiges Schweigen. Der Mausbiber war nun ziemlich sicher, daß ein wichtiger Teil der Programmierung ausgefallen war.

Er las das Schreiben ein zweites Mal, aber ihm wurde keineswegs wohler dabei. Ganz im Gegenteil. Er vergaß sogar Aloisius und seine Unverschämtheiten. Der Inhalt lautete:

Einsatzkommando Explorerflotte
H.Q. – Terrania
an *STRENG GEHEIM*

Sonderbeauftragten Gucky
Die vorliegenden Daten der vermißten Explorer EX-340 und EX-7 wurden positronisch ausgewertet und besagen, daß im Sektor AK-

78-CB ohne jeden Zweifel eine technisch hochentwickelte Zivilisation existiert. Die beiden vermißten Schiffe müssen von dieser Zivilisation vernichtet worden sein. Kommandant Hennessy ist angewiesen, Kontakt aufzunehmen.

Die Arkonbombe an Bord der EX-13 ist unter keinen Umständen einzusetzen. Sie dient lediglich der Abschreckung und darf nur im äußersten Notfall zur Demonstration verwendet werden (Unbewohnter Mond etc.).

Der dritte Drei-Mann-Zerstörer wurde antriebsmäßig umgebaut und erreicht Überlichtgeschwindigkeit. Die Reichweite beträgt maximal zwanzigtausend Lichtjahre. Er dient zur Rettung im Fall der Vernichtung der EX-13.

Der Roboter Aloisius wurde umprogrammiert und speichert sämtliche Daten des Bordcomputers automatisch. Seine Rückkehr nach Terra ist unbedingt zu gewährleisten.

Das Schreiben war ohne Unterschrift.

Gucky wurde allmählich klar, was seine Aufgabe sein sollte. Captain Hennessy mußte davon überzeugt bleiben, notfalls die Arkonbombe einsetzen zu können, denn nur so würde er den Fremden entsprechend gegenübertreten können. Und seine, Guckys, Aufgabe würde es sein, den Einsatz der Bombe zu verhindern und im äußersten Fall Aloisius mit dem Zerstörer nach Terra zurückzuschicken.

»Das ist vielleicht der unverschämteste Auftrag, den man mir jemals zugeschustert hat«, murmelte er empört und einigermaßen hilflos. »Ist ja ein glatter Opfergang. Und Aloisius, dieses scheinheilige Scheusal, hat von Anfang an Bescheid gewußt, ohne mir auch nur ein Sterbenswort zu verraten. Dem werde ich ...«

Er schwieg, denn der Roboter öffnete die Verbindungstür. »Du hast mich gerufen?« Er duzte Gucky schon seit zwei Tagen.

Der Mausbiber wedelte mit dem Geheimschreiben. »Dem ganzen Schiff fällst du mit deinem Geschwätz auf den Wecker, und mir gegenüber bist du stumm wie ein Skelett geblieben. Du hast doch genau gewußt, was los ist. Nun verstehe ich auch, was du dauernd an dem Zerstörer zu tun gehabt hast. Kannst du wenigstens mit so einem Ding umgehen?«

»Idiotensicherer Mechanismus, selbst du könntest ...«

»Sprich es nicht aus!« warnte ihn Gucky, immer noch wütend. Dann beruhigte er sich. »Also gut, nur wir beide wissen vorerst von der Geschichte. Da man dir ja genügend Grütze mitgegeben hat, kannst du dir vorstellen, was dieser Text hier mit anderen Worten besagt. Daß nämlich du im Notfall allein mit dem präparierten Zerstörer abhauen und mit allen gespeicherten Daten zur Erde zurückkehren sollst.«

»So habe ich meinen Auftrag auch verstanden«, gab Aloisius zu.

»Reizend! Und nun hängt wohl alles von den Reaktionen unseres Kommandanten ab, und wie ich den kenne, verläßt er sich auf die niedliche Bombe – und schickt sie auch los, wenn nicht alles nach seiner Nase geht. Und eben das muß verhindert werden.«

»Vielleicht ist es gar keine richtige Arkonbombe.«

Gucky sah verdutzt auf, dann schüttelte er den Kopf.

»Eine Attrappe meinst du? Nein, auf keinen Fall. Sie soll ja zur Demonstration dienen, und einen leblosen Weltkörper dazu werden wir schon finden. Aber davon darf Hennessy noch nichts wissen. Er muß den Fremden gegenüber überzeugend wirken und echt bluffen können. Kann er aber nur, wenn er sich stark genug fühlt.«

Aloisius stand noch immer an der Tür. »Der Kontakt kann jeden Augenblick erfolgen. Wir müssen von nun an aufpassen, daß niemand hier an Bord unüberlegt handelt.«

»Keine Sorge, mein Lieber. Ich habe den Captain ständig unter telepathischer Kontrolle. Im Moment sucht er gerade die Toilette auf Deck drei auf. Die Situation scheint ihm auf die Nieren geschlagen zu haben.«

»Trefflich ausgedrückt«, lobte Aloisius und verschwand in seiner Kabine.

Gucky blieb mit geschlossenen Augen liegen und beschäftigte sich so intensiv mit Captain Hennessys momentanem Gedankengut, daß er bald darauf selbst ein menschliches Rühren verspürte und zu einem gewissen Örtchen auf Deck vier teleportieren mußte. Genau in dieser Sekunde erhielt Stephan Elsässer Kontakt.

3.

Die Orterzentrale von Thuan lag am Rand von Thuan-City auf einem nicht sehr hohen Bergplateau und in nur geringer Entfernung vom Ratsgebäude, in dem sich alle Regierungsmitglieder versammelt hatten. Der Dritte Rat Kondex, verantwortlich in erster Linie für die Verteidigung des Planeten, faßte am Ende seines Referats noch einmal zusammen:

»Es scheint also sicher zu sein, daß dieses dritte Schiff ebenfalls von jener Welt stammt wie die beiden anderen. Damit ist klar, daß auch ein viertes, fünftes oder gar eine ganze Flotte erscheinen werden, wenn wir so verfahren wie bisher. Patrona stimmt in dieser Hinsicht mit mir überein. Die logische Folge ist also, daß wir die Fremden derart abschrecken, daß ihnen für ewige Zeiten die Lust vergeht, in unseren Sektor einzudringen. Wir müssen sie im Endeffekt schwer beschädigt entkommen lassen. Das ist mein Vorschlag.«

Caldon meldete sich zu Wort.

»Und ich meine, wir sollten vor jeder Entscheidung erst einmal versuchen, Kontakt mit ihnen aufzunehmen. Wir wissen, daß es viele Zivilisationen im Universum geben muß. Zehntausend Jahre lang ist uns die Isolation gelungen. Ich fürchte, daß diese Zeit vorbei ist, nachdem man uns entdeckt hat.«

Einige der Räte murmelten Zustimmung, andere wiederum gaben durch Gesten zu verstehen, daß sie anderer Meinung waren. Patrona erhob sich.

»Ich muß Kondex recht geben«, sagte er. »Noch eine weitere Tatsache spricht für ihn: die auf der Insel Verbannten. Wenn die Fremden erfahren, daß wir die beiden ersten Schiffe gekapert und die Besatzungen gefangengenommen haben, werden sie sich kaum friedfertig verhalten.«

»Aber«, warf Caldon ein, »wir können die Verbannten noch immer als Geiseln benutzen.«

»Sehr richtig, Caldon«, stimmte Kondex ihm zu. »Eine ausgezeichnete Idee. Das wird sie davon abhalten, uns anzugreifen, während wir sie in aller Ruhe waffentechnisch behandeln können.«

»So einfach habe ich das nicht gesehen«, hielt Caldon ihm entgegen.

»Aber ich sehe es so!« beendete der Dritte Rat das Thema.

Der überdimensional große Bildschirm an der gekrümmten Wand des Sitzungssaals begann zu flackern, dann erschien ein Erkennungssymbol. Das Symbol der Orterzentrale.

Patrona drückte den Bereitschaftsknopf ein. Das Gesicht eines Thuaners erschien auf dem Schirm. Es war Monaran, der Leiter der Orterzentrale.

»Wir fingen Funksprüche auf, die zweifellos von dem fremden Schiff stammen. Wir sind dabei, eine Entschlüsselung zu versuchen. Leider sind die Sendungen verstummt, denn das Schiff steht jenseits von Thuatha und ist damit außer Reichweite und ortungsgeschützt.«

»Versucht, die Verbindung aufzunehmen!« befahl Patrona. »Eine Verständigung mit den Fremden ist von größter Bedeutung.«

»Es wird schwierig sein wegen der unterschiedlichen Frequenzen und Sendungsart, ganz abgesehen davon, daß ihre Sprache unverständlich ist. Wir versuchen es trotzdem.«

»Wir warten«, versprach Patrona, während der Bildschirm dunkel wurde. Und zu den anderen Räten gewandt, fügte er hinzu: »Wir haben auch keine andere Wahl.«

Monaran ließ den Orterschirm nicht aus den Augen. Die Sonne Thuatha wurde ausgefiltert, aber noch blieb das fremde Schiff unsichtbar.

Seine Mitarbeiter an den Kontrollen der Funkanlage strahlten ununterbrochen Signale und Sprachproben auf derselben Frequenz ab, die auch die Fremden benutzten. Aber die Empfänger registrierten nichts mehr. Die Lautsprecher blieben stumm.

Eine andere Gruppe befaßte sich mit den vorher aufgefangenen und automatisch aufgespeicherten Signalen der Fremden. Alle bekannten Methoden der Kosmolinguistik wurden angewandt, die Sprache zu entschlüsseln, aber ohne jeden Erfolg. Translatoren besaßen die Thuaner nicht, weil man sie mangels Anwendungsmöglichkeit niemals erfunden hatte. Es gab welche in den beiden gekaperten Schiffen, aber niemand konnte mit ihnen umgehen, außer bei direktem Kontakt.

»Es gäbe eine Möglichkeit«, sagte einer von Monarans Spezialisten zu dem Leiter der Orterzentrale, als dieser die Bemühungen seiner Mitarbeiter mit wachsendem Unbehagen beobachtete. Der Rat der Zwei Kontinente, also die Regierung von Thuan, saß ihm fühlbar dicht im Nacken. »Eine sehr vage Möglichkeit, Monaran.«

»Und die wäre?« erkundigte sich dieser. »Raus damit!«

»Die Verbannten!« sagte der Spezialist. »Wenn das fremde Schiff Besatzungen gleichen Ursprungs an Bord hat, sollten sie sich doch miteinander verständigen können.«

Monaran ärgerte sich darüber, nicht selbst auf diese einfache Lösung gekommen zu sein. Auf der anderen Seite warf aber auch sie Probleme auf.

»Und wenn sie uns belügen? Die können sich über alles Mögliche unterhalten, ja, sie könnten sogar einen für uns gefährlichen Plan aushecken, ohne daß wir sie verstünden. Nein, ich fürchte, so einfach ist es doch nicht. Immerhin werde ich den Rat verständigen.«

»Du vergißt, Monaran, daß wir auch damals mit den Verbannten sprechen konnten, weil sie diese kleinen Geräte hatten, die ihre Laute uns verständlich machten, und umgekehrt. Mit einem solchen Gerät sind wir in der Lage, ihrer Unterhaltung zu folgen.«

Monaran ärgerte sich abermals über sich selbst, ohne sich etwas anmerken zu lassen. »Danke für deinen Hinweis, ich werde ihn dem Rat zuleiten.«

Der Mitarbeiter ging zu seinem Posten an den Kontrollen zurück. Es waren noch immer keine neuen Signale eingetroffen. Monaran aber nahm Kontakt mit dem immer noch tagenden Rat der Zwei Kontinente auf ...

Nachdem Termoil seinen Fisch verzehrt hatte, hielt es ihn nicht mehr in seiner Hütte. Die Neuigkeit, die er von Dermot erfahren hatte, ließ ihm keine Ruhe mehr. Er wäre wahrscheinlich geplatzt, wenn er sie für sich behalten hätte.

Die Sonne senkte sich gen Westen, als er Braddox' Hütte erreichte und zu seiner Enttäuschung feststellen mußte, daß sie leer war. Wahrscheinlich hatte sich der ehemalige Kommandant zum »Dorfplatz« begeben, wo sich abends die Verbannten oft trafen und die Ereignisse des Tages besprachen.

Der sogenannte Dorfplatz befand sich etwa in der Mitte der verzweigten Siedlung. Eine riesige Feuerstelle in der Mitte der Lichtung kennzeichnete ihn. Außerdem wußte jeder, daß etwas los war, wenn er den weithin sichtbaren Feuerschein bemerkte.

Termoil sah ihn schon von weitem und ahnte, daß er mit seiner sensationellen Neuigkeit zu spät kam. Trotzdem ging er weiter. Vielleicht verpaßte er sonst noch neue Informationen.

Weder er noch einer der anderen Verbannten konnte ahnen, daß sie einem Täuschungsmanöver der Thuaner zum Opfer gefallen waren. Monaran war nämlich auf die Idee gekommen, die vor Jahren gespeicherten Funksprüche der EX-340 und EX-7 abzustrahlen, um das fremde Schiff aus der Reserve zu locken. Da diese Sprüche verschlüsselt waren und niemand den Schlüssel kannte, verstand sie auch niemand. Nicht einmal Braddox.

»Unzweifelhaft verschlüsselte Informationen auf der terranischen Frequenz«, stellte er fest, als Dermot, so gut es ihm möglich war, den Versuch unternommen hatte, die aufgefangenen Signale akustisch wiederzugeben. Ein Gerät zur Aufzeichnung war nicht vorhanden. »Aber sie können auch von einem Schiff stammen, das vor einem Jahrhundert in exakt hundert Lichtjahren Entfernung hier vorbeikam.«

»Hätten wir nur den Schlüssel«, beklagte sich Dermot.

»Haben wir aber nicht.« Braddox sah plötzlich sehr entschlossen aus. »Eine gute Idee, das mit dem Funkgerät, aber es bringt nichts ein. Sie haben uns auf Terra längst vergessen und ...«

»Du hast schon mal anders gesprochen«, unterbrach ihn Termoil, der nun neben ihm angelangt war. »Sie werden eines Tages kommen, um uns zu befreien. Aber wie lange kann das dauern? Viel zu lange, würde ich sagen. Und darum halte ich an meinem Vorschlag fest, daß zwei oder drei von uns die Flucht riskieren und versuchen sollten, an eins von unseren Schiffen heranzukommen. Hierher damit, und dann nichts wie ab durch die Mitte. Was meinst du dazu, Braddox?«

»Ich halte nichts davon. Niemand kann die Sperren durchdringen. Das hast du doch selbst behauptet.«

Termoil nickte. »Richtig, das habe ich gesagt. Aber ich glaube inzwischen, eine Lücke gefunden zu haben. Ich tauche oft, wie du weißt. Zum Glück hat man uns ja die entsprechende Ausrüstung zum Fischfang gelassen. Sicher, die energetische Sperre reicht bis hinab zum Meeresgrund und paßt sich ihm an. In den Fels selbst dringt sie nicht ein, höchstens ein paar Zentimeter. Dazu ist der Energievorhang zu schwach. Er soll ja nicht töten, sondern nur abschrecken.«

»Na und?« Braddox wurde ungeduldig. Aber er ahnte, daß Termoil noch nicht alles gesagt hatte. »Weiter!«

Der Kosmobiologe grinste im Schein des Feuers. Die anderen Verbannten hatten sich näher gedrängt, um kein Wort von dem zu verlieren, was gesprochen wurde.

»Gestern unternahm ich einen weiteren Tauchausflug, und da fiel mir etwas auf, das von Bedeutung sein könnte. In Richtung Osten, wo der City-Kontinent liegt, entdeckte ich eine Höhle, die *unter* dem Meeresboden liegt. Und *vor* der Sperre. Ich schwamm nur ein paar Meter hinein, kehrte aber wieder um, als ich kein Ende des schlauchförmigen Tunnels sah. Angenommen, dieser Tunnel führt unter dem Energievorhang hindurch ...«

Er schwieg und blickte sich erwartungsvoll um. Er begegnete Gesichtern, die Spannung und neue Zuversicht ausdrückten. Auch Braddox schien plötzlich sehr interessiert zu sein.

»Du meinst, man könne durch die Höhle das Meer jenseits der Sperre erreichen?«

»Ich bin sogar davon überzeugt.«

»Aber was würde das nützen? Wir haben nur drei Tauchgeräte.«

»Drei Männer würden auch genügen, wenn es ihnen gelänge, unbemerkt den Kontinent zu erreichen. Tagsüber kann man seine Küste am Horizont ausmachen. Etwa Vierzig Kilometer vielleicht, nicht mehr.«

»Und dann?«

»Wie ich schon sagte: Sie müßten versuchen, unsere Schiffe zu finden und eins zurückerobern. Die Thuaner werden so überrascht sein, daß sie erst dann reagieren, wenn es zu spät ist. Das Schiff landet hier, nimmt uns auf und rast mit Volldampf in den Raum hinaus, ehe die Thuaner sich von ihrem Schreck erholt haben.«

Dermot mischte sich ein: »Das hört sich alles furchtbar einfach an, aber ich würde doch noch warten damit. Vielleicht haben wir wirklich Glück mit unserem Funkgerät. Und wenn ein terranisches Schiff in der Nähe ist ...«

» ... müssen wir es rechtzeitig warnen!« fiel Braddox ein. »Bis du deine Funkkiste sendebereit gemacht hast, könnte es zu spät sein. Dann erhalten wir hier auf der Insel höchstens noch Zuwachs. Ich stimme also dem Plan Termoils zu. Die Frage ist nur: Wer wird gehen?«

Bis zu diesem Augenblick waren die Verbannten ruhig und still gewesen, aber nun redeten sie alle durcheinander. Braddox, noch immer so etwas wie der Anführer der gefangenen Terraner, ließ sie gewähren. Er nahm Termoil zur Seite.

»Es ist klar, daß du mit von der Partie bist, denn nur du kennst den Höhleneingang. Wen aber willst du mitnehmen?«

»Dich auf jeden Fall!«

»Und wen noch?«

»Die anderen sollen den dritten Mann bestimmen. Oder eine unserer Frauen.«

»Helen vielleicht?«

Termoil sah überrascht auf. »Bist du Gedankenleser, Braddox? An die habe ich auch gedacht.«

»Sie ist Ärztin und sehr resolut. Außerdem hat sie damals mit den Thuanern verhandelt. Sie kennt sie besser als jeder von uns.«

»Gut, dann sind wir uns einig. Fragt sich nur, ob sie will.«

»Das werden wir gleich wissen.«

Sie kehrten zu den anderen zurück. Das Durcheinanderreden verstummte, als Braddox die Hand hob und einen Vorschlag machte. Aus den hinteren Reihen der Versammelten drängte sich eine Frau nach vorn zum Feuer.

Sie trug die lindgrüne Uniform der Flotte, die an verschiedenen Stellen geflickt war. Ihr Alter konnte auf dreißig Jahre geschätzt werden, das ließ vermuten, daß sie es sehr schnell zu etwas gebracht hatte. Immerhin war sie ausgebildete Medizinerin.

»Ich werde wohl nicht gefragt?« erkundigte sie sich bei Braddox, aber der Tonfall ihrer Stimme verriet schon, daß sie nicht ablehnen würde. »Darf ich Einzelheiten erfahren?«

Termoil übernahm. »Der Ausbruch kann nur bei Nacht erfolgen, denn wir müssen vor der Morgendämmerung den Kontinent erreicht haben. Heute ist es schon zu spät, außerdem möchte ich zuerst allein die Unterwasserhöhle untersuchen, damit wir sicher sein können, durch sie ins offene Meer zu gelangen. Das wird heute noch geschehen. Wenn alles nach Plan verläuft, brechen wir morgen kurz nach Sonnenuntergang auf.«

»Und die Ausrüstung?« fragte sie sachlich.

»Drei Paralysatoren und drei Tauchanzüge mit Antrieb. Die entwickeln eine hübsche Geschwindigkeit. In vier oder fünf Stunden haben wir das Festland erreicht. Der Satellit entdeckt uns im Dunkeln nicht – hoffe ich.«

Sie nickte. »Einverstanden. Vielleicht könnt ihr unterwegs einen Arzt gebrauchen. Und wenn sie uns erwischen, verhandele ich mit den Thuanern. Ich bin schon damals recht gut mit ihnen ausgekommen.«

»Damit wäre die Entscheidung gefallen«, schloß Braddox die Versammlung. »Und du, Dermot, versuchst weiter, dein Gerät funktionsfähig zu machen. Vielleicht erübrigt sich dann unser Ausflug.«

»Hexen kann ich auch nicht«, knurrte der Funker und verschwand in Richtung seines Werkschuppens.

Termoil verlor keine Zeit. In seiner Hütte angelangt, legte er den Taucheranzug an, nahm die Taschenlampe und ging mit der Hoffnung ins Wasser, den Eingang der Höhle wiederzufinden, was ihm schließlich auch gelang.

Als er zwei Stunden später zurückkehrte, konnte er dem wachgebliebenen Braddox berichten, daß der Tunnel in der Tat unter der Energiesperre hindurchführte und er eine halbe Stunde lang im offenen Meer jenseits des Vorhangs gewesen war.

Am nächsten Tag fing Dermot wieder einige Funksprüche auf, und diesmal konnte kein Zweifel mehr daran bestehen, daß es sich um aktuelle Sendungen handelte, denn sie waren nicht verschlüsselt.

Ein terranisches Schiff war in das System eingedrungen und versuchte, Kontakt zu dem Planeten Thuan aufzunehmen. Es mußte gewarnt werden, bevor dieser Kontakt stattfand.

Mit Mehrheit lehnten die Mitglieder des Rates den Vorschlag Monarans ab, die Verbannten als Unterhändler einzusetzen, erbaten sich jedoch eine Frist von zwei Tagen bis zur endgültigen Entscheidung. Bis dahin sollte die Orterzentrale versuchen, eine Verständigung herbeizuführen.

Bei den ersten beiden Schiffen war das problemloser gewesen, und Patrona wurde den Verdacht nicht los, daß der Kommandant des dritten Schiffes mit anderen Befehlen gekommen war. Er ließ die Abwehrforts durch Kondex in den Alarmzustand versetzen.

Caldon war darüber nicht gerade erbaut. Nach wie vor plädierte er für den friedlichen Kontakt ohne Hintergedanken und für die Aufnahme normaler Beziehungen zu den Fremden, bei denen es sich ohne jeden Zweifel um Terraner handelte. Allein die Form des Schiffes ließ darauf schließen.

Wegen seiner Bereitschaft, die bisherige totale Isolation aufzugeben, erntete Caldon harte Kritik von seiten des Rates, aber er ließ sich nicht beirren. Auf keinen Fall, so betonte er, werde er seine Meinung ändern, sich aber jedem Beschluß der Mehrheit fügen.

Am folgenden Tag geschah so gut wie nichts. Das fremde Schiff tauchte nur für Minuten aus seinem Orterschutz hervor, strahlte einige Sendungen ab und verschwand wieder.

Der dritte Tag brach an und brachte eine überraschende Wende.

Das Wasser war nicht kalt, aber in der Nacht absolut dunkel. Termoil hatte deshalb angeordnet, die Lampe nur im Notfall zu benutzen. Er hoffte, den Höhleneingang auch im Finstern zu finden. Er schwamm zwischen Braddox und Dr. Helen, durch dünne Leinen mit ihnen verbunden. Ab und zu tauchten sie auf, um sich zu orientieren. Das leicht flimmernde Energiefeld war nun dicht vor ihnen.

Nicht mehr weit, dachte Termoil und tauchte mit seinen Begleitern wieder ab. Mit tastenden Händen suchte er nach den Merkmalen, die er sich bei seinem gestrigen Ausflug eingeprägt hatte. Schneller als erhofft, fand er das zehn Meter unter der Wasseroberfläche liegende Felsenriff wieder. Dicht davor mußte die Höhle sein.

Als seine suchenden Händen plötzlich ins Nichts griffen, hatte er es geschafft. Der Eingang führte schräg in die Felsen hinein und war breit genug, sie alle drei nebeneinander aufzunehmen, aber schon bald wurde der Tunnel so schmal, daß sie hintereinander schwimmen mußten. Einmal schaltete Termoil seine Lampe ein. Der Lichtschein konnte hier nicht an die Oberfläche dringen und sie verraten.

Um sie herum waren die nackten Felswände, und eine leichte Strömung trieb sie langsam weiter, dem offenen Meer zu. Der Gang stieg allmählich wieder an. Termoil löschte das Licht, und sie schwammen weiter.

Dann war auf einmal kein Fels mehr über ihnen, nur noch Wasser. Ein Stück weiter tauchten sie auf. Die Energiesperre lag hinter ihnen.

Warum haben wir das nicht schon früher versucht, dachte Termoil. *Ich hätte die Höhle schon vor ein oder zwei Jahren entdecken können ...*

Es war schwer, sich zu orientieren, aber sie kannten die Richtung ungefähr. Der Himmel war bewölkt, und nur selten schimmerte ein Stern durch die Wolkenlücken, um ihnen den Weg zu zeigen.

Termoil gab das Zeichen zum Einschalten des Antriebs, der für die Unterwasserjagd gedacht war. Sie trieben dicht zusammen, denn die Leinen verhinderten ein Auseinandertreiben. Bald hatten sie die Höchstgeschwindigkeit erreicht und ließen die Insel der Verbannten schnell hinter sich. Trotz der Finsternis konnten sie ihre Umrisse noch eine Zeitlang erkennen, dann schien sie im Meer zu versinken.

Nach etwa einer Stunde übertönte ein anderes Geräusch das kaum hörbare Summen des Antriebs. Termoil gab Helen und Braddox das vereinbarte Zeichen zum Abschalten des Antriebs. Das Geräusch kam näher, schnell und direkt auf sie zu.

»Abtauchen!« flüsterte Termoil hastig, als er den dunklen Schatten auf sich zukommen sah. »Ohne Maske! Schnell!«

Der Wachkreuzer der Thuaner hätte sie fast gerammt, als er dicht über sie hinwegglitt und sich dann schnell wieder entfernte. Die drei Flüchtlinge tauchten auf und schnappten gierig nach Luft.

»Das war verdammt knapp!« keuchte Helen, noch immer erschrocken. »Hoffentlich haben sie nichts bemerkt.«

»Dann wären sie schon zurück«, entgegnete Termoil. »Wir warten noch fünf Minuten, ehe wir den Antrieb wieder aktivieren. In zwei, drei Stunden haben wir es geschafft.«

»Ich fürchte«, bemerkte Braddox bitter, »dann fangen unsere Schwierigkeiten erst richtig an.« Das allerdings befürchteten die anderen beiden auch.

Sie hatten nicht die geringste Ahnung, ob man die beiden Explorer an ihrem alten Standort gelassen oder inzwischen abtransportiert hatte. Wenn ja, dann blieb ihnen gar nichts anderes übrig, als einen Thuaner gefangenzunehmen und auszuquetschen. Danach würden sie ihn mitnehmen müssen, damit er sie nicht verriet.

War jedoch alles beim alten gebliebeu, so stünden dic beiden Schiffe noch am Rand des fast primitiv anmutenden Raumhafens, dem einzigen des Planeten. Das würde das ganze gewagte Unternehmen ungemein erleichtern. Es kam dann nur noch darauf an, derart schnell zu handeln, daß die Thuaner erst begriffen, was geschehen war, wenn es bereits zu spät war.

Am östlichen Horizont, dort wo der Kontinent lag, war es ein wenig heller als in den übrigen Richtungen, aber es würde noch Stunden dauern, ehe die Morgendämmerung richtig einsetzte. Die Umrisse des Festlands wurden erkennbar. Sie erinnerten an den Rücken eines riesigen Sauriers, der auf Beute lauerte.

Weder Termoil noch seine Begleiter konnten ahnen, an welcher Stelle des Kontinents sie landen würden, südlich oder nördlich von Thuan-City. Der Raumhafen lag nördlich der Stadt. Wenn sie diese im Süden erreichten, mußten sie sie umgehen, um das Risiko einer Entdeckung möglichst gering zu halten.

Als die Landumrisse näherrückten, verminderten sie ihre Geschwindigkeit. Sie wußten, daß die Thuaner keine Energieverschwendung kannten und nachts alle überflüssigen Lichter löschten. Somit fehlte die Leuchtglocke über der Stadt, die ihnen den Weg gewiesen hätte. Aber im Osten war es heller geworden.

»Wir schwimmen direkt auf sie zu«, sagte Helen plötzlich erschrocken. »Bis wir dort sind, ist es fast hell.«

»Etwas mehr nach links«, riet Termoil und gab eine neue Richtung an, die sie mehr nach Norden führte.

Der Wellengang war nur gering, es gab auch keine nennenswerte Strömung. Sie hatten die Geschwindigkeit wieder erhöht, um schneller das Land zu erreichen. Noch schlief die Stadt, aber nicht mehr lange, und sie würde zum Leben erwachen.

Endlich spürte Termoil Grund unter den Füßen.

»Ich glaube, wir sind weit genug entfernt«, bemerkte er und deutete nach Süden. »Dort liegt die Stadt. Zwischen uns und ihr sind die Hügel mit der Orterzentrale. Genau im Osten dürfte jetzt der Raumhafen liegen.«

Sie verbargen ihre Ausrüstung zwischen den Klippen in einer der zahlreichen Höhlen, die vom Wasser nicht erreicht wurden, behielten aber ihre Lampen und die Paralysatoren. Richtig aufatmen konnten sie erst dann, als sie die ersten schützenden Büsche und Bäume erreichten.

Inzwischen war die Sonne aufgegangen. Ihre wärmenden Strahlen lösten die Starre in den unterkühlten Gliedern der drei Verbannten. Trotzdem hielten sie sich möglichst im Schatten der Bäume, um eine Entdeckung aus der Luft zu vermeiden.

»Wie weit ist es eigentlich?« fragte Helen. »Ich kann mich nicht mehr so richtig erinnern.«

»Vier oder fünf Kilometer«, antwortete Braddox. »War eine hübsche Luftreise damals, bequemer jedenfalls als die jetzige.«

»Ich hätte gern darauf verzichtet«, knurrte Termoil, der voranging und sicherte. »Da drüben ist der Orterberg. Hoffentlich sind sie voll und ganz mit dem terranischen Schiff beschäftigt und kümmern sich nicht um das, was hier unten geschieht.«

Sie überquerten eine der Straßen, die vereinzelte Siedlungen mit der Hauptstadt verbanden. Eine breitere führte zum Raumhafen. Wieder im Schutz des Waldes folgten sie ihr parallel in geringer Entfernung. Nun konnten sie sich nicht mehr verirren und mußten früher oder später ihr Ziel sichten. Dann allerdings begannen ihre Probleme.

Der Wald lichtete sich vor ihnen und machte einer freien Fläche Platz, die sich bis zum Horizont zu erstrecken schien. Rechts standen Startgerüste und flache Werkshallen, dazwischen höhere Verwaltungsgebäude. Einige kleinere Raketenschiffe warteten am Südrand auf ihre Bestimmung.

»Dort!« hauchte Termoil und deutete nach Norden. »Die EX-340 und die EX-7! Aber zwischen ihnen und uns ist nur freies Feld. Was nun?«

Sie standen unter den letzten Bäumen, deren Zweige tief herabhingen und genügend Deckung boten. Von energetischen Sperren oder Zäunen war nichts zu sehen. Die beiden Kugelraumer mochten etwa drei Kilometer entfernt sein und wirkten durch die Distanz eher klein.

»Wir müssen es versuchen«, murmelte Braddox. »Wir können nicht noch einen weiteren Tag verschwenden. Das andere Schiff muß sich nun seit drei Tagen in der Nähe aufhalten, viel länger wird es nicht mehr warten. Vielleicht gelingt es, einen Warnimpuls abzustrahlen.«

»Erst müssen wir in einem der Explorer sein«, erinnerte ihn Helen. »Und das sieht nicht so leicht aus, selbst wenn sie unsere Schiffe nicht bewachen.«

»Hätten wir wenigstens andere Klamotten an«, knurrte Termoil. »Zwar ist von unserer alten Uniform nicht viel übriggeblieben, aber sie unterscheidet sich noch immer von jener der Thuaner.«

»Die tragen hier auch eine Art Uniform«, sagte Helen. »Auf die Entfernung hin dürfte das also täuschen. Ich bin dafür, es einfach zu riskieren. Oder hat es Sinn, das Landefeld zu umgehen und zu versuchen, von der anderen Seite heranzukommen? Ich sehe, im Westen ist auch Wald. Es wäre nur die doppelte Entfernung.«

»Aber sicherer«, stimmte Braddox sofort zu, und auch Termoil nickte nach einigem Überlegen. »Also, dann los!«

Das Überqueren der Straße war schwieriger geworden, da Fahrzeuge unterwegs waren. Sie mußten eine halbe Stunde warten, ehe die Strecke nach beiden Seiten hin frei war. Dann rannten sie, so schnell sie konnten und erreichten ungesehen den Wald auf der anderen Seite.

Sie marschierten ohne Pause, bis sie nur noch wenige hundert Meter von den beiden Kugelraumern entfernt waren, die man dicht am Rand des Landefelds abgestellt hatte. Zu ihrer Überraschung waren keine Thuaner zu entdecken, man hatte tatsächlich nicht einmal Wachen aufgestellt. Man fühlte sich offensichtlich absolut sicher.

Die Explorer befanden sich nun zwischen den drei Verbannten und dem Startplatz und boten eine vorzügliche Deckung. Aufrecht gehend verließen die drei Menschen den Schutz des Waldes und näherten sich den Schiffen. Die Luke von EX-7 war weit geöffnet, die Leiter nicht eingefahren.

Richtig einladend, dachte Termoil verblüfft. *Hoffentlich ist es keine Falle.*

Sie gingen an den Landestützen vorbei, bis sie den unteren Pol erreichten und unter der Luke standen. Braddox umfaßte die Leiter mit beiden Händen, dann zögerte er plötzlich.

»Das ist alles zu einfach«, murmelte er unsicher. »Warum ist die Luke geöffnet? Von unserer Flucht von der Insel wissen sie bestimmt noch nichts, sonst hätten wir die Suchtrupps bemerkt. Vielleicht sind sie wirklich zu leichtsinnig. Kann sein, daß sie das Schiff untersucht haben und einfach vergaßen, die Luke wieder zu schließen.«

»Was auch immer«, drängte Helen. »Mach weiter, Braddox, ehe sie uns hier entdecken!«

Braddox kletterte nach oben und verschwand in der Bodenschleuse von Deck eins. Helen und Termoil folgten ihm, so schnell sie konnten, und schlossen die Luke hinter sich. Sie verriegelten sie, so daß sie von außen nicht mehr geöffnet werden konnte.

»So, jetzt fühle ich mich wohler«, gab Braddox zu und musterte die altgewohnte Umgebung mit Genugtuung. »Aber nun ab in die Zentrale! Sollen wir vorher versuchen, Kontakt mit dem Schiff aufzunehmen?«

»Und wenn die Thuaner etwas aufschnappen?« befürchtete Helen.

»Sollen sie doch.«

»Und wenn sie uns anpeilen? Dann wissen sie sofort, was los ist.«

Braddox nickte. »Vielleicht hast du recht. Kommt!«

Der Lift brachte sie auf Deck vier in die Zentrale. Aber in dem Augenblick, in dem sich Braddox mit einem Seufzer der Erleichterung auf dem Pilotensitz niederlassen wollte, ertönte hinter ihnen eine fremde Stimme. Sie sagte: »Haben die Terraner wirklich geglaubt, wir wären so dumm?«

Sie fuhren herum und erblickten vier Thuaner, deren Waffen auf sie gerichtet waren. Vor der Brust des Sprechers hing der terranische Translator. Er lächelte überlegen. »Der Infra-Satellit hat euch seit Mitternacht beobachtet. Und nun legt eure Waffen dort auf den Tisch ...«

4.

Während sich die CHALLENGER für kurze Zeit außerhalb des Orterschutzes aufhielt, empfing Elsässer zu seiner maßlosen Überraschung plötzlich einen nicht verschlüsselten Text, der zwar von einem terranischen Schiff stammen mußte, aber nicht für ihn bestimmt sein konnte.

Wieder zurück im Orterschutz der Sonne hörte sich Captain Hennessy den Funkspruch mehrmals an, dann schüttelte er verwundert den Kopf.

»Wenn das nicht Kommandant Braddox ist, will ich ab sofort ›Cognac‹ heißen. Aber das ist doch unmöglich! Die EX-7 ist als verschollen gemeldet.«

»Der Funkspruch ist ohne Datierung, Captain.«

»Sicher, habe ich auch bemerkt.« Er sah Elsässer an. »Sie meinen ...?«

»Ich habe fast den Eindruck. Der Text läßt darauf schließen, daß Braddox die Fremden angefunkt hat, und das kann nicht jetzt geschehen sein. Also handelt es sich um eine alte Aufzeichnung.«

»Die uns vorgespielt wird. Aber warum?«

»Um uns neugierig zu machen.«

»Hm«, knurrte Hennessy wenig überzeugt. »Fest steht jedenfalls, daß die EX-7 hier war und Kontakt mit den Fremden aufnahm. Aber was geschah danach?«

Von nebenan meldete sich die Orterzentrale. Es war Bergström. »Als wir eben freie Sicht hatten, habe ich auf der Oberfläche des Planeten etwas entdeckt, das sehr gut zwei Explorerschiffe sein könnten, Captain.«

Hennessy schnappte nach Luft. »Was sagen Sie da, Professor? Noch einmal!«

»Ich habe die Aufzeichnung hier. Ein bißchen verschwommen, aber unmißverständlich, wie ich meine. Soll ich sie überspielen?«

»Na klar! Auf den Interkomschirm.«

Sowohl Hennessy als auch Elsässer starrten gespannt auf den Schirm, auf dem allmählich ein undeutliches Bild entstand. Die einsetzende Vergrößerung machte es nicht klarer. Immerhin waren die typischen Startanlagen für Raumschiffe der ersten Generationen zu erkennen, dicht dabei einige Gebäude, und auf der anderen Seite des großen Landefelds undeutlich zwei Kugelraumer.

Bergström hielt das Bild an. »Nun, was meinen Sie, Captain?«

»Kein Zweifel«, sagte Hennessy. »Das sind die beiden vermißten Explorer. Die Frage ist: Was geschah mit den Besatzungen? Es ist weniger ermutigend, daß man uns eine alte Aufnahme zuspielte. Aber ich weigere mich, das Schlimmste anzunehmen.«

»Nur ein direkter Kontakt mit den Fremden gibt uns Gewißheit«, sagte Elsässer. »Oder mit den Überlebenden der beiden Schiffe.«

Hennessy dachte an seine Anweisungen und nickte. »Gut, versuchen wir es. Verlassen wir den Orterschutz und geben das Versteckspiel auf.« Er rief über Interkom die Feuerleitzentrale. »Höchste Alarmstufe! Weitere Befehle abwarten!«

Dann kehrte er zu den Hauptkontrollen zurück und bat seinen Ersten, das Schiff zu übernehmen. Diesmal wollte er sich selbst um die Funkgeräte kümmern, um in der Lage zu sein, eventuelle Anfragen sofort beantworten zu können. Wenn die Fremden die Schiffe hatten, besaßen sie mindestens einen funktionsfähigen Translator.

Termoil, Braddox und Helen gehorchten dem Befehl der Thuaner, weil jede Gegenwehr sinnlos geworden war. Sie gaben ihre Strahler ab.

Es war ihnen klar, daß sie in eine wohlvorbereitete Falle gegangen waren. Die Thuaner hätten sie schon viel früher wieder einfangen können; sie mußten also einen bestimmten Grund gehabt haben, sie bis hierher kommen zu lassen.

Einer der Thuaner sagte etwas in ein Kästchen, wahrscheinlich ein Sprechfunkgerät. Da der Translator des Anführers nicht ausgeschaltet worden war, konnten die Terraner verstehen, was gesprochen wurde.

»Wir haben sie, Monaran. Wohin sollen sie gebracht werden?«

»In die Orterzentrale. Sofort!«

»Wir sind schon unterwegs.«

Inzwischen war draußen ein Fahrzeug eingetroffen, das sie aufnahm. Quer über das Landefeld fahrend, erreichte es die Straße, die zu dem Berg vor Thuan-City führte. Dann hielt es vor dem großen Kuppelbau, der mit der Orterzentrale identisch war.

»Aussteigen!« befahl der Thuaner barsch. »Euer Fluchtversuch hat uns die Mühe erspart, euch von der Insel abzuholen.«

Braddox schüttelte nur den Kopf. Er verstand überhaupt nichts mehr. Helen hingegen ahnte, was man von ihnen wollte.

»Das andere Schiff!« erinnerte sie ihre beiden Begleiter. »Wahrscheinlich wollen unsere liebenswerten Freunde hier, daß wir es in eine Falle locken. Da haben sie sich aber geschnitten.«

Der Thuaner mit dem Translator warf ihr nur einen kurzen Blick zu, sagte aber nichts.

Sie wurden in den großen und runden Kontrollsaal geführt. Die ganze Wand war mit Bildschirmen und Geräten bedeckt, davor standen Tische, hinter denen das Bedienungspersonal saß. Ein wenig erhöht fiel ein bananenförmiger Tisch auf, der sich unter der Last flacher Schaltpulte fast durchbog. Der Thuaner dahinter blickte ihnen finster entgegen.

Er nahm den Translator, der ihm gereicht wurde und stellte ihn vor sich auf den Tisch. Dann wandte er sich an die Gefangenen. »Ein Schiff wie das eure ist in unser System eingedrungen. Ihr werdet Verbindung mit dem Kommandanten aufnehmen.«

Helen sagte: »Das werden wir nicht, denn wir wissen, was ihr plant.«

»Ihr irrt euch. Wir wollen nur mit ihnen reden, aber wir haben nicht die Absicht, sie zur Landung zu überreden.«

Helen war für Sekunden verwirrt. »Und wozu das? Welche Hinterlist habt ihr euch ausgedacht?«

Unwillen huschte über das Gesicht Monarans. »Warum vertraust du uns nicht?«

»Wie sollte ich? Wir sind Gefangene. Und wir sind überzeugt, daß ihr auch die anderen gefangennehmen wollt. Aber gut, ich werde mit dem

Kommandanten reden. Zuvor eine Frage: Warum laßt ihr uns nicht frei, wenn ihr es so gut mit uns meint?«

Monaran ging nicht darauf ein. Er gab einigen Thuanern einen Wink. Die Funkgeräte wurden aktiviert, aber noch ehe mit einer Sendung begonnen werden konnte, kam aus den Lautsprechern eine Stimme, klar und deutlich in Interkosmo.

Sie sagte: »Hier spricht Captain Hennessy, Kommandant der EX-13. Wir wissen, daß sich auf dem zweiten Planeten dieses Systems zwei terranische Schiffe befinden und verlangen, den Kommandanten Braddox von der EX-7 zu sprechen. Wir haben seine Stimme bei der Aufzeichnung erkannt. Unsere Übersetzungsgeräte sind justiert worden. Diese Aufforderung wird dreimal wiederholt, dann schalten wir auf Empfang. Ende.«

»Der alte Hennessy!« murmelte Braddox ein wenig fassungslos. »Ich dachte, der wäre längst in Pension.«

»Offensichtlich nicht. Man weiß also, daß wir hier sind.« Helen sah plötzlich sehr zuversichtlich aus. »Jetzt bin ich gespannt, was die Thuaner tun werden. Sie müssen reagieren. Und die EX-13 ist gewarnt. Sie werden auf keinen Trick hereinfallen.«

»Captain Hennessy schon gar nicht!« betonte Braddox.

Inzwischen war der Funkspruch dreimal wiederholt worden. Die eintretende Stille verriet, daß die EX-13 auf Empfang geschaltet hatte und auf eine Antwort wartete. Der Kugelraumer war auf den Bildschirmen deutlich zu erkennen. Monaran hatte seine anfängliche Verwirrung anscheinend überwunden, war sich jedoch nicht ganz sicher, welche Entscheidung er treffen sollte. Er mußte Zeit gewinnen und den Rat konsultieren.

Braddox trat einen Schritt vor. »Kann ich mit dem Kommandanten des Schiffes sprechen? Er hat diesen Wunsch geäußert, weiß also, daß ich hier bin.«

Monaran winkte ab. »Später vielleicht. Der Rat muß entscheiden.« Er wandte sich an den Thuaner, der sie gefangengenommen hatte. »Bring sie in den Warteraum und warte weitere Befehle ab!«

Die drei Terraner wurden aus dem Saal geführt und in einem anderen Raum eingesperrt. Es gab Sitzgelegenheiten, die sie benutzten. Jetzt erst spürten sie die Müdigkeit, die von ihnen Besitz ergriffen hatte. Es war eine lange Nacht gewesen, und auch der noch vor ihnen liegende Tag würde lang werden.

»Ob Captain Hennessy klug genug ist?« wunderte sich Termoil.

Braddox blieb zuversichtlich. »Das ist er bestimmt. Er weiß, daß wir hier sind, und er hat mich zu sprechen verlangt. Wenn ihm dieser Wunsch abgeschlagen wird, weiß er, daß etwas faul an der Sache ist und wird sich entsprechend verhalten. Die Einsatzzentrale auf Terra ist auch nicht gerade auf den Kopf gefallen. Man hat uns gezielt gesucht. Sollte die EX-13 scheitern, wird hier bald eine ganze Flotte erscheinen, und mit der kann Thuan es nicht aufnehmen.«

»Aber vielleicht mit einem einzelnen Schiff«, befürchtete Termoil.

Braddox hob die Schultern und schwieg.

»Noch immer keine Reaktion?« knurrte Hennessy vor den Funkgeräten. »Die lassen sich ganz schön Zeit. Ich hätte große Lust, denen einen Thermo-Torpedo auf den Hals zu schicken.«

»Damit würde ich noch warten«, sagte eine piepsige Stimme unmittelbar hinter ihm.

Hennessy hatte den Mausbiber schon fast vergessen und fuhr erschrocken herum. »Himmel!« rief er aus. »Dich gibt es auch noch?«

»Wie du siehst, Großer. Aber du denkst richtig: Da unten stimmt etwas nicht. Ich habe versucht zu espern, aber ich kann die Impulse nur undeutlich und verschwommen empfangen. Ich bin jedoch sicher, daß terranische Gedankenfetzen dabei waren. Deine Sorge ist sicherlich unberechtigt: Man hat die Besatzungen nicht umgebracht. Sie leben.«

»Warum antworten die Fremden nicht?«

»Wie soll ich das wissen? Es hat den Anschein, als würde der zweite Planet von einem halbwegs abisolierenden Strahlenfeld umgeben, sonst könnte ich die Gedankenimpulse besser aufnehmen. Kann sein, daß daher auch die Kopfschmerzen stammen, die dich und andere manchmal plagen.«

Der Captain erhob sich und wanderte in der Zentrale hin und her. Ab und zu warf er einen Blick auf die Funkanlage, aber nichts verriet eintreffende Impulse und Signale. Die Lautsprecher blieben stumm.

Er blieb vor Gucky stehen. »Du weißt, wie mein Auftrag lautet?« vergewisserte er sich.

»Natürlich!«

»Hm. Dann weißt du auch, daß ich notfalls die Arkonbombe einsetzen soll, falls es Probleme gibt.«

»Auch darüber bin ich informiert.«

Hennessy nickte. »Gut. Aber kann ich das tun, wenn wir sicher sind, daß die Männer und Frauen der beiden Explorer noch leben? Es würde für sie den sicheren Tod bedeuten.«

Gucky entsann sich seiner Aufgabe, und er sagte etwas, das ihm stark gegen den Strich ging und von dem er auch nicht überzeugt war. Er mußte es tun, um Hennessy entsprechend zu motivieren.

»Wir alle wissen, daß die Kettenreaktion, die von der Bombe ausgelöst wird, nur langsam voranschreitet. Es dauert Tage, bis der Planet vernichtet ist, Zeit genug also, in der allgemeinen Verwirrung und Bestürzung, von der die Fremden ergriffen sein werden, einen Rettungsversuch zu unternehmen.«

Captain Hennessy schüttelte den Kopf. »Ich werde es nur im äußersten Notfall tun können.«

»Das ist auch so beabsichtigt«, beruhigte ihn der Mausbiber.

Bei den Geräten leuchtete ein Lämpchen auf. Zur Verblüffung des Captains kam aus dem Lautsprecher die ein wenig hart klingende Stimme eines Mannes, der einen Translator benutzte. Der bordeigene Übersetzer war zwar eingeschaltet, trat aber nicht in Aktion, weil er überflüssig geworden war.

Der Fremde sagte: »Ich rufe das Schiff, das von jenem Planeten kommt, der von seinen Bewohnern Terra genannt wird. Unser Raumhafen steht für eine Landung zur Verfügung. Wir bitten um Informationen, ob Hilfe dabei benötigt wird. Unsere Welt heißt Thuan.«

Hennessy setzte sich und drehte sich nach Gucky um. »Hast du gehört? Wir sollen landen.«

Der Mausbiber schüttelte entschieden den Kopf. »Eine Falle, ganz bestimmt. Stelle dem Kerl ein paar Fangfragen! Frag ihn vor allen Dingen, was mit den beiden Explorern und deren Besatzung ist.«

Hennessy nickte und schaltete um. »Wer immer Sie auch sind, wir danken Ihnen für die Kontaktaufnahme und das Landeangebot. Wir nehmen an, daß auch die beiden anderen Schiffe ein solches Angebot erhielten und annahmen. Meine Frage lautet: Warum stehen sie noch immer auf dem Landefeld? Warum kehrten sie nicht zu unserer Welt zurück?«

Es entstand eine längere Pause, so, als müßte der Fremde erst Erkundigungen einziehen, ehe er antwortete. Gucky, der bisher gestanden hatte, setzte sich in einen freien Sessel. Stephan Elsässer, der seinen Platz an den Hauptkontrollen nicht verließ, war nahe genug, um jedes Wort der Funkunterhaltung zu verstehen.

»Glauben Sie wirklich, Captain, daß Sie auf Ihre Frage eine wahrheitsgemäße Antwort erhalten? Ich kenne die Fremden ebensowenig wie Sie, aber mir scheint es sicher zu sein, daß sie falsch spielen.«

»Ist mir klar«, gab Hennessy knapp zurück, denn in diesem Augenblick leuchtete das Empfangslämpchen wieder auf.

»Die beiden Schiffe stehen noch genau dort, wo sie gelandet sind. Landen Sie ebenfalls dort, und Sie erhalten auf alle Ihre Fragen eine Antwort.«

»Wir werden nicht landen, wenigstens vorerst nicht. Ich möchte mit einem maßgeblichen Vertreter Ihrer Regierung sprechen.«

»Das tun Sie. Ich bin Patrona, der Erste Rat von Thuan.«

»Schön, endlich eine verständliche Antwort. Dann sagen Sie mir, was mit der Besatzung der beiden Schiffe geschehen ist.«

Wieder entstand eine Pause, obwohl der Fremde mit einer solchen Frage hatte rechnen müssen. Man schien sich seiner Sache durchaus nicht sicher zu sein.

Dann sagte Patrona: »Die Besatzung lebt, achtzig Männer und Frauen. Sie werden Gelegenheit erhalten, mit ihnen zu sprechen, sobald Sie gelandet sind.«

Über Hennessys Gesicht huschte ein grimmiges Lächeln. »Ich werde *vorher* mit einigen von ihnen sprechen, Patrona. Und zwar erst mit einem Mann namens Braddox. Er ist Kommandant des einen Schiffes, das Sie festhalten.«

Es dauerte abermals einige Minuten, ehe die Antwort kam. »Braddox wird mit Ihnen sprechen, aber wenn Sie schon nicht landen wollen, verlassen Sie Ihren jetzigen Standort. Sie befinden sich, von uns aus gesehen, zu nahe an der Sonne. Die Sendungen werden gestört. Wir können Sie kaum empfangen.«

»Ihre Geräte taugen nichts, wir empfangen Sie bestens.«

»Wechseln Sie trotzdem Ihre Position.«

Diesmal war es Hennessy, der seine Antwort hinauszögerte. Er sah hinüber zu Elsässer.

»Nun, was halten Sie davon?«

»Schwindel und fauler Zauber. Ich gehe jede Wette darauf ein, daß niemand von der EX-340 und EX-7 mehr lebt, oder aber man hält die Leute gefangen. Freiwillig jedenfalls sind sie nicht hier geblieben.«

»Ich bin Ihrer Meinung. Gucky?«

Der Mausbiber schien sich aus einer Art Starre zu lösen. »Keine verständlichen Gedankenimpulse, aber einige Emotionen dringen durch. Auch terranische Gedankenmuster, also leben zumindest noch einige Besatzungsmitglieder der Explorer. Vielleicht kann ich mehr erfahren, wenn wir den Orterschutz noch weiter hinter uns zurücklassen. Er ist ohnehin überflüssig geworden.«

»Das mit den Funkstörungen ist doch Schwindel«, erinnerte ihn der Kommandant. »Irgend etwas bezwecken die Thuaner, wenn sie uns aus dem Orterschutz locken wollen.«

»Tun wir ihnen den Gefallen, dann wissen wir endlich, was sie vorhaben.«

Hennessy nickte Elsässer zu. »Schalten Sie beim geringsten Anzeichen einer feindseligen Handlung der Fremden den Schutzschirm ein, Elsässer. Auch dann, wenn der Funkverkehr noch läuft.«

»In Ordnung«, bestätigte der Erste und schob die Hand ein wenig vor, den Kontrollen entgegen. Die andere lag auf den Flugkontrollen.

Hennessy schaltete auf Senden. »Einverstanden, wir werden die Position Ihren Wünschen gemäß verändern. Aber ich warne Sie gleichzeitig! Unternehmen Sie nicht den Versuch, uns mit technischen Mitteln zur Landung zu zwingen, wie Sie es vielleicht mit den beiden anderen Schiffen getan haben.«

»Ihr Mißtrauen ist entehrend für uns.«

»Für uns ist es gesund.« Hennessy ging auf Dauerempfang. Er nickte Elsässer zu. »Also dann los, aber mit äußerster Vorsicht. Lassen Sie den Panoramaschirm nicht aus den Augen. Gucky, könntest du Bergström veranlassen, im Observatorium die Beobachtung durch das Teleskop zu intensivieren. Er soll über Interkom mit mir in Verbindung bleiben und mir jede verdächtige Bewegung da unten sofort mitteilen.«

»Hier bin ich ohnehin überflüssig«, stimmte der Mausbiber zu. »Vorerst wenigstens.« Er teleportierte zu Professor Bergström.

Elsässer gab der CHALLENGER nur einen geringen Schub und ließ das Schiff dann in freiem Fall weitertreiben. Langsam nur verschob sich die Sonnenscheibe nach links. Die Sicht auf Thuan wurde allmählich besser. Vorher nur verschwommen erkennbare Einzelheiten wurden deutlicher. Über die Vergrößerung konnte Hennessy nun sogar die Beschriftung auf den Hüllen der beiden Explorer entziffern.

Die Beobachtung konzentrierte sich hauptsächlich auf den Raumhafen dicht bei der Stadt. Das sollte sich sehr bald als ein entscheidender Fehler erweisen ...

Nachdem Helen dem Thuaner Monaran erklärt hatte, wie der Translator bei einer Funkzwischenschaltung funktionierte, wurde sie in den Warteraum zurückgebracht.

»Was hast du erfahren können?« wurde sie von Braddox empfangen.

»Leider nicht viel«, gab sie zu. »Es ist jedoch anzunehmen, daß sie Verbindung zu dem Schiff aufnehmen wollen. Kommandant Hennessy hat es ja bereits getan, aber Monaran kam nicht mit dem Translator zurecht. Ich konnte nicht mehr hören, was er geantwortet hat.«

»Was auch immer«, knurrte Termoil wütend, »es werden lauter Lügen sein, so wie damals auch bei uns.«

»Vielleicht ist es Dermot inzwischen gelungen, sein zusammengebasteltes Funkgerät in Betrieb zu nehmen. Dann kann er mithören und vielleicht sogar senden, um die EX-13 zu warnen.« Braddox machte ein verzweifeltes Gesicht. »Ausgerechnet Dreizehn! Ich bin ja nicht abergläubisch, aber trotzdem ...« Er schwieg und starrte die gegenüberliegende Wand an.

Helen legte ihm die Hand auf die Schulter. »Manchen Leuten bringt die Zahl eher Glück, warum nicht auch uns?«

»Man muß nur daran glauben«, stimmte Termoil ihr zu.

Braddox sah sie an. »Nachhelfen muß man!« Er stand auf und ging unruhig in dem Raum hin und her. »Ja, das ist es! Nachhelfen! Wir werden fliehen, sobald sich die Tür öffnet. Vielleicht gelingt es uns, diesen Monaran zu zwingen, uns an den Sender heranzulassen.«

»Aussichtslos«, lehnte Helen den Vorschlag ab. »Es sind zu viele Thuaner hier. Außerdem haben sie Waffen. Wir haben keine.«

»Wir überraschen sie«, versuchte es Braddox noch einmal.

»Sei vernünftig, Braddox«, bat Helen. »Wir müssen eine günstigere Gelegenheit abwarten. Nur nichts überstürzen. Wenn sie uns noch schärfer als jetzt bewachen, haben wir überhaupt keine Chance mehr.«

»Helen hat recht«, sagte Termoil.

Braddox setzte sich wieder. »Allein kann ich es auch nicht«, murmelte er. »Und inzwischen fällt der alte Hennessy auf die Tricks der Thuaner herein und landet ahnungslos.«

»Wenn er so ist, wie du ihn geschildert hast, wird er das nicht tun. Er ist doch gewarnt, wenn er unsere Schiffe sieht. Meinst du nicht auch, Helen?«

»Er wird sie sehen und vorsichtig sein. Außerdem wird er sich nach uns erkundigen. Ich glaube daher, wir können in aller Ruhe abwarten, was geschieht. Früher oder später wird man uns sogar bitten, mit Captain Hennessy zu reden, verlaßt euch darauf!«

Braddox schwieg, verspürte aber so etwas wie ein Gefühl aufkeimender Hoffnung. Helens Worte entbehrten nicht einer gewissen Logik. Aber noch war es nicht soweit.

Patrona, der in die Orterzentrale geeilt war, hatte keineswegs die Absicht, seine Karten vorzeitig auf den Tisch zu legen. Nach einer heftigen Debatte im Rat hatte die Mehrheit seinen Plan gutgeheißen, wenn auch genügend Bedenken blieben.

Man wollte das terranische Schiff aus dem Orterschutz locken, nahe genug herankommen lassen und dann derart beschädigen, daß es noch mit Mühe und Not seinen Heimatplaneten erreichen konnte, um dort Bericht zu erstatten.

Lediglich Caldon hielt den Plan für falsch, und die Vermutung für unlogisch, die Terraner könnten durch eine solche Aktion abgeschreckt werden. Er war vielmehr davon überzeugt, daß im Gegenteil eine Strafaktion verursacht würde. Er riet vergeblich dazu, das dritte Schiff wie die beiden ersten auf Thuan festzuhalten. Er wurde glatt überstimmt.

Patrona sah auf dem Bildschirm, wie der Kugelraumer allmählich hinter dem Rand der abgefilterten Sonne hervorglitt und sich unendlich langsam von ihr entfernte, ohne sich allerdings dabei dem Planeten Thuan zu nähern. Die Entfernung betrug gleichbleibend doppelten Sonnenabstand, viel zu viel für die Waffen der Abwehrforts.

»Sie müßten näherkommen, viel näher, Monaran.«

Kondex, der in ständiger Verbindung mit den Feuerleitständen der Abwehrforts stand, machte eine zustimmende Geste.

»Wir würden sie nur warnen«, sagte er. »Um eine wirksame Beschädigung zu erreichen, benötigen wir etwa ein Drittel des Sonnenabstands. Nur dann wäre es möglich, einen vielleicht aktivierten Schutzschirm zu durchbrechen. Ohne einen solchen Schirm wären unsere Geschütze bis zum halben Sonnenabstand noch wirksam, aber auf keinen Fall dürfte die Entfernung größer sein.«

»Ich glaube nicht, daß sie landen werden«, meinte Monaran.

»Nur näherkommen sollen sie, nicht mehr. Und sie werden es tun, wenn wir genügend Geduld haben. Unter keinen Umständen werden sie zu ihrer Heimatwelt zurückkehren, ohne Gewißheit über das Schicksal ihrer Artgenossen erhalten zu haben. Neugier ist oft stärker als jede Vorsicht.«

»Neugier wurde schon sehr vielen zum Verhängnis«, stimmte auch Kondex zu.

Caldon hatte die beiden Räte nur widerwillig zur Orterzentrale begleitet. Er wollte nicht unmittelbarer Zeuge eines Vorgehens werden, das er persönlich scharf verurteilte. Er hielt es weder für besonders klug noch für moralisch vertretbar.

Er hielt sich etwas abseits von Monaran und den Räten, verfolgte deren Gespräch jedoch sehr aufmerksam. Als von der noch zu großen Entfernung geredet wurde, keimte Hoffnung in ihm auf. Der nur schwache Strahlenschirm, der alle Funksignale so dämpfte, daß sie nur auf geringe Entfernung hin aufzufangen waren, aber nicht weit in den Weltraum hinausdrangen, konnte dem fremden Schiff nicht schaden. Und für einen Beschuß durch die Energiegeschütze war es zu weit entfernt. Blieben höchstens noch die Atomtorpedos. Aber die würden es total vernichten, und das war nicht im Sinn des Rates.

Aber Patrona hatte schon recht, wenn er meinte, die Neugier sei oft stärker als jede Vorsicht. Das dritte Schiff würde die beiden ersten nie im Stich lassen.

Es dauerte auch nicht lange, bis Kondex vom Bildschirm her rief: »Es kommt wahrhaftig näher!«

Caldons Gesicht blieb ausdruckslos, aber Patrona konnte seine Genugtuung nicht verbergen.

5.

Die Funkimpulse kamen nun wesentlich stärker herein als früher. Der schwächer werdende Einfluß der Sonne machte sich deutlich bemerkbar. Aber so sehr sich Captain Hennessy auch anstrengte, er bekam von Patrona nur immer ausweichende Antworten und wurde auf später vertröstet. Stephan Elsässer gefiel diese Praxis überhaupt nicht.

»Ich weiß nicht, Captain, aber ich werde das Gefühl nicht los, daß die da unten etwas ganz Bestimmtes mit uns vorhaben. Nichts Gutes jedenfalls, sonst ließen sie uns mit Braddox sprechen.«

Gucky kam hereingewatschelt. Er kam aus dem Observatorium.

»Nichts Verdächtiges zu bemerken«, informierte er. »Aber das hat nichts zu bedeuten. Die Gedankenimpulse sind nicht deutlicher geworden. Die fast totale Abschirmung hat also nichts mit der Sonne zu tun.«

»Ein künstlicher Strahlenschirm?« fragte Hennessy unbehaglich.

»Sieht so aus. Das Merkwürdige an ihm ist, daß er sowohl Funk- wie auch Telepathieimpulse abschwächt. Kann aber Zufall sein.«

»Trotzdem werden wir die Entfernung zu Thuan verringern«, entschied Hennessy. »Wir müssen sie aus der Reserve locken. Aber gelandet wird vorerst nicht.«

Die CHALLENGER ging bei einfachem Sonnenabstand zu Thuan in eine stabile Umlaufbahn, die parallel zur Umlaufbahn des Planeten um seine Sonne verlief. Die beiden Kontinente waren nur noch verzerrt zu erkennen, aber deutlich genug.

»Ich würde am liebsten mit einem Raumgleiter die Lage auskundschaften«, sagte Elsässer plötzlich. »Würden Sie mir dazu die Erlaubnis geben, Captain?«

Hennessy war sichtlich überrascht. Er zögerte, dann sagte er: »Nur ungern, ehrlich gesprochen. Aber vielleicht keine schlechte Idee. Wir reden in einer Stunde nochmal darüber.«

»Besser als gar nichts«, gab der Erste sich zufrieden.

Gucky schob sich näher an Elsässer heran. »Hättest du etwas dagegen, wenn ich dich begleite?«

»Steht ja noch gar nicht fest, ob ich überhaupt fliege.«

»Aber *wenn* du fliegst? Vielleicht unterlaufen wir gewissermaßen ihren Strahlenschirm, oder was immer es ist. Ich könnte telepathischen Kontakt mit den Terranern erhalten.«

Captain Hennessy streckte den Arm aus und deutete auf Gucky. »Er hat recht, Elsässer! Die Frage ist nur: Wie kommt ihr unbemerkt da hinunter?«

Der Erste deutete auf den Panoramaschirm.

»Wir umkreisen den Planeten von Pol zu Pol. Die beiden Kontinente nehmen mit dem sie umgebenden Meer fast eine Oberflächenhälfte ein. Die andere Hälfte ist praktisch nur Ozean. Sobald sich dieser Teil, durch die Rotation bedingt, im Schatten der Sonne befindet, haben wir eine Chance. Ich glaube nicht, daß sie im Ozean Orterstationen errichtet haben. Wozu auch?«

Hennessy nickte und nahm Verbindung zum Observatorium auf. Er sprach kurz mit Bergström. Dann wandte er sich erneut an Elsässer.

»Das wäre in knapp zwei Stunden. Danach befindet sich die Wasserhälfte von Thuan mehr als drei Stunden im Nachtschatten.«

»Das wird reichen, Captain. Ich kümmere mich um den Gleiter.«

»Wir bleiben auf der jetzigen Umlaufbahn.«

Gucky verließ die Zentrale und begab sich in seine Kabine. Dort erklärte er Aloisius sein und Elsässers Vorhaben und mußte zu seiner Verblüffung feststellen, daß der Roboter den Kopf schüttelte.

»Seid ihr wirklich so naiv zu glauben, ihre Orterinstrumente würden in der Dunkelheit nicht funktionieren? Ich meine, ihr könnt genausogut bei Tag den Versuch unternehmen, auf Thuan zu landen. Sie werden es so oder so bemerken.«

»Das weiß ich auch«, knurrte der Mausbiber und erweckte überzeugend den Anschein, als hätte er es wirklich schon früher gewußt. »Aber Hennessy hätte gegen den Plan gestimmt, wenn ich ihn auf die von dir ganz richtig erkannte Tatsache aufmerksam gemacht hätte. Es wäre also gut, wenn du Stillschweigen bewahren würdest, sonst hängen wir noch zehn Jahre hier in der Kreisbahn, und nichts passiert.«

»Ich bin nicht verrückt darauf, daß etwas passiert.«

Während Gucky die leichte Bordkombination mit seinem speziellen Einsatzanzug vertauschte, unternahm er einen letzten Versuch.

»Es gibt da unten mit Sicherheit Überlebende der beiden Explorer, und denen muß geholfen werden. Um die CHALLENGER nicht zu gefährden, müssen wir es eben mit dem Gleiter versuchen. Sollten die Thuaner feindliche Absichten haben, greifen sie also den Gleiter an. Und dann wissen wir Bescheid. Bist du soweit mitgekommen?«

»Ich komme nicht mit, ich bleibe hier«, sagte Aloisius.

Da gab Gucky es auf. Nach einem letzten, vernichtenden Blick auf seinen Butler kehrte er in die Zentrale zurück, um dort die Wartezeit zu verbringen.

Aloisius aber begab sich in den Hangar, wo er sich intensiv mit dem präparierten Drei-Mann-Jäger beschäftigte. Elsässer, der einen Gleiter zum Start vorbereitete, beachtete er nicht.

Dermot nahm das zuletzt mühsam zusammengebastelte Bauteil aus dem Gerät und warf es auf den Holztisch.

»Irgend etwas haben wir falsch gemacht«, sagte er wütend und starrte in das flackernde Licht der selbstgedrehten Kerzen. »Oder wir haben etwas vergessen.«

Der ehemalige Funktechniker der EX-7, Kranzer, rieb sich die Augen.

»Wir sind beide übermüdet und sollten ein paar Stunden schlafen. Immerhin haben wir den Empfänger soweit hingekriegt, daß wir schon Signale auffangen können. Sogar den Explorer konnten wir als EX-13 identifizieren. Morgen schaffen wir den Rest und können Kontakt aufnehmen.«

Dermot schüttelte den Kopf. »Ich kann jetzt nicht schlafen, Kranzer, wo es um Leben oder Tod geht. Außerdem ist die Nacht bald um. Leg dich ruhig ein paar Stunden hin, ich will inzwischen versuchen, den Fehler zu finden.«

Kranzer hatte sich sofort gemeldet, als Dermot um Unterstützung bat. Sie kannten sich schon von früher her und waren stets gut miteinander ausgekommen. Kranzer galt als hervorragender Techniker und Praktiker. Er war davon überzeugt, den Sender schon morgen in Betrieb nehmen zu können.

»Gut, ich bin nebenan«, sagte er. »Aber wirf mich aus der Falle, wenn du einen Rat benötigst. Klar?«

»Du kannst dich darauf verlassen«, versicherte Dermot und beugte sich erneut über die verwirrend aussehende Konstruktion, die ein Sender werden sollte. »Ich benötige noch einen der Minireaktoren aus einem der Tauchanzüge, sonst reicht die Sendeenergie nicht. Jemand muß noch einen haben.«

»Ich werde mich morgen früh darum kümmern«, versprach Kranzer und ging nach nebenan, um sich auf die Holzpritsche zu legen.

Dermot rückte die Kerzen näher heran und begann mit einer intensiven Suche nach einem eventuellen Unterlassungsfehler. Aus dem Lautsprecher des Empfängers, den er auf die bisherige Frequenz der EX-13 eingestellt hatte, kam nur ein gleichmäßiges Rauschen, die Verbindung zwischen den Thuanern und dem Explorer war vorerst abgebrochen worden.

Zwischendurch hatte es auf anderen Frequenzen Gespräche zwischen thuanischen Stationen gegeben, die Dermot mangels Translator nicht verstehen konnte. Auch über das Schicksal von Termoil, Braddox und Helen erfuhr er nichts.

Wäre es ihnen gelungen, in die EX-7 oder EX-340 einzudringen, hätten sie umgehend gehandelt oder zumindest Funksprüche abgesetzt. Nichts dergleichen war geschehen. Hatte man sie entdeckt und getötet?

Dermot schob den Gedanken daran beiseite und konzentrierte sich wieder auf seine Arbeit. Mit äußerster Pedanterie begann er, ein Modul zusammenzubauen.

Der Terminator, der die Grenze zwischen Tag und Nacht darstellte, kroch langsam über den Rand des einen Kontinents. Während es auf der einen Seite des Planeten allmählich Tag wurde, versank die andere Hälfte in Dunkelheit.

Captain Hennessy gab die Starterlaubnis. Man hatte vereinbart, über den Zerhacker auf einer benachbarten Frequenz in Funkverbindung zu bleiben. Auch mit Hilfe der Translatoren würden die Thuaner nicht in der Lage sein, auch nur ein Wort von dem zu verstehen, was gesprochen wurde.

Der Raumgleiter gehörte zu den kleinsten seines Typs und war nur für kurze Flüge geeignet. Außerhalb einer Atmosphäre erreichte er höchstens ein Zehntel der Lichtgeschwindigkeit. Er bot zwei Personen bequem Platz und verfügte über einen zusätzlichen Stauraum.

Auf dem kleinen Bildschirm war Thuan nur als halbmondähnliches Gebilde zu erkennen. Der Gleiter mußte so schnell wie möglich die seitwärts gelegene Nachthälfte erreichen.

Die Luke hatte sich geöffnet. Nun war Thuan direkt zu sehen.

Elsässer nickte dem Mausbiber zu und aktivierte den Antrieb. Der Gleiter raste wie ein Geschoß aus dem Hangar und beschleunigte mit Höchstwerten, um möglichst schnell von der CHALLENGER wegzukommen, die mit ziemlicher Sicherheit von den Ortern der Thuaner unter Beobachtung gehalten wurde.

»Vielleicht halten sie uns für einen Müllcontainer«, hoffte Gucky halb im Scherz. »Dann können sie uns höchstens wegen Umweltverschmutzung anklagen.«

Elsässer grinste, sagte aber nichts. Er hatte genug mit seinen Kontrollen zu tun. Der Explorer blieb schnell zurück, während die hellstrahlende Sichel Thuans sich verkleinerte und schmaler wurde. Schließlich verdeckte der Planet seine Sonne, und der Gleiter änderte seinen Kurs um neunzig Grad.

Dicht über der Oberfläche des Ozeans fing Elsässer ihn ab und verringerte die Geschwindigkeit. Sie flogen jetzt so niedrig, daß eine Ortung kaum noch möglich war, welches System auch immer benutzt wurde.

Über den dazwischengeschalteten Translator nahm Gucky einige Funksprüche der Thuaner auf. Nichts deutete darauf hin, daß man sie bemerkt hatte. Dann jedoch fing der Mausbiber eine Meldung auf, die ihn stutzig machte. Jemand ordnete an, daß der Energievorhang um die »Insel der Gefangenen« untersucht und verstärkt werden sollte, weil drei Verbannten die Flucht gelungen sei.

»Es kann sich um gewöhnliche Strafgefangene der Thuaner handeln«, meinte Elsässer überlegend. »Oder meinst du ...?«

»Könnte doch sein, oder?« unterbrach ihn Gucky. »Leider muß diese Insel zwischen den beiden Kontinenten liegen, und da ist jetzt heller Tag.«

»Was ist mit Gedankenimpulsen? Sind sie jetzt deutlicher?«

»Sind sie allerdings, aber ein fürchterliches Durchcinander. Du darfst nicht vergessen, daß Gedankenimpulse von jeder Sprache unabhängig sind. Mit anderen Worten: Ich könnte Terraner und Thuaner nur nach dem Inhalt des Gedankenguts unterscheiden, nicht nach den Impulsen. Du verstehst, wie ich das meine?«

»Natürlich! Außerdem mußt du noch sortieren, nehme ich an.«

»Wie beim Funk, ganz richtig. Aber mit der Zeit komme ich da schon klar. Können wir nicht landen? Auf dem Wasser, meine ich.«

»Eine gute Idee, denn mehr können wir ohnehin jetzt noch nicht unternehmen. Ich nehme dann Kontakt zum Schiff auf.«

Der Wellengang war nur gering, aber noch ehe der Gleiter aufsetzte, entdeckte Elsässer eine flache kahle Felseninsel in Flugrichtung. Eine schnelle Anmessung und eine Untersuchung mit dem Massetaster ergab, daß sie unbewohnt und frei von technischen Einrichtungen war. Mit Hilfe des Infrarotschirms fand Elsässer einen geeigneten Landeplatz in einer Mulde, die halb von einem Felsüberhang geschützt wurde. Er manövrierte den Gleiter darunter.

»Hier sind wir vorerst sicher, nehme ich an.«

Gucky winkte nur ab und ließ sich in seiner Konzentration nicht stören. Elsässer setzte die Kopfhörer auf und begann, das Funkgerät zu strapazieren.

Im Osten würde es in einer Stunde zu dämmern beginnen. Bald hatte der Terminator den Planeten halb umrundet.

Kranzer wachte auf, als es schon lange hell war. Dermot hatte ihn schlafen lassen und war nun froh, abgelöst zu werden.

»Kann sein, Kranzer, daß ich ein gutes Stück weitergekommen bin, aber das wirst du gleich selbst feststellen können. Eine Bestätigung erfahren wir ja leider erst dann, wenn jemand unsere Funksprüche beantwortet.«

»Gibt es inzwischen etwas Neues?«

»Eigentlich nicht. Ein paar Anfragen der Thuaner an Captain Hennessy von der EX-13 und erneut die Aufforderung zu landen. Ich bin froh, daß Hennessy nicht darauf eingegangen ist. Er scheint tatsächlich Verdacht geschöpft zu haben.«

»Nichts von unseren drei Freunden?«

»Nichts. Man scheint sie doch geschnappt zu haben.«

»Bis jetzt gab es keinerlei Reaktion der Thuaner, es könnte demnach sein, daß sie noch frei sind, aber in keines der Schiffe gelangen können. Geh jetzt schlafen, ich mache weiter.«

Während sich Dermot auf die Pritsche legte und innerhalb von Minuten eingeschlafen war, machte sich Kranzer über den Sender her, der allerdings rein äußerlich keinerlei Ähnlichkeit mit einem solchen hatte.

Ab und zu tauchte einer der Verbannten auf, um sich nach dem Fortschritt der beiden Funker zu erkundigen, aber Kranzer mußte sie jedesmal mit ein paar tröstenden Worten wieder fortschicken. Gegen Mittag fand ein kurzer Kontakt zwischen Thuan und der EX-13 statt. Die Landeaufforderung wurde wiederholt mit dem Versprechen, erst dann Aufklärung über das Schicksal der Besatzungen der EX-340 und EX-7 zu geben.

Kranzer stutzte plötzlich, als er bei der Frequenzkontrolle unverständliche Signale empfing, die nach seiner bisherigen Erfahrung nicht von den Thuanern stammen konnten. Dann erinnerte er sich daran, was Dermot gesagt hatte. Die EX-13 hatte bei der Annäherung an das System verschlüsselte Funksprüche ausgestrahlt, wahrscheinlich in der Hoffnung, daß jemand an Bord der beiden gelandeten Explorer sie auffangen würde. Das hier waren abermals verschlüsselte Funksprüche.

Kranzer ließ den Empfänger eingeschaltet, und zwar auf derselben Frequenz. Im Augenblick herrschte wieder Funkstille.

Sorgfältig arbeitete er weiter, bis er halbwegs davon überzeugt war, daß nun auch der Sender einsatzbereit war. Er stellte ihn auf die Empfangsfrequenz ein, gab ein Stoßgebet von sich und aktivierte dann den Sender.

Seine Stimme war ein wenig heiser, als er ins Mikrophon sprach, das rein äußerlich einer Konservendose ähnelte. Eigentlich kein Wunder, denn ursprünglich war es auch eine gewesen und diente nun als Verkleidung.

»Hier spricht Techniker Kranzer von der EX-7. Ich empfange Zerhackersprüche, die ich nicht entschlüsseln kann. Mein Empfänger funktioniert. Bestätigen Sie bitte Empfang.«

Es blieb einige Sekunden ganz still, dann kam eine quietschige Stimme aus dem primitiven Lautsprecher, die nur schwer verständlich war.

»Wer immer du auch bist, du benutzt ein Prachtstück von einem Sender. Hier ist ein Beiboot der EX-13. Dein Name und die Position, bitte!«

Kranzer heulte vor Freude förmlich auf. Nebenan schreckte Dermot aus seinem Schlummer hoch und kam in die Werkstatt gestürzt. An Kranzers Gesichtsausdruck erriet er, was geschehen war.

»Kontakt?« flüsterte er.

Kranzer nickte nur und sprach wieder ins Mikrophon: »Funktechniker Kranzer von der EX-7. Ein Glück, daß ihr uns gefunden habt. Wir sind Gefangene der Thuaner. Position ist eine Insel zwischen den beiden Kontinenten, Koordinaten unbekannt. Wo seid ihr?«

»Sagen wir besser nicht, falls man uns abhört. Gebt einen Peilton von euch, sobald es dunkel geworden ist. Wir nehmen dann erneut Kontakt auf. Bis dahin: Funkstille! – Captain Hennessy! Ihr hört da oben sicher mit? Die Funkstille gilt auch für euch und uns. Wir melden uns wieder. Ende!«

Kranzer schaltete den Sender aus. Er sah Dermot triumphierend an. »Es klappt, Dermot! Wir haben es geschafft!«

»Wer war das?« fragte Dermot.

»Ist doch klar, alter Junge! Der Sprecher erwähnte Hennessy und sagte: ›Ihr hört da oben mit‹. Das beweist doch einwandfrei, daß die EX-13 ein Beiboot ausgeschleust hat, das irgendwo hier unten gelandet ist. In ein paar Stunden ist es dunkel, dann nehmen sie wieder Kontakt mit uns auf. Den Peilton kriegen wir bis dahin schon hin.«

Ihre einzige Befürchtung war, daß die Orterstation von Thuan aufmerksam wurde und sich einmischte. Die Thuaner würden unter allen Umständen versuchen, eine Kontaktaufnahme zwischen den Terranern zu verhindern. Aber wie auch immer: Captain Hennessy würde nun wissen, daß die Besatzungsmitglieder der beiden Schiffe EX-7 und EX-340 Gefangene der Thuaner waren. Dementsprechend würde er handeln.

Die Neuigkeit verbreitete sich schnell unter den Verbannten und wurde mit Begeisterung aufgenommen. Man hatte sie auf Terra nicht vergessen, wie manche schon befürchtet hatten. Die Mehrheit der Verbannten war nur enttäuscht über die offensichtliche Tatsache, daß lediglich ein einziger Explorer über Thuan erschienen war, nicht aber eine kampfstarke Flotte, die Bedingungen stellen konnte.

»Wenn wir nur wüßten, was mit Termoil, Braddox und Helen ist!« Darauf wußte niemand eine Antwort.

Zwei Stunden vor Sonnenuntergang gab es eine böse Überraschung.

Über der Insel erschienen mehrere Arbeitsgleiter der Thuaner. Sie verteilten sich und bildeten schließlich einen Ring um das Eiland. Dann regneten Arbeitskommandos mit Tauchanzügen ab, um unter der Meeresoberfläche zu verschwinden. Ihre Absicht war klar: Sie kontrollierten die Abstrahlaggregate der Energiemauer, und vielleicht wollten sie die Sperre sogar noch verstärken.

Dermot und Kranzer beobachteten die Tätigkeit der Thuaner mit wachsender Sorge. »Unmöglich, Dermot! Wir können jetzt auf keinen Fall den Peilton senden. Wir müssen noch warten.«

Dermot nickte. »Es ist ja auch noch nicht dunkel, Kranzer. Noch haben wir Zeit. Aber nun wissen wir ziemlich sicher, daß sie unsere drei Freunde geschnappt haben und alles tun, damit niemand mehr von der Insel entkommen kann – außer mit einem Gleiter.«

»Wir müssen unsere Freunde von der EX-13 informieren – bald.«

»Tun wir auch, Kranzer. Sobald die Thuaner verschwunden sind.«

Viele der Verbannten waren zum Strand gegangen und verfolgten die Arbeiten der Thuaner, die sich nicht um die Terraner kümmerten. Als es langsam zu dämmern begann, wurde die schimmernde Wand der Energiesperre wieder sichtbar, viel deutlicher als jemals zuvor. Damit wurde klar, daß die Thuaner die Energiezufuhr wesentlich verstärkt hatten, um weitere Fluchtversuche im Keim zu ersticken. Mit großer Wahrscheinlichkeit hatten sie auch den Fluchttunnel gefunden und abgesichert.

Kurz bevor es dunkel wurde, sammelten sich die Gleiter und flogen in Formation zum Ostkontinent zurück.

Dermot war längst wieder bei dem Funkgerät, hatte aber nur den Empfänger eingeschaltet. Noch wagte er nicht zu senden. Er wollte warten, bis sich jemand meldete. Das geschah dann auch nach etwa einer Stunde. Wieder war es die ungewöhnlich helle und piepsige Stimme, die den Peilton ohne weiteren Kommentar anforderte.

»Der hat noch keinen Stimmbruch gehabt«, murmelte Dermot und aktivierte den Sender.

In kurzen Abständen strahlte er den vereinbarten Peilton ab und ließ den Empfänger eingeschaltet. Dann kam die Anweisung, nicht mehr zu senden, bis erneut die Aufforderung dazu kam.

»Wir hätten sie warnen sollen«, murmelte Kranzer. »Wegen der Energiemauer, meine ich.«

»Die sehen sie schon rechtzeitig, wenn es dunkel ist.«

»Hoffentlich ...«

Elsässer flog dicht über der Wasseroberfläche dahin, nachdem er den Westkontinent im Süden umgangen hatte. Es konnte nicht mehr weit bis zur Insel der Verbannten sein. Die Richtung war bekannt, nicht aber die Entfernung.

»Sie sollen nochmal den Peilton abstrahlen, Gucky.«

Der Mausbiber gab die Anweisung durch. Sekunden später kam der Peilton herein, diesmal wesentlich stärker. Dann ganz kurz die Warnung vor dem Energievorhang.

Elsässer konzentrierte sich auf die Sicht nach vorn. Wenig später machte er am Horizont ein schwaches Glimmen aus, das mit jeder Sekunde deutlicher wurde. Er verringerte die Geschwindigkeit, ging aber noch nicht höher.

Gucky ließ den Orterschirm nicht aus den Augen und sah die Insel, und er sah auch den Ring aus Energie, der sie umgab. Die Daten zeigten an, daß er bis zum Meeresgrund hinabreichte. Der Luftraum über der Insel blieb ohne Echo.

Kurz vor dem Energiezaun ging Elsässer auf hundert Meter Höhe, überflog die schimmernde Mauer und ließ den Gleiter dann schnell durchsacken. Weiter im Osten erblickte er Lichter und hielt darauf zu. Kurz nur ließ er den Bugscheinwerfer aufblitzen. Dicht am Strand landete er in Sichtweite einiger Hütten, die vom flackernden Schein eines offenen Feuers beleuchtet wurden.

Menschen kamen herbeigelaufen, während Elsässer nach einem beruhigenden Nicken des espernden Mausbibers die Luke öffnete und ausstieg.

Dermot drängte sich durch die Menge und streckte Elsässer die Hände entgegen. »Ihr habt es wirklich geschafft! Endlich hat man uns gefunden!«

Nun kamen auch die anderen Verbannten herbei. Jeder wollte Elsässer die Hand drücken und ihm für sein Kommen danken. Dabei stellten sie Dutzende von Fragen, bis der Erste Offizier abwinkte.

»Nicht alles auf einmal, Freunde! Ich weiß auch nicht, wieviel Zeit wir haben, bis die Thuaner uns entdecken. Außerdem muß die EX-13 informiert werden, das ist wichtig.« Er wandte sich an Dermot. »Sie sind der Funker, nehme ich an.«

»Ja, Kranzer und ich. Er ist bei dem Gerät geblieben.«

»Gut, wir bleiben hier beim Gleiter, damit wir notfalls schnell starten und verschwinden können. Tauschen wir unsere Informationen so kurz und schnell wie möglich aus. Ich fange an ...«

In wenigen Worten schilderte er, wie die EX-13 das Thuatha-System gefunden und Kontakt mit den Bewohnern aufgenommen hatte. Im Gegenzug berichtete Dermot vom Schicksal der Verbannten und der Einstellung der Thuaner, die keinen Kontakt mit anderen raumfahrenden Völkern und Zivilisationen haben wollten.

»Sie haben einen Trick vor«, versicherte er zum Schluß. »Sie wollen auch Ihr Schiff zur Landung bewegen und dann hier behalten.«

»Wir ahnten es, Dermot. Leider wissen wir zu wenig über ihre technischen Möglichkeiten und ihre Waffentechnik.«

»Thuan ist eine Festung mit Abwehrforts. Ist man in der Reichweite ihrer Waffen, sieht es böse aus. Aber sie haben keine bemerkenswerten Raumschiffe. Also kurz: Hier unten können sie überlegen sein, im Weltraum jedoch nicht.«

Elsässer nickte. »Das gibt uns eine Chance«, versicherte er dann. »Captain Hennessy muß sofort entsprechend informiert werden.«

In diesem Augenblick verließ Gucky ebenfalls den Gleiter, winkte den verblüfften Verbannten leutselig zu und sagte zu Elsässer: »Beeilung! Ich habe mehrere Echos auf dem Schirm. Sie kommen!« Er sah Dermot an. »Ich bin der mit dem ausgebliebenen Stimmbruch.«

»Der Mausbiber!« stöhnte Dermot. »Ich hätte es mir denken können!«

Elsässer schob Gucky in den Gleiter zurück. Bevor er die Luke schloß, rief er Dermot zu: »Bleibt auf Empfang, aber sendet nur im Notfall! Und versteckt das Gerät im Wald oder in einer Höhle. Wir melden uns wieder!«

Sekunden später schwebte der Gleiter auf seinen Antigravfeldern davon, während Gucky eine Fluchtlücke auf dem Orterschirm suchte. Die Insel sackte schnell in die Dunkelheit zurück, als habe das Meer sie plötzlich verschlungen.

Elsässer beschleunigte mit Höchstwerten und schoß dann senkrecht in den Weltraum empor, zwischen den viel langsameren Kampfgleitern der Thuaner hindurch, die zwar einige Energiebündel hinter ihm herjagten, aber damit kein Glück hatten.

Einmal in Sicherheit, nahm Gucky Kontakt mit Captain Hennessy auf und berichtete. Der Kommandant war sichtlich befriedigt und wütend zugleich.

»Also eine regelrechte Schweinerei!« schimpfte er. »Aber den Brüdern werden wir die Suppe versalzen. Wir sind ihnen klar überlegen, das steht doch wohl fest! Wenn sie ihre Gefangenen nicht freilassen, werden sie ihr blaues Wunder erleben.«

»Immer langsam«, ermahnte ihn der Mausbiber nachdrücklich. »Selbst eine scheinbare Unterlegenheit oder Überlegenheit kann verhängnisvoll sein. Unten auf der Oberfläche konnte ich ziemlich gut espern, und ich habe einige recht interessante Dinge erfahren. Die stärkste Waffe der Thuaner sind ihre hundert Gefangenen.«

»Es sind nur achtzig«, warf Elsässer ein.

»Also nur achtzig, aber das spielt keine Rolle. Wir würden genauso denken und handeln, wenn es nur einer wäre. Auf keinen Fall, Hennessy, dürfen wir näher an Thuan herangehen – nicht mit der EX-13.«

Das Schiff kam in den optischen Sichtbereich. Elsässer steuerte den Gleiter auf die geöffnete Hangarluke zu und landete sanft. Die Luke schloß sich, und der Raum füllte sich automatisch mit Atemluft.

Sie kletterten aus der Kabine und eilten zum Lift, der sie zur Zentrale brachte. Aloisius stand bei dem Drei-Mann-Jäger und sah ihnen nach.

6.

Die Hoffnungen Helens erfüllten sich nicht. Patrona war schlau genug, weder sie noch Braddox oder Termoil mit dem Kommandanten der EX-13 sprechen zu lassen. Dabei wußte der Erste Rat genau, daß er früher oder später seine achtzig Gefangenen als Druckmittel einsetzen mußte, wenn gewisse Pläne vielleicht auch geändert wurden. Schon längst war ihm klar geworden, daß die Terraner – von seiner Einstellung her gesehen – sentimental und daher verwundbar waren.

Erneut drängte Braddox auf Flucht, aber ehe man sich darüber einig werden konnte, wurde die Tür geöffnet, und zwei bewaffnete Thuaner forderten die Gefangenen auf, ihnen zu folgen. Einer von ihnen trug einen Translator.

»Wohin bringt ihr uns?« fragte Braddox und warf seinen Mitgefangenen einen auffordernden Blick zu, der jedoch keine positive Resonanz fand.

»In das Gefängnis von Thuan-City«, erhielt er zur Antwort. »Nun kommt schon!«

Braddox sah ein, daß eine Flucht im jetzigen Stadium sinnlos war und ergab sich in sein Schicksal. Aber er wußte auch, daß eine Flucht aus dem Stadtgefängnis noch illusorischer sein würde. Vielleicht auf dem Weg dorthin ...?

Der Thuaner mit dem Translator ging voran, der andere übernahm die Rückendeckung. Die Gruppe verließ das Gebäude der Orterzentrale. Draußen wartete ein Fahrzeug, das sie in die Stadt bringen sollte.

Der Thuaner ohne Translator nahm vor den Kontrollen Platz und stellte das Ziel auf der Lenkautomatik ein. Auf den mittleren Sitzen saßen die drei Terraner, und hinter ihnen der zweite Thuaner.

Helen wandte sich ihm zu. »Wird das terranische Schiff landen?« fragte sie ihn und war erstaunt, eine Antwort zu erhalten.

»Das wissen wir nicht. Aber es ist wahrscheinlich.«

»Und warum bringt man uns ins Gefängnis und nicht zurück auf die Insel?«

»Anordnung vom Ersten Rat Patrona«, lautete die kurze Antwort.

Helen drehte sich wieder um. Sie saß zwischen Braddox und Termoil.

Das Fahrzeug hatte inzwischen die Straße zur Stadt erreicht, die durch einen dichten Wald bergab führte. Es war bereits dunkel geworden, und die Lichter der Scheinwerfer zauberten unheimliche Schatten auf die glatte Fahrbahn.

»Deine ursprüngliche Idee, Braddox, könnte Realität werden«, sagte sie ohne Rücksicht darauf, daß der Thuaner sie verstand. Aber wenn er auch die Worte verstand, den Sinn würde er wohl kaum begreifen.

Braddox nickte. »Ganz meine Ansicht.«

»Nicht reden!« warnte der Thuaner hinter ihnen. »Es ist verboten.«

Aber Braddox ließ sich nicht beirren. »Termoil, du hinten und ich vorn!« rief er und handelte blitzschnell, ohne auch nur eine Sekunde zu zögern.

Er beugte sich nach vorn. Mit seinen kräftigen Händen umklammerte er den Hals des Fahrers, der gerade eine Korrigierschaltung vornahm. Dann ließ er mit der rechten Hand los und schlug ihm die geballte Faust mit aller Wucht gegen die Schläfe. Der Thuaner war sofort bewußtlos und sackte hinter den Kontrollen zusammen.

Termoil handelte nicht langsamer. Er stand halb auf, drehte sich um und ergriff den Translator, der vor der Brust des Thuaners baumelte. Mit einem Ruck zog er den Überraschten zu sich heran, ehe dieser nach seiner Waffe greifen konnte. Helen mußte dreimal zuschlagen, ehe der Körper des Thuaners schlaff wurde.

Termoil holte sich die Waffe des Bewußtlosen, während Braddox nach vorn kletterte und den Fahrer beiseite schob. Die Waffe legte er rechts neben sich auf den freien Sitz.

»Und nun?« fragte er und starrte auf die Kontrollen.

Helen beugte sich vor. »Geh auf manuelle Steuerung!« riet sie und deutete auf einen recht auffälligen Hebel neben den eigentlichen Kontrollen. »Ich habe den Burschen gut beobachtet. Drücke den Hebel ein und reguliere dann die Energiezufuhr, drüben rechts. Mit dem Lenkrad kannst du ja wohl umgehen.«

Braddox knurrte und befolgte die Anweisungen Helens. Dann fragte er: »Schön, es klappt. Und was machen wir jetzt? Wir können doch nicht einfach in die Stadt hineinfahren.«

»Meiner Schätzung nach muß bald die Abzweigung in Sicht kommen, die zum Raumhafen führt. Die nehmen wir.«

»Zum Raumhafen? Du hast doch selbst erlebt ...«

»Sie werden diesmal nicht damit rechnen, und ihr Satellit kann auch nicht sehen, wo wir stecken. Überhaupt glaube ich nicht, was sie sagen, daß nämlich der Satellit so gut funktioniert.«

»Verlassen würde ich mich aber nicht darauf«, murmelte Termoil.

Braddox drosselte das Tempo. Die Thuaner waren noch immer bewußtlos. Helen suchte unter den Sitzen und fand einen Monteuranzug, den sie in Streifen riß. Damit fesselten und knebelten sie ihre Gefangenen. Termoil nahm den Translator an sich.

»Fehlt uns nur noch der Sender«, knurrte er.

»Warum fahren wir wohl zum Raumhafen«, meinte Helen.

Vor ihnen teilte sich die Straße.

»Jetzt rechts«, sagte Helen.

Inzwischen kam Braddox gut mit der Kontrollanlage des Wagens zurecht. Er wunderte sich darüber, daß er nicht über eine Funkanlage verfügte. Man würde die Flucht der Terraner also erst nach einer gewissen Frist bemerken. Es blieb ihnen ein sicherer Vorsprung.

Zwei oder drei Fahrzeuge kamen ihnen aus dem Dunkel entgegen, nahmen aber keine Notiz von ihnen. Sie kamen schnell voran, und bald schon tauchte das Gelände des Raumhafens vor ihnen auf. Braddox hielt an.

»Es wird Kontrollen geben«, befürchtete er.

Und wieder wußte Helen Rat. »Wir löschen die Lichter und verlassen die Straße. Dann links am Rand des Landefelds entlang bis zu unseren Schiffen. Den Rest gehen wir zu Fuß.«

»Das werden wir noch sehen«, meinte Termoil, der sich mit der Waffe sicherer fühlte. »Wenn wir ganz offiziell angefahren kommen, wird niemand Verdacht schöpfen.«

Braddox fuhr dicht am Waldrand entlang. Die wenigen Sterne gaben genügend Orientierungslicht. Bald hoben sich die Umrisse der beiden Explorer schemenhaft gegen den Horizont ab. Von Wachen war nichts zu bemerken. Alles lag in tiefster Dunkelheit, wenn man vom schwachen Licht der Sterne absah.

Braddox hielt unter dem Pol der EX-7. Die Luke war geschlossen.

»Und unsere beiden Gefangenen?« fragte Termoil.

Braddox hantierte an seinem erbeuteten Energiestrahler, bis er die Regulierung gefunden hatte.

»Wir verpassen ihnen eine länger andauernde Narkose, ganz einfach. Dann haben wir Zeit genug.«

»Die Dosierung muß stimmen«, warnte Helen.

»Die stimmt schon, ich kenne mich mit den Dingern bereits aus.«

Wenig später verließen sie das Fahrzeug, kletterten zur Hangarluke empor und befanden sich kurz darauf an Bord des Schiffes. Sie schlossen die Luke wieder hinter sich und zwar derart, daß sie niemand mehr von außen öffnen konnte, ohne sie zu zerstören.

Sie nahmen den Lift und erreichten die Zentrale. Braddox schloß sämtliche Sichtluken, ehe er Licht einschaltete. Dann atmete er erleichtert auf und ließ sich im Pilotensitz nieder.

»Jetzt könnten wir sogar starten«, sagte er mit einem Unterton des Bedauerns. Er winkte ab. »Kein Kommentar, es war ja nicht so ernst gemeint.«

»Nimm lieber Kontakt zu Hennessy auf!« riet Helen.

»Vergiß ja den ›Captain‹ nicht, wenn du mit ihm redest«, empfahl Braddox. »Er legt großen Wert darauf.«

Termoil grinste nur und schwieg.

Zuerst schaltete er den Empfänger ein und suchte die übliche Frequenz der Explorerflotte. Kaum war das geschehen, als er auch schon die ersten Laute vernahm, allerdings völlig unverständlich. Eine Sendung der Thuaner war das nicht, aber ...«

Geistesgegenwärtig schaltete er den Zerhacker hinzu, und schon wurden die Worte verständlich.

Ebenso wie Helen und Termoil hielt er verblüfft den Atem an, als er die kurze Unterhaltung zwischen einem Beiboot der EX-13 und Captain Hennessy verfolgte. Das Beiboot befand sich auf dem Rückflug zum Explorer.

»Sie wissen also Bescheid«, stellte Braddox fest, als das Gespräch beendet wurde. »Ein Beiboot hat unsere Insel aufgesucht und mit unseren Freunden Kontakt aufgenommen. Damit hat sich die Situation entscheidend verändert.«

»Unsere hier nicht«, dämpfte Helen seinen Optimismus. »Wir sind nichts als Geiseln. Ob wir auf der Insel oder hier im Schiff sind. Wenn wir einen Start versuchen, werden wir von den Forts vernichtet.«

»Nicht bei einem Notstart«, gab Braddox zu bedenken. »Diesmal sind wir gewarnt, und nur mit Punktfeuer könnten die Thuaner unseren Energieschirm knacken. Leider hätten sie Zeit dazu, wenn wir zur Insel flögen, um die anderen aufzunehmen.«

»Nimm Kontakt zu Hennessy auf!« riet Termoil.

Braddox schüttelte den Kopf. »Das würde uns im Augenblick auch nicht weiterhelfen, aber es könnte uns verraten. Wir würden nichts gewinnen, also lassen wir es lieber. Hennessy wird irgend etwas unternehmen, und ich hielte es doch für besser, wenn wir versuchten, auf die Insel zurückzukehren.«

»Bist du verrückt?«

»Absolut nicht, Termoil. Hast du einen besseren Vorschlag?«

»Wir bleiben hier im Schiff! Was meinst du, Helen?«

»Ich bin auch dafür.«

Braddox fügte sich der Mehrheit. »Also gut, einverstanden. Warten wir ab, was passiert. Eingreifen können wir dann noch immer.«

Nun, da Captain Hennessy über alles unterrichtet worden war, sah er keinen Grund mehr, das Katz- und Mausspiel der Thuaner mitzumachen. Er wußte nun, was mit den vermißten Explorern geschehen war und was mit der EX-13 noch geschehen sollte. Wenigstens nahm er an, daß er es wußte.

Nach einer längeren Funkpause nahm er wieder Kontakt mit Thuan auf und verlangte den Ersten Rat zu sprechen. Zu seinem Erstaunen meldete sich Patrona diesmal ohne jede Verzögerung.

»Hören Sie gut zu, Erster Rat von Thuan, denn ich werde mich nicht wiederholen. Unsere beiden Schiffe kamen in friedlicher Absicht zu Ihnen, ebenso wie mein Schiff. Sie haben sie in eine Falle gelockt und die Leute gefangengesetzt. Sie weigern sich auch jetzt noch, sie freizulassen. Im Gegenteil: Sie wollen auch uns hier festhalten. Es wird Ihnen inzwischen klargeworden sein, daß das unmöglich sein dürfte. Haben Sie Lust, meine Forderung zu vernehmen?«

»Reden Sie«, lautete die knappe Aufforderung der Gegenseite.

»Mein Schiff wird in der gegenwärtigen Position verbleiben und das so lange, bis Sie alle Terraner in die EX-7 und EX-340 gebracht haben und die beiden Schiffe sich außerhalb der Reichweite Ihrer Geschütze befinden. Sobald das geschehen ist, werden wir von hier verschwinden. Haben Sie das verstanden?«

Diesmal entstand nun doch eine längere Pause, ehe Patrona antwortete: »Abgelehnt, Captain Hennessy! Wir bleiben bei unserem ursprünglichen Plan: Sie landen hier bei uns, und alles weitere wird sich finden. Wir nehmen an, Sie unterschätzen die Wirksamkeit unserer Waffensysteme. Wir wären, hätten wir böse Absichten, in der Lage, Sie jederzeit von hier unten aus zu vernichten. Ist Ihnen das klar?«

»Nicht ganz, aber selbst wenn es so wäre, so möchte ich Sie doch darauf aufmerksam machen, daß auch wir nicht über Spielzeugwaffen verfügen. Ich habe eine Bombe an Bord, die Ihren Planeten vernichten kann. Denken Sie darüber nach.«

Patronas Stimme verriet Unglauben. »Eine einzige Bombe? Nun, mögen Sie eine solche Bombe besitzen oder auch nicht, unsere Absicht ändert sich dadurch nicht. Oder wären Sie in der Tat befugt, die bei uns weilenden Terraner zu opfern, nur weil Sie einer freundlichen Einladung nicht Folge leisten?«

»Das ist eine offene Drohung!«

»Aber nein, Captain, Sie selbst wären es doch, der die Gefangenen tötet – eben mit Ihrer mysteriösen Bombe. Haben Sie das denn vergessen?«

Hennessy biß sich wütend auf die Lippen. Der Thuaner hatte recht.

»Es gibt andere Mittel, Sie zur Herausgabe der Geiseln zu zwingen.«

»Und welche wären das?«

»Das überlege ich mir noch. Ich melde mich wieder. Bis dahin gebe ich Ihnen den guten Rat, nichts zu unternehmen – außer Sie befolgen meinen gutgemeinten Vorschlag, die beiden Schiffe starten zu lassen.«

Patrona unterbrach ohne jede Erwiderung die Verbindung.

Braddox lehnte sich zurück, ließ den Empfänger aber eingeschaltet.

»Da seht ihr es, Freunde, dieser Hennessy ist ein schlauer Fuchs, wie ich es sagte. Er fällt nicht auf Patronas Trick herein. Auf der anderen Seite ist er hilflos. Er kann nichts tun, ohne uns alle zu gefährden. Er hat also eine Arkonbombe an Bord, die schlimmste Erfindung aller Zeiten. Wenn er sie einsetzt, wird es keinen Planeten Thuan mehr geben.«

»Uns gibt es dann aber auch nicht mehr.«

Braddox schüttelte den Kopf. »Aber Helen, warum so pessimistisch? Es besteht immer noch die Möglichkeit, uns in der allgemeinen Verwirrung davonzumachen, unsere Gefährten von der Insel zu holen und zu verschwinden.«

Termoil lachte gezwungen. »Und du denkst, die Thuaner lassen ihre beste Waffe einfach so davonfliegen? Das glaubst du doch wohl selbst nicht, Braddox.«

Ehe Braddox antworten konnte, sagte Helen vom Bildschirm her: »Ich fürchte, Termoil hat recht. Seht nur, draußen ...«

Wortlos sahen sie zu, wie mehr als ein Dutzend mit kleineren Energiegeschützen bestückte Panzerfahrzeuge quer über das Landefeld heranfuhren und Stellung bezogen. Einige Thuaner rannten auf den Wagen zu, der unter der EX-7 stand, und holten die beiden noch immer bewußtlosen Männer heraus. Damit wußten sie endgültig, wo ihre entflohenen Gefangenen geblieben waren.

Die auf den Explorer gerichteten Geschütze sprachen eine eindeutige Sprache.

»Na, und wenn schon?« knurrte Braddox. »Wie wollen sie uns hier herausholen? Notfalls versuchen wir mal, ob unser Feuerleitstand noch in Ordnung ist.«

Einer der Thuaner draußen auf dem Feld winkte und hielt ein Handfunkgerät in die Höhe. Vor seiner Brust baumelte ein Translator.

»Aha!« meinte Helen. »Sie wollen mit uns reden.«

»Schon begriffen«, sagte Braddox und machte sich am Funkgerät zu schaffen. Bald hatte er die Frequenz gefunden.

» ... und verlassen sofort das Schiff, da wir sonst gezwungen wären, Gewalt anzuwenden. Wir werden Sie, wenn Sie gehorchen, zur Insel zurückbringen. Haben Sie verstanden?«

»Verstanden schon«, sagte Braddox grimmig, »aber das ist auch schon alles. Ihr glaubt doch nicht im ernst, daß wir so dumm sind und herauskommen? Versucht doch, ins Schiff zu kommen. Mit euren lächerlichen Geschützen schafft ihr das nie und nimmer. Verzieht euch besser. Und zwar schnell!«

Es erfolgte keine Antwort. Der Anführer der Thuaner ging zurück zu seinen Leuten und sprach mit ihnen. Wenig später verließ ein Energiebündel eines der Geschütze und fuhr dicht über den oberen Pol der EX-7 hinweg.

Ein Warnschuß also.

Termoil kannte sich als Kosmobiologe nicht mit den Kontrollen des Feuerleitstandes aus, Helen auch nicht. Also verließ Braddox seinen Platz am Funkgerät und glitt im offenen Antigravschacht hinauf ins fünfte Deck. In wenigen Sekunden hatte er sämtliche Instrumente aktiviert. Auch der Zielbildschirm mit der Computeranlage funktionierte nach wie vor einwandfrei.

Er wählte ein kleineres Impulsgeschütz auf Deck zwei und richtete es ein. Dann drückte er kurz den Feuerknopf in den Sockel.

Helen und Termoil sahen, wie der scharf gebündelte Energiestrahl mitten zwischen den halbkreisförmig postierten Fahrzeugen in den Boden fuhr und in Sekundenschnelle einen brodelnden Krater bildete. Die herumstehenden Thuaner warfen sich zu Boden, ehe sie entsetzt hinter ihren Fahrzeugen Deckung suchten.

Braddox rief nach unten. »Habt ihr gesehen, Freunde, wir sind nicht so wehrlos, wie die Brüder sich das dachten. Die zwei Jahre Ruhepause haben meinem Schiff nichts ausgemacht. Das wird ihnen eine Lehre sein.«

Die Thuaner, die allem Anschein nach nicht mit einer Gegenwehr gerechnet hatten, erholten sich schnell vom ersten Schreck. Sie richteten ihre Geschütze neu ein.

Helen rief Braddox zu: »Kannst du von da oben den Energieschirm einschalten?«

»Nein. Ich komme sofort.«

Braddox erschien wenige Sekunden später in der Hauptzentrale und nahm die nötigen Handgriffe vor. Und das keinen Moment zu früh.

Kaum umgab den Kugelraumer das matte Schimmern des Schutzschirms, da begannen die Thuaner zu feuern. Sie taten es in der vergeblichen Hoffnung, den Schirm durchbrechen zu können. Sie hätten es selbst mit einem gezielten Punktfeuer nicht geschafft, dazu waren ihre Geschütze zu schwach.

Einige Energiebündel, die im richtigen Winkel auftrafen, wurden derart reflektiert, daß sie zu den Thuanern zurückschossen und erheblichen Schaden anrichteten und Verwirrung stifteten. Eins der Fahrzeuge detonierte und wurde in Stücke gerissen.

»Sie bringen sich selbst um«, sagte Helen. »Hoffentlich setzen sie keine wirksameren Waffen ein.«

»Dann tun wir das auch«, kommentierte Braddox voller Grimm. »So leicht kriegen sie uns nicht.«

In der Tat begannen sich die Thuaner zurückzuziehen. Sie stellten das sinnlose Feuer ein, sammelten sich und fuhren dann quer über das Landefeld davon.

»Wird wohl nur eine kurze Ruhepause geben«, befürchtete Termoil. »Allmählich bin ich doch dafür, zu starten und zur Insel zu fliegen.«

»Na endlich! Die Thuaner wissen ohnehin, daß wir im Schiff sind.«

»Können wir Kontakt mit unseren Leuten aufnehmen?« fragte Helen.

Termoil sagte: »Ich nehme an, daß Kranzer am Gerät sitzt. Auf der Explorerfrequenz wahrscheinlich. Wenn nicht er, dann Dermot.«

»Versuchen wir es«, knurrte Braddox und machte sich an die Arbeit.

Zwei Minuten später gab Dermot Antwort. Braddox schilderte kurz, was bisher geschehen war, und erfuhr, daß auch die Verbannten auf der Insel über alles informiert waren.

»Wir haben uns schon Sorgen um euch gemacht«, gab Dermot zu.

Braddox lachte. »Kein Grund zur Sorge, Dermot. Glaubst du, daß der sandige Strand das Schiff trägt?«

Die Antwort kam nur zögernd. »Da bin ich nicht so sicher, Braddox. Ihr würdet einsinken. Vielleicht geht es, wenn ihr den Antigrav eingeschaltet laßt.«

»Das ist nur dann möglich, wenn wir den Großteil der Energie dafür verwenden können. Das wiederum ist fraglich, denn ohne jeden Zweifel werden die Thuaner das Schiff angreifen, und wir müssen uns verteidigen. Abgesehen davon, verbraucht der Schutzschirm eine Menge. Für den Antigrav bleibt kaum etwas übrig.«

»Ja, dann ...«, resignierte Dermot.

In diesem Augenblick schlug ein starker Sender durch. Die Stimme gehörte Captain Hennessy.

»Braddox, alter Knabe, wenn ich dir einen guten Rat geben darf, dann diesen: Bleibt, wo ihr seid! Wir werden die Angelegenheit von hier oben aus regeln, verlaß dich darauf! Wenn ihr startet, gefährdet ihr nicht nur euch, sondern auch die Gefangenen auf der Insel. Ich habe den Thuanern eine Art Ultimatum gestellt. Warten wir ab, was sie unternehmen.«

»Hennessy! Gut, dich zu hören. Gut, wir warten ab und bleiben in Verbindung. Gebt uns Bescheid, wann immer es etwas neues gibt.«

»Wird gemacht«, versprach Hennessy.

Braddox schaltete den Sender ab, blieb aber auf Empfang. »Dann werden wir ja wohl in Ruhe jetzt etwas essen können«, sagte er.

7.

Weniger zufrieden war Patrona mit dem bisherigen Verlauf der Dinge. Die Terraner hatten seinen Köder nicht geschluckt und befanden sich noch immer außer Reichweite der Energiegeschütze. Sicher, mit Atomtorpedos hätte er das Schiff vielleicht vernichten können, aber damit war nichts gewonnen. Das Ergebnis einer solchen Abschreckung würde auf Terra nicht bekannt werden, und in einiger Zeit würde ein viertes Schiff auftauchen.

Caldon suchte ihn an diesem Abend wieder auf.

»Siehst du nicht ein, wie sinnlos es ist, Patrona?« begann er das Gespräch. »Warum versuchen wir es nicht mit einem Kompromiß und lassen die Gefangenen frei? Es wäre eine gute Geste den Fremden gegenüber.«

»Und berauben uns selbst unserer besten Waffe?« Patrona machte die Geste der absoluten Ablehnung. »Du vergißt, daß sie diese Bombe haben, die unsere Welt vernichten kann. Sobald die beiden Schiffe mit ihren Besatzungen Thuan verlassen haben, löschen sie uns aus. Das ist doch logisch.«

»Es ist nur logisch für den, der voller Mißtrauen ist«, tadelte Caldon vorwurfsvoll. »Wer den Frieden will, muß ihn auch selbst demonstrieren.«

»Schöne Worte, nicht mehr, Caldon. Ich denke anders darüber. Sollen sie uns beweisen, daß sie diese Bombe haben, und zwar nur eine davon, und sie unschädlich machen. Dann – vielleicht – lasse ich mit mir reden.«

»Stärke gegen Stärke«, seufzte Caldon. »Wie soll es da zu einem Kompromiß kommen? Einer muß den Anfang machen, also nachgeben. Das tut meist der Klügere.«

»Oder der Dümmere!« widersprach Patrone energisch.

Caldon seufzte erneut. »Du bist starrköpfig, mein Freund. Aber vielleicht gefällt dir ein anderer Vorschlag: Laß mich mit den Terranern im dritten Schiff reden, und zwar direkt. Ich bin bereit, mich von ihnen an Bord holen zu lassen.«

»Dann hätten sie eine Geisel«, lehnte Patrona ab.

»Nein, die hätten sie nicht, denn ich stelle dem Rat gegenüber die Bedingung, daß keine Rücksicht auf meine Person genommen werden darf, falls die Terraner euch mit mir erpressen wollen. Außerdem hättest du in einem solchen Fall den Beweis, daß sie nicht guten Willens sind. Von dieser Sekunde an hast du von meiner Seite aus freie Hand.«

Patrona schwieg lange und überlegte. Schließlich stimmte er mit einem Nicken zu.

»Also gut, Caldon, ich nehme dein Angebot an und werde es dem Rat empfehlen. Rufen wir noch heute die Mitglieder zusammen, damit eine Entscheidung gefällt werden kann. Aber eines sage ich dir: Wenn die Terraner dich gefangennehmen, bedeutet das die Kriegserklärung.«

»Einverstanden, Patrona. Ich werde mit Freuden mein Leben für Thuan geben, wenn das Problem damit gelöst ist.«

Patrona stellte ohne weitere Worte die Verbindung zu den Ratsmitgliedern her und bat sie, trotz der späten Stunde in den Versammlungssaal zu kommen. Als er dann Caldon wieder ansah, tat er es mit einem Ausdruck im Gesicht, als sähe er jetzt seinen Freund zum letzten Mal.

Stephan Elsässer hatte die Funkwache übernommen und empfing gegen Mitternacht das überraschende Angebot der Thuaner. Ohne zu zögern, weckte er Captain Hennessy und überbrachte ihm die Neuigkeit. Der Captain gähnte herzhaft und schüttelte skeptisch den Kopf.

»Das ist ja eine ganz neue Methode, und ich wette, da steckt wieder so eine Schweinerei dahinter. Den ersten Köder haben wir nicht genommen, jetzt legen sie den nächsten aus.«

Elsässer war anderer Meinung. »Was kann schon passieren, wenn sie uns einen Unterhändler schicken, dazu noch den Zweiten Rat, also die zweithöchste Persönlichkeit ihrer Regierung? Sie scheinen nun doch wirklich an einer Verständigung interessiert zu sein.«

»Warum lassen sie dann nicht einfach unsere Leute frei?«

»Das frage ich mich auch. Also, Captain, was tun wir?«

Hennessy brauchte nicht lange zu überlegen. »Wir setzen das Schiff in höchste Alarmbereitschaft und lassen diesen Caldon an Bord kommen – aber nur ihn allein. Und vorher durchsuchen!«

»Er wartet auf Antwort, also sofort.«

»Mitternacht da unten, auch bei uns. Na, von mir aus. Schlafen kann ich ohnehin nicht mehr. Sagen wir in einer Stunde.«

»Gut, ich werde die Thuaner informieren.«

Als Elsässer gegangen war, blieb Hennessy noch einige Minuten auf seinem Bett liegen. Er konnte sein Mißtrauen den Thuanern gegenüber nicht verscheuchen, was angesichts der bisherigen Ereignisse auch nicht weiter erstaunlich war. Auf der anderen Seite durfte er keine Möglichkeit außer acht lassen, die zur Freilassung der Gefangenen führen könnte.

Schließlich erhob er sich, zog sich an und begab sich in die Hauptzentrale. Er war keineswegs überrascht, dort bereits den Mausbiber vorzufinden, der ihm entgegenblinzelte.

»Endlich tut sich was«, sagte er mit seiner hellen Stimme. »Ich werde diesen Caldon telepathisch überwachen, dann wissen wir, woran wir sind.«

»Gute Idee«, lobte Hennessy. »Und du kannst hundertprozentig feststellen, ob der Bursche lügt?«

»Zweihundertprozentig«, versicherte Gucky. »Er hat ja keine Ahnung, daß ich Telepath bin, also wird er auch nicht versuchen, seine Gedanken abzuschirmen – wie auch immer.«

Elsässer sagte von den Ortern her: »Uns nähert sich ein kleines Schiff, ziemlich primitiv, soweit ich das beurteilen kann.«

Bergström, der ebenfalls geweckt worden war und sich im Observatorium aufhielt, meldete vom Interkom-Schirm her: »Antrieb vorsintflutlich, verglichen mit unserem. Aber das Ding fliegt!«

Man hätte das eiförmige Raumfahrzeug höchstens als Beiboot der kleinsten Klasse bezeichnen können. Von einer Bewaffnung war keine Spur zu entdecken. Während es näherkam, wurden am Bug Bremsraketen gezündet, die sofort die Geschwindigkeit verringerten. Bald darauf schwebte es dicht neben der CHALLENGER.

»Sollen wir es an Bord nehmen?« fragte Elsässer.

Hennessy nickte und rief Rodensky über Interkom.

»Lassen Sie das Eierschiff in den Hangar, Rodensky, aber stellen Sie zwei bewaffnete Männer auf. Beim geringsten Zeichen einer Hinterlist sofort das Feuer eröffnen! Es darf nur ein einzelner Thuaner ohne Begleitung aussteigen. Wir nehmen an, es befindet sich noch ein Pilot an Bord. Durchsucht ihn ebenfalls nach Waffen. Auch das Schiff.«

»Geht in Ordnung, Captain. In fünf Minuten öffne ich die untere Schleuse.«

»Gut. Ich werde inzwischen Kontakt mit dem Fremden aufnehmen.«

Das hatte Elsässer bereits getan. Caldon erklärte sich mit der kurzen Wartezeit einverstanden.

»Bis jetzt kann ich keine Hinterlist feststellen«, sagte Gucky, der in einem Sessel lag und eifrig esperte. »Ich glaube, dieser Caldon meint es ehrlich. Aber irgend etwas ist da noch im Hintergrund seines Bewußtseins, ich kann nur nicht herausfinden, was das ist. Er verdrängt gewisse Dinge, gegen die er selbst eine Aversion verspürt. Aber das kriegen wir noch mit der Zeit. Wenn er spricht, öffnet sich das Unterbewußtsein leichter – und unbemerkt.«

Rodensky gab die Beendigung seiner Vorbereitungen durch.

»Na dann!« murmelte Hennessy und sah hinüber zum nicht mehr verschlossenen Wandschrank, in dem die Handwaffen aufbewahrt wurden. »Er soll aussteigen. Elsässer holt ihn von dort ab. Auf keinen Fall allein lassen, Rodensky!«

»Keine Sekunde, Commander.«

Hennessy hörte es gern, wenn man ihn so nannte, aber im Augenblick war ihm das völlig egal. Außerdem hatte er sich voll und ganz auf seinen Besucher konzentriert und auf das, was er tun würde, wenn ...

Das »wenn« war und blieb das große Fragezeichen.

Der erste Teil seiner Aufgabe war erledigt. Er hatte Kontakt zu einer bislang unbekannten Zivilisation aufgenommen. Als seine zweite Aufgabe bot sich naturgemäß die Befreiung der Gefangenen an und die Herausgabe der beiden Schiffe durch die Thuaner. Die dritte Aufgabe würde automatisch die Aufnahme vernünftiger Beziehungen Thuans zu Terra sein.

»Unsere Bombe bereitet ihm Sorge«, flüsterte Gucky von seinem Platz aus. »Er denkt dauernd an sie.«

»Soll er auch!« knurrte Hennessy. »Ist Elsässer jetzt bei ihm?«

»Ist er. Keine Waffen. Sie verlassen soeben den Hangar.«

Hennessy hatte den Interkom abgeschaltet. Der Fremde brauchte nicht zu wissen, daß er überwacht wurde. Das konnte sich später als nützlich erweisen.

»Er hat Angst«, informierte der Mausbiber, ehe sich die Tür öffnete und Caldon die Hauptzentrale betrat. Er trug einen einfachen Anzug, der mehr an eine Uniform erinnerte. Seine Züge, durchaus menschlich, wenn auch ein wenig an die Arkoniden erinnernd, verriet nichts von seinen Gedanken, die Gucky allerdings nicht verborgen blieben.

Hennessy war höflich genug, den Unterhändler stehend zu empfangen und ihm einen Platz anzubieten. Mit Genugtuung registrierte er die Blicke Caldons, der sich anscheinend mit der Vielzahl der Instrumente und Kontrollen nicht zurechtfand. Die Anlagen imponierten ihm sichtlich.

Der Translator stand eingeschaltet auf dem Tisch. Im Hintergrund lief der Bild-Ton-Aufzeichner.

»Willkommen an Bord«, begrüßte Hennessy Caldon. »Ich nehme an, Sie haben uns die Vorschläge Ihrer Regierung zu unterbreiten. Wir hören.«

Caldon bejahte durch ein Nicken, was nicht weiter erstaunlich bei Humanoiden war. Als er sprach, klang es ein wenig unsicher und stockend. Das änderte sich aber später.

»Ich muß zuvor betonen, Kommandant Hennessy, daß ich nicht in allen Fragen mit dem Rat von Thuan übereinstimme, jedoch verpflichtet bin, die Mehrheitsbeschlüsse vorzutragen und Ihre Antwort zu überbringen. Der Rat verlangt die Herausgabe der von Ihnen erwähnten Bombe und wird dann im Gegenzug die beiden Schiffe und ihre Mannschaften freigeben. Das ist das Angebot meiner Regierung.«

»Kurz und bündig«, stellte Hennessy fest, wobei er sich bemühte, seiner Stimme einen neutralen Klang zu verleihen. »Die Antwort ist ebenso kurz: zuerst die beiden Schiffe und die Leute, dann die Bombe!«

Caldon rutschte unruhig auf seinem Sessel hin und her. »Ich habe diese Antwort natürlich erwartet – und verstehe sie.«

»Dachte ich mir. Und was jetzt?«

Caldon selbst war die Situation mehr als nur peinlich. Zwar war er auf eigenen Wunsch in das Schiff der Terraner gekommen, aber die Ansichten und Beschlüsse des Rates, die er jetzt zu vertreten hatte, entsprachen weder seinen Vorstellungen noch seiner eigenen Überzeugung. Er war für den bedingungslosen Frieden, der auf gegenseitigem Vertrauen fußte, während die Mehrzahl des Rates die Auffassung vertrat, nur das Heraufspielen der eigenen Stärke könne zum gewünschten Erfolg führen. Hinzu kam noch ihre Absicht, das Schiff der Terraner so schwer zu beschädigen, daß es unter Umständen nicht einmal mehr seinen Heimatplaneten oder einen Stützpunkt erreichte.

Bereits nach den ersten Worten, die er mit Captain Hennessy gewechselt hatte, wurde Caldon klar, daß man diesen Mann nicht unterschätzen durfte. Der ließ sich nicht so leicht aufs Kreuz legen, wie Patrona sich das vielleicht vorstellte.

»Bedenken Sie, Captain Hennessy, daß unsere Abwehrforts jederzeit in der Lage wären, Ihr Schiff zu vernichten, auch wenn es die jetzige Position zum Planeten Thuan beibehält. Genauer gesagt: Es hätte schon seit geraumer Zeit vernichtet werden können, wenn wir das beabsichtigten. Und mit noch anderen Worten: Thuan wird dieses Schiff vernichten, wenn Sie unser Angebot nicht annehmen.«

Gucky, der fast unbemerkt im Hintergrund saß und jeden Gedankengang des Unterhändlers verfolgte, der ihn übrigens für ein harmloses Maskottchen hielt, gab Elsässer ein Zeichen, den Captain bei seiner Antwort zurückzuhalten, die natürlich entsprechend hart ausfallen mußte. Aber ehe Elsässer sich in das Gespräch einmischen konnte, polterte Hennessy los:

»Ihr wollt uns also vernichten! Das war von Anfang an eure Absicht, da bin ich sicher. Vernichten oder gefangennehmen wie die anderen, die so dumm waren, auf euer freundliches Getue hereinzufallen. Nicht mit mir, Caldon, nicht mit Captain Hennessy! Ehe ihr auch nur einen Schuß abgeben könnt, habt ihr die Bombe auf dem Hals.«

»Drohung gegen Drohung«, sagte Caldon bitter. »Sie wären also bereit, Ihre Leute auf Thuan zu opfern?«

Hennessy winkte ab. »Natürlich nicht! Wir holen sie rechtzeitig heraus.«

»Und wie, wenn ich fragen darf?«

»Durch Sie, Caldon, Zweiter Rat von Thuan. Ihr Leben gegen das der achtzig Terraner. Ist das ein Vorschlag?«

»Es ist einer, aber ein schlechter. Mein Leben zählt nämlich nicht. Ich bin als Geisel absolut wertlos.« Er erhob sich zum Zeichen, daß die Unterredung von seiner Seite aus beendet war, überlegte einen Augenblick, dann setzte er sich wieder. »Hören Sie gut zu, Captain Hennessy, und versuchen Sie, mir zu glauben. Ich bin gegen jede Waffengewalt und vertrete keineswegs die harte Meinung des Rates, ich habe sie lediglich hier vorgetragen. Meine persönliche Meinung ist, daß wir unsere Gefangenen hätten schon freilassen sollen, ehe Sie mit Ihrem Schiff unser System entdeckten. Jetzt ist es zu spät dazu. Zwei Fronten, vielleicht sogar gleich stark, stehen sich gegenüber. Wie kann es da eine Lösung durch einen Kompromiß geben? Glauben Sie mir, bitte, daß ich mir nichts mehr als diese Lösung wünsche.«

Captain Hennessy warf einen kurzen Blick zu Gucky hinüber, der unmerklich nickte. Dann sagte er: »Ich glaube Ihnen gern, Caldon, aber das bringt uns keinen einzigen Schritt weiter. Natürlich wäre es eine Möglichkeit, unsere Bombe gegen Ihre Gefangenen einzutauschen, aber damit gäben wir unseren letzten Trumpf aus der Hand.«

»Wir auch.«

»Nein, ihr nicht. Ihr habt immer noch die Atomtorpedos.«

»Und Sie vielleicht eine zweite Bombe.«

Ganz langsam sagte Hennessy: »Das wäre eventuell möglich ...«

Caldon blickte ihn lange an, ehe er sich endgültig erhob. »Ich werde dem Rat von unserer Unterredung berichten und Ihnen seine Entscheidung mitteilen.«

Elsässer begleitete Caldon zum Hangar zurück. Wenig später verließ das eiförmige Schiff die CHALLENGER und die Kreisbahn.

Gucky sagte von seiner Ecke her: »Dieser Caldon ist der einzige Thuaner, dem wir vertrauen können. Er hat kein einziges Mal gelogen. Seine Absichten sind ehrlich, aber fast der ganze Rat von Thuan steht gegen ihn. Sie wollen unser Schiff so stark beschädigen, daß wir nur mit Mühe nach Terra zurückkehren können. Abschreckung, so einfach nennen sie es.«

»Das also ist ihre Absicht!« Captain Hennessy sah auf, als Elsässer den Raum betrat. »Die Dummköpfe ziehen sich damit unsere ganze Kampfflotte auf den Hals – wenn sie dann noch existieren.«

»Jetzt kann ich es ja verraten«, sagte Gucky, der keinen anderen Ausweg mehr sah. »Auch wenn sämtliche Anweisungen der Flotte anders lauten, Rhodans persönlicher Befehl lautet: Die Arkonbombe dient nur der Demonstration und darf unter keinen Umständen ernsthaft eingesetzt werden. Um diesen Befehl Rhodans durchzusetzen, bin ich hier an Bord.«

Hennessy starrte ihn fast wütend an, dann knurrte er: »Ich bin also zur Marionette verurteilt, nicht wahr? Und wie, bitte, soll ich mit den Thuanern fertig werden? Praktisch mit gebundenen Händen?«

»Hennessy«, sagte der Mausbiber trocken und fast vertraulich, »das darfst du nicht so eng sehen. Du erwähntest eine mögliche zweite Bombe, also kannst du unsere einzige ruhig opfern, um den Thuanern einen gehörigen Schrecken einzujagen. Ich bin sicher, sie werden dann freiwillig ihre Gefangenen herausrücken.«

»Opfern?«

»Der dritte Planet hat einen leblosen Mond. Er würde sich vorzüglich für eine Demonstration eignen.«

»Du meinst ...?«

»Ja, genau das meine ich. Rhodan übrigens auch.«

Elsässer nickte Gucky sein Einverständnis zu, sagte aber nichts.

»Hm«, knurrte Captain Hennessy. »Das schmeckt mir ganz und gar nicht. Warten wir erst einmal die Reaktion der Thuaner ab, dann können wir noch immer darüber reden. Aber vorher möchte ich Rhodans Befehl sehen oder hören. Du hast ihn offensichtlich schriftlich, Gucky?«

»Habe ich.«

Hennessy seufzte. »Doc Shariman behauptet, wir hätten uns inzwischen an den Strahlenschild der Thuaner gewöhnt und deshalb keine Kopfschmerzen mehr. Muß eine falsche Diagnose sein, denn ich habe sie jetzt wieder.«

Gucky grinste und teleportierte zurück in seine Kabine. Dort kramte er in seinen Sachen herum, bis er seinen Helm gefunden hatte. Es wurde Zeit, gewisse Dinge in die eigenen Hände zu nehmen.

Als erstes besuchte er die EX-7. Helen erschrak fast zu Tode, als sie in der Bordküche stand und hinter sich plötzlich ein Geräusch hörte. Sie wußte, daß Braddox und Termoil in der Hauptzentrale waren und diese auch nicht verlassen würden.

Die zwar geöffnete aber noch volle Dose mit konzentriertem Spinat in der Hand drehte sie sich vorsichtig um, bereit, dem unerwarteten Besucher das provisorische Geschoß mit aller Wucht mitten ins Gesicht zu schleudern ...

»Aber Helen, so etwas tut doch ein kleines Mädchen nicht«, sagte Gucky und sah mit seinen treuherzigen braunen Augen zu ihr auf. »Ich bin's doch nur, der Retter des Universums, der Super-Ilt, der beste Freund der Terraner und ...«

»Gucky!« stieß sie erleichtert hervor und ließ die halb erhobene Dose wieder sinken. »Du hier? Ich habe schon von dir gehört.«

»Wer nicht?« erkundigte sich der Mausbiber ein wenig verschmitzt und schielte in Richtung der Konservendose. »Was gibt es denn heute?«

Helen war viel zu verwirrt, um darauf zu antworten. Statt dessen fragte sie: »Du kommst von der CHALLENGER? Hat Hennessy dich geschickt?«

»Er weiß gar nicht, daß ich hier bin. Ich bin teleportiert. Wegen des dummen Energiefeldes ein wenig umständlich und in Etappen, aber es geht, wie du siehst. Ich wollte mit Braddox sprechen.«

»In der Zentrale.«

»Ich weiß.« Er deutete auf die Dose. »Von dem Zeug möchte ich auch etwas haben, wenn's möglich ist.«

»Du bist eingeladen«, lächelte sie ihn an.

Gucky warf ihr einen schmelzenden Blick zu – und verschwand. Er hatte den hingebungsvollen Ausdruck noch immer im Gesicht, als er dicht vor Braddox rematerialisierte, der einen Schritt zurückwich, sich aber erstaunlich schnell wieder in der Gewalt hatte.

»Unser Gucky ist mit von der Partie!?« wunderte er sich lediglich und tat ganz so, als sei das die selbstverständlichste Sache von der Welt. »Termoil, nun brauchen wir uns keine Sorgen mehr zu machen.«

»Die Sorgen fangen gerade erst an«, belehrte ihn der Ilt und begrüßte nun auch Termoil, dessen Gesicht vor freudiger Überraschung nur so strahlte. »Captain Hennessy will eine Arkonbombe auf Thuan werfen, die Thuaner wollen ihre Gefangenen umbringen und dann die CHALLENGER vernichten. Sind das vielleicht Aussichten?«

»Aussichten schon, aber keine schönen«, gab Braddox zu. »Und was werden wir nun tun?«

»Wir müssen versuchen, sowohl das eine wie auch das andere zu verhindern. Thuans Torpedos sind besser als ihre Schiffe – und auch schneller. Sie würden die CHALLENGER auch bei einem Notstart noch erreichen. Umgekehrt gibt es keine Rettung mehr für Thuan, wenn die Arkonbombe einmal abgesetzt wurde. Eine regelrechte Pattsituation, die unter gewissen Umständen die Katastrophe verhindert. Allerdings haben die Thuaner *einen* Trumpf mehr in der Hand als wir: nämlich euch!«

Braddox nickte ein wenig beklommen. »Das allerdings stimmt. Wenn wir fliehen könnten, wäre das Gleichgewicht wieder hergestellt.«

»Deshalb bin ich hier, Braddox. Ist dieses Schiff noch einsatzbereit? Kann es starten, auf der Insel landen, die Terraner an Bord nehmen und schnell genug verschwinden, ehe die Thuaner merken, was passiert?«

»Unter schwierigen Umständen ist es möglich, wenn wir nicht bei der Aktion angegriffen werden.«

»Dann muß gleichzeitig für ein Ablenkungsmanöver gesorgt werden. Ich habe da auch schon eine vage Idee – falls Hennessy mitspielt. Ihr also wäret bereit, einen Befreiungsversuch zu unternehmen?«

»Auf der Stelle!«

»Gut. Ich werde die Leute auf der Insel informieren und sie vorbereiten, dann erst mit Hennessy sprechen. Ich glaube, unser Plan garantiert die einzige Möglichkeit, einen Ausweg aus dem Dilemma zu finden. Und zwar einen friedlichen Ausweg, denn wer immer einen Angriff beginnt – wir oder die Thuaner –, muß mit seiner eigenen Vernichtung rechnen. Lebt wohl, ich komme bald wieder. Und: kein Wort darüber über Funk. Die Thuaner hören mit.«

Helen kam herein, zwei dampfende Töpfe in den Händen. Gucky setzte sich erschrocken in den nächsten Sessel.

»Beim heiligen Planeten Tramp! Das hätte ich ja fast vergessen. Auf die paar Minuten kommt es nun auch nicht mehr an ...«

Dermot rannte auf den Mausbiber zu, als dieser im Werkschuppen materialisierte. Gucky informierte ihn über seinen Plan und bat ihn, die anderen Terraner entsprechend vorzubereiten.

Die EX-7 sollte, wenn es soweit war, senkrecht zwischen der kreisförmigen Energiemauer niedergehen und sich solange auf ihren Antigravfeldern halten, bis die Gefangenen an Bord gegangen waren. Die ganze Aktion durfte nicht länger als zwei oder drei Minuten dauern. Dann erfolgte der Blitzstart mit höchster Beschleunigung.

»Wir können in fünf Minuten so schnell sein, daß uns ihre Torpedos nicht mehr einholen, und wenn wir vorzeitig in den Linearraum müssen.«

»So ähnlich dachte ich es mir«, stimmte Gucky zu. »Ich werde nun an Bord der CHALLENGER zurückkehren und Hennessy bearbeiten. Sobald es soweit ist, werde ich Braddox persönlich informieren. Er wird euch über Funk Bescheid geben. Er wird euch mitteilen, daß die ersten Blumen auf der Wiese blühen. Danach habt ihr ziemlich genau fünf Minuten Zeit.«

Dermot nickte zuversichtlich. »Auf diesen Tag«, sagte er, »habe ich seit langer Zeit gewartet.«

Gucky gab das Nicken zurück und entmaterialisierte.

Der nun wieder geschlossene Helm ermöglichte es ihm, den Sprung zurück ins Schiff in mehreren Etappen zurückzulegen. Erleichtert öffnete er ihn und legte ihn ab, nachdem er in seiner Kabine rematerialisiert war.

Aloisius hockte steif in dem einzigen Sessel und erwartete ihn. »Herr und Meister«, sagte er mit einem aufsässigen Unterton in seiner Stimme. »Ich fürchte, Captain Hennessy wird nicht erfreut über deine heimlichen Ausflüge sein, wenn er es erfährt.«

»*Wenn* er es erfährt, ich meine von *dir* erfährt, wirst du nur noch als Schrott zu gebrauchen sein. Wenn schon, dann erfährt er es von mir und zwar gleich. Und weil du so unverschämt bist, wirst du vorerst überhaupt nichts erfahren! Bis später! Im übrigen rate ich dir, dich in deine eigene Kabine zu begeben. Hebe dich hinweg, Aloisius!«

Ohne die Reaktion des Roboters abzuwarten, teleportierte er in die Hauptzentrale, in der Hennessy gerade seinen Ersten ablösen wollte.

»Lange nicht gesehen«, sagte der Captain. »Wo hast du denn gesteckt? Wir haben dich gesucht.«

»Da hättet ihr lange suchen können, ich habe nämlich Thuan einen Kurzbesuch abgestattet. Nebenbei ist mir ein Plan eingefallen, den ich dir gern unterbreiten möchte ...«

»Ein Plan?« erkundigte sich Hennessy neugierig. »Laß hören!

Gucky erläuterte ihm sein Vorhaben in allen Einzelheiten. Das zuerst äußerst skeptische Gesicht Hennessys – und auch das Elsässers – veränderten sich allmählich. Zum Schluß strahlten sie richtig.

»Besser das als gar nichts!« freute er sich. »Aber wie stellst du dir das Ablenkungsmanöver vor? Wir benötigen eine ganz hübsche Zeit, bis die Sache abgeschlossen ist.«

»Wir bieten den Thuanern erneut Verhandlungen an, und zwar auf höchster Ebene. Du und Elsässer, ihr beide werdet euch mit dem Ersten und dem Zweiten Rat treffen, ohne Begleiter und Wachen und ohne Waffen.«

Captain Hennessy fuhr erschrocken zurück. »Ich bin doch kein Selbstmörder!« rief er aus.

Auch Elsässer schüttelte energisch den Kopf, sagte aber nichts.

»Euch wird schon nichts passieren«, beruhigte sie Gucky. »Noch wissen die Thuaner nicht, daß ihr einen Teleporter an Bord habt. Ich kann euch beide innerhalb von Sekunden zurück an Bord der CHALLENGER bringen. Wir sind wieder im Schiff, ehe die beiden Thuaner einmal durchgeatmet haben. Und dann nichts wie weg hier. Inzwischen ist die EX-7 längst mit den achtzig Terranern unterwegs. Es kann nichts schiefgehen.«

Hennessy und Elsässer sahen nicht gerade überglücklich aus.

»Warum gerade wir beide?« fragte der Captain.

»Weil die Thuaner auch nicht gerade auf den Kopf gefallen sind. Sie kennen eure Gesichter vom Bildschirm her, und eure Stimme über Funk kennen sie auch. Sie würden niemals ihre beiden höchsten Repräsentanten zu einem Treffen schicken, wenn sie mit Rodensky oder Sister Micah verhandeln sollen. Und gerade Patrona und Caldon müssen es sein, die bei euch sind, wenn die Gefahr am größten ist.«

»Raffiniert eingefädelt«, rang sich Elsässer ein Lob ab. »Es könnte klappen.«

»Es *muß* klappen!« bekräftigte Gucky. »Und danach kann die Arkonbombe auf dem Mond gezündet werden. Die Thuaner werden es dann mit Sicherheit nicht mehr wagen, auch nur einen einzigen Torpedo auf uns abzufeuern. Wir können uns in aller Ruhe in friedlichere Gefilde verziehen.«

Hennessy seufzte. »Wenn das nur gutgeht ...«

Wenn Gucky ungehalten wurde, machte sich das auf höchst merkwürdige Art und Weise bemerkbar.

»Es muß endlich einmal ein Status exempliert werden!« piepste er erregt und teleportierte aus der Zentrale.

Hennessy starrte fassungslos auf die Stelle, an der er eben noch gestanden hatte. »Was war das?« murmelte er.

Elsässer übersetzte: »Exempel statuiert ...«

8.

Notgedrungen sah sich Gucky gezwungen, Aloisius in den Plan einzuweihen, nahm sich jedoch vor, nach der glücklichen Heimkehr zur Erde auf seine weiteren Dienste zu verzichten. Er würde sich auch auf keine noch so verlockend erscheinende Umprogrammierung einlassen.

Aber da war noch etwas anderes, das ihm Sorgen bereitete. Captain Hennessy hatte seinem Plan zwar widerstrebend zugestimmt, war aber im Grunde seines Herzens alles andere als einverstanden damit. Nur die Tatsache, daß Rhodans Anordnung strikt und eindeutig war, hielt ihn davon ab, den Thuanern ein saftiges Ultimatum zu stellen und dann, wenn sie es ablehnten, kurzen Prozeß zu machen. Gucky fragte sich, ob Hennessy nicht doch im letzten Moment die Nerven verlor und durchdrehte.

Aloisius verließ die Kabine des Mausbibers und ging zurück in seine eigene. Da er die Tür nicht schloß, konnte Gucky sehen, daß er in seinem Wandschrank herumwühlte und seine Sachen packte. Er stopfte alles in einen Metallkoffer und setzte sich dann auf sein Bett, als warte er auf ein bestelltes Taxi.

Gucky konnte seine Gedanken nicht lesen, was für ihn ohnehin Grund genug zum Ärgern war. Daher fragte er: »Was soll denn das? Willst du vielleicht verreisen?«

Der Roboter zog seine künstlichen Augenbrauen in die Höhe.

»Vielleicht solltest du noch einmal Rhodans Anweisungen durchlesen, um deine Erinnerung aufzufrischen. Sein eindeutig lautender Befehl ist, daß – wenn alles platzt – ich mit dem Jäger und allen Informationen nach Terra zurückkommen soll. Und jetzt sieht es ganz so aus, als würde die Angelegenheit platzen.«

»Verdrücken willst du dich?« Gucky war ehrlich empört. »Du niederträchtiges Monstrum von einem Roboter! Du bleibst hier in deiner Kabine, bis alles vorbei ist und wir unterwegs nach Hause sind. Nichts wird schiefgehen! Überhaupt nichts!«

»Optimist!« sagte Aloisius und stand auf, um vor Guckys Nase die Tür zu schließen.

Der Mausbiber unterdrückte einen Wutanfall, was ihm jedoch nur deshalb gelang, weil der Interkom summte und Elsässer ihm mitteilte, daß der Rat von Thuan den Verhandlungsvorschlag angenommen hatte. Die Entscheidung rückte näher.

Das Fahrzeug setzte Patrona und Caldon in der Mitte des Raumhafens ab und entfernte sich danach schnell, um zwischen den Verwaltungsgebäuden zu verschwinden. Die beiden höchsten Repräsentanten Thuans standen nun auf dem freien Landefeld und erwarteten die Terraner. Patrona sah hinauf in den wolkenfreien Himmel.

»Noch nichts zu sehen. Hast du Kondex informiert?«

»Gegen meine Überzeugung – ja.«

Patrona machte eine Geste des Unwillens.

»Siehst du nicht ein, daß wir uns absichern müssen? Realistisch betrachtet ist unsere Position schwächer als jene der Terraner. Dort drüben, am Rand des Landefelds, stehen zwei Kugelraumer, und in dem einen haben sich die drei geflohenen Terraner verschanzt. Sie könnten uns jederzeit mit ihren weitreichenden Geschützen töten. Um das zu verhindern, muß Kondex seinerseits die Gefangenen auf der Insel im Visier haben. Beim geringsten Anzeichen einer Hinterlist werden alle Geiseln getötet.«

Caldon wollte etwas entgegnen, aber er kam nicht mehr dazu. Fast lautlos schwebte der Raumgleiter herab und setzte keine zehn Meter von den beiden Thuanern entfernt sanft auf. Elsässer öffnete die Luke, und Captain Hennessy kletterte als erster aus dem Cockpit. Zuerst begrüßte er Caldon, den er bereits kannte, dann erst Patrona. Elsässer folgte ihm etwas steifbeinig.

»Ich weiß nicht«, sagte Patrona kühl, »was diese Unterredung soll. Sie kennen unsere Forderungen, wir kennen die Ihren. Sie *wollen* nicht nachgeben, und wir *können* nicht nachgeben. Umgekehrt denken Sie ebenso. Unsere Gefangenen sind erst dann frei, wenn Sie uns Ihre Bombe übergeben haben und uns die Erlaubnis erteilen, Ihr Schiff nach einer weiteren zu durchsuchen. So lautet der letzte Beschluß des Rates.«

Hennessy beherrschte sich, aber sein Gesicht rötete sich.

»Das wird ja immer schöner«, sagte er äußerlich ganz ruhig. »Sie schrauben Ihre Forderungen höher und höher. An Ihrer Stelle würde ich nicht so sicher sein, daß wir alles, aber auch *alles* tun, nur um das Leben der Geiseln zu retten. Es könnte sehr gut sein, daß unser Geduldsfaden eine schwache Stelle hat und reißt. Gegenvorschlag: Sie erlauben den drei Terranern dort drüben in der EX-7, unverzüglich zu starten und die Gefangenen von der Insel zu holen. Im Gegenzug werden wir die Arkonbombe auf dem Mond des dritten Planeten zünden und diesen vernichten – und damit die Bombe unschädlich machen. Übergeben können wir Ihnen diese tödliche Waffe in keinem Fall, das werden Sie wohl verstehen.«

Elsässer blickte unauffällig auf sein Armbandgerät. Die winzige Lampe zeigte an, daß der Sender eingeschaltet war. Die drei Terraner in der EX-7 konnten jedes Wort verstehen, das gesprochen wurde. Die verabredete Befreiungsaktion konnte jederzeit anlaufen, dann allerdings war höchste Eile geboten. Gucky hockte inzwischen längst in der EX-7 und wartete auf seinen Einsatz.

Obwohl der Plan bis in alle Einzelheiten durchgesprochen worden war, wurde Elsässer nicht so recht froh. Er konnte das Gefühl nicht loswerden, daß nicht alle Risiken berücksichtigt worden waren. Zu schnell waren seiner Meinung nach die Thuaner mit der Unterredung einverstanden gewesen. Welche Trumpfkarte hielten sie noch in der Hand?

Gucky! dachte er intensiv und auf den Mausbiber konzentriert, der der Unterredung telepathisch folgte. *Gucky! Sie haben etwas vor! Ich bin da ganz sicher! Überprüfe ihre Gedanken!*

Elsässer erhielt natürlich keine Bestätigung dafür, ob der Mausbiber seine Warnung empfangen hatte oder nicht. Vorsichtshalber wiederholte er sie mehrmals, ehe er seine Aufmerksamkeit wieder Hennessy und den beiden Thuanern zuwandte.

»Ich muß Sie warnen«, sagte Patrona gerade. »Es nützt Ihnen überhaupt nichts, daß drei Terraner den Kugelraumer besetzt halten. In dem Augenblick, in dem sie den Start wagen, sterben alle anderen Terraner auf der Insel. Drei unserer Schiffe stehen hoch über ihr, und sie haben Atomtorpedos an Bord. Von der Insel wird nichts übrigbleiben.«

Wenn Hennessy erschrak, so ließ er sich nicht das geringste anmerken. Ruhig fragte er: »Sie wären also bereit, die Gefangenen zu töten? Gäben Sie damit nicht Ihren stärksten Trumpf aus der Hand?«

»Wir haben noch andere«, gab Patrona zurück.

Gucky! Du mußt den Start der EX-7 abblasen und die Leute auf der Insel informieren. Stichwort: Blumenwiese negativ!

Elsässer hoffte zuversichtlich, daß der Mausbiber seine Botschaft aufnahm. Wenn nicht, war eine Katastrophe vorprogrammiert. Aber auch Braddox, Termoil und Helen mußten Patronas Worte vernommen haben. Das hatten sie auch.

Und es war Braddox, der nun die Nase endgültig voll hatte und blitzschnell handelte.

Während Termoil Kontakt zu Dermot aufnahm und ihm mitteilte, daß auf der Wiese die ersten Blumen noch nicht blühten, und während Gucky sich auf die Gedanken der vier Männer auf dem Landefeld konzentrierte und nicht auf das achtete, was in der Zentrale der EX-7 geschah, hatte Braddox die Energie eingeschaltet und den Antrieb aktiviert. Ehe jemand es verhindern konnte, stieg der Kugelraumer senkrecht in die Höhe, beschleunigte und nahm Kurs nach Südwest, wo in fünfzig Kilometer Entfernung die Insel der Verbannten lag.

»Bist du wahnsinnig geworden?« schrie Helen ihm zu und wollte ihn von seinem Platz an den Kontrollen zerren, aber er stieß sie einfach zur Seite, ohne sich von seinem Vorhaben abbringen zu lassen.

Gucky und Termoil waren viel zu überrascht, um etwas zu unternehmen, außerdem war es schon zu spät, das Geschehen rückgängig zu machen. In den drei thuanischen Schiffen würden Torpedos abgefeuert werden. Für die Terraner auf der Insel gab es keine Rettung mehr.

Auf dem Bildschirm waren Hennessy, Elsässer, Patrona und Caldon deutlich zu sehen. Über Funk erreichten unverständliche Rufe den Empfänger der EX-7. Die Gedanken von vier Männern verrieten mehr. Gucky bereitete sich auf den verabredeten Sprung vor, zögerte dann aber, als er mitbekam, was auf dem Landefeld geschah. Außerdem entfernte sich der Explorer zu schnell vom Raumhafen, und dann verschwand dieser endgültig vom Bildschirm. Auf dem anderen tauchte am Horizont die Insel auf.

Gucky hielt weiterhin Kontakt zu Hennessy und den anderen. Der Captain war nur eine einzige Sekunde lang von den Ereignissen überrascht gewesen, dann packte er zu und schlang seine Arme um den ebenfalls überraschten Patrona. Elsässer kümmerte sich in ähnlicher Weise um Caldon, der sich nicht wehrte.

»Die Schiffe über der Insel!« brüllte Hennessy Patrona an. »Wenn sie die Torpedos abfeuern, bringe ich dich um!«

Patrona wehrte sich verzweifelt, aber der Captain war ihm kräftemäßig überlegen.

»Sie haben Befehl«, keuchte der Erste Rat, »ohne weiteres Kommando zu handeln. Es ist zu spät ...«

»Es ist nie zu spät! Elsässer, geben Sie ihm das Funkgerät! Aber schnell!«

Elsässer riß sich das Gerät vom Arm. »Frequenz bleibt«, sagte er nur und reichte es Caldon, der ihm vernünftiger erschien als Patrona. »Beeilen Sie sich!«

Patrona wollte protestieren, aber Hennessy schlug ihm mit der flachen Hand auf den Mund. Caldon hatte inzwischen Kontakt mit den Kommandanten der drei thuanischen Schiffe und widerrief den Feuerbefehl. Die neue Anordnung wurde zögernd bestätigt.

Elsässer nahm Caldon das Gerät wieder ab und rief die EX-7. Termoil meldete sich sofort.

»Braddox ist gestartet, nachdem der ursprüngliche Plan fehlgeschlagen war. Wir nähern uns der Insel. Was ist mit der angedrohten Aktion der Thuaner? Wir hörten ein kurzes Gespräch, konnten aber nichts verstehen.«

»Landet, nehmt die Leute auf und verschwindet so schnell wie möglich in Richtung Sonne! Sucht hinter ihr Schutz! Schnell! Die Thuaner unternehmen vorerst nichts. Wir haben Patrona und Caldon.«

»Gut! Soll Gucky eingreifen?«

»Noch nicht! Aber wir halten Kontakt.«

Obwohl die Ereignisse sich überstürzt in nur wenigen Minuten abgespielt hatten, war der restliche Rat bereits informiert. Kondex verbarg seinen Ärger über die verhinderte Strafaktion gegen die Insel nicht. Aber ihm waren die Hände gebunden. Noch war Patrona der Erste Rat mit absoluter Befehlsgewalt und Caldon sein Stellvertreter.

Wütend fügte er sich. Seine einzige Genugtuung war die Gewißheit, recht behalten zu haben. Er hatte mit einer Falle der Terraner gerechnet. Nun war sie zugeschnappt. Achtzig gefangene Terraner auf der einen, zwei gefangene Räte auf der anderen Seite.

Er stellte die Sichtverbindung zur Orterzentrale her und verlangte das Bild von der Insel. Sekunden später leuchtete der Schirm auf.

Dermots Enttäuschung dauerte nur wenige Sekunden, dann erfuhr er über Funk von den überraschten Ereignissen. Zum Glück war ihm keine Zeit geblieben, den zur Flucht bereiten Gefangenen das Scheitern des Vorhabens mitzuteilen. Als die EX-7 über der Insel erschien und herabsank, stürmten alle hinaus aus ihren Verstecken auf die Lichtung.

Kaum berührten die Landestützen den Boden, da öffneten sich schon die Luken. Antigravfelder hielten den schweren Raumer in der Schwebe. Bereits drei Minuten später konnte Braddox die Luken wieder schließen und den Blitzstart vornehmen.

Dicht an den drei thuanischen Raumern vorbei schoß die EX-7 der gelben Sonne entgegen, ohne daß sie behelligt worden wäre.

Gucky teleportierte rechtzeitig aus dem Schiff und rematerialisierte an Bord der EX-340, um von diesem sicheren Ort aus das weitere Geschehen auf dem Landefeld zu beobachten. Er wollte erst eingreifen, wenn es unbedingt notwendig wurde.

Trümpfe sollte man erst aus der Hand geben, dachte er, *wenn man die Karte des Gegners auch stechen will ...*

»Die EX-7 und unsere Leute sind in Sicherheit«, sagte Elsässer und fügte, zu Caldon gewandt, hinzu: »Ich versichere Ihnen, daß der Start des Schiffes auch für uns überraschend kam. Es war nicht so beabsichtigt.«

»Ich glaube Ihnen nichts!« keuchte Patrona, der noch immer versuchte, aus Hennessys Umklammerung freizukommen. »Das war Verrat!«

»Und wenn schon!« knurrte der Captain. »Die Partie ist wieder ausgeglichen.«

»Dann können wir weiterverhandeln«, schlug Caldon vor, den Elsässer längst losgelassen hatte. »Sie kennen meine Einstellung und wissen, daß ich keine Konfrontation zwischen Ihnen und uns will. Ich glaube sogar, daß unsere Politik der totalen Isolation falsch ist. Sie mag früher einmal richtig gewesen sein, aber wenn sich eine Situation verändert, muß man sich ihr anpassen.«

»Ich verbiete dir weiterzureden!« rief Patrona ihm wütend zu. »Kontakt mit anderen Zivilisationen ist gegen unsere Gesetze.«

Hennessy lockerte seine Umarmung ein wenig, hielt aber den Ersten Rat weiterhin so fest, daß er sich nicht befreien konnte.

»Der Kontakt zwischen Terranern und Thuanern ist bereits erfolgt und kann nicht mehr rückgängig gemacht werden«, sagte er. »Selbst wenn es Ihnen gelänge, unsere drei Schiffe und alle Besatzungen zu vernichten, wäre es trotzdem unvermeidlich, daß es zu neuen Kontakten käme. Man würde uns suchen – und Thuan finden, so wie auch wir dieses System fanden. Nur wären künftige Kontakte nicht mehr friedlich, und ihr hättet dann genau das erreicht, was ihr durch Isolation vermeiden wolltet.«

Elsässer blickte hinüber zu den flachen Gebäuden am Rand des Landefelds. Eine Reihe von Fahrzeugen begann sich dort zu formieren und sich langsam in Bewegung zu setzen. Ihr Ziel war eindeutig.

»Was hat das zu bedeuten?« fragte er Caldon.

Es war Patrona, der antwortete: »Eine Vorsichtsmaßnahme, nicht mehr. Ihr Raumgleiter würde bei einem Startversuch sofort abgeschossen werden. Lassen Sie mich endlich los, Hennessy! Nicht wir sind Ihre Gefangenen, sondern es ist exakt umgekehrt. Wenn Sie das begriffen haben, kann die Verhandlung fortgesetzt werden.«

Die Situation begann erneut heikel zu werden. Hennessy und Elsässer hatten verabredungsgemäß keine Waffen bei sich, die beiden Thuaner auch nicht. Aber die sich nähernden Fahrzeuge waren bestückt, und die Besatzungen mit Sicherheit schwer bewaffnet.

Hennessy ließ Patrona los. »Ich hoffe«, sagte er mit eigenartiger Betonung, »daß unser Ilt noch nicht aktiv wird.«

Und Elsässer hoffte, daß Gucky die Botschaft aufnahm und befolgte.

Caldon aber sagte: »Warum haben Sie uns jetzt nicht als Geiseln genommen? Ich verstehe das nicht.«

Elsässer lächelte nur kurz. »Weil eine Verhandlung unter diesen neuen und für Sie wesentlich günstigeren Umständen vielleicht Aufschluß darüber gibt, was Sie wirklich wollen oder nicht wollen. In der stärkeren Position ist man meist ehrlicher.«

Caldon nickte. Er hatte verstanden. Nicht so Patrona.

Die Fahrzeuge hatten die kleine Gruppe inzwischen erreicht und eingeschlossen. Thuaner in Uniform stiegen aus und näherten sich den vier Männern. Ihre Waffen hielten sie schußbereit.

»Nehmt sie fest!« befahl Patrona.

Gucky! Bleib, wo du jetzt bist, aber gib uns gelegentlich ein Zeichen! dachte Elsässer konzentriert.

Sie wurden zu einem der Wagen geführt, der sich sofort in Bewegung setzte und zu den Gebäuden zurückfuhr. Die anderen folgten in langer Kolonne.

»Jetzt werden sie endlich die Masken fallenlassen«, meinte Elsässer. Er hatte den Translator ausgeschaltet, und soweit sich erkennen ließ, besaßen die Wachmannschaften keinen. »Und Gucky wird eingreifen, wenn es brenzlig werden sollte.«

»Hoffentlich«, knurrte Hennessy skeptisch. »Wenn er nur den Kontakt nicht verliert.«

In diesem Augenblick geschah etwas Seltsames. Die Wagenkolonne war noch knapp fünfhundert Meter von den Gebäuden entfernt, als ein größerer Vogel quer über das Landefeld strich und plötzlich seine Richtung änderte. Er sank tiefer und schwebte dann genau auf den Wagen zu, in dem die Gefangenen saßen. Offensichtlich sträubte er sich, aber es war, als würde er durch eine unsichtbare Macht zu diesem Flug gezwungen.

Die Thuaner sahen erstaunt auf, als der Vogel mit einem unsicheren Flattern auf einem der Sitze des offenen Fahrzeugs landete, einen Augenblick sitzen blieb – und dann davonflog. Diesmal mit befreitem Flügelschlag.

Verwundert blickten die Thuaner dem Vogel nach, der als besonders scheu galt. So etwas hatten sie noch nie erlebt.

Hennessy grinste erleichtert. »Das Zeichen«, murmelte er beruhigt.

Elsässer nickte, ohne etwas zu sagen. Er teilte dem Mausbiber mit, daß er und Hennessy nun beruhigt seien und zuversichtlich dem entgegensähen, was noch geschehen würde.

Bei den Gebäuden gab es einen kurzen Aufenthalt. Patrona verschwand im Nachrichtenraum und ordnete eine Ratsversammlung an. Caldon kam zu den Gefangenen.

»Es tut mir leid«, sagte er zu ihnen, »aber Sie müssen zugeben, daß Sie an der jetzigen Situation nicht ganz unschuldig sind. Patrona ruft den Rat zusammen, der Gericht halten soll.«

»Gericht?« rief Hennessy empört aus. »Ich denke, wir wollen endlich verhandeln.«

»Wie ich schon andeutete, Captain Hennessy: Die Lage hat sich verändert. Ich werde jedoch meinen ganzen Einfluß aufbieten, um Ihnen Gerechtigkeit widerfahren zu lassen.«

»Sehr freundlich«, knurrte Hennessy. »Bin gespannt, wie die Gerechtigkeit der Thuaner aussieht. Aber eines kann ich Ihnen sagen: Es ist noch nicht aller Tage Abend.«

Caldon sah ihn verständnislos an. »Wie meinten Sie?« Er blickte hinauf in den Himmel. »Es wird doch erst in einigen Stunden dunkel ...«

Hennessy seufzte. Zu Elsässer meinte er: »Da haben Sie es! Wie soll unter solchen Umständen das gegenseitige Verständnis erreicht werden?«

Patrona kam zurück, und die Kolonne setzte sich erneut in Bewegung. Das Ziel war Thuan-City.

9.

Für Gucky wurde die Situation ein wenig komplizierter. Um eine gezielte Teleportation ausführen zu können, benötigte er den optischen Eindruck des Zielgebiets. Er bekam ihn praktisch durch Hennessy und Elsässers Augen zugespielt. Um jedoch absolut perfekt eingreifen zu können, zog er es vor, in Sichtweite zu bleiben, was wiederum die Gefahr einer zufälligen Entdeckung vergrößerte.

Er verließ den Explorer und sprang zuerst in die Büsche, die den Raumhafen umgaben. Aus seinem Versteck heraus konnte er die wieder anfahrende Wagenkolonne beobachten. Von nun an ließ er sie nicht mehr aus den Augen. Durch die Gedanken und Unterhaltung der beiden Männer hielt er ständig Kontakt mit ihnen.

Thuan-City war für Gucky kein Problem. Er materialisierte stets hoch über der Stadt, ließ sich tiefer sinken und suchte sich einen geeigneten Landeplatz auf einem der meist flachen Hausdächer. Die Wagenkolonne näherte sich einem größeren Rundbau auf einem freien Platz.

Es war das Versammlungsgebäude des Rates.

Das Dach des Gebäudes glich einer riesigen Kuppel mit wiederum kuppelartigen Aufbauten, die unterschiedlichen Zwecken dienten. Eine dieser kleineren Kuppeln beherbergte ohne jeden Zweifel eine Funkstation, das verrieten die entsprechenden Antennen.

Gucky suchte sich, über dem Kuppelbau herabsinkend, ein geeignetes Versteck und teleportierte dorthin. Er esperte und »sah« den Verhandlungsraum vor sich. So konnte er Zeuge der Ereignisse werden, ohne direkt anwesend zu sein.

Mit dem ständig eingeschalteten Armfunkgerät informierte Elsässer laufend die Besatzung der CHALLENGER über die Geschehnisse, ohne daß die Thuaner Verdacht schöpften. Außerdem waren die Terraner im Schiff so ebenfalls in der Lage, der Verhandlung zu folgen.

Patrona fühlte sich als Herr der Lage, ohne zu ahnen, daß seine Position so schwach wie nie zuvor war. Mit heftigen Worten kritisierte er den mutmaßlichen Verrat der Terraner, der in der überraschenden Flucht der Gefangenen gipfelte. Noch einmal rechtfertigte er sein eigenes Vorgehen und das Gesetz der Ahnen, für alle Zeiten jeden Kontakt mit fremden Zivilisationen zu vermeiden. Zum Schluß seiner Ausführungen verlangte er den Austausch der beiden Angeklagten gegen die Arkonbombe an Bord des Explorers.

In seiner Antwort lehnte Captain Hennessy die Bezeichnung »Angeklagter« strikt ab und protestierte gegen die Behandlung als Gefangener. Er wiederholte seine Bereitschaft, die Arkonbombe auf dem Mond des dritten Planeten zu zünden und somit unschädlich zu machen. Das aber, so schloß er, würde er nur als freier Mann tun. Elsässer stimmte dem Vorschlag mit einem Satz zu und enthielt sich jeden Kommentars.

Es folgte eine lebhafte Debatte der Ratsmitglieder, die alle nur denkbaren Gegensätze der Meinungen offenbarte. Wieder war es Caldon, der einen gemäßigten Kurs einschlug und riet, Hennessys Vorschlag anzunehmen und den Terranern zu vertrauen.

Kondex, immer noch wütend über den verhinderten Feuerbefehl, der seiner Meinung nach erst die Flucht der EX-7 und der Verbannten ermöglicht hatte, griff Caldon heftig an und vertrat die Meinung, man solle an der ursprünglichen Absicht festhalten und das Schiff Captain Hennessys und jenes der Flüchtlinge mit Torpedos angreifen, ja, wenn möglich sogar total vernichten. Die Arkonbombe, so vermute er, sei nichts als ein Bluff.

Es wurde Abend, und noch immer fiel keine Entscheidung, aber es wurde klar ersichtlich, daß die Mehrheit des Rates auf der Seite von Patrona und Kondex stand. Die endgültige Abstimmung sollte am Vormittag des kommenden Tages erfolgen.

Gucky empfing Elsässers Gedankenbotschaft genau in dem Augenblick, in dem er sich zum Eingreifen entschloß: *Sie werden uns einsperren, Gucky. Hol uns ab, sobald wir allein sind!*

Vielleicht wären die Ereignisse ganz anders verlaufen, wenn der Ilt die Botschaft nicht empfangen hätte ...

An Bord der im Sonnenschutz stehenden EX-7 flaute die freudige Aufregung über die plötzliche Befreiung aus der Gefangenschaft allmählich ab. Braddox hatte wieder das Kommando über sein Schiff übernommen und es vorsichtshalber in den Alarmzustand versetzt. Über Funk stand er in ständiger Verbindung mit der CHALLENGER und bekam auch die Verhandlung in Thuan-City überspielt.

Jeder wußte, daß sich außer Hennessy und Elsässer auch noch der Mausbiber auf dem Planeten aufhielt, und so wartete man gespannt, was dieser unternehmen würde. Daß er nicht tatenlos zusehen würde, war allen klar. Die Frage war nur, warum er noch nicht längst eingegriffen hatte.

Während der Abwesenheit von Captain Hennessy und des Ersten Offiziers hatte Professor Bergström das Kommando übernommen. Da sich die Lage merklich zuspitzte, glaubte er es verantworten zu können, die Arkonbombe einsatzbereit zu machen. Beim Aufschlag würde sie automatisch scharf werden und detonieren. Der Flug zum Mond des dritten Planeten würde kaum eine halbe Stunde in Anspruch nehmen.

Aloisius hatte sich ohne jeden Kommentar und ohne auf die Fragen Rodenskys zu antworten in den Hangar und an Bord des präparierten Drei-Mann-Zerstörers begeben und die Luke geschlossen. In seinem Bauch lief das Aufzeichnungsgerät und speicherte sämtliche Informationen, die er über Funk erhielt.

Eines hatte der Roboter mit sämtlichen Terranern in diesem System gemeinsam: Er wartete.

Die drei bewaffneten Thuaner führten Hennessy und Elsässer durch lange Gänge und einen Lift hinab in die Kellergewölbe des Kuppelbaus und schlossen sie dann in eine nicht gerade gemütlich eingerichtete Zelle ein. Draußen entfernten sich ihre Schritte.

Hennessy untersuchte die Tür und die Mauern.

»Absolut ausbruchsicher«, stellte er dann fest. »Das ist gut, es ist sogar sehr gut. Sie werden sich niemals erklären können, wie wir hier herauskamen. Das dürfte sie nachdenklich stimmen und ein wenig vorsichtiger werden lassen. Dieser Kondex ist ein Narr, und zwar ein gefährlicher Narr. Das Schlimme dabei ist, daß die Mehrheit des Rats geneigt ist, diesem Narren zu glauben.«

»Verschwinden wir von hier«, riet Elsässer.

Captain Hennessy nickte. »Ja, ich habe auch keine Lust, länger hier zu bleiben. Gucky, hast du Kontakt? Dann hol uns!«

Sie hatten die Funkgeräte vorsichtshalber ausgeschaltet, was an Bord der beiden Explorer sicher zu einiger Unruhe führte, aber das mußten sie in Kauf nehmen. Die Thuaner erfuhren noch früh genug von der rätselhaften Flucht der beiden Terraner.

Gucky materialisierte nur wenige Sekunden nach Hennessys Aufforderung in der Zelle. Er sah sich mißbilligend um.

»Das ist nun das Gästezimmer für diplomatischen Besuch«, sagte er voller Verachtung. »Werden die sich wundern, wenn es leer ist.«

»Ist es wirklich erforderlich, daß wir auf unsere Raumanzüge verzichten?« fragte Hennessy den Mausbiber. »Kannst du sie nicht holen?«

Der Ilt grinste. »Es wird so schnell gehen, daß ihr nicht einmal etwas davon bemerkt. Ich habe das Ziel, die Kommandozentrale der CHALLENGER, so deutlich vor Augen, daß nicht einmal eine Zwischenetappe notwendig sein wird – wenigstens keine, die ihr spüren könntet. Natürlich muß ich zweimal teleportieren, das ist sicherer. Wer ist der erste?«

»Hm«, knurrte Hennessy mißtrauisch.

»Schön, also du«, teilte Gucky ihm mit und nahm ihn bei der Hand. »Stephan, dich hole ich in einer Minute nach. Deine Eva weint sich ohnehin schon bald die Augen aus ihrem hübschen Köpfchen ...«

Ehe Elsässer reagieren konnte, war der Mausbiber mit Captain Hennessy verschwunden. Sechzig Sekunden später war er wieder da und nahm die Hand des Ersten Offiziers in seine Pfoten.

»Auf geht's!« piepste er fröhlich und teleportierte.

Patrona schrak aus dem Schlaf hoch, als sein Nachrichtengerät Alarm schlug. Unwillig und ärgerlich über die Störung seiner Nachtruhe stellte er die Verbindung zur Wache im Kuppelbau her.

»Was ist denn nun schon wieder?« fauchte er wütend.

Der wachhabende Offizier klang recht kleinlaut: »Es ist etwas geschehen, das eigentlich unmöglich ist. Wir können es beim besten Willen nicht begreifen und ...«

»Ich will endlich wissen, warum ich mitten in der Nacht geweckt werde!« unterbrach ihn der Erste Rat brüllend. »Ich habe morgen einen anstrengenden Tag vor mir. Die Gefangenen ...«

»Um die geht es ja!« unterbrach ihn nun seinerseits der Offizier. »Sie sind entflohen.«

Patrona blieb für gut zehn Sekunden sprachlos, dann keuchte er: »Was war das? Entflohen?«

»Ja, einfach weg! Aus der verschlossenen Zelle! Unmöglich!«

Patrona hob beide Hände und ließ sie wieder sinken. Er begriff überhaupt nichts mehr.

»Das Schloß! Es ist elektronisch gesichert und kann nicht von innen geöffnet werden.« Er zögerte einen Moment, dann fragte er in scharfem Tonfall: »Wer hat sie herausgelassen?«

»Niemand! Es waren ständig zwei Wachtposten auf dem Korridor. Sie beschwören, die Tür zur Zelle nicht eine Sekunde aus den Augen gelassen zu haben.«

»Dann haben sich also die beiden Terraner in Luft aufgelöst.«

»Genauso sieht es aus, Erster Rat.«

Patrona fühlte sich ein wenig auf den Arm genommen, beschloß aber, jetzt noch nichts zu unternehmen. Sein stiller Verdacht, Caldon könne hinter der Befreiungsaktion stecken, war durch die Worte des Wachoffiziers nicht gerade erhärtet worden, im Gegenteil.

»Sämtliche Räume müssen gründlich durchsucht werden, dazu die nähere Umgebung des Gebäudes. Was ist mit dem Gleiter auf dem Landefeld?«

»Eine Nachfrage hat ergeben, daß er noch immer dort steht.«

»Dann sind sie noch in der Stadt, oder hat die Orterzentrale etwas Verdächtiges gemeldet?«

»Nein. Das eine Schiff steht hinter der Sonne, das andere befindet sich im alten Orbit. Es wurden keine Beiboote ausgeschleust.«

Patrona schüttelte den Kopf. »Ich begreife es zwar nicht, aber ich beginne, mir Sorgen zu machen. Die Terraner müssen über Mittel und Wege verfügen, die uns unbekannt sind. Vielleicht haben sie sich unsichtbar gemacht und sind aus der Zelle geschlüpft, als die Tür geöffnet wurde.«

»Unsichtbar?« wunderte sich der Offizier. »Hm ...«

»Ich will sofort informiert werden, sobald die beiden Terraner wieder eingefangen worden sind!« befahl Patrona und unterbrach die Verbindung.

Er wußte, daß er in dieser Nacht kein Auge mehr zumachen würde, das machte ihn fast noch wütender als die Flucht der Gefangenen.

Jetzt blieb ihm nur noch ein einziger Trumpf in Händen: die Torpedos.

Während seines Aufenthalts auf dem Dach des Kuppelbaus hatte Gucky Gelegenheit gehabt, Patronas heimliche Gedanken und Pläne zu erforschen und dabei interessante Einzelheiten erfahren. Besonders technische Einzelheiten, die die Atomtorpedos betrafen.

Bereits nach wenigen Andeutungen war Captain Hennessy etwas blaß geworden, dann bat er Kommandant Braddox, sich durch den Mausbiber an Bord der CHALLENGER bringen zu lassen, um an einer Beratung teilzunehmen.

Sie setzten sich in der Feuerleitzentrale zusammen. Stephan Elsässer blieb in der Kommandozentrale zurück, nahm aber über Interkom an der Besprechung teil, wobei er jedoch ständig den Bildschirm und die Instrumente beobachtete.

»Soweit Gucky in Erfahrung bringen konnte«, begann Captain Hennessy und räusperte sich dabei mehrmals, als sei ihm etwas im Hals steckengeblieben, »bedeuten die Raumschiffe der Thuaner für uns keine Gefahr, so daß wir sie praktisch ignorieren können. Die Situation ist auch so, daß sie uns nicht mehr mit Geiseln erpressen können. Wir könnten also nun in aller Ruhe mit beiden Explorern Fahrt aufnehmen und diesen unfreundlichen Sektor verlassen. Leider ist das unmöglich.«

Braddox sah ein wenig ratlos aus, als er fragte: »Und warum nicht? Wer sollte uns daran hindern?«

»Die Thuaner«, antwortete Hennessy bestimmt. »Und zwar mit ihren Torpedos. Als ihre Vorfahren vor langer Zeit von einer fremden Intelligenz unterjocht und später wieder verlassen wurden, beschlossen sie, eine ziemlich perfekte Abwehr einzurichten. Das kann Jahrhunderte gedauert haben, aber es scheint ihnen gelungen zu sein. Abgesehen von ihren Strahlengeschützen, die überall auf den beiden Kontinenten und auf einigen Inseln im Ozean installiert wurden, besitzen sie jene Atomtorpedos, von denen wir schon hörten. Sie erreichen nach einiger Zeit fast Lichtgeschwindigkeit und verfügen über eine automatisch gesteuerte Zielvorrichtung. Sie folgen jeder Spur von Wärme und Masse, bis sie sie erreicht haben – es sei denn, der Verfolgte kann rechtzeitig das Einsteinuniversum verlassen. Gucky, würdest du so freundlich sein, einige Einzelheiten beizusteuern?«

Mangels eines geeigneten Stuhls, der hoch genug gewesen wäre, saß der Mausbiber auf Eva Raminis Schoß, was ihm sichtlich behagte. Elsässer, der vor seinem Bildschirm hockte, behagte es weniger.

»Atomtorpedos haben wir auch, wenn auch nicht an Bord«, sagte Gucky und blickte die Versammelten der Reihe nach an. »Dann haben wir noch die Arkonbombe, die wir jedoch nicht einsetzen dürfen. Wenn wir die Thuaner glauben machen, daß wir eine zweite haben, können wir sie auf dem Mond des dritten Planeten detonieren lassen, um ihnen zu zeigen, daß auch wir notfalls Haare auf den Zähnen haben. Aber das geht leider nicht. Dieser Patrona ist fest entschlossen, uns nicht nach Terra zurückkehren zu lassen. Seine Torpedos sind startbereit.«

Braddox beugte sich vor und drohte, den Mausbiber mit dem Zeigefinger aufzuspießen.

»Sollen sie doch!« knurrte er. »Wir sind schneller im Hyperraum als die Torpedos in der Stratosphäre.«

Gucky schüttelte den Kopf. »Irrtum! Ehe wir mit unseren Schiffen ein Zehntel der Lichtgeschwindigkeit erreicht haben, macht es schon Bums! Die Dinger haben einen unvorstellbar hohen Beschleunigungswert. Ich habe es ausrechnen lassen – vom Bordcomputer. Wir hätten keine Chance. Nur eine einzige: die Überraschung.«

»Und?«

»Nicht so einfach. Die Abschußrampen haben Befehl, die CHALLENGER unter Feuer zu nehmen, sobald sie den Versuch unternimmt, die jetzige Position zu verändern. Die Torpedos wären also bereits hinter uns her, ehe wir uns richtig von der Stelle gerührt haben. Und wenn wir ankündigen, daß wir nur zum Mond wollen, um dort die Bombe explodieren zu lassen, so erwischen sie uns dort.«

»Ganz allmählich«, sagte Braddox langsam, »habe ich von diesen Thuanern die Nase voll. Wir tun alles, um friedlich mit ihnen auszukommen, obwohl sie uns nicht gerade gastfreundlich behandelten, und was tun sie? Sie wollen uns vernichten. Was haben wir ihnen eigentlich getan?«

»Nicht wir!« warf Hennessy ein. »Sondern jene Fremden, die sie damals überfielen.«

»Und wir sollen dafür büßen?«

»Sollen schon, aber wir werden nicht«, sagte Gucky, und in seiner hellen Stimme schwang eine ungewohnte Entschlossenheit mit. »In Thuan-

City ist es jetzt kurz nach Mitternacht. Man wird die Flucht von Hennessy und Elsässer bereits bemerkt haben und sich den Kopf zerbrechen, wie es möglich war. Ich könnte natürlich hinabteleportieren und zum Beispiel diesen Patrona entführen, aber ich würde dann eine Kurzschlußhandlung Kondex' riskieren. Er spekuliert auf die Nachfolge im Amt des Ersten Rates, denn Caldon dürfte jetzt kaum noch eine Chance haben. Politik der Stärke ist im Augenblick bei den Thuanern sehr gefragt.«

Professor Bergström ergriff zum erstenmal in dieser Debatte das Wort. »Was würde geschehen, wenn die CHALLENGER hier im Orbit von einem Torpedo getroffen würde?«

Captain Hennessy gab die Frage an Elsässer weiter. Der Erste Offizier überlegte keine Sekunde und antwortete: »Das Schiff würde vernichtet werden. Zwar würde sich der energetische Schutzschirm automatisch vorher einschalten, aber ich bin sicher, daß zwei oder drei dieser Torpedos genügen, ihn zu durchbrechen.«

»Und die Bombe?« bohrte Bergström weiter, obwohl er die Antwort zu kennen glaubte.

»Sie wissen, Professor, daß die Arkonbombe, die wir an Bord haben, nicht mit einem fürchterlichen Knall detoniert, sondern gewissermaßen langsam brennt. Das ist so zu verstehen: Sie entfacht eine scheinbar kontrollierte Kettenreaktion, die allerdings nicht mehr zu stoppen ist und auch die Elemente ihrer Umgebung erfaßt. Sie frißt einen Planeten auf, wenn Sie so wollen.«

»Und wenn die CHALLENGER getroffen wird – was geschieht dann mit der Bombe?«

Elsässer zögerte einen Augenblick.

»Nun – es ist möglich, daß sie im Orbit einfach verbrennt, wenn ich es so ausdrücken will. Wahrscheinlicher ist jedoch, daß sie durch die Explosion des Schiffes aus dem Orbit geworfen wird. Nun kommt es darauf an, in welche Richtung, ob sie also beschleunigt oder gebremst wird. Geschieht letzteres, fällt sie unweigerlich auf Thuan.«

Bergström nickte. »Das ist es, was ich wissen wollte.«

Hennessy und die anderen hatten aufmerksam zugehört, und Gucky stöberte interessiert in ihren Gedanken herum, Pläne begannen sich zu formen und wurden wieder verworfen. Sogar ein Ausweg aus dem Dilemma begann sich abzuzeichnen.

»Der reinste Nexialismus«, sagte der Mausbiber in die entstandene Stille hinein. »Jeder von euch hat gewisse Vorstellungen, wie das

Problem zu bewältigen sein könnte, aber jeder Plan für sich allein ist wertlos. Ich habe telepathisch die wunderbare Gelegenheit, sämtliche Pläne zu erfahren, und wenn ich von jedem dieser Pläne das Machbare heraushole und miteinander kombiniere, kommt die Lösung heraus.«

Hennessy warf ihm einen verwunderten Blick zu. »Eine Lösung des Problems, wie wir heil von hier verschwinden können?«

Gucky machte eine vage Geste, die nicht zufrieden wirkte.

»Praktisch eine Teillösung, aber sie hätte Aussicht auf Erfolg. Da unsere Bemühungen, im Guten mit den Thuanern auszukommen, erfolglos geblieben sind und es auch bleiben werden, mußten wir ihren Weg der angedrohten Gewalt mit gleichen Mitteln beantworten. Die gegenseitige Furcht vor den Waffen des anderen erhielt bisher den Frieden, aber nun ist dieses nicht gerade ideale Verhältnis gestört, denn am Drücker der Thuaner sitzt jemand, der unberechenbar geworden ist. Uns hilft nur die Flucht, und zwar eine Flucht, die auch die Thuaner verwirrt. So gewinnen wir wertvolle Sekunden, die uns das Überleben garantieren. Das ist ja eben das Paradoxon: Durch die Arkonbombe könnten wir sie auslöschen, aber das ist von Perry Rhodan untersagt worden, und zweitens würde es die eigene Vernichtung bedeuten. Wenn ich mich recht erinnere, gab es einst eine ähnliche Situation auf Terra, bevor der endgültige Friede der Menschheit – wenn auch mit einem gewissen Nachdruck durch die Dritte Macht – für immer gesichert wurde. Ich schlage also die Flucht ohne jeden Gedanken an eine Vergeltung vor.«

Captain Hennessys Gesicht verriet absolute Ratlosigkeit. »Und wie, bitte? Du hast selbst behauptet, wir könnten den Atomtorpedos nicht entkommen? Wie also sollen wir fliehen, ohne daß sie uns erwischen?«

Gucky sah sie alle der Reihe nach an, ehe er sagte: »Indem wir die CHALLENGER opfern, meine Freunde.«

Captain Hennessy fuhr von seinem Sitz hoch, als sei er von einer Tarantel gestochen worden. Sein Gesicht war totenblaß geworden. »Opfern? Die CHALLENGER? Mein Schiff? Niemals!«

Gucky blieb gelassen, obwohl Hennessy ihm mehr als nur leid tat. »Opfern, jawohl! Es gibt keine andere Möglichkeit. Ich will versuchen, euch allen das klarzumachen, und das also wäre mein Plan ...«

Trotz seines Ärgers und seiner Ratlosigkeit hatte Patrona einige Stunden geschlafen, aber als er erwachte, waren alle Probleme wieder voll da. Er war ihnen jedoch nicht gewachsen, was er aber nicht wußte. Seine Politik der »Gewalt gegen Gewalt« blieb für ihn die einzige Möglichkeit, die

Terraner für alle Zeiten aus diesem Sektor der Galaxis zu verscheuchen. Es widersprach seiner Natur, in einem Kompromiß auch ein Stückchen eigenen Sieges zu sehen.

Er bat Kondex zu sich in sein Haus, um eine ordentliche Versammlung des Rates zu vermeiden, die nur lange und überflüssige Debatten gebracht hätte. Er verzichtete aus gutem Grund darauf, Caldon zu informieren.

»Ich bin nun fest entschlossen, mich auf keine Verhandlungen mit den Terranern mehr einzulassen«, sagte er nach der kurzen Begrüßung. »Die merkwürdige Flucht des Kommandanten und seines Stellvertreters hat mich davon überzeugt, daß diese Fremden über Techniken verfügen, von denen wir keine Vorstellung haben. Ehe sie erneut zuschlagen können, müssen wir handeln.«

»Und wie stellst du dir das vor?« fragte Kondex gespannt.

»Das von hier geflohene Schiff steht jenseits der Sonne und ist daher schwer anzugreifen, auch nicht von den Torpedos. Das Schiff Hennessys jedoch befindet sich in ausgezeichneter Schußposition. Wir werden es vernichten.«

Der Vorschlag kam Kondex' eigener Auffassung entgegen. Trotzdem hatte er Bedenken.

»Die Bombe, die Planeten vernichten kann! Was ist damit?«

»Auch darüber habe ich nachgedacht, Kondex. Die Torpedos müssen die Terraner so überraschen, daß sie keine Zeit mehr haben, ihre Bombe auf Thuan zu werfen oder abzuschießen. Sie wird dann ihr Schiff zusätzlich zerstören.«

»Wirst du den Rat informieren?«

»Nein! Ich habe das Recht, selbständig Entscheidungen zu treffen, außerdem ginge zuviel Zeit verloren. In zwei Jahren werde ich mich zu rechtfertigen wissen, und der Erfolg wird mir recht geben.«

Noch hielt Kondex seine Zustimmung klugerweise zurück. »Und wenn das zweite Schiff entkommt, was dann?«

»Wir jagen auf jeden Fall unsere Torpedos hinterher, denn wenn es eine gewisse Entfernung erreicht hat, befindet es sich auch nicht mehr im Schutz der Sonne. Niemand weiß, wie lange es benötigt, bis es in den Überlichtflug wechselt. Vielleicht sind die Torpedos schneller.«

»Und wann ... und wann soll es geschehen?«

»Noch heute!«

»Da wäre noch etwas«, sagte Captain Hennessy später zu Stephan Elsässer, nachdem er schweren Herzens dem Vorschlag des Mausbibers zugestimmt hatte. »Wir können die EX-340 unter keinen Umständen unbeschädigt hier zurücklassen. Zwar haben die Thuaner genug Zeit gehabt, sie zu untersuchen, aber ich bezweifle stark, daß sie etwas Entscheidendes herausgefunden haben. Wir müssen das Schiff zerstören.«

»Und die Gleiter?«

»Ebenfalls, und zwar gleichzeitig. Beide verfügen über eine entsprechende Anlage, die mit Verzögerung arbeitet. Sobald sie zündet, müssen wir bereits im Linearraum sein.«

Elsässer sah skeptisch aus. »Und wie sollen wir die beiden Zerstörungsvorrichtungen scharf machen, ohne daß es bemerkt wird?«

»Gucky!« sagte Hennessy nur.

Der Mausbiber konnte noch so unkonzentriert sein, wenn jemand seinen Namen aussprach oder auch nur dachte, fing er den Impuls auf. Er hatte die beiden Männer nicht »belauscht«, aber als sein Name fiel, fühlte er sich unwillkürlich angesprochen. Er teleportierte in die Zentrale.

»Man sprach von mir?« erkundigte er sich gelassen.

Hennessy zog die Augenbrauen in die Höhe. »Allerdings, du Mentalagent. Wir haben nun unsererseits auch einen Vorschlag zu machen, und zur Ausführung desselben wirst du benötigt. Hättest du Lust, Thuan noch einmal einen Besuch abzustatten?«

Längst schon wußte Gucky, was man von ihm wollte. »Ihr habt recht, fast hätte ich den Explorer und den Gleiter vergessen. Die Thuaner werden Augen machen, wenn die plötzlich explodieren.«

»Wie wirst du es anstellen?«

»Ich springe von hier aus zuerst in die EX-340, schalte die Selbstzerstörungsanlage mit einer Stunde Verzögerung ein, dann springe ich in den Gleiter und mache es da genauso. Nichts ist einfacher als das.«

»Werden wir vorher evakuieren?«

Gucky zögerte. »Es wäre vielleicht besser, damit noch zu warten. Schon wegen Aloisius.«

Hennessy horchte auf. »Den habe ich fast vergessen. Was ist mit ihm?«

Der Mausbiber seufzte. »Er ist stur wie ein Panzer und beruft sich auf seine Anweisungen und die eingespeiste Programmierung. Diese besagt, so behauptet er, daß er mit allen Aufzeichnungen die CHALLENGER erst dann verlassen darf, wenn ihre Vernichtung unmittelbar bevorsteht oder bereits begonnen hat. Er weigert sich, mit an Bord der EX-7 zu kommen.«

»Dann wird er nie die Gelegenheit haben, nach Terra zurückzukehren, der Dummkopf. Die Vernichtung wird so schnell erfolgen, falls sie überhaupt stattfindet, daß er keine Zeit mehr hat, sein kleines Raumschiff zu starten. Was tun wir mit ihm?«

»Ich könnte ihn gegen seinen Willen in die EX-7 bringen, aber ich werde es nicht tun. Seine Sturheit hat nämlich noch einen Vorteil: Seine Sensoren werden die angreifenden Torpedos früh genug bemerken, also hat er die CHALLENGER wahrscheinlich bereits verlassen, wenn sie vernichtet wird. Ob aber die EX-7 heil aus dem Schlamassel herauskommt, ist eine andere Frage. So sind wir also sicher, daß Aloisius auf jeden Fall mit seinen Informationen die Erde erreicht, selbst wenn wir Pech haben sollten.«

»So kann man es auch sehen«, murmelte Elsässer mit einer Spur von Zustimmung.

»Es ist in Thuan früher Vormittag«, sagte Hennessy nach einem Blick auf den Zeitmesser. »Überzeuge dich davon, Gucky, daß sich niemand in der EX-340 aufhält, wenn du die Anlage einschaltest. Und stelle sie auf zwei Stunden ein, nicht nur eine. Das gibt uns eine längere Frist zur Evakuierung.«

Gucky gab sein Einverständnis.

»Gut, Freund Cognac. Wird gemacht. Ich werde in zehn Minuten zurück sein. Inzwischen habe ich mich dem Energiefeld um Thuan so gut angepaßt, daß Etappen und ein Raumanzug überflüssig geworden sind. Also dann ... bis später.«

Und weg war er.

10.

Als Gucky in der EX-340 materialisierte, kamen ihm die ersten Bedenken. War es richtig, ein ganzes Volk dem blinden Zufall zu überlassen, der darüber entschied, ob es vernichtet wurde oder nicht?

Würde es nicht ethisch und moralisch besser sein, lediglich die beiden verantwortlichen Regierungschefs zu entführen und als Gefangene mitzunehmen! Oder sie gar zu töten, ehe sie einen entscheidenden Befehl gaben?

Er zögerte, aber dann sagte er sich, daß auf jeden Fall der Zerstörungsmechanismus des Explorers eingeschaltet werden mußte. Zwei Stunden waren eine lange, aber auch eine sehr kurze Zeit, wenn es um Leben oder Tod ging.

Er fand den Safe und öffnete ihn telekinetisch. Mit ruhiger Hand stellte er die Zeituhr ein, ehe er die beiden roten Knöpfe eindrückte, die die Anlage unwiderruflich in Betrieb setzten. Nichts mehr konnte den Vorgang aufhalten, der in einhundertzwanzig Minuten das Ende der EX-340 bedeutete.

Der Sprung hinüber zu dem Gleiter erfolgte unmittelbar danach. Er würde wenige Minuten nach der EX-340 atomar verglühen. Kaum hatte Gucky die Anlage aktiviert und bereitete sich auf den Rücksprung zur CHALLENGER vor, als er stark emotionell aufgeladene Gedankenmuster empfing. Sie waren so konzentriert, daß er zögerte und sich auf die Muster einpendelte. Er kannte das Muster. Es war das von Kondex.

Bereits nach wenigen Sekunden hatte der Mausbiber das Gefühl, sein Blut würde zu Eis erstarren. Kondex hatte den Befehl gegeben, die Atomtorpedos in Richtung der CHALLENGER zu starten. In umgerechnet genau fünfzig Minuten.

Für den Bruchteil einer Sekunde war er versucht, Kondex anzupeilen und an Bord der CHALLENGER zu bringen, um ihn dort seinem Schicksal zu überlassen, aber dann verzichtete er darauf. Es galt, nicht eine einzige Sekunde mehr zu versäumen. Statt der zwei Stunden blieben nur noch fünfzig Minuten, dem sicheren Tod zu entgehen. Und es lag an ihm allein, gerade dieses schreckliche Ende zu verhindern.

Aber noch mehr hatte er den Gedanken Kondex' entnehmen können. Der Befehl, die Torpedos erst in fünfzig Minuten abzufeuern, galt nur für den Fall, daß sich die CHALLENGER nicht aus ihrem Orbit rührte und daß keine Beiboote aus- oder eingeschleust wurden.

Der Plan der beabsichtigten Evakuierung des Schiffes mußte geändert werden, und es blieb nicht mehr viel Zeit.

Gucky konzentrierte sich und teleportierte zurück in den Explorer. Hastig berichtete er, was er erfahren hatte.

Fünfzig Minuten, die über Leben und Tod entschieden.

»Wir sollten ihnen doch die Bombe hinunterschicken«, knurrte Hennessy voll wütender Hilflosigkeit über die Unvernunft der Thuaner.

»Nein, auf keinen Fall!« widersprach Gucky und erntete die beifälligen Blicke von Elsässer und Bergström. »Nur zwei Männer sind verantwortlich, nicht aber das Volk der Thuaner, die ihnen lediglich blind vertrauen oder vielleicht nicht einmal genau wissen, was vor sich geht.

Aber wir verschwenden nur Zeit. Sind unsere Leute zur Evakuierung bereit?«

»Sie haben ihr Privatgepäck im Hangar.«

»Das ist gut, auch wenn wir kein Beiboot nehmen dürfen. Sobald sich auch nur eine Schleuse der CHALLENGER öffnet, starten die Torpedos.«

»Wirst du es auch schaffen?« fragte Hennessy besorgt.

Gucky winkte ab. »Kein Problem bei der im Augenblick geringen Entfernung. Allerdings kann ich immer nur einen hinüber in die EX-7 bringen. Wir müssen uns also beeilen.«

Elsässer fragte: »Was ist mit der Bombe? Sollten wir sie nicht doch entschärfen?«

»Ob entschärft oder nicht«, warf Bergström ein. »In der atomaren Glut, in der unser Schiff vergehen wird, würde sie auf jeden Fall aktiviert. Ich hoffe jedoch noch immer, daß Patrona Einsicht gewinnt und auf den Angriff verzichtet.«

»Das kannst du vergessen«, tröstete ihn Gucky nicht gerade sehr hilfreich. »Er steht mit seiner Auffassung Kondex zu nahe. Aber wir haben nicht mehr viel Zeit für Überlegungen. Ist Braddox informiert?«

»Er wartet«, bestätigte Captain Hennessy und warf einen langen und entsagungsvollen Blick auf die Kontrollen seines Schiffes, das er für immer verlieren sollte.

»Ich weiß, was du fühlst«, sagte Gucky zu ihm. »Endlich hat man dir wieder ein Schiff gegeben, und nun mußt du zusehen, wie es vernichtet wird – und du kannst nichts dagegen tun, ohne selbst schuldig zu werden. Keine Sorge, Perry Rhodan wird von mir objektiv informiert werden. Niemand wird dir einen Vorwurf machen.«

Hennessy nickte, antwortete aber nicht. Er begann damit, die Sternkarten einzusammeln, während Elsässer und Bergström die Zentrale verließen, um bei den übrigen Besatzungsmitgliedern im Hangar auf den Mausbiber zu warten, der sie einzeln hinüber in die EX-7 teleportieren würde.

Monaran und seine Mitarbeiter waren mit der Startkontrolle der Atomtorpedos in ständigem Kontakt. Der Befehl war eindeutig: Sobald sich die CHALLENGER aus ihrem Orbit entfernte, sollten die Torpedos abgefeuert werden. Sie sollten auch dann gestartet werden, wenn auch nur ein einziges Beiboot den Explorer verließ.

Auf dem großen Bildschirm war die CHALLENGER deutlich zu sehen. Eine Funkverbindung gab es nicht mehr. Patrona hatte jeden weiteren Kontakt mit den Terranern untersagt. Er wußte nur zu gut, wie Monaran und auch andere Thuaner über die Angelegenheit dachten. Es war nicht nur Caldon, der an einer friedlichen Verständigung mit den Fremden interessiert war.

Noch fünfzehn Minuten bis zum Abschuß.

Nachdem Gucky die Besatzung der CHALLENGER zur EX-7 gebracht hatte, kehrte er noch einmal an Bord des Explorers zurück. Er materialisierte im Hangar und suchte Aloisius auf, der im Cockpit seines Drei-Mann-Jägers saß und sich noch immer hartnäckig weigerte, ihn zu verlassen.

»Du darfst auch wieder in meinem Bungalow arbeiten«, versuchte der Mausbiber ihn zu ködern. »Wir werden unseren Spaß mit Bully haben, das verspreche ich dir, aber komm endlich heraus. Ich könnte dich auch gegen deinen Willen in die EX-7 bringen ...«

»Ich würde unterwegs explodieren!« drohte der Roboter ernst.

»Rede keinen Unsinn, Aloisius. Sag mir lieber, ob du wirklich in der Lage bist, die CHALLENGER rechtzeitig zu verlassen.«

»Ganz sicher! Mach dir keine Sorgen.«

»Und du wirst alle Informationen nach Terra bringen?«

»Das ist mein Auftrag. Man hat mit einer Situation wie dieser gerechnet. Du kannst es dir aber immer noch überlegen und mit mir kommen, wie es für den äußersten Notfall vorgesehen war. Die Torpedos der Thuaner werden mich niemals einholen können, denn ich bin schneller als sie. Aber ob sie die EX-7 nicht einholen, ist unsicher. Du begibst dich also in Gefahr ...«

»Ich werde die hundert Terraner auf keinen Fall im Stich lassen!« fuhr ihm Gucky in die Parade. »Bleib also hier, Aloisius, und sieh zu, daß du rechtzeitig eine Fliege machen kannst.«

»Was soll ich machen?« fragte der Roboter verwundert.

Gucky winkte ab. »Ach, laß nur! Ich habe es dir schon einmal erklärt, und du fragst wieder. Ein Zeichen, daß dein Erinnerungsspeicher nicht einwandfrei funktioniert. Wir sehen uns auf Terra wieder.«

»Ganz bestimmt!« meinte Aloisius. »Im Bungalow.«

Und von dieser Sekunde an tat er so, als gäbe es den Mausbiber nicht mehr. Er schloß sogar die Luke.

Gucky hob resigniert die Schultern und teleportierte zurück in die EX-7. Von den fünfzig Minuten blieben nur noch zehn.

Der Explorer Braddox' stand hinter der Sonne. Es gab keine Bilder von Thuan direkt, außer den etwas unscharfen, die von der CHALLEN-

GER automatisch überspielt wurden. Auf ihnen war kaum etwas zu erkennen.

Braddox hatte die Notstartkontrollen bereits in Aktionsstellung gebracht. Ein einziger Griff würde genügen, die EX-7 mit Höchstbeschleunigung aus dem System hinaus zu katapultieren. Bis die Thuaner das Schiff orteten, würde es zu spät für ihre Torpedos sein.

Dermot, ehemals Cheffunker der EX-7 und jetzt wieder, hatte die Anlage längst wieder in Betrieb genommen und mehrmals vergeblich versucht, Kontakt mit einer Station Thuans zu erhalten. Die Thuaner reagierten nicht, obwohl die CHALLENGER als Relaisstation diente.

Um so verblüffter war er, plötzlich über Funk und den eingeschalteten Translator einen Anruf zu empfangen, der ohne jeden Zweifel von dem Planeten stammte und an die Terraner gerichtet war. Blitzschnell und geistesgegenwärtig schaltete er den Aufzeichner ein, denn die übersetzten Worte kamen abgehackt und wie in großer Aufregung gesprochen. Noch während die Sendung lief, informierte er Braddox.

Knapp drei Minuten später, der Unbekannte meldete sich nicht mehr, spielte Dermot die Aufzeichnung ab. Braddox, Hennessy und einige andere lauschten gespannt. Gucky tauchte ebenfalls auf, durch entsprechende Gedankenimpulse aufmerksam geworden. Ein Blick auf die Uhr verriet ihm, daß noch sieben Minuten bis zum Abschuß der Torpedos blieben.

» ... Gewissen nicht verantworten. Der Befehl wurde von Patrona und Kondex ohne Wissen des Rates gegeben. Versuchen Sie die Flucht! Sofort! Hier spricht Caldon, Zweiter Rat von Thuan und ...« Hier brach die Sendung abrupt ab.

»Den Anfang hast du nicht aufnehmen können, Dermot?« fragte Braddox nervös.

Hennessy antwortete anstelle des Funkers: »Ist auch überflüssig. Der Text ist klar genug. Caldon wollte uns warnen, wurde aber unterbrochen. Ich fürchte, er ist die längste Zeit Zweiter Rat gewesen.«

»Wartet mit dem Start«, rief Gucky kurz entschlossen, »bis ich zurück bin!«

»Aber ...«

Doch der Mausbiber war bereits entmaterialisiert.

Geduckt hockte er hinter einem Aufbau des Kuppelgebäudes und esperte. Er hatte nur noch wenige Minuten Zeit, aber er mußte es schaffen. Auf keinen Fall konnte er Caldon im Stich lassen, der sich von Anfang an für die friedliche Verständigung der beiden Völker eingesetzt hatte. Caldon verkörperte das Gute, das es in jedem Volk gab.

Es vergingen sechzig Sekunden, ehe er das ihm bekannte Gedankenmuster aussortiert hatte und es anpeilte. Der Gesuchte war ganz in der Nähe, ja, unmittelbar unter ihm. Er konzentrierte sich und sprang.

Und so erlebten die Mitglieder des Rates die letzte große Überraschung ihres Lebens – oder besser: die vorletzte.

Caldon stand mit gefesselten Händen vor seinen ehemaligen Kollegen, angeprangert als Verräter an seinem Volk und somit gewiß, die härteste Strafe zu erhalten, die das Gesetz von Thuan für derartige Verbrechen vorsah.

Und dann erschien aus dem Nichts heraus eine kleine Gestalt, wie aus der Luft gezaubert und weder einem Thuaner noch einem Terraner ähnlich, drohte den Versammelten mit der geballten Faust, nahm die gefesselten Hände von Caldon, und ...

... und war mit diesem von einer Sekunde zur anderen spurlos verschwunden.

Patrona und den anderen blieb für mehrere Augenblicke die Luft weg. Der Erste Rat begriff zumindest, wie seine beiden gefangenen Terraner aus ihrer Zelle hatten verschwinden können, aber das war auch schon alles. Mit wenigen Sätzen war er bei den Nachrichtengeräten. Mit einem Handgriff aktivierte er den Kommunikator zu der Kontrollzentrale der Abschußrampen.

Als sich die andere Seite meldete, gab er wütend und keines vernünftigen Gedankens mehr fähig, den Befehl zur sofortigen Feuereröffnung auf das sichtbare Schiff der Terraner. Drei weitere Torpedos erhielten Feuerbereitschaft. Sie sollten erst dann auf ihren tödlichen Weg geschickt werden, wenn das zweite Schiff hinter der Sonne auftauchte.

Ein Ratsmitglied protestierte: »Patrona! Das war fünf Minuten zu früh und ...«

»Dann sind die Terraner eben fünf Minuten früher tot!« schnitt ihm der Erste Rat das Wort ab. »Das Todesurteil wird fünf Minuten früher vollstreckt, das ist alles.«

Beklommenes Schweigen antwortete ihm. Aber es war zu spät, das Geschehene rückgängig zu machen. Die Dinge nahmen ihren Lauf.

Die empfindlichen Sensoren des Roboters reagierten in der Sekunde, in der die Atomtorpedos ihre Rampen verließen und direkten Kurs auf die CHALLENGER nahmen. Aloisius aktivierte Hangarluke und Antrieb seines kleinen Schiffes gleichzeitig. Wie ein Geschoß verließ der Zerstörer den zur Vernichtung verurteilten Explorer und war im Bruchteil einer Sekunde zwischen den Sternen des Sektors AK-78-CB untergetaucht.

Von der EX-7 aus wurde die Flucht des Roboters auf dem Bildschirm beobachtet. Die Beschleunigung des kleinen Schiffes erregte einiges Aufsehen, und Bergström meinte, wenn die EX-7 auch nur halb so schnell wäre, könnte kein Torpedo sie jemals einholen.

Captain Hennessy starrte schweigend auf den Schirm. Da stand seine CHALLENGER, verlassen und mit weit geöffneter Hangarluke. Sein Schiff! Und es war zum Tode verurteilt, um die EX-7 und hundert Terraner zu retten.

Caldon waren die Fesseln abgenommen worden. Mit weit geöffneten Augen und noch immer geschockt von der für ihn unverständlichen Art und Weise seiner überraschenden Rettung, verfolgte er stumm das Geschehen.

Die Instrumente orteten drei Torpedos, die sich mit ungeheurer Geschwindigkeit näherten und dann den Schirm der CHALLENGER durchbrachen. Das Schiff verwandelte sich in einen atomaren Glutball, in eine zweite Sonne, und dann in eine sich gleichmäßig ausdehnende und immer noch nachglühende Wolke, die im Orbit blieb.

Die Massetaster erfaßten einen einzigen Gegenstand, der nicht vernichtet worden war. Er war nicht besonders groß, besaß jedoch eine energetische Abstrahlung, die von Sekunde zu Sekunde intensiver wurde.

Der Gegenstand hatte einen Explosionsschub erhalten, der seine Geschwindigkeit erheblich verringerte. Zuerst langsam, dann aber schneller werdend, glitt er aus dem sicheren Orbit und sank tiefer, dem Planeten Thuan entgegen.

Stephan Elsässer wandte sich ab. »Die Arkonbombe! Das Schicksal hat entschieden ...«

Captain Braddox schaltete den Translator ein und wandte sich an Caldon: »Es ist die Bombe, von der wir sprachen. Sie wird die Oberfläche Thuans in wenigen Stunden erreichen und bereits die obersten Schichten der Atmosphäre entzünden. Dadurch geschieht alles viel schneller. Noch ehe die Kettenreaktion auf der Oberfläche einsetzt, gibt es bereits keine Thuaner mehr, wenn sie nicht klug genug sind, wenigstens einen Teil der Bevölkerung auf die anderen bewohnbaren Planeten zu evakuieren. Es tut uns leid, Caldon. Wäre es nach dir gegangen ...«

»Es war Patrona, der unser Todesurteil sprach«, sagte Caldon nur. Und er fügte hinzu: »Drei weitere Torpedos sind für dieses Schiff startbereit. Könnt ihr ihnen entkommen?«

»Wir werden es versuchen«, sagte Braddox und sah wieder auf den Bildschirm.

Captain Hennessy war aus der Zentrale verschwunden. In seinen Augen hatte Gucky ein feuchtes Schimmern entdeckt. Er verzichtete darauf, ihm nachzugehen und ihm schon jetzt zu verraten, daß er nach seiner Rückkehr die Große Auszeichnung der Flotte erhalten würde.

Auf Thuan löste die Vernichtung des terranischen Schiffes unter den ahnungslosen und nicht informierten Thuanern einen Freudentaumel aus. Auch der Rat umringte Patrona und Kondex und gratulierte ihnen zu ihrem Erfolg. Man würde auch das zweite noch hinter der Sonne verborgene Schiff zerstören, sobald es zum Vorschein kam.

Mitten in diese vermeintliche Siegesfeier hinein meldete sich Monaran von der Orterzentrale. Mit ruhiger Stimme gab er bekannt, daß sich Thuan ein winziger metallischer Gegenstand nähere, der eine ungewöhnlich hohe Strahlenintensität besitze. Der Größe nach zu urteilen, könne es sich um eine Art Bombe handeln.

Tödliches Schweigen löste den Siegestaumel ab. Die Räte wichen von Patrona und Kondex zurück, als hätten sie eine ansteckende Krankheit. Der Erste Rat war blaß geworden, aber er gab nicht auf.

»Das Ding unter Feuer nehmen!« befahl er, ohne zu ahnen, daß er damit das Ende nur noch beschleunigte. »Und dann die Torpedos auf das zweite Schiff, ob es zu sehen ist oder nicht. *Sämtliche* vorhandenen Torpedos!«

»Noch etwas«, sagte Monaran ruhig. »Zivilisten haben einen Teil der Handelsflotte und Frachtflotte besetzt, um damit der Katastrophe zu entfliehen. Auch Einheiten des Militärs sind dabei.«

»Abschießen!« brüllte Patrona mit sich überschlagender Stimme.

Noch ruhiger als zuvor teilte Monaran mit: »Tut mir leid, aber die Fortbesatzungen haben die Energiegeschütze unbrauchbar gemacht und befinden sich in den Schiffen. Leben Sie wohl, Patrona. Eins dieser Schiffe wartet noch auf mich ...«

Patrona starrte fassungslos auf den stummen Lautsprecher.

»Laß sie«, sagte Kondex und legte ihm die Hand auf die Schulter. »Laß sie fliehen. Wenn auch die Energiegeschütze unbrauchbar gemacht wurden, die Kontrollen der Torpedoabschußrampen funktionieren automatisch.«

Patrona sah sich in dem Saal um, ehe er sagte: »Kondex! Wo sind die anderen Räte geblieben? Wir sind allein.«
»Das werden wir nun wohl auch bleiben«, befürchtete Kondex.

Braddox hatte Captain Hennessy den Platz des Chefpiloten überlassen, nachdem Elsässer ihn aus der Kabine in die Zentrale zurückgeholt hatte. Caldon saß mit Bergström ein wenig abseits; sie unterhielten sich, obwohl die Lage mehr als gespannt war. Gucky saß in einem Sessel und wartete.

»Fertig?«

Hennessy nickte. »Fertig, Braddox!«

Eine Sekunde später schalteten sich die Antigravfelder voll ein, um den fürchterlichen Andruck abzufangen, der beim Blitzstart entstand. Die EX-7 raste mit höchster Beschleunigung von der Sonne fort, die viele Minuten lang den Planeten Thuan noch mit ihrem Lichtkranz verdeckte. Noch ehe sie die Lineargeschwindigkeit erreichte, wurden die Torpedos geortet. Obwohl sie ungemein schnell aufholten, konnten sie es nicht mehr schaffen.

»Linearetappe!« sagte Braddox, und Hennessy aktivierte.

Es blieb noch Zeit für einen letzten Blick auf den Bildschirm, ehe dieser sich rötlich verfärbte.

Thuan war wieder zu sehen, und an einer Stelle des Planeten, hoch in der Atmosphäre allerdings, gab es einen stecknadelkopfgroßen grellen Lichtpunkt.

Bergström machte Caldon darauf aufmerksam. »Das Ende Thuans«, sagte er mit Bedauern in seiner Stimme.

Caldon schwieg lange, ehe er die Sprache wiederfand. »Ich habe es von Anfang an geahnt, daß Patrona so handeln würde. Er war mein Freund, aber er war nicht der richtige Mann im richtigen Amt. Er war zu sehr von seiner eigenen Unfehlbarkeit überzeugt. Und nun beging er das größte Verbrechen, das ein Verantwortlicher in seiner Position begehen kann.«

Professor Bergström nickte. »Ja, er beging das größte Verbrechen: Er berief sich auf die Verteidigung von Thuan, aber er benutzte die Verteidigungswaffen zum Angriff. Es wäre das erstemal in der mir bekannten Geschichte der kosmischen Zivilisationen gewesen, daß ein solches Verhalten nicht auf den Angreifer zurückgefallen wäre.«

Gucky sagte von seinem Sessel her: »Wir hätten Patrona und Kondex rechtzeitig unschädlich machen sollen – daß wir es nicht taten, war *unser* Fehler!«

»Wir begehen viele Fehler, um die Gesetze nicht zu mißachten«, belehrte ihn Bergström bitter.

Gucky nickte. Er hatte verstanden – und schwieg.

Die EX-7 befand sich längst im Linearraum und in Sicherheit.

Caldon schien sich damit abgefunden zu haben, seine Heimatwelt nie mehr wiederzusehen. Sein einziger Trost war, daß ein Teil seines Volkes den Untergang Thuans überleben würde. Es würde ein neuer Beginn sein, und eines Tages – vielleicht – gab es erneut eine Begegnung zwischen ihnen und den Terranern.

»Ich möchte gern dabei sein, wenn ich dann noch lebe«, sagte Caldon, als Bergström das Thema anschnitt. »Vielleicht in der Rolle des Vermittlers. Was wird überhaupt mit mir geschehen, wenn wir Ihren Planeten erreichen? Schließlich war ich Mitglied einer Regierung, die sich Ihnen gegenüber nicht gerade freundlich verhielt.«

Bergström lächelte. »Sie haben es soeben selbst angedeutet, Caldon: Sie werden Ruhe und Zeit finden, sich auf Ihre spätere Aufgabe vorzubereiten. Sie werden unter Freunden sein.«

Caldon lächelte zurück, und zum erstenmal wirkte er entspannt und beinahe zufrieden, als sei eine große Last von ihm genommen worden.

Der Rückflug zur Erde verlief ohne weitere Zwischenfälle, und als die EX-7 auf dem Raumhafen von Terrania landete, wurde sie von Rhodan und seinen engsten Mitarbeitern bereits erwartet.

Als Gucky mit den anderen das Schiff verließ, erblickte er unmittelbar neben Rhodan und Bully seinen Aloisius, diesmal in der lindgrünen Uniform der Solaren Flotte und mit den Dienstgraden eines Leutnants.

»Da soll mich doch ...!« murmelte er verblüfft und in erster Linie enttäuscht darüber, daß er mit seinem Bericht über den Verlauf der Expedition zu spät kam. Dabei platzte er bald vor Mitteilungsbedürfnis.

Hennessy und Braddox erhielten ihre Auszeichnungen, und die Besatzung der drei Explorer konnte sich auf einen längeren bezahlten Urlaub freuen.

Stephan Elsässer sah Eva Ramini an. »Bleibt es dabei?« fragte er sie leise.

Sie nickte. »Wir sehen uns zusammen die gute alte Erde an.«

Caldon wurde als Ehrengast nach Terrania-City gebracht.

Gucky blieb nach der offiziellen Begrüßung vor Aloisius stehen, stemmte beide Hände in die Hüften und sagte: »Also zum Leutnant haben sie dich befördert, nur weil du wie ein Blitz abgehauen bist, als es brenzlig wurde! Weißt du, was du bist? Du bist ein ganz gemeiner und hinterhältiger ...«

»Sir, ich bitte mir aus, mit meinem Dienstgrad angesprochen zu werden!«

Gucky starrte ihn fassungslos an, und es dauerte einige Sekunden, ehe er die Sprache wiederfand. »Wer, zum Teufel, ist auf den blödsinnigen Gedanken gekommen, dich so zu programmieren? Wer, bitte?«

»Perry Rhodan«, sagte der Roboter mit unverkennbarem Stolz in der Stimme.

»Auch das noch!« stöhnte der Mausbiber leicht erschüttert und nahm sich vor, künftig auf die Dienste eines künstlichen Butlers zu verzichten.

Die schlimmste Überraschung mußte er jedoch am späten Nachmittag erleben, als er in seinen Bungalow zurückkehrte und einen Blick hinaus in seinen verwilderten Garten warf. Auf dem Nachbargrundstück saß Bully bequem in einem Sessel und sah genüßlich zu, wie der frischgebackene Leutnant Aloisius seine Beete umgrub.

Das war zuviel für einen Tag!

Er teleportierte in Captain Hennessys Haus, von dem er wußte, daß er über eine gut ausgestattete Bar verfügte. Drei volle Tage galt der Mausbiber als vermißt, bis man ihn endlich fand.

Allerdings noch immer nicht ganz nüchtern ...

Männer für Lacertae

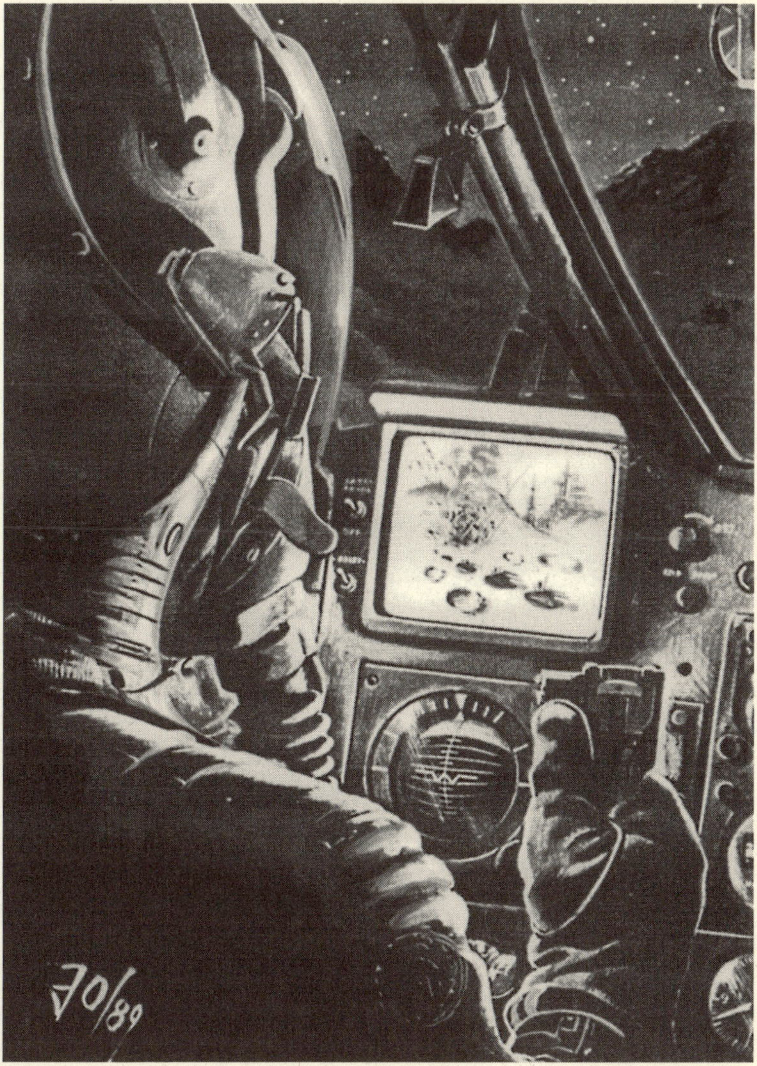

1.

Schon zu Beginn des Wochenendes hatte Bully ein ungutes Gefühl gehabt. Das lag durchaus nicht daran, daß sich seine alte Freundin Mabel Dorr für zwei Tage bei ihm einquartiert hatte. Mabel, mit der er vor vier Jahrzehnten beinahe verlobt gewesen wäre, war inzwischen sechzig Jahre alt geworden. Bully hingegen war dank des Zellaktivators nicht gealtert. Das war auch einer der Gründe gewesen, warum sie niemals geheiratet hatten.

Damit also hatte das ungute Gefühl Bullys nichts zu tun. Er konnte in seinem Bungalow soviel Damen beherbergen, wie er wollte; niemand kümmerte sich darum. Nicht einmal sein unmittelbarer Nachbar Gucky, der Mausbiber, der mit seiner Gattin Iltu und Sohn Jumpy einen Ausflug per Segelboot unternahm und an diesem Sonntagmittag nicht zu Hause war.

Gucky!

Bully drückte sich an Mabel vorbei, die bequem in einer breiten Liege auf der Terrasse faulenzte und auf die leicht gekräuselte Fläche des Goshun-Sees hinausblinzelte.

»Wo willst du hin?«

»Ich muß nur mal eben ...«

»Ach so«, murmelte Mabel, wieder halb eingeschlafen.

Bully war froh, daß sie das Falsche erraten hatte. Hastig eilte er zur Hausbar und nahm die Flasche mit dem echten Whisky aus dem Spezialversteck. Nach einem kräftigen Schluck glaubte er, wieder folgerichtig denken zu können.

Da war doch was mit Gucky gewesen?

Stimmt! Gestern, als er mit Mabel auf der Terrasse saß und die laue Abendluft genoß, kam Gucky herübergeschlendert und hockte sich auf die Brüstung zum See.

»Schöner Abend heute, nicht wahr?« begann er.

Mißtrauisch, wie Bully in solchen Fällen immer zu sein pflegte, nickte lediglich bestimmend und hielt den Mund. Wenn Gucky etwas wollte, kam er schon rechtzeitig damit heraus. Und richtig, der Mausbiber fuhr fort:

»Wir bekommen morgen auch Besuch, Bully. Nicht, daß du gleich einen Schreck kriegst – es sind nur ein paar Ilts vom Mars. Wir haben sie lange genug nicht gesehen durch den vielen Ärger in der Milchstraße. Hocken auf dem Mars herum und langweilen sich. Also habe ich sie eingeladen und ...«

»Alle?« entfuhr es Bully entsetzt.

»Aber, doch nicht alle, mein Freund. Nur ein paar. Auch Gecko. An den kannst du dich bestimmt noch erinnern ...«

»Und ob, das Großmaul!«

»Nun ja, er redet etwas viel, aber sonst ist er in Ordnung, finde ich. Dann Axo und Ulfo ...«

»Lieber Himmel, die ganze Blase!« rief Bully unbeherrscht.

Gucky warf ihm einen strafenden Blick zu, in dem aber auch eine gehörige Portion Nachsicht enthalten war.

»Blase ...?« Er schüttelte den Kopf und nickte Mabel verzeihend zu. »Sie kann ja nichts dafür, so einen Rüpel zum Freund zu haben. Wie kannst du die letzten Sprößlinge des edlen Geschlechtes der Ilts eine ›Blase‹ nennen? Ich finde das entwürdigend.«

»Also gut, meinetwegen«, ließ Bully mit sich handeln, »dann eben eine Edelblase. Und mit denen willst du mir das Wochenende verderben?«

»Wieso denn das? Die kommen erst am späten Nachmittag. Ich habe wichtige Dinge mit ihnen zu besprechen, die auch dich und Rhodan angehen. Hast du übrigens schon erfahren können, ob Captain Klewobart inzwischen gelandet ist?«

»Klewobart? Wer ist denn das?«

»Er war in der Explorerflotte, hat aber dann um seine Entlassung gebeten. War ihm wohl zu langweilig, der Job. Wurde dann Eigner von einem alten Frachter. Guter Mann, würde ich sagen.«

Bully seufzte und sah auf die Uhr.

»Eigentlich wollte ich mich erholen und mit Mabel plaudern, statt mit dir über diesen Klewobart zu reden. Was hat der damit zu tun?«

Gucky deutete hinauf in den dämmerigen Abendhimmel.

»Captain Klewobart hat den Schlüssel zu den Sternen in seiner Tasche«, sagte er feierlich. »Und den brauchen wir nämlich.«

Damit verneigte er sich weltmännisch vor Mabel Dorr, nickte Bully herablassend zu und watschelte über den Gartenweg davon, seinem eigenen Grundstück zu. Bully sah nachdenklich hinter ihm her und begann einiges zu ahnen.

Das alles war gestern gewesen. Heute herrschte Ruhe, nachdem Gucky mit seiner Familie ziemlich lautstark zu der Segelparty aufgebrochen war.

Bully nahm sein Glas und kehrte auf die Terrasse zurück.

»Trinkst du schon wieder?« empfing ihn Mabel mit leisem Vorwurf in der Stimme. »Ich hatte dich doch gebeten ...«

»Halte den Mund!« unterbrach sie Bully grob. »Ich denke nach.«

Mabel zuckte die Schultern, schloß die Augen und döste weiter.

Bully sah vorsichtig hinüber zu Guckys Haus. Es lag in der flimmernden Mittagshitze, leer und verlassen. Von Gecko und den anderen Mausbibern keine Spur. Für einen Augenblick kam Bully der erleichternde Gedanke, daß Gucky ihn nur auf den Arm genommen haben könnte, aber dann wurden die Zweifel wieder stärker. Es gab nur eine Möglichkeit, sich Gewißheit zu verschaffen. Er stand auf und kehrte ins Haus zurück. Wenige Minuten später wußte er, daß ein knappes Dutzend Ilts vom Mars soeben mit dem Transmitter eingetroffen war und sich auf den Weg zum Goshun-See gemacht hatte. Ein zweites Gespräch informierte ihn, daß Captain Klewobart in der Nacht mit einem Frachter gelandet war.

Die bösen Ahnungen Bullys begannen sich zu verwirklichen. Er setzte sich neben Mabel.

»Mit unserer Ruhe wird es bald aus sein«, begann er vorsichtig.

Mabel, mit ihren sechzig Jahren noch längst keine alte Dame, sah ihn neugierig an. »Fein, wir bekommen Besuch?«

»Ist weniger fein, Mausbiber, ein ganzes Dutzend. Zwar nur nebenan bei Gucky, aber ich kenne die Brüder. Den Krach kann man meilenweit hören. Vielleicht sollten wir uns rechtzeitig aus dem Staub machen.«

Mabel schüttelte den Kopf.

»Du bist richtig herzlos, mein Guter. Ich kann mir nichts Süßeres als nette, kleine Ilts vorstellen, und du willst sie mir vorenthalten.«

Bully bekam fast keine Luft mehr.

»Nette, kleine Ilts?« Er atmete tief ein. »Das sind ausgewachsene Mausbiber, und nett sind sie schon gar nicht. Sie können einen zur Verzweiflung treiben. Den ganzen Garten graben sie einem um, wenn man nicht aufpaßt, nur in der Hoffnung, eine Mohrrübe oder ...«

»Wenn du nicht hier bist, kannst du auch nicht aufpassen.«

Gegen Frauenlogik war auch Bully machtlos. Er resignierte. »Also gut, du hast es nicht anders gewollt. Ade, du schönes Wochenende! Alltag und Ärger, ihr habt mich wieder.«

Mabel sagte nichts mehr. Sie lächelte still vor sich hin.

Zehn Minuten später ging auf dem kleinen Landefeld der Bungalowsiedlung ein großes Lufttaxi nieder. Als sich die Tür öffnete, entquoll ihr eine Schar bepelzter und laut kreischender Mausbiber, und vorbei war es mit der beschaulichen Ruhe, die über dieser Oase des Friedens bisher gelegen hatte.

In erster Linie war es ein dicker, schwitzender Bursche, der das große Wort führte. Er trug einen bunten Trachtenanzug und schob einen Bauch vor sich her, der einem Bierbrauer alle Ehre gemacht hätte. Neben ihm bewegte sich mit gezierten Schritten ein Mausbiber in einer versilberten und vergoldeten Uniform, die einer nahezu krankhaften Phantasie entsprungen sein mußte. Auf den breiten Schulterstücken hätte man Spargel züchten können.

»Und ich sage dir, Axo«, brüllte er so laut, daß man es fast bis Terrania hören konnte, »dieser Gucky steckt mit dir unter einer Decke. Er organisiert unter irgendeinem faden Vorwand diese Party, damit du deinen Bierumsatz erhöhen kannst. Dabei fabrizierst du ein Gesöff, das man nicht einmal einem Dinosaurier anbieten könnte.«

Der dicke Mausbiber im Trachtenanzug stemmte die Arme in die fetten Hüften und blieb stehen.

»Aber wenn es nichts kostet, bist du ganz schön hinterher!« rief er empört. »Gerade du, Gecko, hast es nötig, über mein Bier zu schimpfen. Außerdem vergißt du, daß ich strenge Vorschriften habe. An Ilts darf ich nur Dünnbier verkaufen. Ihr vertragt ja nichts.«

»Für dich immer noch *Admiral* Gecko!« fuhr Gecko ihn wütend an und drückte die Brust heraus. »Mehr Respekt, wenn ich bitten darf.«

»Bitten darfst du, Gecko. Und nun halte den Mund. Da gucken schon überall die Leute aus den Fenstern. Ist mir peinlich.«

Ooch und Biggy, die ewig Verlobten, nahmen Axo in die Mitte. Sie versuchten, ihn zu beruhigen und redeten leise auf ihn ein. Axo nickte mehrmals, dann klopfte er ihnen auf die Schultern.

»Schon gut. Ich gebe mich nicht weiter mit dem aufgeblasenen Strohsack ab, der sich Admiral nennt. Gucky wird ihm schon die Flötentöne beibringen. Bierkonsum vergrößern! Pah! Wegen der paar lächerlichen Flaschen Kinderbier ...!«

Zielstrebig nahm er Kurs auf Guckys Bungalow. Die anderen folgten ihm, ein wenig stiller geworden.

Sie fanden Guckys Heim verlassen vor, aber auf der Terrasse lag ein Zettel, deutlich sichtbar und kaum zu übersehen. Axo nahm ihn und las den Text laut vor:

»Liebe Rasselbande! Bin mit Iltu und Jumpy segeln. Komme bald zurück. Macht es euch bequem. Bier steht im Gartenhaus. Wenn ihr Eis braucht, der Schlüssel zum Haus liegt im Mohrrübenbeet. Bis bald. Gucky.«

Sie suchten den Schlüssel und nahmen bei der Gelegenheit Guckys halbe Ernte mit auf die Terrasse. Vom Nachbarhaus her sah Bully besorgt zu, wie die Ilts in Guckys Garten herumtollten. Das konnte ein heiterer Abend werden. Es würde wohl besser sein, er nahm ein Flugtaxi, brachte Mabel in die Stadt und versuchte dann, seinen Kummer über das gestörte Wochenende in einer Bar zu vergessen.

In diesem Augenblick entdeckte er draußen auf dem See das gelbe Segel von Guckys Boot. Er beschloß, noch ein wenig zu warten.

»Wir könnten ins Haus gehen«, schlug Mabel vor. »Da hören wir den Krach nicht so.«

»Der richtige Krach kommt ja erst noch, Mabel, und den möchte ich mir nicht entgehen lassen. Die Fetzen werden fliegen, sage ich dir.«

Aber es kam alles ganz anders.

Das Boot mit dem gelben Segel legte am Steg an. Jumpy entpuppte sich als geschickter Matrose und reffte die gelben Tücher mit einer Geschwindigkeit, die Bully ihm nie zugetraut hätte. Unten auf Deck stand Gucky und gab seine Kommandos. Iltu kam auch nicht ganz ohne Arbeit davon; sie befestigte das Boot mit Tauen an den Metallringen. Dann endlich konnte die Crew an Land gehen, Gucky voran. Iltu und Jumpy trugen die Taschen mit den restlichen Vorräten. Im gleichen Augenblick wurden sie von den Besuchern entdeckt. Für einige Sekunden herrschte Ruhe, dann stürmten sie alle auf die berühmteste Mausbiberfamilie zu, die es jemals gegeben hatte.

Bully wartete auf die Explosion, denn er sah, wie Gucky mit flinken Augen den Schaden abschätzte, den seine kleinen Freunde angerichtet hatten. Aber zu seiner grenzenlosen Überraschung erfolgte nichts dergleichen. Ganz im Gegenteil. Er hörte, wie Gucky sagte:

»Das ist fein, daß ihr euch amüsiert habt. Sind ja immer noch Möhren im Beet ...! Schmecken sie euch vielleicht nicht?«

Ooch blieb ein Bissen im Mund stecken. Biggy schob ihn mit der Hand liebevoll nach, damit ihr Liebling nicht erstickte.

Gecko trat vor, nahm Haltung an und meldete ganz militärisch: »Elite der Ilts wie befohlen zur Stelle!«

Unmerklich fast zuckte Gucky zusammen, als er das Wort »Elite« vernahm, aber er unterdrückte den Kommentar, der ihm auf der Zunge lag. Und dazu hatte er seine Gründe.

»Fein, daß ihr so schnell reagiert habt«, sagte er lässig. »Und fein, daß ihr mir den Garten umgegraben habt. Hoffentlich konntet ihr ein paar Sachen finden, die ich extra im Boden ließ, damit ihr nicht ganz umsonst arbeitet. He, Ulfo, laß Jumpy in Ruhe – er ist noch brav und unverdorben. Und bringe ihm nur keins von deinen Gedichten bei!«

Gecko schien sich in seiner Rolle als Befehlshaber sehr zu gefallen. Abermals nahm er Haltung an und fragte: »Dürfen wir fragen, was der Zweck der freundlichen Einladung ist? Oder hast du uns rufen lassen, damit wir deinen Garten umbuddeln?«

Gucky schob Iltu ins Haus und flüsterte ihr schnell noch etwas zu, dann kam er wieder auf die Terrasse.

»Natürlich nicht, Gecko. Das Umgraben diente nur dazu, euch von schlimmeren Dingen abzuhalten. Aber nun wollen wir erst einmal einen fröhlichen Umtrunk halten, wie es sich für alte Freunde gehört, die sich lange nicht gesehen und sich viel zu erzählen haben. Axo, kümmere dich mal darum. Du weißt ja, wo das Bier steht.«

Der Dicke schnappte sich Ulfo und zog mit ihm los zum Gartenhaus.

Gucky schielte vorsichtig zum Nachbargrundstück. Er sah Bully und Mabel noch auf der Terrasse sitzen. Die beiden würden vor Neugier fast platzen. Er las es in ihren Gedanken. Sollten sie.

Von der Seite pirschte sich ein Mausbiber an Gucky heran, der bisher etwas abseits gestanden hatte. Es handelte sich um Wullewull, der selbst heute noch nicht wußte, wie er an seinen Namen gekommen war. Er trug ihn mit fettleibiger Würde.

»Weißt du, Gucky, ich bin ja für meine gute Nase bekannt.«

Gucky nickte. »Stimmt. Na und?«

»Zum Biertrinken und Gartenumgraben hast du uns nicht extra vom Mars kommen lassen. Was also steckt dahinter?« In seine braunen Augen trat ein listiges Blinzeln, voller Unternehmungsgeist und Bauernschläue. »Wieder eine Expedition? Hast du etwas organisiert?«

»Und wenn?«

»Ich bin doch dabei, nicht wahr?«

Gucky seufzte. »Was ich brauche, sind Ilts mit Disziplin und Beherrschung. Wenn du weiter so neugierig fragst, muß ich annehmen, daß du diese beiden edlen Tugenden nicht besitzt.«

Wullewull verstand und zog sich diskret zurück. Dabei stieß er unsanft gegen Ulfo, der neben dem zerwühlten Möhrenbeet stand und tiefsinnig auf die dunkle Erde starrte. Dabei deklamierte er:

»Merkwürdig sind des Geistes Kräfte,
wir wissen oft nicht, was wir tun.
In diesem Erdreich gibt es Säfte ...
doch leider ... was ist denn los?«

»Entschuldige, ich wußte nicht, daß du wieder dichtest«, murmelte Wullewull verstört und begann, nach einer vergessenen Mohrrübe zu suchen. »Was soll der Quatsch mit den Säften?«

»Banause!« Ulfo wanderte ein Stück weiter, um sich ungestörter seinen schöpferischen Gedanken hingeben zu können. »Was reimt sich nur auf ›tun‹?«

Ulfo war der Dichter der Ilts. Wenigstens hielt er sich dafür. Immerhin war es ihm gelungen, schon zwei Bändchen seiner gesammelten Werke bei einer Druckerei von Terrania verlegen zu lassen. Sehr zum Ärger seiner Freunde auf dem Mars.

Gucky ließ sich auf der Terrasse in einer bequemen Liege nieder und wartete, bis Axo mit der Bierkiste kam.

»Der Faulpelz Ulfo hat sich gedrückt«, beschwerte sich Axo wütend. »Nicht mal zum Bierholen ist er zu gebrauchen.«

Sie hatten alle Durst bekommen, und für einen Augenblick vergaßen sie, warum sie gekommen waren – ganz abgesehen davon, daß es niemand genau wußte. Für einen Menschen, der keine Mausbiber kannte, wäre es ein seltsamer und possierlicher Anblick gewesen, wenn er Gelegenheit gehabt hätte, sie jetzt unbemerkt zu beobachten. Die Ilts waren etwa einen Meter groß, trugen einen rostbraunen Pelz und zeichneten sich durch einen dicken, abgeplatteten Biberschwanz aus, auf den sie sich beim Gehen gern stützten. Ilts waren äußerst intelligent und von Natur aus begabte Telekineten. Einige von ihnen besaßen schwache Begabungen für Telepathie und Teleportation. Der einzige, der alle drei Fähigkeiten bis zur Perfektion beherrschte, war Gucky.

Mit Gekreische stürzten sich die Mausbiber auf das begehrte Getränk. Es handelte sich um ein besonders leichtes Bier, das nur Spuren von Alkohol in sich barg. Aber bereits nach einer Flasche begann Ooch mit heiserer Stimme das zu tun, was er allgemein als »Singen« bezeichnete. Biggy hielt ihm bestürzt den Mund zu.

»Brav so, Biggy«, lobte Axo. »Man sollte ihm Milch geben.«

»Hilfe, man will mich vergiften!« brüllte Ooch entsetzt und zog sich mehr in den Hintergrund zurück, nicht ohne eine zweite Flasche aus der Plastikkiste zu stibitzen.

Das friedliche, wenn auch laute Idyll wurde jäh gestört, als Schritte auf dem Kies des Gartenweges knirschten. Vom Nachbargrundstück her kam der stämmige Bully marschiert. Staatsmarschall und Stellvertreter Perry Rhodans. Er war fest entschlossen, dem Spuk ein Ende zu bereiten und die Sonntagsruhe wiederherzustellen. Schließlich konnte man sich auch ohne derartige Lärmentwicklung amüsieren, selbst Mausbiber.

Die beiden nebeneinanderliegenden Grundstücke waren durch keinen Zaun getrennt, so daß Bully ungehindert in Guckys Garten marschieren konnte. Er machte ein strenges Gesicht, als er sich der Terrasse näherte und mit erhobenem Zeigefinger sagte:

»Was soll der Krach? Hier ist Sonntag, und die Leute wollen sich erholen. Seid ihr vom Mars gekommen, um schwer arbeitende Menschen um die wohlverdiente Ruhe zu bringen?«

Gucky sah ein, daß er etwas unternehmen mußte, um seinen guten Ruf zu bewahren. Jeder wußte, daß er Bullys bester Freund war. Mit ausgestreckten Händen watschelte er, so schnell er konnte, auf Bully zu.

»Aber, mein lieber Freund, wer spricht denn von Krach? Sicher, unsere Begrüßung fiel nach so langer Zeit ein wenig lebhaft aus, aber das war auch alles. Willst du ein Gläschen mit uns trinken? Betrachte dich als herzlichst eingeladen.«

Er zog den korpulenten Staatsmarschall auf die Terrasse und drückte ihn telekinetisch in einen frei herumstehenden Sessel. Das allgemeine Hallo der Mausbiber veranlaßte Bully dazu, sich erschrocken die Ohren zuzuhalten.

»Um Gottes willen, hört auf! Ich trinke ja auch ein Glas mit euch, aber macht nicht solch einen Krach! Warum seid ihr überhaupt hier?«

Das schien die Kernfrage zu sein, denn alle sahen Gucky erwartungsvoll an, der sich in aller Ruhe eine Flasche Bier nahm, sie öffnete und erst einmal trank. Er setzte sich und sagte: »Stimmt, das hätte ich bald vergessen. Nun ist Bully da, und er kann gleich hören, um was es geht. Um es kurz zu machen: Es geht wieder einmal um Captain Graybound ...«

»Um den alten Piraten?« Bully strich sich hastig über die roten Stoppelhaare. »Das kann doch nicht wahr sein! Soweit ich informiert bin, ist der doch schon lange tot.«

»Um seinen Enkel«, berichtigte Gucky geduldig. »Um den Mann übrigens, mit dem wir kürzlich den Planeten der Mordwespen entdeckten.«

»Erinnere mich nur nicht daran«, fuhr Bully in die Höhe. »Die Geschichte ist manchen Leuten ziemlich aufgestoßen.«

»Das verstehe ich nicht. War doch korrekt! Wir haben den Untergang unserer Heimat gerächt, das war alles. Was ist daran so schrecklich?«

»Weiß ich auch nicht«, gab Bully zu. Er sah Gucky erwartungsvoll an. »Willst du andeuten, daß ihr mal wieder etwas mit diesem Graybound vorhabt?«

Gucky nickte. »Genau! Eine Expedition.«

Bully stöhnte und stützte den Kopf in die Hände. »Da wird sich Perry aber freuen.«

»Ich habe gestern mit ihm darüber gesprochen, und er hat sich wirklich gefreut. Er meint, es sei höchste Zeit, daß die Ilts ihren angesetzten Speck loswürden. Ich habe die Genehmigung, heute, hier diese Versammlung abzuhalten und meine Freunde einzuweihen. An der Expedition nehmen nur Freiwillige teil.«

»Wir alle sind natürlich Freiwillige!« brüllte Ooch heiser.

Gucky warf ihm einen strafenden Blick zu.

»Mund halten!« befahl er. »Wenn du so weitermachst, kommst du ganz bestimmt nicht mit. Außerdem wißt ihr ja noch gar nicht, worum es eigentlich geht.«

»Richtig!« Gecko schien sich seiner Rangstellung plötzlich bewußt zu werden. Schließlich hatte auch er einmal eine Expedition geleitet und mit Erfolg beendet. Dabei hatte er sich selbst zum Admiral befördert. »Dürfen wir um die Planung bitten?«

Gucky grinste. »Planung ist wohl ein wenig übertrieben, lieber Admiral. Was wir vorhaben, ist lediglich ein kleiner Ausflug, allerdings in unbekannte Richtung. Ich folge nur einer blassen Ahnung, das ist alles. Mehr einem Gefühl, wenn ihr wollt. Praktisch eine Art Urlaub, wenn ich mich so ausdrücken darf ...«

»Du darfst nicht!« unterbrach ihn Bully ziemlich barsch. »Ich will wissen, worum es geht. Wozu gab Rhodan seine Einwilligung? Bestimmt nicht zu einem Unternehmen, das über keinen realen Hintergrund verfügt.«

»Sehr scharfsinnig«, gab Gucky fröhlich zu und suckelte an seiner Bierflasche. »Hat er nicht getan. Das Unternehmen verfügt nämlich über einen realen Hintergrund: Ich will Ellert finden!«

Ernst Ellert!

Damit war es heraus. Ernst Ellert, der Terraner, war seit vielen Jahren verschollen, wenigstens seine unsterbliche Seele. Als lebendiger Mensch war Ellert ein sogenannter Teletemporarier gewesen. Es war ihm möglich, seinen Geist beliebig in die Vergangenheit und in die Zukunft zu schicken und wieder in den wartenden Körper zurückzuholen. Dann, als er starb, hatte sich sein Geist (oder seine Seele) endgültig vom Körper getrennt. Ruhelos war sie durch Raum und Zeit gewandert, um schließlich endgültig zu verschwinden.

»Ellert finden?« Bully starrte Gucky sprachlos an. »Wo willst du ihn denn finden? Es gibt ihn vielleicht längst nicht mehr, und wenn, dann kannst du keine Verbindung mit ihm aufnehmen. Ist doch Blödsinn, ein Phantom stellen zu wollen.«

»Ellert ist kein Phantom, Bully. Ellert existiert wirklich, aber in anderer Form. Ich weiß es – aber ich könnte niemandem erklären, wieso ich es weiß. Gut, Harno machte einmal eine Anspielung, als ich ihn das letzte Mal traf. An Harno erinnerst du dich ja noch?«

»Wie sollte ich nicht? Diese hilfsbereite Kugel aus Energie und Zeit, der lebendige Fernsehapparat, mit dem man jeden beliebigen Punkt des Universums beobachten konnte – dazu noch ohne Zeitverlust.« Bully sah Gucky plötzlich forschend an. »So, du hast Harno getroffen? Ich glaubte, er hielte sich dort auf, was er als ›Am Ende der Zeit‹ bezeichnete.«

»Richtig«, gab Gucky unbefangen zu. »Am Ende der Zeit. Aber ab und zu scheint er doch Gelegenheit zu erhalten, in unsere Gegenwart zurückzukehren. Und bei solchen Anlässen kann man immer etwas erfahren. So diesmal, daß Ellert noch existiert. Und ich will ihn finden.«

Bully schüttelte den Kopf.

»Es ist schon schwer, in unserer Galaxis ein bestimmtes Sonnensystem zu finden, wie willst du da ein körperloses Etwas aufspüren? Ich würde sagen, diesmal hast du dir etwas Unmögliches vorgenommen. Gib es auf.« Dann fiel ihm etwas ein. »Was ist denn mit diesem Captain Klewobart? Du erwähntest ihn gestern ...«

»Das ist es ja!« freute sich Gucky, weil Bully so schnell begriff. »Klewobart und Graybound haben sich zusammengetan, ihre alten Kähne verkauft und sich dafür ein ganz modernes Schiff angeschafft, das ihnen nun gemeinsam gehört. Es heißt auch wieder THUNDERBOLT, und Graybound ist der Kommandant. Sie haben noch einige Leute angeheuert – gute Leute, auf die Verlaß ist. Wenn du morgen rechtzeitig auf dem Raumhafen bist, kannst du sie kennenlernen.«

»Ihr startet morgen?« erkundigte sich Bully mißtrauisch. »Und Rhodan weiß davon?«

»Er übernimmt sogar die Kosten«, klärte der Mausbiber ihn triumphierend auf. »Stell dir das vor!«

»Kann ich nicht«, sagte Bully und sah hinüber zu seinem Bungalow. »Ich muß jetzt gehen. Morgen bin ich auf dem Raumhafen. Das muß ich mir ansehen.« Er schüttelte den Kopf und erhob sich. »Ellert suchen! So etwas Verrücktes habe ich noch nie gehört. Und nun tut mir einen Gefallen: Unterhaltet euch leiser, damit die Leute hier schlafen können. Benehmt euch wie zivilisierte Ilts, nicht wie losgelassene Wildmausbiber.«

Mit nachdenklichem Gesicht kehrte er auf sein Grundstück zurück.

Gucky sah hinter ihm her.

»Der Gute. Er hält uns für übergeschnappt.« Er nahm einen kräftigen Schluck aus der Flasche, die er noch immer in der Hand hielt. »Und ihr? Was ist mit euch? Glaubt ihr auch, daß wir verrückt sind?«

Das allgemeine Gejohle bewies ihm, für wie normal man sich hielt.

Vor seiner Terrasse zuckte Bully entsetzt zusammen. Wenn es das war, was die Mausbiber für Sittsamkeit hielten, stand ihm eine lebhafte Nacht bevor ...

Graybound und Klewobart hatten alle Formalitäten glücklich erledigt. Ihr neues gemeinsames Schiff war zwar kleiner als ihre beiden alten, aber dafür konnte es als Neukonstruktion gelten. Rein äußerlich erinnerte die THUNDERBOLT an eine Korvette, einen Kugelraumer mit einem Durchmesser von sechzig Metern. Sie besaß einen Linearantrieb und verfügte als Bewaffnung über eine leistungsstarke Transformkanone. Hinzu kamen die üblichen Impulsstrahler und andere technische Einrichtungen, die es auf jedem Schiff der Flotte gab.

Im Gegensatz zu den üblichen Korvetten jedoch wurde die THUNDERBOLT halbautomatisch durch ein Positronengehirn gesteuert. Dadurch genügte eine Besatzung von einem Dutzend Mann, das Schiff durch die halbe Galaxis zu bringen. Nur ein einziger Mann wurde in der Kommandozentrale benötigt, die THUNDERBOLT zu manövrieren und notfalls in den Verteidigungszustand zu versetzen.

Als der Morgen graute, waren Graybound und Klewobart schon auf den Beinen. Sie hatten die Nacht auf dem Schiff verbracht und wirkten nicht ganz ausgeschlafen. Sie hatten sich von dem Traktorstrahl der Hauptschleuse auf den Betonboden des Raumfeldes setzen lassen, um sich zum letzten Mal für lange Zeit frischen Wind um die Ohren wehen zu lassen.

»Ein Sauzeug, Ihr synthetischer Whisky«, knurrte Graybound verächtlich. »Wir hätten nicht soviel davon trinken sollen.«

»Sie vertragen nur nichts, das ist alles.« Klewobart atmete tief ein und genoß die frische Luft in vollen Zügen. »Ich finde das Gesöff ganz ausgezeichnet. Wer kann sich heutzutage noch echten Whisky leisten?«

»Ich! Warten Sie nur ab, mein Lieber. Auf meinem alten Schiff sind noch ein paar Kisten. Sie werden gleich gebracht werden. Mit dem Rest meiner Sachen.«

»Der Start wurde für zehn Uhr freigegeben. In drei Stunden also.«

»Leutnant Szissor ist für meine Sachen verantwortlich, und da es sich auch um Whisky handelt, kann ich mich auf ihn verlassen.«

Darauf wußte Klewobart nichts zu erwidern.

Schweigend spazierten sie um die THUNDERBOLT herum, während die Morgenkälte durch ihre dünne Kleidung drang. Aber gerade die Kälte war es, die sie wieder nüchtern machte. Nicht, daß sie passionierte Trinker gewesen wären, aber gerade Graybound erinnerte in seinen Gewohnheiten noch ein wenig an die alten Seebären des siebzehnten Jahrhunderts. Und da hatte er in seinem Waffenwart Szissor einen überzeugten Bundesgenossen gefunden.

»Wieviele Mausbiber kommen eigentlich mit, Graybound?«

»Wir haben acht vereinbart. Rhodan meinte, mehr könnten wir nicht ertragen und würden damit auch den Erfolg der Expedition in Frage stellen.«

»Ganz meiner Meinung«, stimmte Klewobart überzeugt zu. »Ich bin diesem Gucky zwar nur einmal begegnet, aber das hat mir gereicht. Ein Dutzend von der Sorte wäre mein Tod, obwohl ich eine Menge Spaß vertrage.«

»Er hat von Rhodan ganz bestimmt Verhaltensmaßregeln erhalten«, wußte Graybound zu berichten. »Wenn er sich nicht daran hält, habe ich jederzeit die Befugnis, zur Erde zurückzukehren. Und Sie können Gift darauf nehmen, daß ich das auch tun werde, sollte es notwendig sein. Mit den Pelzzwergen werden wir schon fertig, Klewobart.«

»Will es hoffen«, sagte Klewobart skeptisch.

Er war ein großer, breitschultriger Mann mit energischem Gesicht. Im Gegensatz zu Graybound konnte man ihn als jung bezeichnen, wenn er sicherlich auch schon seine siebzig Jahre auf dem Buckel hatte. Er ging ein wenig gebeugt, als könne er die Last seines Körpers unter der Einwirkung normaler Schwerkraft kaum tragen. Doch das täuschte. Klewobart galt als ausgezeichneter Sportler.

»Da drüben kommt Szissor«, sagte Graybound und deutete zum Rand des Landefeldes. »Mit den restlichen Klamotten.«

Ein Flachlader näherte sich. Am Steuer saß ein etwas korpulenter Mann in der Uniform eines Leutnants der Handelsflotte Terras. Sein gerötetes Gesicht mit den verschmitzten Augen zeugte von Lebenslust, und die stark gelichteten Haare verstärkten diesen Eindruck noch. Er winkte den beiden Captains der THUNDERBOLT zu und brachte den Wagen dicht unter der geöffneten Ladeluke zum Stillstand.

»Hallo, da wären wir. Whisky, Unterwäsche, ein paar Kisten mit Büchern, Krimskrams und andere Dinge. Soll ich abladen?«

Graybound und Klewobart hatten ihre Leute von den alten Schiffen auf das neue übernommen, und so war auch der gewohnte vertraute Ton geblieben, in dem sie miteinander verkehrten. Niemand nahm das übel, denn jeder wußte, daß er sich im Notfall auf den anderen verlassen konnte.

»Na klar, wird abgeladen«, knurrte Graybound, durchaus nicht mißmutig, nur ein wenig übermüdet. »Zuerst die Kisten. Sie kommen in meine Kabine.«

»Verstehe«, grinste Szissor und sprang aus dem Sitz.

Oben in der Ladeluke erschien das schmale Gesicht von Leutnant Williams.

»Mach schon, Szissor. Ich helfe dir liebend gern, wenn es um Kisten vom alten Graybound geht. Haben immer denselben Inhalt.«

Graybound schüttelte empört den Kopf und zog Klewobart mit sich weiter.

»Sind manchmal ein bißchen übermütig, die Knaben, nicht wahr?«

Klewobart hob die Schultern.

»Das ist nur ein Vorgeschmack. Warten wir mal ab, bis Gucky und seine Ilts eintreffen. Gegen die sind unsere Leute wie Klosterschwestern. Aber das alles regt mich nicht so auf wie die Tatsache, daß wir einen Toten suchen sollen. *Ernst Ellert*. Den gibt es doch gar nicht mehr.«

»Vielleicht doch, aber das ist nicht unsere Sorge. Wir werden für den Auftrag gut bezahlt, das ist das wichtigste. Mich ärgert lediglich die Tatsache, daß Gucky in gewisser Hinsicht so etwas wie der Schiffsherr sein soll. Er bestimmt den Kurs und entscheidet darüber, welchen Sektor wir anfliegen. Wir beide haben nichts anderes zu tun, als seine Befehle durchzuführen, solange sie sich in vernünftigem Rahmen bewegen. Er allein weiß auch, wohin wir fliegen. Ich selbst habe nicht die geringste Ahnung.« Er seufzte. »Nun ja, lassen wir uns überraschen.«

Sie nahmen ihre Runde wieder auf und kümmerten sich nicht mehr um Szissor und Williams, die mit Begeisterung die Kisten in die THUNDERBOLT verfrachteten. Whisky für den Kommandanten bedeutete auch Whisky für sie, und zwar echten Whisky, kein synthetisches Zeug, von dem einem nur übel werden konnte. Der alte Graybound hatte so seine Quellen, die er niemandem verriet.

»Wie war das eigentlich mit diesem Ellert?« fragte Klewobart.

Graybound runzelte die Stirn.

»Es ist alles schon so lange her, müssen Sie wissen. Ich kenne die ganze Geschichte nur aus alten Berichten. Muß damals geschehen sein, als Rhodan gerade anfing, die Erde zu einigen und das Solare Imperium zu gründen. So um 1971 herum vielleicht. Oder später. Jedenfalls bekam dieser Ernst Ellert einen elektrischen Schlag von enormer Stärke und verschied. Aber seine Leiche verweste nicht. Es war, als schlafe er nur. Man verwahrte sie also in dem Mausoleum, das draußen vor Terrania in der Wüste steht. Eines Tages kehrte Ellerts Seele wieder in ihren Körper zurück – die Leiche lebte wieder.«

»Das ist doch purer Unsinn!« rief Klewobart entrüstet.

»Nein, ist es nicht. Ellert lebte wieder, und er berichtete phantastische Dinge aus dem Jenseits. Raum und Zeit spielten keine Rolle mehr für ihn, er konnte sich überallhin bewegen, sogar in die Vergangenheit und Zukunft. Er kehrte zum Beginn der Schöpfung zurück und drang bis in die fernste Zukunft vor, aber er verriet niemals, wie es dort aussah. Und eines Tages verschwand er abermals. Diesmal jedoch kehrte er nicht zurück. Ja, und nun sollen wir ihn finden.«

Klewobart schüttelte verwundert den Kopf. »Auf Ideen kommen die Leute! Und dafür geben sie noch Geld aus.«

»Sie urteilen zu früh, Captain. Glauben Sie wirklich, daß Rhodan das Geld aus dem Fenster wirft? Er wird schon seine Gründe haben, dem Mausbiber zu glauben. Ohne feste Anhaltspunkte würde er der Expedition niemals zugestimmt haben. Hat er aber. Also gibt es solche Anhaltspunkte. Warten wir ab.«

Klewobart hielt die Hand über die Augen, um besser sehen zu können.

»Da kommen sie, wenn ich nicht irre«, sagte er mit einem düsteren Unterton in seiner Stimme. »Die Mausbiber. Sagten Sie acht?«

»Acht!« bestätigte Graybound und seufzte. »Bewahren Sie die Ruhe in allen Lebenslagen, mein Lieber, sonst sind Sie bald krankenhausreif. Ich habe meine Erfahrungen mit den Ilts. Ruhe, Ruhe und nochmals Ruhe.«

»Die bin ich in Person«, versicherte Klewobart wenig überzeugend.

Als der Passagierbus hielt, purzelten gleich vier der Ilts heraus und landeten genau vor Graybounds Füßen. Sie quietschten vor Begeisterung über die bevorstehende Reise und hätten den verdutzten Klewobart fast von seinen stämmigen Beinen gerissen.

»Lieber Himmel!« entfuhr es Klewobart. »Die sehen auch noch alle gleich aus, einer wie der andere. Wie soll man sie unterscheiden ...?«

Er übertrieb, denn der Mausbiber, der sich mühsam wieder erhob, war sichtlich dicker als die anderen. Er baute sich vor dem Captain auf und tippte ihm den rechten Zeigefinger in die Magengegend.

»Mein Lieber, wir sind an den Namen zu unterscheiden. Meiner lautet Axo, damit Sie es nur wissen. Das dort sind Ooch, Biggy und Wullewull, den Sie auch Wully nennen dürfen. Sind Sie der Kommandant unserer Expedition?«

»Zum Glück – nein. Dort steht er, Captain Graybound.«

Axo betrachtete Klewobart mit schiefgelegtem Kopf.

»Hätte ich mir gleich denken können«, murmelte er vieldeutig und watschelte in Richtung Graybound davon. »Sieht man doch schon an der äußeren Erscheinung.«

Während Klewobart noch darüber nachdachte, was an Graybounds Erscheinung so imponierend sein sollte, kamen auch die anderen Mausbiber wieder auf die Füße. Sie begannen, ihr Gepäck auszuladen. Das wiederum hatte den Vorteil, daß Klewobart sich nicht länger mit seinem Problem befassen konnte. Er hatte ein neues.

»Was schleppt ihr denn da alles an?« rief er und rannte zu dem Bus, aus dem nun ein Gepäckstück nach dem anderen kam. Darunter auch seltsam geformte Säcke, uralte Holzkisten und moderne Metallbehälter. »Meint ihr vielleicht, wir wären ein Lastensegler?«

Axo drehte sich um und vergaß, daß er Graybound begrüßen wollte.

»Hören Sie gut zu, lieber Mann! Was wir an Gepäck mitbringen, ist unsere Sache. Oder wollen Sie mir vielleicht weismachen, daß der Kahn das Zeug nicht schleppen kann? Glauben Sie mir: Nicht ein Stück ist überflüssig. Es gehört alles zu unserer Ausrüstung.«

»Das entscheidet der Kommandant«, redete sich Klewobart heraus. Neugierig kam er näher. »Was ist denn da drin?«

Axo zuckte mit den Achseln und marschierte wieder davon, um diesmal endlich Graybound zu erreichen. Das Gepäck war nicht seine Angelegenheit, und schon gar nicht die von dem komischen Terraner.

Jumpy, Guckys hoffnungsvoller Sprößling und einziger Sohn, nahm sich Klewobarts an.

»Vor allen Dingen unsere Spezial-Einsatzanzüge, Captain. Wir wissen ja nicht, was uns alles bevorsteht, und da müssen wir für jede Gelegenheit gewappnet sein. Und dann Verpflegung. Sie werden ja wissen, daß unsere Ernährung sich wesentlich von Ihrer unterscheidet.«

»Ich weiß«, knurrte Klewobart spöttisch. »Mohrrüben!«

Jumpy blieb ruhig und gelassen.

»Ja, die auch. Aber da gibt es noch andere Dinge, auf die wir scharf sind, so wie Sie auf Ihren Whisky. Spargelspitzen von Terra, Saftgurken aus dem Kerilla-System. Zuckerlianen von der Venus, Honigknollen von Beteigeuze IV ...«

»Schon gut, schon gut«, unterbrach ihn Klewobart erschrocken. »Und das alles habt ihr da mit? Hoffentlich kann Chefkoch Ernesto noch einen Platz im Kühlraum für euch erübrigen.«

»Wird ihm nichts anderes übrigbleiben, wenn er sich nicht mit uns anlegen will«, erwiderte Jumpy spitz. Er nickte Leutnant Williams zu, der oben in der Ladeluke stand. »Nun man los, Langer. In zwei Stunden starten wir.«

Klewobart schüttelte den Kopf und ging zu Graybound, der sich mit Gucky in eine Debatte eingelassen hatte.

» ... wurde ja vereinbart, Gucky. Selbstverständlich ist Platz vorhanden. Das Schiff ist ja praktisch nicht voll bemannt. Jeder von euch bekommt eine eigene Kabine. Meine Leute haben auch jeder eine für sich. Soll ja keine anstrengende Reise werden, sondern mehr eine Erholung.«

»Nun, da werden Sie sicherlich bald Ihre Meinung ändern«, teilte Gucky ihm mit, ohne daß in seiner Stimme Bedauern zu entdecken gewesen wäre. »Unser erstes Ziel ist CM-Lacertae III, Entfernung fünfundfünfzig Lichtjahre, variabler Doppelstern mit einem Begleiter. Schon mal dort gewesen?«

Graybound schüttelte den Kopf.

»Nie gehört. Was wollen wir dort?«

»Keine Ahnung. Ist nur einer der Tips, die mir zur Verfügung stehen. Wir werden dort einen Hinweis finden, wohin wir uns zu wenden haben. Soweit ich informiert bin, wurde das System von uns bisher nicht besucht oder gar kolonisiert. Also Neuland. Mensch, Graybound, du gehst jetzt unter die Entdecker. Reizt dich das gar nicht?«

»Schon, schon, Kleiner.« Graybound sah überhaupt nicht so aus, als würde ihn die Sache reizen. »Habe ich mir schon immer gewünscht.«

»Lügner«, knurrte Gucky empört und wandte sich an Klewobart: »Nun, Captain, was sagen Sie dazu?«

Klewobart registrierte bei sich die erstaunliche Tatsache, daß Gucky von seinen bisherigen Gewohnheiten abwich und ihn siezte. Er wußte nicht genau, ob das ein gutes oder ein schlechtes Zeichen war.

»Ich warte erst einmal ab, ehe ich mein Urteil abgebe«, sagte er vorsichtig.

Ein Fahrzeug näherte sich der Gruppe. Als es hielt, stieg Bully aus und kam mit gewichtigen Schritten näher. Auf seinem Gesicht stand noch immer der Ausdruck der Verwunderung, die das Gespräch mit Rhodan in ihm verursacht hatte.

»Guten Morgen, Dicker«, rief Gucky ihm entgegen. »Du hast dich also wahrhaftig davon überzeugt, daß wir nicht geschwindelt haben? So viel Mißtrauen ...! Ist nicht zu fassen.«

»Du hast oft genug geschwindelt«, verteidigte sich Bully. »Ich konnte mir einfach nicht vorstellen, daß Rhodan euch erlauben würde, eine derartig verrückte Expedition zu unternehmen. Hat er aber. Nun denn, ich wünsche euch Glück und Erfolg.« Er sah Gucky an. »Kommt heil wieder.«

Gucky schien gerührt zu sein über soviel Besorgnis. Er watschelte zu Bully und nahm dessen herabhängende Hand.

»Danke, mein Bester. Deine Besorgnis ist echt, ich weiß. Aber auch unnötig. Wir passen schon auf uns auf. Außerdem haben wir den besten Kommandanten, den es gibt: Captain Graybound.«

Davon allerdings schien Bully nicht so ganz überzeugt zu sein.

»Selbst der beste Kommandant nützt euch nichts, wenn ihr in eine ausweglose Lage geratet, aus der euch niemand heraushilft. Hören Sie, Graybound, bringen Sie mir die Bande heil zurück! Ich verlasse mich auf Sie.«

»Können Sie, Sir. Ich bin von Natur aus vorsichtig.«

Bully nickte, diesmal durchaus überzeugt.

»Ja, ich weiß. Das war Ihr Großvater auch. Wir wußten, daß er der größte Schmuggler des Sonnensystems war, aber wir konnten ihn nicht einmal dabei erwischen. Immerhin konnte er uns einige wertvolle Dienste erweisen, die wir niemals vergaßen.«

»War schon ein toller Bursche, der Opa Graybound«, stimmte Gucky zu. »Aber sein Enkel ist auch nicht von Pappe. Deshalb fliegen wir ja auch mit ihm. Außerdem sind wir nicht so an die strengen Vorschriften der Raumflotte gebunden.«

Bully nickte voller Verständnis.

»Ja, ich weiß. Alkohol an Bord, keine Zucht und Disziplin, eigenmächtige Entscheidungen ...«

»Nun übertreiben Sie nicht, Sir«, unterbrach ihn Klewobart. »Wir haben unsere eigenen Gesetze, das ist alles. Die Hauptsache ist wohl, daß wir uns an diese eigenen Gesetze halten.«

»Natürlich, natürlich«, beschwichtigte Bully hastig. »Ist Ihre Sache.« Er sah zu, wie Leutnant Williams zusammen mit Ooch und Ulfo die letzten Gepäckstücke in das Schiff hievten. »Ich habe nur den einen Wunsch, Sie alle möglichst bald gesund und heil wiederzusehen.«

»Wird gemacht«, versicherte Graybound zuversichtlich.

Als letzter verabschiedete sich Gucky von seinem Freund.

»Schade, du hättest mitkommen sollen.«

»Geht leider nicht. Dringende Staatsgeschäfte – na, du weißt ja. Wir müssen die kurze Ruhepause ausnützen, die uns bleibt. Im Trubel der Geschehnisse sieht es oft so aus, als vergäßen wir das Zentrum des Solaren Imperiums, die Erde selbst. Es gibt auch hin und wieder politische Schwierigkeiten, Gucky. Die müssen wir regeln. Eine so umfassende Regierung hat immer Feinde. Es gibt immer Leute, die alles besser wissen wollen. Ihnen geben wir Gelegenheit, ihre Fähigkeiten zu beweisen, und wenn sie dann versagen, sind wir sie los.«

»Einfache aber wirksame Methode. Aber wieso Feinde?«

Bully sah auf seine Uhr.

»Das kann ich dir nicht so schnell erklären. Ein Problem, das es schon immer gegeben hat. Es ist in der Mentalität des Menschen verwurzelt. Es liegt in seiner Natur, sich selbst immer wieder beweisen zu wollen, daß er intelligent und ganz besonders befähigt ist. Wie aber könnte er das besser tun, als jene anzugreifen und zu kritisieren, die in der gesellschaftlichen Rangordnung über ihm stehen? Im Innern mag er noch so überzeugt davon sein, daß sie das Richtige tun, er wird einen Fehler finden – weil er ihn einfach finden *muß*.«

»Und er hat recht?«

»Nur bis zu einem gewissen Grad, denn nichts ist vollkommen. Auch unsere Regierungsform nicht. Wir sind dankbar, wenn man uns auf Schwächen aufmerksam macht, ohne Rücksicht auf die Motive des Kritikers.«

Gucky seufzte. »Da war es auf Tramp, meiner zerstörten Heimatwelt, schöner. Wir hatten überhaupt keine Regierung.«

Bully lachte. »Hattet ihr auch nicht nötig, denn ihr kanntet weder Krieg noch Mißgunst. Ihr wart auch nicht mit einer Zivilisation belastet wie wir. Der Mensch kann leider nicht in völliger Freiheit leben, ohne in Anarchie zu verfallen. Wichtig ist nur, daß die richtigen Leute an der Spitze sind, denen das Wohl der Gesamtheit am Herzen liegt. Und ich glaube, das ist bei uns wohl der Fall.«

»Natürlich ist es das«, bestätigte Gucky überzeugt. Dann reichte er Bully seine Hand. »Es wird Zeit für mich, mein Freund. Lebwohl, Bully. Und halte uns die Daumen, daß wir Erfolg haben.«

»Ich halte die Daumen, aber ich glaube nicht daran, Gucky. Es ist alles schon viel zu lange her.«

»Für Ellert spielt die Zeit keine Rolle.«

»Eben«, sagte Bully und erwiderte den Händedruck des Mausbibers. »Eben.«

Die fünfundfünfzig Lichtjahre bedeuteten für die THUNDERBOLT keine nennenswerte Entfernung. Es schien in der Tat erstaunlich, daß ein so nahes System bisher von der terranischen Flotte weder angeflogen noch erforscht worden war. Aber es gab Dutzende von Sternen in diesem Umkreis, die bislang ohne jede Bedeutung geblieben waren.

Der Flug verlief für die zwölf Terraner und acht Mausbiber ohne jeden nennenswerten Zwischenfall. Man lebte sich an Bord ein, stellte Vermutungen über Guckys geheimnisvolle Hinweise an und versuchte im übrigen vergeblich, etwas aus ihm herauszukriegen. Selbst als der Stern CM-Lacertae III auf dem Panoramaschirm erschien und immer mehr anschwoll, erzielte Graybound keinen Erfolg.

»Die Daten können jeden Moment hereinkommen«, sagte er anzüglich und warf Gucky einen Blick zu. »Eigentlich müßte ich so ganz allmählich wissen, wo wir den Kahn landen sollen. Vielleicht gibt es gar keinen Planeten ...«

»Doch, es gibt einen – oder so etwas Ähnliches.«

Graybound starrte ihn verwundert an.

»So etwas Ähnliches? Wie soll ich das verstehen? Entweder ist es ein Planet oder es ist keiner.«

»Dann ist es meinetwegen einer. Ein Astronom würde das Ding als ›Begleiter‹ bezeichnen. Außerdem ist Lacertae ein Doppelstern, dazu noch ein variabler.«

»Kompliziert, wenn du mich fragst. Und ausgerechnet da willst du diesen Ellert finden?«

»Habe ich nicht behauptet. Höchstens einen Hinweis.«

»Himmel ...!« Graybound wurde durch das Summen des Interkoms unterbrochen. »Ja, was ist?«

»Chefkoch Ernesto, Boß. Ich habe eine Frage: Darf ich für eine Stunde in die Beobachtungskuppel? Sie wissen ja, ich bin Amateurastronom, habe aber selten Gelegenheit, eine Landung direkt zu verfolgen. Außerdem interessiert mich das System.«

»Uns auch«, eröffnete ihm Graybound. »Also gut, Sie dürfen. Aber lassen Sie das Essen nicht anbrennen ...«

Der Interkomschirm war schon wieder dunkel.

»Oller Sternengucker«, knurrte Gucky belustigt. »Er ist neugierig und hofft, etwas herausfinden zu können, dabei weiß ich selber nicht, was wir suchen.«

»Du lieber Gott!« stöhnte Klewobart, der soeben die Kommandozentrale betrat. »Er weiß selbst nicht, wonach er sucht! Das kann ja heiter werden.«

Zum Glück hinderte der Dateneingang Gucky daran, sich mit Klewobart in eine Diskussion einzulassen. Bei Lacertae handelte es sich in der Tat um zwei nahezu gleich große Sterne, die einen gemeinsamen Mittelpunkt umliefen. Beide wiederum wurden von dem dunklen Begleiter umkreist, der später selbst von Chefkoch Ernesto als Planet anerkannt wurde.

Entfernung vom Sonnengravitationszentrum: 230 Millionen Kilometer. Rotation: 30 Stunden. Atmosphäre: erdähnlich. Gravitation, Vegetation, Kontinente, Meere ...

Gucky sagte: »Nun, sieh doch mal einer an! So eine ideale Kolonialwelt, und kein Mensch ist bis jetzt auf die Idee gekommen, sich hier anzusiedeln. Dabei hat der Planet noch zwei Sonnen. Ist doch großartig!«

»Landen wir?« erkundigte sich Graybound nüchtern. Ihn interessierte weniger, was versäumt worden war. Er wollte endlich wissen, was Gucky hier suchte. »Und wo?«

»Nicht landen, Graybound. Geh in eine Kreisbahn. Ich teleportiere zur Oberfläche hinab. Oder gibt es da Bedenken?«

»Hm.«

Gucky grinste. »Also keine. Gut.«

Klewobart räusperte sich. »Ob es da unten Raubkatzen gibt, wissen wir nicht, aber es sind eine atembare Atmosphäre und Vegetation vorhanden. Damit ist tierisches Leben nicht ausgeschlossen. Vorsicht also.«

Gucky nickte in Richtung des Panoramaschirms.

»Umlaufbahn, Graybound, wenn ich bitten darf. Schließlich will ich euch wiederfinden, wenn ich zurückkomme.«

Graybound ließ wortlos die Berechnungen anlaufen.

2.

Nach einem recht lebhaften Abschied von den anderen Ilts teleportierte Gucky aus dem Schiff. Zum Glück hatte er seinen Raumanzug nicht zu schließen vergessen, denn er rematerialisierte im absoluten Vakuum, zweihundert Kilometer über der Oberfläche des fremden Planeten. Die THUNDERBOLT schwebte etwa zwanzig Kilometer entfernt und hatte den gleichen Kurs wie er.

Er ließ sich Zeit. Wie ein Satellit umkreiste er die unbekannte Welt, durch seinen Spezial-Raumanzug mit Atemluft für viele Stunden versorgt. Aber er konnte, wann immer er wollte, zurück ins Schiff oder hinab zur Oberfläche des Planeten teleportieren.

Jetzt war die beste Gelegenheit, sich Gedanken darüber zu machen, was er eigentlich hier wollte. Wenn Gucky ehrlich war, dann mußte er sich eingestehen, nur auf einen vagen Verdacht hin gehandelt zu haben. Schuld daran war natürlich Harno.

Es war vor einem halben Jahr gewesen. Zusammen mit Iltu hatte er ein ruhiges Wochenende auf der Erde verbracht, und zwar in den Alpen. Es war nicht leicht gewesen, Jumpy dazu zu überreden, in Terrania zu bleiben, um Bungalow und Segelboot zu hüten. Aber dann hatte sich der Kleine doch breitschlagen lassen und war daheim geblieben. Sehr zum Kummer seiner Eltern, die nach ihrer Rückkehr die Klagen der ruheliebenden Nachbarschaft über sich ergehen lassen mußten.

Es war ein kleiner Ort, mehr als zweitausend Meter hoch. Es gab nur einige Hotels und einen Landeplatz für Antigravgleiter. Gucky und Iltu hatten es jedoch vorgezogen, die altmodische Seilbahn zu benutzen, die noch immer in Betrieb war. Mit verbissener Sturheit verzichtete Gucky darauf, einfach zu teleportieren, und Iltu ließ sich nur zu gern überreden.

Im Zeitalter der intergalaktischen Raumfahrt bedeutete es selbst für Orte wie Hintertupfingen keine Sensation mehr, wenn außerirdische Gäste, wie immer sie auch aussehen mochten, ihren Urlaub hier verbrachten. Und so war es dann auch für Gucky und Iltu keine Überraschung, in dem kleinen Dorf Angehörige der verschiedensten interstellaren Rassen anzutreffen.

In Europa hatte die Wetterkontrolle für einen sonnigen und warmen Herbst gesorgt, und daher beschlossen die beiden Mausbiber am Sonntagnachmittag, den Weg zum nahen Gipfel zu Fuß zurückzulegen. Besonders Iltu war dafür, und immer wieder versicherte sie mit anzüglichen Blicken auf Guckys runden Bauch, wie gesund ein solcher Spaziergang in der heutigen Zeit doch sei. Besonders nach der vergangenen Nacht, in der sie mit Arkoniden, einigen Aras und zwei unternehmungslustigen Offizieren der Terranischen Raumflotte die Bars des Ortes unsicher gemacht hatten.

Außer ihnen war niemand auf den Gedanken gekommen, den Gipfel zu besteigen. Zum Glück gab es hier keine Seilbahn, so daß Gucky und Iltu sich wie allein auf der Welt vorkamen. Gemächlich stiegen sie bergan, und als sie das kleine Felsplateau erreichten, traten die ersten Sterne aus dem dunkelblau gewordenen Himmel.

Sie genossen die herrliche Aussicht in die schon finsteren Täler und auf die anderen, teils noch von der Sonne angestrahlten Bergketten. Der Rückweg bereitete ihnen keine Sorge. Sie würden teleportieren.

»Ist das nicht wunderbar?« seufzte Iltu schwärmerisch. »Daß dieser Planet so schön sein kann ...«

»Die Erde ist einer der schönsten Planeten überhaupt, meine Liebe, aber die Menschen wußten das nie. Ihnen fehlte die Vergleichsmöglichkeit. Außerdem sorgten sie selbst dafür, daß sie nicht im Paradies lebten.« Gucky sah hinauf zu den Sternen. »Das hier erinnert mich an eine Welt, deren Namen ich vergessen habe. Ich stand auch auf einem Berggipfel und wartete auf Harno. Wir hatten vorher über Zeit und Raum hinweg telepathischen Kontakt aufgenommen.«

»Wann war denn das?«

»Lange her, ich weiß nicht mehr genau.« Gucky setzte sich mit Iltu auf die einzige Bank, die den Gipfel zierte. Er starrte noch immer hinauf in den nächtlichen Sternenhimmel. »Ich habe das Gefühl, Harno ist auch jetzt nicht weit. Er will Verbindung zu mir aufnehmen. Ich spüre es.«

»Einbildung, mehr nicht«, sagte Iltu ärgerlich. Sie war ein bißchen eifersüchtig auf die Energiekugel, die zugleich das unglaublichste Lebewesen des Universums war. Harno konnte fast alles. Doch es gab Hilfen, die er nicht gewähren durfte, ohne das Gefüge des Universums zu erschüttern. »Was sollte er wohl von dir wollen?«

Gucky schloß die Augen. »Was weiß ich? Vielleicht will auch ich etwas von ihm ...«

Es wurde schnell dunkel. Immer mehr Sterne wurden sichtbar.

Iltu erschrak, als sie plötzlich genau über sich etwas Helles und Strahlendes bemerkte. Unbeweglich blieb sie sitzen und wagte nicht mehr, sich zu rühren. Sie schielte zu Gucky hinüber, der seine Augen noch immer geschlossen hielt, als wolle er sich auf etwas konzentrieren.

Und dann schwebte Harno direkt vor ihnen über dem Plateau. Seine Stimme war lautlos, aber die beiden Mausbiber konnten sie trotzdem verstehen. Sie drang direkt in ihr Bewußtsein ein.

»Diesmal war es ein weiter Weg, Gucky. Fast wäre der Zielkontakt nicht zustande gekommen. Du suchtest mich in der Zeit, dabei trennte uns nur der Raum. Ich war am Ende des Universums, aber ich blieb in der Gegenwart. Ein weiter Weg, glaube mir ...«

»Aber du hörtest mich.« Gucky öffnete die Augen und betrachtete die leuchtende Kugel, die dicht vor ihm über dem Felsen schwebte und leicht pulsierte. Ihr Durchmesser betrug etwa einen halben Meter, und trotz ihrer strahlenden Helle schien sie schwarz und dunkel zu sein. »Und du bist gekommen. Ich danke dir. Das ist übrigens Iltu, meine Frau.«

Harno schwebte ein wenig näher und machte dabei eine Art Verbeugung, als wolle er sich vorstellen. Sein Licht war kalt.

»Du wolltest von mir erfahren, wo Ernst Ellert sich befindet, nicht wahr? Ist das nicht zuviel verlangt? Eine einzelne Seele unter Milliarden? Ich kenne sie nicht alle. Ich habe keinen Kontakt mit Ellert.«

»Du hattest aber Kontakt mit ihm, als wir uns das letzte Mal trafen.«

»Das war damals. Ich müßte zurück in die Vergangenheit, wollte ich ihn erneut finden. Ist es so wichtig für dich?«

»Wichtig, ja, aber nicht lebenswichtig.«

Harno senkte sich weiter, bis er den felsigen Grund berührte. Er lag nun genau vor der Bank, zwischen den Füßen der Ilts. Die schwarze und doch strahlende Oberfläche der Kugel veränderte sich. Sie wurde schimmernd und blank – dann dunkel. Doch nur für Sekunden, dann entstand auf ihr ein Bild, als bestünde die Oberfläche aus Spiegelglas, denn das Bild zeigte die Sterne im All.

Gucky ließ den so entstandenen Bildschirm nicht aus den Augen. Er wußte, daß Harno ihm etwas mitteilen wollte. Die Sterne bewegten sich, als rase man mit millionenfacher Lichtgeschwindigkeit an ihnen vorbei, und dann war nur noch ein einziger Stern zu sehen.

»Dort wirst du vielleicht einen Hinweis finden – mehr kann ich dir nicht sagen. Es ist die Sonne CM-Lacertae III, fünfundfünfzig Lichtjahre von der Erde entfernt.«

Gucky atmete erleichtert auf.

»Danke, Harno. Ich habe mich an deine Geheimniskrämerei gewöhnt, aber du bist stets großzügig genug, mir dann doch einen Tip zu geben. Lacertae also – nun, wir werden sehen ...«

Ein halbes Jahr hatte es gedauert, ehe Gucky seinen Plan in die Tat umsetzen konnte. Er hatte damals noch lange mit Harno gesprochen, über andere Dinge, nicht über das Geheimnis, das den verschollenen Ellert umgab. Aber über das Universum, über seine Grenze.

»Wie kann etwas eine Grenze haben, das unendlich ist, Harno?«

Längst war das Energiewesen wieder zu der schimmernden Kugel geworden. Der Bildschirm war erloschen.

»Für Menschen ist etwas wirklich Großes, nur mit dem Begriff der Unendlichkeit zu umschreiben und zu verstehen. Mit den Augen sterblicher Intelligenzen betrachtet, muß das All unendlich und grenzenlos sein – vielleicht ist es das sogar im Vergleich zu jeder nur denkbaren Lebensspanne. Selbst relativ Unsterbliche wie Rhodan sind nicht in der Lage, die Grenze des Univerums zu erreichen, die weit hinter Milliarden von Galaxien liegt, denn er müßte nicht nur den Raum selbst überwinden, sondern auch die Zeitmauer. Und das wiederum würde seine Unsterblichkeit aufheben. Ein sinnloser Kreis, aus dem es kein Entrinnen gibt.«

»Wann wirst du meinen Wunsch erfüllen, Harno, mich mitzunehmen in die Zukunft, ans Ende der Zeit? Die Zeit verwandelt sich zurück in Raum und Materie, sagtest du einmal ...«

»So ist es. Und ich sagte auch, ich könne dich nicht mitnehmen. Nicht jetzt.«

»Wann denn?«

»Erst dann, wenn du bereit bist zu sterben. Denn du wirst dann niemals mehr in die Vergangenheit zurückkehren können.«

Und dann war Harno emporgestiegen in den sternenübersäten Himmel und war verschwunden.

Gucky und Iltu hatten noch lange auf der Bank gesessen, ehe sie ins Hotel hinabteleportierten.

Das war vor einem halben Jahr gewesen.

Und nun umkreiste Gucky den einzig bewohnbaren Planeten der Sonne, die Harno ihm gezeigt hatte. Wenn es einen Hinweis auf Ellert gab, dann konnte er nur auf diesem Planeten zu finden sein.

Langsam ließ er sich tiefer sinken und verlor die THUNDERBOLT aus den Augen. Aber das störte ihn nicht weiter. Er hielt Verbindung mit Ooch, der ein leidlicher Telepath war und sich in den vergangenen Jahren fleißig weitergebildet hatte. Im Notfall konnte er ihn immer anpeilen und ins Schiff zurückkehren.

Er verspürte keine Lust, auf der Nachtseite zu landen, also teleportierte er in die entgegengesetzte Richtung und ließ sich abermals treiben, dabei absinkend. Unter ihm lag das blaue Meer mit vereinzelten Inseln, in Flugrichtung tauchte die Küste eines größeren Kontinents auf.

Gucky, der bisher nicht darauf geachtet hatte, glaubte auf einmal, in seinem Gehirn das Wispern von Gedankenimpulsen zu bemerken. Aber sie waren zu schwach und undeutlich, als daß er sie hätte identifizieren können. Auf keinen Fall stammten sie von der Mannschaft der THUNDERBOLT. Sie kamen von dem Planeten, und sie wurden von intelligenten Lebewesen ausgeschickt.

Die Analytik mußte sich geirrt haben.

Es *gab* intelligentes Leben auf dem Begleiter von Lacertae!

»Wir hätten das verhindern müssen!« Leutnant Szissors Stimme klang ernst und vorwurfsvoll. »Der Bursche ist viel zu leichtsinnig, und schließlich handelt es sich um eine uns völlig unbekannte Welt. Was kann da nicht alles passieren ...!«

Sie hatten sich in seiner Kabine versammelt, weil er die größte bekommen hatte. An den Wänden hingen einige ältere Strahlwaffen und sogar ein uralter Revolver. Auf dem Bildschirm des Stereo-Videos versuchte ein Komiker, sein Publikum zum Lachen zu bringen.

»Wie hättest du ihn davon abhalten wollen?« erkundigte sich Marne sachlich. Er war immer sachlich und nüchtern. »Ausgerechnet diesen Gucky!«

»Iltu würde ihm das Fell versohlen«, vermutete Williams nicht ohne Schadenfreude. Dann aber entsann er sich seiner eigenen Frau und wurde um zwei Zentimeter kleiner.

Chefkoch Ernesto, schon lange mit den leitenden Offizieren der jetzigen THUNDERBOLT befreundet, grinste fröhlich.

»Mußt du gerade sagen, Williams. Ich kann mich erinnern, daß du einmal ...«

»Halte den Mund!« riet ihm der Leutnant bissig.

»Es geht also um Gucky«, sagte Goman dazwischen. »Soviel habe ich nun herausbekommen. Ihr seid nicht damit einverstanden, daß er selbständig gehandelt hat. Gut und schön, aber schließlich hat er den Flug hierher organisiert und ist somit der eigentliche Kommandant. Er kann soviel herumteleportieren, wie er will.«

»Aber wir tragen die Verantwortung für ihn«, stellte Szissor fest. »Wenn ihm etwas passiert, sind wir dran.«

Kadett Zwickler, der neu in der Mannschaft war, meinte: »Ist es unsere Schuld, wenn dieser neugierige Mausbiber, den ich sowieso nicht leiden kann, seine Nase in Dinge stecken muß, die ihn nichts angehen? Ich lehne jede Verantwortung strikt ab.«

»Nun regt euch nur nicht so auf, es ist ja bis jetzt noch nichts passiert.« Ernesto zeigte auf Zwickler. »Dem einzigen, dem etwas passieren wird, ist der da. Und zwar, wenn Gucky zurück ist.«

Zwickler wurde blaß, schwieg aber verbissen. Er hatte schon einige der haarsträubenden Geschichten gehört, die über Gucky und seine Widersacher im Umlauf waren. Das schien er eben vergessen zu haben.

»Wir müssen uns etwas einfallen lassen«, schlug Williams vor.

Szissor nickte. »Gute Idee – aber was?«

»Landen!«

Szissor schüttelte energisch den Kopf.

»Man kann sich auch etwas Dummes einfallen lassen. Keine bessere Idee?« Als er Williams' verständnisloses Gesicht bemerkte, fügte er erklärend hinzu: »Landen geht nicht, weil uns Gucky dann nicht so schnell finden kann.« Er sah die anderen erwartungsvoll an. »Nun, kein Vorschlag?«

Der logisch denkende Marne meinte endlich: »Ich schlage vor, wir warten ab.«

Da es der einzige Vorschlag blieb, stimmten ihm auch die anderen zu.

Weniger aufregend ging es bei den Mausbibern zu. Obwohl jeder über seine eigene Kabine verfügte, steckten sie doch meist zusammen. Wie üblich, wenn Gucky abwesend war, führte Gecko das Kommando. Am liebsten hätte er seine Freunde ja exerzieren lassen, aber zum Glück besaß er dazu keine Vollmachten. So begnügte er sich damit, ihnen von seinen angeblichen Heldentaten zu erzählen, und wurde fuchsteufelswild, wenn ein anderer es auch nur wagte, den Mund aufzumachen, oder seine Worte gar anzuzweifeln versuchte.

» ... jagten wir also die Schreckwürmer vor uns her und trieben sie in die Flucht. Wir brauchten nicht einmal eine Waffe einzusetzen. Unser Anblick genügte vollauf.«

»Ja, das kann ich verstehen«, murmelte die kleine Biggy und betrachtete den dicken Bauch Geckos. »Da wäre ich auch gelaufen.«

Gecko bedachte sie mit einem strafenden Blick.

»Davon verstehst du nichts, Göre. Jedenfalls rannten die armen Viecher, daß sie fast ihre Stiefel verloren hätten ...«

»Schreckwürmer haben keine Stiefel«, rief Jumpy dazwischen.

»Seid doch nicht so pedantisch«, kam Axo seinem Freund Gecko zu Hilfe. »Die Hauptsache ist doch, die Geschichte ist spannend.«

»Oh, darauf allein kommt es nicht an«, versuchte Ulfo ihn energisch zu belehren. »Diktion und Stil sind fast ebenso wichtig. Wenn ich da an einem meiner Gedichte ein Beispiel anführen darf ...«

»Später!« wies Gecko ihn zurecht. »Wir kennen ja deine Gedichte schon.«

»Und deine Geschichte kennen wir auch schon«, hieb Ulfo zurück.

»Hihi«, kicherte Wullewull albern und rollte vor Vergnügen auf dem Bett hin und her. »Aber sie wird immer schöner – und länger.«

Ooch sagte plötzlich: »Kontakt mit Gucky. Er behauptet, telepathische Impulse aufzufangen. Er will jetzt landen. Wenn ihr ruhig seid, kann ich euch weiter berichten, was passiert.«

»Ja, wird sind ruhig«, brüllte Jumpy schrill. Er warf Gecko einen anzüglichen Blick zu, was er sich als Guckys Sohn erlauben konnte. »Aber dann sind wir auch *alle* ruhig.«

Gecko steckte den Hieb ein.

»Und ich erzähle euch die Geschichte doch noch zu Ende«, kündigte er drohend an.

Gucky stand in dem hohen Gras der Ebene und sah hinüber nach Westen, wo ein Gebirge die Sicht auf das Meer versperrte. Er lauschte.

Natürlich lauschte er telepathisch, denn auf andere Art konnte er die kaum wahrnehmbaren Gedankenimpulse nicht auffangen. Die Richtung ließ sich nicht bestimmen, denn sie kamen von allen Seiten auf ihn zu. Es fiel ihm relativ leicht, die starken Impulse der Leute auf der THUNDERBOLT auszusortieren. Bald würde das Schiff auf der anderen Seite des Planeten sein, und dann fielen die Impulse der Mannschaft ganz weg.

Darauf wartete Gucky. Inzwischen sah er sich um. Er hätte auf der Erde stehen können, irgendwo in den Steppen Afrikas oder in Südamerika. Selbst der Himmel, von weißen Federwölkchen durchzogen, hätte sich über einer irdischen Landschaft spannen können. Der Wind kam vom Meer, würzig und frisch.

Lediglich die beiden Sonnen paßten nicht in das Bild. Sie standen nicht sehr weit auseinander, höchstens drei Grad. In ihrer Größe unterschieden sie sich nicht, wohl ein wenig in der Färbung. Sie standen zu eng beieinander, um zwei Schatten zu erzeugen. Gucky stellte fest, daß er nur einen warf, allerdings mit verschwommenen Konturen.

Die Gedankenmuster der Terraner und Ilts wurden schwächer. Zum letztenmal nahm Gucky Verbindung zu Ooch auf.

»Alles in Ordnung bei euch?«

»Bei uns schon«, kam prompt die Antwort. »Wie geht es dir?«

»Gut. Sobald ihr den Planeten umrundet habt, melde dich wieder.«

»Wird gemacht. Paß inzwischen auf dein Fell auf. Übrigens geht uns Gecko auf die Nerven. Kannst du ihm nicht den Befehl geben, seinen Mund zu halten?«

»Stopft ihm selbst das Maul«, telepathierte Gucky schadenfroh zurück, dann brach der Kontakt ab, als die THUNDERBOLT unter dem Horizont versank.

Nun war Gucky ganz allein, falls er es nicht vorzog, zur anderen Seite des Planeten zu teleportieren. Aber daran hatte er kein Interesse. Erstens wollte er seine Untersuchungen bei Tageslicht durchführen, und zweitens schienen hier auf diesem Kontinent die flüsternden Gedankenimpulse am intensivsten zu sein.

Er vernahm sie jetzt deutlicher.

»Die haben bestimmt nichts mit Ellert zu tun«, murmelte er zu sich selbst und drehte sich langsam zweimal um seine Achse. »Aha, sie kommen in erster Linie von Osten. Was haben wir denn da?«

Im Osten war nicht viel zu erkennen. Zwei oder drei Kilometer weit erstreckte sich die Grasebene, dann versperrte so etwas wie ein Wald die Sicht. Wenn die Gedankenimpulse von dort stammten, dann mußten die »Sender« im oder hinter dem Wald sein.

Gucky seufzte. Er peilte den Wandrand an und sprang.

Es waren Laubbäume. Allerdings besaßen sie kaum Ähnlichkeit mit den Bäumen, die man auf der Erde antraf. An den schlangenartigen und weitverzweigten Ästen hatten sich kugelförmige Blätter gebildet, die der Assimilation und dem Wasserhaushalt dienten. Die Rinde der Bäume war glatt und eben. Die Wurzeln, zum Teil sichtbar, verschwanden im dunklen, fetten Boden, der teilweise mit kurzem Gras bewachsen war.

Der Wald war nicht sehr dicht.

Gucky setzte sich auf einen umgestürzten Baumstamm und widmete sich konzentriert den stärker einfallenden Gedankenimpulsen. Auf seinem pfiffigen Gesicht zeichnete sich zuerst ungläubiges Erstaunen, aber dann freudige Überraschung ab. Mehrmals schüttelte er den Kopf, und einmal murmelte er sogar so etwas wie: »Diese Weiber!«

Dann, nach fast einer halben Stunde, stand er auf und spazierte in den Wald hinein, genau nach Osten.

Ellert hatte er zwar nicht gefunden, aber dafür etwas anderes.

3.

Och war längst nicht ein so guter und fähiger Telepath wie Gucky. Er konnte die wispernden Gedankenimpulse, die von dem Planeten eintrafen, nicht wahrnehmen. Er war froh, überhaupt Gucky empfangen zu können.

»Also, was ist?« erkundigte sich Graybound ungeduldig. »Jetzt müßten wir genau über der Stelle sein, an der wir das letzte Mal Kontakt mit ihm herstellten. Warum meldet er sich nicht?«

»Keine Ahnung«, brummte Ooch. »Vielleicht schläft er irgendwo da unten.«

»Wie ich Gucky kenne, denkt der auch im Schlaf. Fahre gefälligst deine Antennen aus, alter Dicksack!«

Das war zuviel für Ooch. Mit kräftigem Schwung trat er den Kommandanten vors Schienbein und sprang geistesgegenwärtig zwei oder drei Schritte zurück, um sich in Sicherheit zu bringen. Dann hielt er Graybound mittels Telekinese so am Boden fest, daß dieser sich nicht mehr bewegen konnte.

»Erstaunlich«, sagte Leutnant Szissor, der in die Kommandozentrale gekommen war und nicht genau wußte, was geschehen war. »Was ist das für ein Experiment, Kapitän? Hat Sie jemand am Boden festgenagelt?«

Graybound durchbohrte ihn mit seinen Blicken.

»Er hat mich einen Dicksack genannt«, erklärte Ooch etwas kleinlaut. Trotz seiner augenblicklichen Überlegenheit fühlte er sich nicht wohl in seiner Haut.

Szissor begriff. »Aber, Kleiner, da brauchst du dich doch nicht gleich so aufzuregen. Erstens bist du nicht gerade dünn, und zweitens ist Graybound unser Chef. Es ist sein Vorrecht, schimpfen zu dürfen. Das erleichtert ihn. Laß ihn also los.«

»Aber nur dann, wenn er den Dicksack zurücknimmt und verspricht, mir den Fußtritt nicht nachzutragen. Und Gucky darf auch nichts erfahren.«

Graybound versprach es feierlich – und konnte sich wieder bewegen.

In diesem Augenblick begann Ooch heftig mit den Armen zu wedeln. Sein Gesicht zeigte einen gespannten Ausdruck.

»Das war Gucky. Er sagt, wir sollen landen.«

»Landen?« Graybound holte tief Luft. »Wo denn? Wie stellt er sich das vor, einfach auf einem unbekannten Planeten zu landen, ohne vorher eine genaue Untersuchung durchgeführt zu haben? Frage ihn das mal.«

Ooch fragte nach.

»Er sagt, es sei völlig ungefährlich. Und zwar sollen wir auf dem großen Kontinent landen, zwischen dem Westgebirge und dem langgestreckten See im Innern. Wenn wir tief genug sind, meint er, wüßten wir schon Bescheid.«

Graybound schüttelte den Kopf.

»Er soll gefälligst hierherkommen und mir einige Fragen beantworten«, knurrte er unwillig. Verstohlen betrachtete er sein mißhandeltes Bein. Seine Stimme wurde um eine Nuance höflicher. »Sei so nett und bitte ihn darum. Ich darf bei der Landung kein Risiko eingehen.«

Ooch grinste und nahm abermals Kontakt mit Gucky auf. »In Ordnung«, sagte er dann. »Er will kommen.«

»Du hast also eine Spur von diesem Ellert entdecken können?«

Gucky war an Bord der THUNDERBOLT teleportiert und saß auf einer Liege in der Kommandozentrale. Neben ihm hockten Ooch und Jumpy. Außer Graybound waren alle Offiziere anwesend.

»Nein, keine Spur von Ellert. Aber dafür habe ich etwas anderes gefunden.« Er betrachtete die Offiziere, einen nach dem anderen, als wolle er sie abschätzen und auf dem Sklavenmarkt verkaufen. »Wird euch sicherlich überraschen. Jedenfalls garantiere ich dafür, daß auf dem Planeten keine Gefahr droht – zumindest keine ernsthafte. Er ist auf dem Hauptkontinent besiedelt, von Menschen. Es handelt sich allerdings nur um eine kleine Gruppe.«

Graybound hielt die Luft an.

»Besiedelt? Wir haben nichts davon bemerkt.«

»Es handelt sich nur um eine ganz kleine Siedlung, Captain. Ein einziges Dorf, nicht mehr. Das haben wir natürlich von dieser Höhe aus nicht entdecken können. Außerdem liegt es an den Ufern eines Sees, am Waldrand. Es gibt jedoch eine größere Lichtung, auf der wir leicht landen können. Da steht übrigens noch ein anderes Schiff – oder das, was davon übriggeblieben ist.«

»Übriggeblieben?«

»Ja, ein Wrack. Die Kolonisten haben es ausgeschlachtet und alles entfernt, was sie gebrauchen konnten.«

Graybounds Augen wurden plötzlich ganz schmal.

»Weißt du zufällig, ob sie freiwillig hier gelandet und geblieben sind, oder ob es sich um richtige Schiffbrüchige handelt?«

Gucky hob die Hände und ließ sie wieder in den Schoß sinken.

»Das, mein lieber Graybound, würde ich sie lieber selbst fragen. Deshalb habe ich ja zur Landung geraten.«

Klewobart entsann sich, daß ihm die THUNDERBOLT ja auch zur Hälfte gehörte.

»Nach entsprechenden Vorbereitungen habe ich nichts gegen eine Landung einzuwenden. Aber ich muß wissen, was mit den Leuten da unten ist. Warum haben sie keinen Funkkontakt mit uns aufgenommen?«

»Weil sie keine Funkgeräte besitzen«, erklärte der Mausbiber.

»Sie haben doch ein Schiff, auch wenn es ein Wrack ist. Kann doch bei der Landung nicht alles kaputt gegangen sein.«

Gucky seufzte.

»Geduld ist nicht gerade die Zierde der Terraner. Landen wir doch endlich, dann beantworten sich alle Fragen von selbst. Schließlich habe ich schon mit den Leuten da unten gesprochen und uns vorgestellt. Nur soviel möchte ich verraten: Sie sind äußerst glücklich über den Umstand, daß wir kein Schiff der regulären Raumflotte, sondern ein Privatschiff sind.«

Klewobart knurrte vielsagend: »Aha, dachte ich es mir doch.«

Auch Graybound schien so seine Vermutungen zu haben. Aber er sagte nichts. Er beschäftigte sich mit seinen Kontrollen und bereitete die Landung vor. Nach einer weiteren Umrundung würde die THUNDERBOLT sicher auf der von Gucky bezeichneten Lichtung niedergehen.

Und zwar mit einsatzbereiten Bordgeschützen.

Als Gucky in seine Kabine zurückkehrte, wurde er dort von den Mausbibern empfangen, die sich in dem engen Raum zusammendrängten. Einige hockten sogar auf dem Boden, während Wullewull, Gecko und Axo das Bett Guckys als Unterlage benutzten.

Ulfo stand auf dem Tisch. Er hob beide Arme und deklamierte: »Großer Meister, sei gepriesen, nun rück mal raus mit deinem Wissen!«

»Er kriegt nie den ›Hugo‹, unser Dichter«, murmelte Biggy mißbilligend.

Gucky setzte sich mitten zwischen Gecko und Axo.

»Ihr werdet alles noch früh genug erfahren.«

»Damit geben wir uns nicht zufrieden«, brummte Axo, der nun auf der Bettkante saß und versuchte, das Gleichgewicht zu halten. »Wir sind an der Expedition genauso beteiligt wie du. Wenn du schon den Terranern nichts sagen willst, so ist das deine Sache. Aber uns gegenüber hast du Verpflichtungen. Also, was hast du entdeckt? Was haben die Schiffbrüchigen mit Ellert zu tun, den wir ja finden wollen?«

»Nichts«, erwiderte Gucky erschöpfend.

Ooch versuchte mit seinen schwachen telepathischen Gaben, Gucky das Geheimnis zu entreißen, aber es gelang ihm nicht. Er konnte den Gedankenblock nicht durchdringen. Deshalb gab er es auf.

Gucky sah zur Tür, noch ehe sie geöffnet wurde. Ohne anzuklopfen, quetschte sich Leutnant Goman in die Kabine und blieb auf Jumpys Fuß stehen. Als der kleine Kerl ein jämmerliches Quietschen von sich gab, suchte er sich hastig eine andere Unterlage.

»Tut mir leid, Kleiner«, entschuldigte er sich. Er grinste in Richtung der vier Mausbiber auf dem Bett. »Ich dachte, ich könnte vielleicht hier bei euch etwas erfahren. Wir sind doch immer gute Freunde gewesen, nicht wahr, Gucky?«

»Sind wir, sind wir. Aber die Ilts sind auch meine Freunde, und die haben auch noch nichts erfahren können. Laßt mir doch die Freude, euch überraschen zu können. Und es wird bestimmt eine Überraschung. Besonders für euch, Goman.«

Goman verzog das Gesicht.

»Eigentlich habe ich für Überraschungen nicht viel übrig, weißt du? Es sind zu oft unangenehme dabei.«

»Diese ist bestimmt nicht unangenehm, das kann ich garantieren. Übe dich also in Geduld.« Er deutete zur Tür. »Und sage Williams, er soll nicht lauschen. Das schickt sich nicht für einen Offizier.«

Goman verschwand. Wullewull kicherte hämisch.

»Hihi, dem hast du es aber gegeben. Und nun, da wir ja wieder unter uns nicht, kannst du uns endlich erzählen, welche Überraschung den Terranern bevorsteht ...«

Das allgemeine Gejohle veranlaßte Gucky, sich entsetzt die Ohren zuzuhalten. Als der Lärm sich legte und sie ihn alle erwartungsvoll anblickten, seufzte er und ergab sich in sein Schicksal.

»Also gut, ihr knetet mich ja doch so lange, bis ich nicht mehr anders kann. Ich will es euch erzählen – aber nur unter der Bedingung, daß ihr den Mund haltet. Verderbt mir die Freude nicht. Außerdem gehört das Überraschungsmoment zu meiner Planung. Wenn wir nämlich einigen netten Leuten helfen wollen, müssen Graybound und seine Offiziere regelrecht überrumpelt werden. Und die Überraschung gehört dazu.«

Er begann zu flüstern, während sich die Mausbiber um ihn scharten. Sie lauschten und waren mucksmäuschenstill. Und erst dann, als Gucky schwieg, brachen sie in ein schrilles, ohrenbetäubendes Gelächter aus.

Leutnant Szissor, der Williams in der Funkzentrale vertrat und den Interkom von Guckys Kabine mit seinem Monitor verbunden hatte, fuhr erschrocken zurück und schaltete ab. Dann leckte er sich über die Lippen und begann zu grinsen.

Ernesto hatte sich wieder in die Beobachtungskuppel begeben, um die Landung in allen Phasen verfolgen zu können. Von Bildschirmen hielt er nicht viel, sie gaben seiner Meinung nach ein falsches Bild von den wirklichen Gegebenheiten wieder. Er sah lieber durch die Panzerplastwände der Kuppel und benutzte notfalls ein Teleskop, wenn er eine Vergrößerung des zu beobachtenden Objektes wünschte.

»Junge, Junge«, murmelte er begeistert vor sich hin, als er die weiten Meere, die dschungelbewachsenen Inseln mit den herrlichen Sandufern und die grasbedeckten Kontinente sah. »Das reinste Paradies. Da kann ich verstehen, wenn so ein paar Raumfahrer auf den Gedanken kommen, sich hier für immer niederzulassen. Steht zwar nicht in den Vorschriften der Flotte, aber wer hält sich schon daran? Jedenfalls würde es mir hier auch gefallen ...«

Er ahnte noch nicht, *wie* sehr es ihm gefallen würde.

Die THUNDERBOLT bremste nach einer weiteren Umrundung stärker ab und ging tiefer. Captain Graybound erhielt die Daten der Analytischen Abteilung und war beruhigt. Er entschloß sich nun endgültig zur Landung, ganz abgesehen davon, daß Gucky noch immer in der Kommandozentrale herumlungerte und jede seiner Handlungen mit Argusaugen bewachte.

So kam es, daß auch Ernesto mehr zu sehen bekam.

Unter dem Schiff lag der von Gucky bezeichnete Kontinent. Das Gebirge im Westen war deutlich erkennbar, auch das waldreiche Steppengebiet und der langgestreckte See. Davor, von Westen aus gesehen, lag eine riesige Lichtung, und als Ernesto das Teleskop darauf richtete, erblickte er etwas, das man gut und gern als die ausgeschlachteten Reste eines Raumschiffes bezeichnen konnte.

An den Ufern des lieblichen Sees standen vereinzelte Häuser unterschiedlicher Bauweise. Einige waren mehr im Wald versteckt, weiter vom Ufer entfernt, mit ausgedehnten Gärten und Feldern. Andere wiederum lagen so nahe am Ufer, daß man meinen könnte, sie würden jeden Augenblick ins Wasser abrutschen. Auch hier wieder Gärten und kleinere Felder. Alles sah ungemein friedlich aus.

Viel zu friedlich, dachte Ernesto mißtrauisch.

Die THUNDERBOLT sank nun senkrecht nach unten, der Lichtung entgegen.

Sosehr Ernesto sich auch bemühte, er konnte nicht einen einzigen Menschen entdecken, der zum Empfang herbeieilte. Häuser, Gärten und Felder erschienen verlassen, als hätte es hier schon seit Wochen keinen Menschen mehr gegeben. Dabei hatte Gucky doch die Ankunft des Schiffes angekündigt. Oder nicht?

Besonders die Lichtung wirkte leer und fast lebensfeindlich. Ernesto sagte sich, daß dieser Eindruck natürlich täuschte, weil das ausgeschlachtete Wrack an ihrem Rand lag. So etwas mußte einem ja lebensfeindlich vorkommen.

Mit einem sanften Ruck landete die THUNDERBOLT.

Während Ernesto mit seinem Teleskop die Umgebung systematisch abzusuchen begann, schaltete Captain Graybound die Triebwerke und alle entbehrlichen Maschinen ab. Die Frischluftschleusen öffneten sich nach der ersten Analyse, und man atmete im Schiff die würzige, gute Luft des unbekannten Planeten, auf dem es Menschen geben sollte.

»Na, wo stecken sie denn?« fragte Graybound und deutete auf den Panoramaschirm. »Siehst du sie vielleicht?«

Gucky grinste. »Ich *habe* sie aber gesehen – das ist der Unterschied. Vielleicht machen sie sich fein für unseren Empfang. Es soll eine gewisse Sorte von Menschen geben, bei denen das besonders lange dauert.«

»Red keinen Unsinn, Gucky! Glaubst du vielleicht, ich verlasse das Schiff so einfach, wenn ich nicht weiß, was mich draußen erwartet?«

Gucky seufzte und rückte seine Uniform zurecht. Den Raumanzug hatte er längst abgelegt.

»Ich versichere dir noch einmal, daß keine Gefahr droht, wenn du dich vernünftig benimmst.« Er räusperte sich. »Ich hatte vergessen, es zu erwähnen: Die ... ahäm ... Kolonisten stellten noch eine Bedingung. Sie wollen euch zuerst eine halbe Stunde lang beobachten, ehe sie Kontakt mit euch aufnehmen.«

Graybound starrte Gucky fassungslos an.

»Was wollen sie?« krächzte er empört. »Uns zuerst beobachten? Was soll denn der Quatsch wieder? Langsam beginne ich zu glauben, daß wir es mit Meuterern zu tun haben, mit Abenteurern oder Piraten. Aber die haben sich geirrt, wenn sie meinen, sie könnten mir die THUNDERBOLT abnehmen. Ich bleibe im Schiff, bis ich Klarheit gewonnen habe. Ihr könnt ja rausgehen und euch die Hälse abschneiden lassen. Die warten ja nur darauf, billig an ein Schiff zu kommen.«

»Die bestimmt nicht«, knurrte Gucky und zuckte plötzlich zusammen.

Leutnant Szissor hatte die Kommandozentrale betreten. Sein Gesicht wirkte ausdruckslos und nichtssagend. Aber trotzdem, dachte er. Und das war es, was Gucky alarmierte. Langsam stand er auf und ging zu dem etwas korpulenten Waffenwart und tippte ihm den Zeigefinger in den Bauch.

»Soso, du hast also gelauscht, mein Lieber ...? War aber ein Fehler, denn du hast dich damit selbst einer hübschen Überraschung beraubt. Und wenn du den Mund aufmachst, kreist du als Satellit um Lacertae II.«

»Nein, bestimmt nicht, Gucky«, versprach Szissor erschrocken.

Graybound durchbohrte ihn mit forschenden Blicken. »Raus mit der Sprache, Leutnant! Was wird hier gespielt?«

Szissor schielte in Richtung des Mausbibers.

»Nichts, wirklich nichts. Aber glauben Sie mir, alle Ihre Befürchtungen sind unnötig. Ich melde mich freiwillig zur ersten Erkundung.«

Graybound dachte angestrengt nach.

»Sie haben also während Ihres Funkdienstes die Mausbiber belauscht und so herausgefunden, was auf diesem verdammten Planeten eigentlich los ist? Gut, dann ist es Ihre Pflicht und Schuldigkeit, mir, dem Kommandanten, ausführlich Bericht zu erstatten. Verstanden?«

Leutnant Szissors Gesicht verriet Unsicherheit.

»Auch Captain Klewobart ist mein Kommandant, Sir, und er legt keinen Wert auf meinen Bericht. Sehen Sie selbst ...«

Graybound sah hinüber zu Klewobart, der voller Interesse auf den Panoramaschirm blickte, als könne er dort etwas Wichtiges sehen. Dann zuckte er die Schultern.

»Wie Sie meinen, Leutnant. Wir werden uns später noch darüber unterhalten. Und was die erste Erkundung angeht – *Sie* werden auf keinen Fall daran teilnehmen. *Sie* nicht!« Zu seiner heimlichen Beruhigung stellte er fest, daß Szissor sichtlich enttäuscht wirkte, was seinen eigenen Entschluß erleichterte. »Selbstverständlich werde ich die erste Erkundung selbst durchführen. Leutnant Williams und Goman werden mich begleiten. Gucky, kommst du auch mit?«

»Geht ja wohl kaum ohne mich, Graybound. Ich bin gewissermaßen zum Botschafter avanciert, ob du nun willst oder nicht. Außerdem ist das hier meine Expedition. *Du* darfst mitkommen.«

Leutnant Szissor blinzelte dem Mausbiber vertraulich zu, erntete jedoch nur einen eisigen Blick. Etwas verschnupft zog er sich zurück.

Inzwischen beobachtete Chefkoch Ernesto, der Privatastronom, noch immer die Umgebung des Landeplatzes durch sein Teleskop. Bisher hatte er nichts entdecken können, was direkt auf die Anwesenheit menschlicher Lebewesen schließen ließ. Aber dann kam es ihm vor, als habe er im dichten Unterholz des Waldes eine Bewegung bemerkt. Sorgfältig schwenkte er das Fernrohr herum und stellte es noch schärfer ein. Er fand die Stelle zwar wieder, aber nichts mehr bewegte sich dort. Und doch wußte er, daß er sich nicht getäuscht haben konnte. Da er ein ausdauerndes Gemüt besaß, veränderte er die Stellung des Teleskopes nicht mehr, sondern ließ es so, wie es war. Angestrengt sah er hindurch.

Er sah das Ende der Graslichtung, die ersten Büsche, dahinter die Bäume – und dann wieder eine Bewegung, die nicht hingehörte. Er hielt den Atem an, als er dann plötzlich mehr sah, nämlich ein Bein.

Das Bein eines Menschen. Und dazu noch ein nacktes Bein!

Auf die Raumanzüge verzichteten sie, aber nicht auf die übliche Bewaffnung. In ihren Gürteln waren die handlichen Impulsstrahler und Allzweckmesser, obwohl Gucky immer wieder versicherte, das sei absolut unnötig und lächerlich. Sie hörten nicht auf ihn, und Leutnant Szissor hütete sich, auch nur eine einzige Bemerkung zu machen.

Hinter ihnen schloß sich die Ausstiegsschleuse mit einem dumpfen Laut. Captain Graybound fuhr zusammen und testete sofort die Telekomverbindung mit Captain Klewobart: »Alles in Ordnung?«

»Im Schiff schon. Wie ist es bei Ihnen?«

»Auch – bis jetzt. Wir stehen auf der Lichtung. Bleiben Sie auf Empfang, ich schalte ab. Man könnte uns anpeilen oder abhören. Ich melde mich wieder, wenn es brenzlig wird.«

Leutnant Williams und Goman starrten hinüber zum Rand der Lichtung, wo sie eine Bewegung bemerkt zu haben glaubten. Aber sie waren sich ihrer Sache nicht sicher.

»Kommandant, ich glaube, wir werden beobachtet!« sagte Williams.

Graybound hatte dieses Gefühl schon gehabt, bevor sie die THUNDERBOLT verließen.

»Schon gut«, knurrte er verdrießlich. »Nichts neues. Aber wir werden die Burschen schon aus ihrem Versteck treiben. Los, mir nach!«

Er marschierte zum Rand der Lichtung, wo das ausgeschlachtete Raumschiff, von Unkraut halb überwuchert, seinen letzten Schlaf schlief. Man hatte wirklich alles abmontiert, was an beweglichen Teilen vorhanden war. Graybound betrachtete das Wrack mit steigendem Interesse.

»Sehr aufschlußreich«, murmelte er schließlich und schüttelte den Kopf. »Müssen blutige Laien gewesen sein, die das machten. Keine Ahnung von Technik. Haben mehr kaputt gemacht, als nötig war. Denen werde ich was erzählen ...!«

Gucky hatte einen harten Kampf mit seinen Mausbibern hinter sich. Als Ergebnis hatte er einen von ihnen mitnehmen müssen, und die Wahl war schließlich auf Ulfo gefallen, der an sich keinen Wert darauf gelegt hatte. Er wäre viel lieber im Schiff geblieben, aber nun stand er neben Gucky und hörte sich Graybounds Betrachtungen an.

»Was soll das?« fragte er leise, so daß nur Gucky ihn verstehen konnte. »Kann ihm doch egal sein, ob die Kerle das Schiff sachgemäß auseinandergenommen haben oder nicht. Fliegen wird es sowieso nicht mehr.«

»Der wird noch mehr staunen, wenn er die Kerle erst sieht«, versprach Gucky geheimnisvoll. »Sie liegen drüben zwischen den Büschen – sieh nicht so auffällig hin, Ulfo. Gleich werden sie kommen, und dann achte auf die Gesichter unserer lieben Freunde. Schade, daß man das nicht filmen kann.«

Nun wurde auch Ulfo unsicher. Er wußte zwar, wer sie erwartete, aber er verstand den Aufwand nicht, den Gucky deshalb machte. *Ihn* wenigstens würde der Anblick der sogenannten Kolonisten nicht aufregen.

Captain Graybound beendete die Untersuchung des Wracks. Er nahm wieder Verbindung zu Captain Klewobart auf. »Hören Sie?«

»Die ganze Zeit, aber es war nichts zu hören ...«

»Natürlich! Ich habe den Sender ja auch jetzt erst wieder eingeschaltet. Wir stehen beim Wrack, wie Sie sicherlich sehen können. Pfuscher haben es demontiert, auf den ersten Blick erkennbar. Siedler und Kolonisten, was sonst? Möchte nur wissen, was sie mit der Mannschaft gemacht haben. Ich fürchte, es wird Ärger geben.«

»Warum?«

»Nun, zumindest bin ich auf die Erklärung gespannt, warum nicht die Mannschaft des Schiffes die einzelnen Teile abmontierte, sondern die ungeübten Siedler – oder was immer sie auch waren. Wir dringen jetzt in den Wald ein. Greifen Sie ein, sobald Sie das Notsignal erhalten.«

»In Ordnung, Graybound. Sie können sich auf mich verlassen.«

Graybound grunzte und schaltete ab. Er sah, daß Leutnant Williams und Goman wie verzaubert auf den Waldrand starrten, und folgte ihrem Blick. Das Blut gefror ihm buchstäblich in den Adern.

Natürlich sah es auch Ernesto, der noch immer in der Beobachtungskuppel hockte und völlig vergaß, daß Menschen auch hin und wieder zu essen pflegen. Da aber niemand in der THUNDERBOLT im Augenblick Appetit verspürte, fiel seine Abwesenheit in der Bordküche vorerst nicht auf.

Als er das nackte Bein zwischen dem Gebüsch entdeckte, stellte er sofort sachkundig fest, daß es sich zweifellos um das Bein einer Frau handelte. Diese Tatsache faszinierte ihn derart, daß er fast den Abmarsch Graybounds und seiner Begleitung übersehen hätte. Er achtete nur so am Rande auf die drei Terraner und die beiden Mausbiber und überlegte, wie auf einen gottverlassenen Planeten das Bein einer sicherlich attraktiven Frau kommen konnte. Denn Ernesto war davon überzeugt, daß sich das hübsche Bein nicht *allein* auf Lacertae II aufhielt.

Das übrige würde auch vorhanden sein.

Das Bein war wieder verschwunden, aber der Busch bewegte sich noch. Die Besitzerin hatte also lediglich ihre Lage ein wenig verändert und mehr Deckung gesucht. Zu spät für Ernesto allerdings, der nun einiges zu ahnen begann.

Inzwischen erreichte Graybound mit seiner Begleitung das Wrack, untersuchte es und zog seine logischen Schlüsse. Während er mit Klewobart sprach, geschah es. Drüben in den Büschen regte es sich wieder, abermals wurde das Bein sichtbar, und dann waren es plötzlich zwei.

Aus den Büschen trat eine Frau, vielleicht dreiundzwanzig Jahre alt, nicht sehr groß geraten, schlank, mit langem dunkelblondem Haar und nur mit einer Art Bikini bekleidet.

Kein Wunder, daß Williams und Goman wie angenagelt dastanden und die Augen aufrissen. Und auch kein Wunder, daß es Captain Graybound vollends die Sprache verschlug.

Ernesto hinter seinem Teleskop kümmerte sich einen Dreck um die Fassungslosigkeit seiner Kameraden in vorderster Linie. Er fummelte so lange an der Einstellung seines Teleskops herum, bis er das Objekt noch schärfer vor die Augen bekam.

Dann allerdings hielt auch er die Luft an ...

4.

Die HAPPY FUTURE war nun seit zwei Wochen unterwegs und hatte in dieser Zeit die lächerliche Strecke von fünfzig Lichtjahren zurückgelegt.

Das lag in erster Linie daran, daß es einen leichten Defekt in der Antriebsabteilung gab, der während des Fluges repariert werden konnte. In zweiter Linie lag es an den Technikern, die ihrerseits nun gar kein besonderes Interesse daran zu haben schienen, daß der Schaden behoben wurde. Und drittens und hauptsächlich lag es natürlich an der äußerst merkwürdigen Fracht, die mit der HAPPY FUTURE befördert wurde.

Kommandant Billbone hatte von Anfang an Bedenken gegen den Auftrag geäußert, aber sein Direktor, der Chef einer privaten Handelsfirma, hatte einfach abgewinkt. Der Auftrag war genausogut wie jeder andere, nur brachte er einen besseren Profit. Wenn eine Siedlerwelt Frauen braucht, dann wurden sie eben geliefert, egal, was es kostete.

Die Fracht der HAPPY FUTURE bestand in der Hauptsache aus Frauen.

So kam es, daß die HAPPY FUTURE eine ganze Woche mit annähernder Lichtgeschwindigkeit durch die Weiten des Universums kroch, während sicherlich ansonsten begabte Techniker im Konverterraum vergeblich versuchten, den Schaden am Kalup zu finden oder gar zu beheben. Mit einer seltenen Einmütigkeit und Gelassenheit lösten sie einander ab und meldeten Captain Billbone jedesmal, daß es noch einige Zeit dauern würde.

Captain Billbone war das äußerst peinlich. Am dritten Tag ließ er eine Abordnung der weiblichen Passagiere zu sich kommen, schilderte ihnen die Lage und bat sie um Geduld. Natürlich verstand er, daß sie so schnell wie möglich an ihren Bestimmungsort gelangen wollten, wo die Männer auf sie warteten, aber er vergaß in der Aufregung ganz, daß es sich ja keineswegs schon um ihre eigenen Männer handelte, sondern um völlig Fremde.

So erlebte er die Überraschung, daß die Sprecherin der angeworbenen Siedlerfrauen ihren blonden Haarschopf mit einer kecken Bewegung in den Nacken warf, die kleinen Fäuste in die Hüften stemmte und sagte:

»Na, Sie meinen wohl, wir hielten es nicht mehr aus, was? Das hat Zeit, Kommandant. Wir werden noch früh genug Äcker umpflügen und robotgesteuerte Maschinen über die Felder jagen. Reparieren Sie erst mal Ihr Schiff, damit wir nicht in einer Sonne landen. Übereilen Sie nur nichts.«

Captain Billbone verschlug es die Sprache, und dann wurde er plötzlich krank. Zuerst wußte Doc Karvoli nicht, was er davon halten sollte, aber dann kam ihm die Erleuchtung. Etwas bleich erklärte er dem verdutzten Kommandanten:

»Hell-Planet, Sir! Natürlich, nur dort können Sie sich das Zeug geholt haben. Eine ansteckende Krankheit, fürchte ich, und wir haben kein Medikament dagegen. Warum mußten Sie auch dort landen?«

Beim vorherigen Flug, das mußte Billbone zugeben, waren sie völlig unvorschriftsmäßig auf einer bis dahin fremden und unbekannten Welt gelandet, weil ihr Auftrag schneller und glatter erledigt worden war, als sie angenommen hatten.

Und nun das!

»Aber etwas müssen Sie dagegen unternehmen, Doc«, flehte Captain Billbone und dachte an Mary, mit der er sich heute verabredet hatte. Er gedachte, ihr einige gute Ratschläge für ihr künftiges Siedlerleben mit auf den Weg zu geben. »Sie müssen, verstehen Sie?«

»Natürlich werden wir etwas unternehmen, Boß. Erst einmal ein paar Tage schön im Bett bleiben, dann werden wir ja sehen ...«

»Ich will aber nicht ein paar Tage im Bett liegen, Doc!«

Captain Billbone setzte sich hin, fiel aber gleich wieder um. »Mann, ist mir schlecht!« stöhnte er mühsam und vergaß Mary. »Haben Sie einen Cognac?«

Doc Karvoli hatte einen. Aber er half nicht viel.

Captain Billbone starb noch in der gleichen Nacht.

Gleichzeitig erkrankten drei weitere Besatzungsmitglieder unter ähnlichen Anzeichen und verstarben ebenfalls. Doc Karvoli war hilflos, aber er äußerte eine Theorie, die nicht gerade beruhigend auf die Überlebenden wirkte.

»Die Seuche habt ihr euch auf Hell-Planet geholt – verrückte Idee, einen paradiesischen Planeten ausgerechnet so zu taufen. Das habt ihr nun davon. Ich kann euch nicht helfen, wenn ihr das auch noch kriegt.«

»Der Linearantrieb ist wieder in Ordnung«, sagte Leutnant Sterzer, der das Kommando übernommen hatte. »Wir werden nach Terra zurückkehren. Dort gibt es vielleicht ein Serum ...«

Der Antrieb war erstaunlich schnell wieder repariert worden, nachdem die vier Männer gestorben waren. Die Angst schien das technische Können der Ingenieure beflügelt zu haben.

Aber noch ehe Sterzer sein Vorhaben in die Tat umsetzen konnte, erkrankte auch er und starb. Zurück blieben nur noch der Arzt, drei für die Navigation unbegabte Techniker und Kadett John Brock.

John Brock war der einzige, der die Reise nach Hell-Planet nicht mitgemacht hatte. Und er war auch der einzige, der drei Tage später von der Besatzung noch lebte.

Der einzige Mann unter fünfzig Frauen, was jedoch in dieser Situation durchaus keinen Eindruck auf ihn machte. Etwas hilflos hockte er in der Kommandozentrale vor den Kontrollen und überlegte, was er tun sollte. Sicher, er entsann sich des Lehrganges, den er auf Luna absolviert hatte, aber ihm fehlte einfach noch die Praxis. So sehr er auch die Sternkarten studierte, er fand Sol einfach nicht. Ein Stern unter Tausenden!

Aber da war ein Stern, der näher stand und auf den die HAPPY FUTURE direkt zuflog. Wenn es dort einen Planeten gab, würde er eine Notlandung versuchen. Wenn es sein mußte, auch mit fünfzig Frauen an Bord.

Genau das geschah dann auch.

Vor allen Dingen war es Ann Griwers, die ihm behilflich war. Sie war ein kleines Persönchen, äußerst energisch und selbstbewußt, dunkelblond und mit einer verwirrenden Figur. Sachlich und kühl beriet sie Kadett Brock, der bald völlig unter ihrem Einfluß stand.

»Wir haben festgestellt, daß die Sonne vor uns Planeten hat, wenigstens hat sie *einen*. Wenn er für menschliches Leben geeignet ist, werden wir dort landen. Können Sie eine Landung bauen, John?«

Brock nickte zögernd.

»Ich habe zwar derartiges noch nie in der Praxis versucht, aber es sollte gehen. Ist ja einfach, solange die automatische Notsteuerung funktioniert. Aber, um Himmels willen, was sollen wir eigentlich auf einem fremden Planeten?«

Ann Griwers lächelte ein wenig überlegen.

»Was schlagen Sie sonst vor? Seit Leutnant Sterzer kurz vor seinem Tod in einem Anfall geistiger Umnachtung die Funkzentrale mit einer Bombe zerstörte, besteht für uns keine Aussicht, Hilfe herbeizuholen. Also landen wir. Oder sollen wir ewig so weiterfliegen?«

Kadett Brock stierte düster vor sich hin. Im Geist rechnete er sich seine Chancen aus. »Also gut«, murmelte er schließlich. »Wir landen.«

Ann Griwers verließ die Kommandozentrale und versammelte ihre Geschlechtsgenossinnen in der Offiziersmesse um sich, nachdem sie sich vorher davon überzeugt hatte, daß der Interkom des Schiffes ausgeschaltet war.

»Ich glaube«, sagte sie, nachdem Ruhe eingetreten war, »wir haben es geschafft. Das Schicksal ist auf unserer Seite. Es ist nicht unsere Schuld, wenn die Männer alle starben – bis auf diesen Kadetten, mit dem wir schon fertigwerden. Sollte er wirklich nicht von allein erkranken, hilft sicherlich die Natur nach. Auf jeden Fall haben wir nun ein eigenes

Schiff. Und wir werden damit machen, was *wir* wollen. Schluß mit dem Gedanken, die braven Frauen halbverrückter Kolonisten zu werden! Wir werden unsere eigenen Kolonisten!«

Sie jubelten ihr begeistert zu. Selbst Bess Stream, eine hübsche, langhaarige Blondine, vergaß ihre Gewissensbisse und damit auch den jungen Mann auf dem Foto, das sie von der Agentur erhalten hatte.

»Bravo, Ann!« rief sie enthusiastisch. »Wir schaffen uns unsere eigene Welt! Hoffentlich überleben wir die Landung.«

»Brock schafft es, wenn wir ihm helfen, Bess. Und natürlich werden wir ihm helfen. Später – nun, wir werden ja sehen. Vor allen Dingen darf er keinen Verdacht schöpfen, sonst kehrt er auf der Stelle um und versucht, Terra zu erreichen. Auf keinen Fall darf er erfahren, daß wir in der Medizinischen Versuchsabteilung die Kühlkiste mit dem ... hm, sagen wir mal ›Serum‹ entdeckt haben. Er käme sich dann vielleicht überflüssig vor und nicht mehr so ungeheuer wichtig. Vergeßt nicht, daß wir in der ersten Zeit Männerfäuste gebrauchen können.«

Die HAPPY FUTURE setzte einige Tage später zur Landung an.

Die Sternkarten hatten die Sonne als CM-Lacertae III identifiziert, fünfundfünfzig Lichtjahre von der Erde entfernt. Man fand einen einzigen Planeten, der zum Glück beste Lebensbedingungen aufwies. Darum ordnete Ann Griwers die Landung an.

Kadett Brock gehorchte natürlich. Es war ihm völlig unklar, wie er sich dem Willen von fünfzig Frauen hätte widersetzen können. Und sicherlich wäre es erfahreneren Männern als ihm auch unklar gewesen.

Einige Daten, die er in den Computer der Notsteueranlage fütterte, mußten ungenau gewesen sein, denn die HAPPY FUTURE setzte ziemlich hart auf. Die Landestützen brachen zum Teil, und das Schiff kippte um. Zum Glück war das Gelände auf der riesigen Lichtung eben, sonst wäre der Kugelraumer einfach davongerollt.

»Tut mir leid«, murmelte John Brock, als er wieder festen Boden unter seinen Füßen verspürte. »Immerhin leben wir noch.«

»Ihr Glück«, teilte ihm Ann Griwers mit und versuchte, sich aus der Umklammerung eines zerbrochenen Sessels zu befreien. »Nun sorgen Sie auch dafür, daß wir aus dem Schiff rauskommen. Haben Sie es geschafft, in der Nähe des Sees zu landen, den wir gesehen haben?«

»Höchstens ein paar hundert Meter daneben, auf der Lichtung.«

Es war Ann endlich gelungen, auf die Beine zu kommen. Sie probierte den Interkom und stellte fest, daß er noch funktionierte. Vorsichtshalber hatte sie den anderen Frauen befohlen, sich in ihren Kabinen auf den Betten anzuschnallen. Keine von ihnen hatte bei der Bruchlandung Schaden erlitten.

John Brock brach fast zusammen, als sie etwas später in die Kommandozentrale stürmten und ihm nacheinander auf die Schultern klopften. Bess Stream ließ sich sogar dazu hinreißen, ihm einen Kuß mitten auf den Mund zu geben, was ihr einen strafenden Blick Anns eintrug.

»Geht vorsichtig mit ihm um«, sagte sie sarkastisch. »Wir brauchen ihn noch.«

In diesem Augenblick begann Kadett Brock zu ahnen, daß man noch einiges von ihm erwartete. Er nahm sich vor, die Hoffnungen der Frauen nicht zu enttäuschen. Die armen Geschöpfe waren nun ganz allein auf ihn angewiesen und ohne seinen männlichen Rat so gut wie verloren. Die FUTURE war ein Wrack, sie würde nie mehr starten können. Aber wenn man sie ausschlachtete und die wichtigsten Teile richtig verwendete, diente sie dazu, das Leben der Schiffbrüchigen zu erleichtern. Die vorhandenen Lebensmittel reichten für ein ganzes Jahr. Zum Glück, so wußte Brock, enthielt der Frachtraum noch einige Kisten mit landwirtschaftlichen Geräten, Saatgut und anderen wichtigen Dingen, wie sie auf Siedlerplaneten immer gebraucht wurden. Auch Waffen.

»Ich werde mir die Gegend draußen mal ansehen«, sagte Ann.

»Ohne männlichen Schutz kommt das nicht in Frage«, erklärte ihr Brock und warf sich in die Brust. »Ich begleite Sie natürlich.«

»Sie bleiben hier und passen auf das Schiff auf«, unterbrach ihn Ann energisch. »Mich werden Bess, Mary und Hermeline begleiten. In welchem Schrank sind die Handfeuerwaffen?«

Brock deutete verschüchtert auf den rot angestrichenen Wandschrank, der mit einem elektronischen Schloß versehen war.

»Die Notbewaffnung, aber ich habe keinen Schlüssel.«

»Dann zeigen Sie mal, wie stark Sie sind«, forderte Ann ihn auf.

Ihren gemeinsamen Anstrengungen gelang es schließlich, die Tür zu zertrümmern. Was sie fanden, war mehr als kläglich. Einen einzigen Impulsstrahler, obwohl fünf von ihnen Vorschrift waren. Daneben hingen ein altmodischer Revolver und ein mehrschüssiges Gewehr. Darunter standen zwei Schachteln mit Munition.

»Sind wir im Wilden Westen?« wunderte sich Hermeline nicht zu unrecht. »Billbone war wohl ein Spinner?«

»Er war ein bißchen komisch«, gab Brock ihr recht. »Aber das da – das hat keiner von uns geahnt. Vielleicht sammelte er Waffen.«

Ann nahm den Impulsstrahler, drückte Bess den Revolver und Mary das Gewehr in die Hand.

»Vergeßt die Munition nicht. Die kann ja Hermeline tragen, damit sie auch was zu tun hat. Und nun vorwärts. Brock, können Sie von hier aus den Ausstieg bedienen?«

»Leider nicht, Miß Griwers. Aber ich komme mit und helfe Ihnen.«

Der Weg zur Schleuse erwies sich als äußerst schwierig, da die HAPPY FUTURE schief lag und damit auch die Korridore und Lifte. Die größte Strecke des Weges legten sie kriechend zurück, was Kadett Brock unter anderen Umständen sicherlich besonders gut gefallen hätte, aber ihm fehlte jetzt einfach die Muße, über solche Dinge nachzudenken. Sein Problem bestand darin, den Frauen seine Unentbehrlichkeit zu beweisen. Bis jetzt war ihm das allerdings noch nicht gelungen.

Sie erreichten die Vorkammer.

»Atemluft gibt es genug«, sagte er, nur um etwas zu sagen. »Wir brauchen die Schleuse nicht. Ich öffne jetzt die Außenluke. Na, wo sind denn die Kontrollen ...?«

Er fand sie nicht gleich, weil natürlich auch die Schleuse schräg lag. Aber schließlich gelang es ihm doch, die Außenluke in Bewegung zu setzen. Sie öffnete sich nach unten, so daß der saftige Grasboden sichtbar wurde. Er lag keine drei Meter unter der Luke.

Sie nahmen die Notleiter, und Ann berührte als erste der vier Frauen die fremde Erde. Mit gemischten Gefühlen blieb Kadett Brock zurück und sah ihnen nach, als sie langsam und mit schußbereiten Waffen auf den Rand der Waldlichtung zugingen.

Als sie zwischen den Büschen verschwanden, machte er sich auf den mühsamen Rückweg zur Kommandozentrale.

Der Planet war wie eine zweite Erde. Es gab nur geringfügige Unterschiede, die kaum ins Gewicht fielen, schon gar nicht, wenn man von astronomischen Gegebenheiten keine Ahnung hatte. Lediglich die Sonne stach auch einem Laien ins Auge, denn sie stand doppelt am Himmel.

»Komisch«, sagte Ann, als sie durch den Wald schritten und sich dem See näherten. »Ich habe gar nicht bemerkt, daß es zwei Sonnen sind. Auf dem Bildschirm war das nicht zu sehen.«

»Da stand eine hinter der anderen«, vermutete Bess. »Deshalb.«

»Jetzt weiß ich auch, warum mir so warm ist«, stellte Mary fest und öffnete den Kragen ihrer Kombination. »Da werden wir noch schön schwitzen, wenn wir erst einmal arbeiten müssen.«

»Gegen Wärme gibt es ein gutes Mittel«, erklärte Ann.

»Welches?«

»Ausziehen, meine Liebe. Außerdem werden wir unsere Hütten beim See aufschlagen. Ich schätze, da ist es kühler. Na, wir werden ja sehen.«

Kurze Zeit später standen sie am Ufer des Sees, der von leicht hügeligen Ufern und Wald umgeben war. Die ruhige Wasseroberfläche spiegelte das Blau des Himmels wider – und auch die beiden dicht zusammenstehenden Sonnen.

»Drüben, die Bucht!« rief Bess entzückt aus und deutete hinab auf den Seitenarm, in der ein kleiner, glasklarer Bach mündete. »Wir brauchen nicht einmal viele Bäume zu fällen.« Sie blickte Ann erschrocken an. »Lieber Himmel, Ann, wir wollten doch nicht mehr arbeiten ...!«

»Für uns schon, Bess, aber nicht für die fremden Kerle, die uns einkaufen wollten. Hier und jetzt ist das etwas anderes. Hier arbeiten wir für uns, bauen uns ein neues Leben auf, ohne Männer und deren überhebliche Einstellung unserem Geschlecht gegenüber. Jetzt ist Schluß mit den Vorurteilen, unter denen wir ständig zu leiden hatten. Was nützt die Gleichberechtigung, wenn sie in der Praxis doch nur zu neuen Problemen und fast sogar zu Kriegen geführt hat? Die Männer verstecken ihre Komplexe hinter der Maske der Brutalität und vorgetäuschter Intelligenz. Ich kenne sie doch, und ich habe die Nase voll von ihnen bis obenhin.«

Bess, Mary und Hermeline starrten Ann verwundert an. So hatten sie sie noch nie reden hören. Wahrscheinlich gab es einige schlechte Erfahrungen, die sie nun der Einfachheit halber verallgemeinerte.

»Ganz so schlimm sind sie nun auch wieder nicht«, wagte Hermeline einen Einwand. »Natürlich gebe ich dir recht – die Anwerbung der Frauen für die Siedler war nicht ganz stubenrein, aber schließlich haben wir uns ja freiwillig gemeldet. Erst unterwegs kamen mir Bedenken, auf was ich mich da eingelassen hatte. Deshalb muß man aber doch nicht gleich alle Männer verachten und hassen.«

»Ach was!« knurrte Ann und sah wieder hinab in die Bucht. »Lassen wir das jetzt. Wir haben andere Sorgen. Ihr seid also auch dafür, daß wir unser Dorf dort unten bauen? Ich finde, es ist der beste Platz.«

Später kehrten sie zum Schiff zurück. Unterwegs bemerkten sie einige kleinere Tiere, die keine Scheu an den Tag legten. Sie würden sich zur Zucht eignen und gaben sicherlich gutes Fleisch. Auch der Boden schien fruchtbar und zur Bestellung geeignet.

Bereits am Abend des ersten Tages gab Ann die Erlaubnis zum Verlassen des Schiffes. Auf der Lichtung entstand ein regelrechtes Zigeunerlager mit aufgestapelten Kisten und provisorisch aufgeschlagenen Zelten. In der Mitte loderte ein Holzfeuer, über dem man hätte drei Ochsen zugleich braten können. Fünf der Frauen wurden zur Wache eingeteilt und bezogen Posten. Man hatte inzwischen noch andere Waffen gefunden und verteilt. Noch wußte niemand, ob es auf Lacertae nicht doch gefährliches Leben oder gar Eingeborene gab.

Ann hielt eine feurige Ansprache, die mehrmals durch begeisterten Applaus unterbrochen wurde. Mit erstaunlicher Überredungskunst machte sie den Frauen klar, welch herrliches Leben ihnen bevorstünde. Besonders das Fehlen der Männer würde sich als glücksbringend erweisen, und so etwas wie Kriege könnte nun aus dem Wortschatz gestrichen werden.

Kadett John Brock saß ein wenig abseits auf einer Kiste. Er enthielt sich jeder Äußerung und stellte keine Fragen, auch die nicht, die ihm am meisten auf der Seele brannte. So, die Männer waren also überflüssig geworden? *Na schön,* dachte er zuversichtlich, *wollen mal sehen, wie lange. Sie werden dich schon noch brauchen, und wenn es zum Bäumefällen ist. Außerdem haben ja die Weiber keine Ahnung, wie man aus den abmontierten Teilen der Schiffshülle Hütten erstellt.* Er hatte diesbezüglich einen Kurs mitgemacht und besaß einige Erfahrungen.

Na, man würde ja sehen.

Allmählich wurde er müde. Ann redete noch immer, und sie schien damit auch in der nächsten halben Stunde nicht aufhören zu wollen. Wozu sollte er sich das anhören? Er rollte sich in eine Decke und schloß die Augen. Die Luft war noch immer warm und mild, obwohl beide Sonnen bereits lange untergegangen waren. Wie aus weiter Ferne hörte er Anns Stimme, und sie wirkte beruhigend und einschläfernd auf ihn.

Aber dann hörte er noch etwas anderes ... Ganz in seiner Nähe raschelte es im Gras, ein trockener Zweig knackte, und dann vernahm er das verhaltene Atmen eines Menschen.

Einer Frau, um genau zu sein. Minuten später kam John Brock sich nicht mehr ganz so überflüssig vor ...

Als er am nächsten Morgen erwachte, schienen seine Knochen mit Blei gefüllt zu sein. Dabei sollte heute damit begonnen werden, alle entbehrlichen Teile aus dem Schiff zu entfernen und zur Bucht zu bringen. Die beiden Rettungsboote im Hangar waren völlig zu Bruch gegangen, nur ein kleiner Lastengleiter war übriggeblieben. Außer Brock konnte niemand mit ihm umgehen.

Er sorgte zuerst einmal dafür, daß er ins Freie gebracht wurde, denn ein Direktstart aus dem Wrack schien ihm zu gefährlich zu sein. Als das nach oben geöffnete kleine Schiff mit dem relativ großen Laderaum endlich auf der Lichtung stand, war es Mittag. John Brock holte sich die Bedienungsvorschrift aus der Kommandozentrale und begann damit, sie eingehend zu studieren. Mit Antigravfeldern hatte er nur mangelhafte Erfahrungen sammeln können.

Einige Stunden später unternahm er den ersten Probeflug. Er kreuzte in geringer Höhe über dem See und machte sich mit dem Gleiter vertraut. Er war fest entschlossen, keine der Frauen an die Kontrollen zu lassen, damit er wenigstens dieses Monopol behielt. Zwar degradierte er sich damit zum Flugschaffner, aber das war ihm egal. Hauptsache blieb, sie waren auf ihn angewiesen. Jedenfalls fühlte er sich, als er wieder bei dem Wrack landete, unentbehrlicher als je zuvor und beschloß, die Damen das auch merken zu lassen.

»Hören Sie, Miß Ann, wir werden morgen mit der Übersiedlung und dem Bau der Häuser beginnen. Suchen Sie die Frauen aus, die handwerkliches Geschick besitzen und vielleicht einige Erfahrung in solchen Dingen haben. Stellen Sie die einzelnen Bautrupps zusammen. Ich selbst brauche hier beim Schiff acht Frauen, die mir beim Verladen helfen. Beim Abmontieren im Wrack bin ich gern behilflich.«

Ann betrachtete ihn abwägend.

»So, John, sind Sie das? Außerordentlich zuvorkommend von Ihnen. Dann merken Sie sich eins: Die Befehle hier gebe ich, nicht Sie. Die Zeiten sind vorbei, in denen Sie und Ihre überheblichen Geschlechtsgenossen allein den Ton angaben. Wir brauchen Sie nicht mehr ...«

»Dann fliegen Sie doch den Gleiter, wenn Sie können, oder schleppen Sie meinetwegen den ganzen Kram auf dem Buckel zum See. Dann werden Sie schon merken, was ein Mann wert ist.«

Ann lächelte verächtlich.

»Überschätzen Sie nicht Ihre Bedeutung, Mister. Jeder von uns kann, wenn er will, das Fliegen eines Gleiters erlernen, auch ohne Ihre Hilfe. Wir wollten Ihnen einen Gefallen tun, mehr nicht. Wenn Sie daraus schließen, unentbehrlich geworden zu sein, so muß ich Sie enttäuschen. Ist das nun klar oder nicht?«

John sah in entschlossene Gesichter. Er nickte.

»Schon gut, war ja nicht so gemeint. Ich wollte Ihnen nur einen Rat geben, nicht mehr. Darf ich Feierabend machen?«

Abermals nickte Ann. »Ja, aber heute nacht schlafen Sie nicht bei den Kisten, denn ich möchte Ärger vermeiden. Schlafen Sie im Gleiter, und am besten setzen Sie ihn oben auf die Baumwipfel. Ich denke, wir verstehen uns.«

Natürlich verstand John.

Wochen mühseliger Arbeit begannen. Während unten bei der Bucht am See die ersten Häuser entstanden, verwandelte sich der stark demolierte, aber noch immer imposant aussehende Raumer allmählich in ein Stahlgerippe. Selbst die Fußböden wurden ausgebaut und beim Häuserbau verwendet. Ann Griwers behielt das Oberkommando fest in der Hand, wenn sie auch oft ihre vertrauenswürdigsten Freundinnen mit dem Befehl über kleinere Arbeitsgruppen beehrte. Ihr System war einfach und raffiniert: Jede paßte auf die andere auf, und jede war bemüht, Anns Vertrauen zu erwerben. Hinzu kam noch, daß sie alle ihrer fragwürdigen Ideologie zustimmten und bald vergessen hatten, warum sie überhaupt in diese Situation gekommen waren.

Denn wenn man es objektiv betrachtete, waren sie alle freiwillig hier. Sie hätten genausogut versuchen können, zur Erde zurückzukehren.

John hatte sich inzwischen damit abgefunden, der einzige Mann unter fünfzig Frauen zu sein. Seine Hütte stand ein wenig abseits, auf einem kleinen, bewaldeten Kap, dessen Ufer steil zum See abfielen. Da er seine Arbeit und Aufgabe hatte, überwand er seine Minderwertigkeitskomplexe und erkannte Ann als Leiterin der neugegründeten Kolonie an. Es machte ihm nichts aus, Befehle von ihr zu erhalten, und sie störte es nicht mehr, wenn er mit ihr über das Programm des nächsten Tages diskutierte.

Sicherlich wäre auch alles gut gegangen, wenn nicht eines Tages Hilde Smart ziemlich aufgeregt von ihrem Inspektionsgang zum Schiff zurückgekommen wäre. Ann hatte ihr befohlen, die Kühlanlagen der unglücklichen HAPPY FUTURE zu überprüfen. Es war wichtig, daß sie auch weiterhin in Betrieb blieben, sonst würden die noch vorhandenen Lebensmittelvorräte verderben.

»Der Kühlraum, Ann, alles beginnt abzutauen ...«

Ann hielt die Luft an, ehe sie Hildes Schulter packte und erregt hin und her schüttelte.

»Was sagst du? Der Kühlraum taut ab? Das ist doch unmöglich? Mir hat John versichert, daß noch für Jahre Energie zur Verfügung steht. Wo steckt er denn?«

»John?«

»Wer sonst? He, Bess, bringe John mal her!«

Die Kunde verbreitete sich mit Windeseile in der Siedlung. Von allen Seiten kamen sie herbeigelaufen, aufgeregt und erschrocken. Auch John kam mit Bess, die ihn bei der Hand hielt, als befürchte sie, er könne ihr davonlaufen. Sein Gesicht verriet Unsicherheit.

»Haben Sie eine Erklärung, John?« erkundigte sich Ann mit sanfter Stimme. »War doch alles in Ordnung, oder nicht?« Obwohl sich die jungen Frauen untereinander alle duzten, wurde John gegenüber das distanzierende »Sie« beibehalten. Schon aus Sicherheitsgründen. »Die Lebensmittel verderben, wenn Sie nichts unternehmen. Beeilen Sie sich, bevor es zu spät ist. Vielleicht bringen Sie die Anlage wieder in Ordnung.«

John unterdrückte das Gefühl der heimlichen Befriedigung, das ihn überkam. Sie brauchten ihn also wieder einmal – wie gut das tat! Die selbstbewußten Weiber wurden hilflos, wenn es um Technik ging. Felder umpflügen und Häuser einrichten konnten sie ja, das mußte ihnen der Neid lassen. Aber von Technik verstanden sie so gut wie nichts.

Er setzte sich in den Gleiter und flog zum Wrack.

Schon nach der ersten flüchtigen Untersuchung stellte er fest, daß da nichts mehr zu machen war. Zwar lieferte der Kleinkonverter noch immer genügend Strom, aber alle Kühlaggregate waren ausgefallen. Die Ursache konnte John nicht feststellen, und Ersatzteile fand er keine. Vielleicht befanden sie sich in einer der Hütten und dienten als Kommode oder sonst was. Die Konzentrate würden nicht so schnell verderben, wenn man sie kühl im Schatten des Waldes lagerte. Auch die Konserven hielten sich längere Zeit. Nur das Frischfleisch und das Gemüse gingen verloren.

Halb so schlimm. Es würde bald genug Gemüse in den Gärten und Fleisch in den Wäldern geben.

Einigermaßen beruhigt wollte er in den Gleiter steigen und zur Siedlung zurückkehren, als er eine Gruppe Frauen unter Anns Führung herbeieilen sah. Er wurde unruhig und erwartete sie vor dem Wrack.

Ann stieß ihn beiseite und kletterte in das Stahlgerippe, ein paar der jungen Frauen folgten ihr, sehr aufgeregt und hastig. Sie verschwanden im Gewirr der übriggebliebenen Schiffsteile. John blickte verständnislos hinter ihnen her, dann wandte er sich an eine ältere Frau, die auf die Klettertour verzichtet hatte und atemlos neben dem Gleiter stand.

»Was ist denn los, Mrs. Dilldap? Warum die Aufregung? Ich habe die Kühlanlagen inspiziert und kann nichts machen. Wir werden die restlichen Lebensmittel irgendwo im Wald lagern müssen ...«

»Es geht ja gar nicht um die Lebensmittel«, unterbrach ihn die unternehmungslustige Witwe barsch. »Es geht um etwas ganz anderes, von dem Sie keine Ahnung haben – und es geht Sie auch nichts an.«

John schwieg verblüfft. Wenn es ihn nichts anging, warum erwähnte sie es dann überhaupt? Außerdem interessierten ihn die Geheimnisse der Frauen auch nicht. Sollten sie selber sehen, wie sie mit ihren Problemen fertig wurden.

»Worum handelt es sich?« fragte er inkonsequent.

»Da müssen Sie sich bei Ann erkundigen, sie entscheidet.« Mrs. Dilldap überzeugte sich davon, daß niemand in Hörweite war, und beugte sich ein wenig zu ihm. »Eine Frage, John, eine rein theoretische Frage: Würden Sie mich heiraten, wenn ich Sie darum bäte?«

Heiliger Bimbam, dachte John verblüfft und bemühte sich, seine Fassung zu bewahren. Wenn er nicht diplomatisch blieb, gab es den größten Ärger in der Siedlung. Natürlich war er davon überzeugt, daß jede der Frauen ihn gern heiraten wollte, schon deshalb, weil er der einzige Mann auf dieser Welt war. Daß aber ausgerechnet die Witwe Dilldap ihn als erste fragte, ging ihm nicht ein.

»O, die Antwort wäre natürlich nicht schwer, Mrs. Dilldap, und ich fühle mich sehr geehrt, aber Sie werden verstehen, wenn ich darauf keine Antwort gebe. Was würde Miß Ann dazu sagen, und die anderen Frauen? So gern ich auch möchte, ich darf niemanden bevorzugen.«

»Haben Sie aber schon mal getan«, erklärte sie kategorisch. »Das weiß doch bald jeder.«

Zum Glück für John kamen Ann und die anderen aus dem Wrack zurück. Mißtrauisch betrachteten sie Mrs. Dilldap und John, der ein möglichst unbefangenes Gesicht zur Schau trug. Ann sagte:

»Sie haben den Kühlraum für die Lebensmittel untersucht, John, aber den Kühlschrank in der Medizinischen Abteilung vergessen. Können Sie ihn reparieren?«

»Ich glaube nicht, Ann. Wahrscheinlich sind die Hauptenergieregulatoren ausgefallen, und die Kühlaggregate brannten durch. Da ist kaum etwas zu machen. Warum? Was ist denn in der Medizinischen Abteilung so wichtig? Wir haben Medikamente in Hülle und Fülle, und wir ...«

»Verdammt!« sagte Ann nur und marschierte mit ihrer Streitmacht davon, John allein bei seinem Gleiter zurücklassend. Am Waldrand drehte sie sich noch einmal um und rief zurück: »Warten Sie hier, John. Ich schicke Ihnen ein Arbeitskommando zum Ausladen der Lebensmittel. Suchen Sie inzwischen einen geeigneten Platz am Seeufer, schattig und kühl. Dort stapeln wir das Zeug. Das Saatgut können Sie in die Siedlung bringen. Bis später.«

Dann waren sie verschwunden.

Etwas ratlos blieb John zurück. Seiner Berechnung nach hatte er noch etwa zwanzig Minuten, bis die Frauen eintrafen. Er gedachte, die Zeit zu nutzen und einige Fragen zu klären. Vorsichtig kletterte er in das Wrack und versuchte, die Medizinische Abteilung in dem Durcheinander zu finden, was ihm erst nach einer Viertelstunde gelang. Es wurde somit höchste Zeit für ihn. Natürlich hielt er eine Ausrede parat, falls das Arbeitskommando früher als erwartet eintraf.

Er fand die Kühlkammer im Labor. Im Augenblick erinnerte sie mehr an einen Backofen, und John begann sich zu wundern, daß man sie nicht schon ausgebaut hatte, um sie einem ähnlichen Zweck zuzuführen. Doch sicherlich war die metallene Kiste daran schuld, die mitten in der Kühlkammer stand und an den Seiten noch beschlagen wirkte. Aber das war eine Täuschung, wie John schnell feststellte. Sie begann lediglich zu schimmeln. Die Kühlaggregate mußten schon seit Tagen ausgefallen sein.

Er trat näher und versuchte, die Inschrift auf der Kiste zu entziffern. Wenn ihm das gelang, würde er auch die Aufregung der Frauen begreifen. Es handelte sich bestimmt um ein Medikament, das ihnen sehr wichtig erschien.

Aber er sah sich getäuscht, obwohl ihm in diesem Augenblick alles klarwurde – Mrs. Dilldaps geheimnisvolle Andeutungen, die Überlegenheit und Sicherheit der Frauen ihm gegenüber, ihre immer wieder zur Schau getragene Unabhängigkeit vom Mann, ihre fast unheimliche Zuversicht in die künftige Entwicklung der Kolonie.

Einer Kolonie ohne Männer.

Er öffnete die Kiste und sah genau das, was er zu sehen erwartete. In langen Reihen standen da die Reagenzröhren, mit einer trüben Flüssigkeit gefüllt, die an Impfstoff erinnerte. Das Eis in den Zwischenräumen war geschmolzen und zu lauwarmem Wasser geworden. Im wahrsten Sinne des Wortes, so stellte John bestürzt und erleichtert zugleich fest, war hier die Hoffnung einer ganzen Welt dahingeschmolzen.

Aber, so sagte er sich mit Falten auf der Stirn, es gab ja noch immer ihn.

Während er aus dem Wrack kletterte und zum Gleiter zurückkehrte, wurden die Falten auf seiner Stirn tiefer und sorgenvoller. Er dachte an Mrs. Dilldap.

Von diesem Tag an wurde er anders behandelt als bisher.

Aus einem nahezu überflüssigen Individuum wurde er über Nacht der wertvollste und unersetzlichste Besitz der Siedlerkolonie. Vorbei war die Zeit, in der man ihn als lästiges Anhängsel und unvermeidliches Übel betrachtete. Aber wenn John glaubte, nun begännen bessere Zeiten für ihn, so sah er sich getäuscht.

Jetzt paßten sie noch mehr aufeinander auf.

Er wohnte noch immer auf seinem Kap, und als am zweiten Tag nach der Entdeckung des Unglücks einige Frauen unter der persönlichen Aufsicht von Ann tiefe Gräben zu ziehen begannen, die das Kap vom Festland abtrennten, zusätzlich noch raffinierte Hindernisse einbauten und sonstige Absperrmaßnahmen anbrachten, faßte sich John ein Herz und suchte am Abend Ann in ihrem Haus auf. Sie waren allein.

»Ich möchte mit Ihnen sprechen«, begann er und setzte sich in den Polstersessel, der aus der Kommandozentrale der HAPPY FUTURE stammte. Ann räumte inzwischen auf, nicht sonderlich überrascht von dem seltenen Besucher. John bemerkte, daß ihre Hände ein wenig zittern. »Was soll der Stacheldrahtverhau bedeuten? Wollen Sie mich von der Kolonie isolieren?«

Ann warf ihm einen undefinierbaren Blick zu.

»Wenn ja, ist es mir ja wohl nicht gelungen, sonst wären Sie jetzt nicht hier, nicht wahr?«

»Ich kam mit dem Gleiter, weil ich mir nicht den Hals brechen wollte.«

»Sehen Sie, da haben wir des Rätsels Lösung: Sie haben den Gleiter, wir haben keinen. Das ist alles.«

»Verstehe ich nicht, Ann ...«

»Dann will ich es Ihnen erklären, mein Freund.« Sie setzte sich ihm gegenüber, nachdem sie vorher die Vorhänge vor die Fenster gezogen hatte. »Sie wissen, was in der Kiste war, die im Kühlraum der Medizinischen Abteilung stand? Ja, ich sehe es Ihrem Gesicht an, daß Sie Bescheid wissen. Sperma. Es war für eine Welt bestimmt, auf der Frauenüberschuß herrscht. Sie können sich denken, daß ich nach den bedauerlichen Vorkommnissen über diese Fracht besonders glücklich war ...«

»Glücklich?« fragte John voller Zweifel.

»Nun ja, zumindest beruhigt. Sie mögen ja ein tadelloser Mann mit hervorragendem Charakter sein, John, aber ich hielt es für besser, wenn nicht alle unsere Kinder mit ihren Eigenschaften ausgestattet sein würden. Und eine andere Alternative gab es ja wohl nicht, nachdem Sie der einzige überlebende Mann waren. Die fragliche Kiste hätte alle unsere Probleme gelöst, ohne daß wir Sie hätten beanspruchen müssen. Sie verstehen?«

»Natürlich verstehe ich, Ann. Aber nun sieht es ja anders aus.«

»Zu meinem Bedauern muß ich Ihnen leider recht geben. Und damit tauchen neue Probleme auf, mit denen ich erst fertig werden muß. Darum auch die Abtrennung des Kaps vom Festland. Ich habe auch eine Wache einrichten lassen, die dafür sorgt, daß Sie keine unliebsamen Besuche erhalten ...«

»Unliebsam?« wunderte sich John ironisch. »Für wen unliebsam?«

»Für uns alle! Bilden Sie sich nur nichts ein, John, wenn ich das so offen zugebe und auch gestehe, daß Sie jetzt zum wertvollsten Überbleibsel der verlorengegangenen Zivilisation gehören. Ohne Sie wird unsere Kolonie aussterben. Aber wenn ich die Zügel nicht in der Hand behalte, werden wir uns gegenseitig umbringen. Jede will Sie haben, und zwar für sich allein. Sie werden mir also dabei helfen müssen, neue Gesetze zu entwerfen, die unser aller Zusammenleben betreffen. Es sind Gesetze, die nur für unsere Welt Gültigkeit besitzen, und darum werden es Gesetze sein, an die wir uns gewöhnen müssen, ob wir wollen oder nicht.«

John begriff, was Ann sagen wollte, und er versuchte auch, sie zu verstehen. Sicherlich hatte sie von Natur aus eine Abneigung gegen das männliche Geschlecht, und die Katastrophe auf der HAPPY FUTURE war ihr nicht ungelegen gekommen. Sie mußte trübe Erfahrungen gesammelt haben, und es war wohl ein Akt panikartiger Inkonsequenz gewesen, als sie sich freiwillig zur Ansiedlung auf einem frauenlosen Planeten meldete. Nun war alles ganz anders gekommen. Sie war auf einem männerlosen Planeten gelandet.

Männerlos bis auf eine Ausnahme. Ihn, Kadett John Brock.

»Können wir unsere Tradition einfach vergessen oder umkrempeln, Ann?« fragte er sanft.

Sie sah ihn unsicher an.

»Wir müssen es tun, John, oder wir gehen unter. Ohne Gesetz gibt es keine Ordnung, sondern nur Mord und Totschlag. Noch habe ich die Frauen in der Hand, weil ich streng bin. Ich hatte keine andere Wahl. Ich konnte ihren Hunger stillen, denn ich hatte die Kiste – Sie wissen, was ich meine. Sobald wir sicher sein konnten, auf dieser Welt eine neue Zivilisation aufzubauen, hätten wir alle unsere Kinder bekommen. In ihnen hätten wir weiterleben können, in einer unwillkürlichen Auslese und mit der Gewißheit, daß unser Leben nicht umsonst war. Sie wären überflüssig gewesen, John, so hart Ihnen das auch erscheinen mag. Wenigstens dann, wenn wir Gefühle ausschalten. Nun kann ich das nicht mehr.«

»Nein, das können Sie nicht mehr, Ann. Was hätten Sie mit mir gemacht? Getötet?«

Sie schüttelte langsam und wie überlegend den Kopf.

»Nein, wahrscheinlich nicht. Zumindest nicht mit Absicht. Früher oder später hätten Sie sich in eine der Frauen verliebt und wären mit ihr davongezogen, weil Sie hier in der Siedlung nicht sicher gewesen wären. Vielleicht hätte man Sie gefunden und umgebracht – oder noch Schlimmeres.«

Er ahnte, was sie meinte. »Wird es jetzt besser sein?« erkundigte er sich.

Sie nickte. »Ja, weil wir uns unser eigenes Gesetz machen. Wir müssen uns von allen bisherigen Vorstellungen befreien, ob wir wollen oder nicht. Um es ganz kraß auszudrücken: Wir müssen das Gefühl der Liebe verbieten. Sie, John, müssen *allen* gehören, nicht nur *einer* von uns.«

»Hören Sie, Ann, ich bin in meinem ganzen Leben kein Heiliger gewesen, und vielleicht ist meine jetzige Situation für die meisten Männer beneidenswert und so etwas wie ein heimlicher Wunschtraum, aber die Wirklichkeit sieht doch ganz anders aus. Ich will nicht von Moral und Ethik reden, das wäre in unserer Lage unsinnig. Aber wir können Gefühle nicht durch Gesetz verbieten. Es wird unter euch fünfzig Frauen bestimmt eine geben, mit der mich einmal mehr als nur Notwendigkeit verbindet – und was dann? Wollen Sie den Betrug legalisieren?«

»Der Begriff ›Betrug‹ ist genauso verboten wie das Gefühl Liebe.«

John lachte kurz und trocken auf. »Verboten! Sie können keine Gefühle steuern, Ann. Außerdem: Wie stellen Sie sich die Praxis des – hm – ehelichen Zusammenlebens eines Mannes mit fünfzig Frauen vor?«

»Das gab es vor Jahrhunderten schon auf der Erde. Ist sie deshalb vielleicht untergegangen?«

John beugte sich vor und sah ihr in die Augen.

»Stimmt, Ann, das gab es. Manche Herrscher des Orients hatten sogar zweihundert Frauen, es war nichts Ungewöhnliches. Aber die Lösung des Problems liegt eben im Wörtchen ›Herrscher‹. Solange Sie als Frau hier bei uns herrschen und bestimmen wollen, können Sie mir gedemütigtem Mann keine fünfzig Ehefrauen anhängen. Schon die Natur verbietet das, denn schließlich und endlich müßte ja die Entscheidung, wem ich mich gerade zu widmen habe, einzig und allein bei mir liegen.«

»Männliche Überheblichkeit – und zugleich Erniedrigung«, fauchte sie wütend, weil sie ihm recht geben mußte. »Was also schlagen Sie vor?«

Er lächelte. »Sie übergeben mir die Regierungsgewalt – das ist alles.«

Sie starrte ihn an. Ihr Gesicht überzog sich mit Zornesröte. »Das könnte Ihnen so passen ... nein! Lieber in Frieden hier leben – sterben ohne Nachkommen. Aber nie wird es geschehen, daß ein Mann uns beherrscht. Davon haben wir alle genug.« Sie lehnte sich wieder zurück, plötzlich mit versöhnlicherem Gesichtsausdruck. »Seien Sie doch vernünftig, John, ich bitte Sie. Bleiben Sie in Ihrer Isolation, erforschen Sie mit Ihrem Gleiter die nähere Umgebung, meinetwegen den ganzen Planeten – es gibt soviel, was Sie tun könnten. Noch nie hat ein Mann eine ganze Welt für sich allein gehabt. Und wenn Sie wollen, kommen Sie zurück und besuchen uns. Aber bleiben Sie nicht immer hier in unserer Nähe. Das würde Unruhe stiften, Unsicherheit und Mißtrauen. Versuchen Sie doch, mich zu verstehen.«

»Also keine neuen Ehegesetze?«

»Nicht solche, die Sie zum Herrn über uns machen.«

Langsam stand er auf. »Vielleicht haben Sie recht. Und vielleicht denken Sie in einem Jahr anders darüber. Im Augenblick werde ich Ihren Rat befolgen und den Forscher und Abenteurer spielen. Leider haben wir kein Funkgerät, und ich kann keins bauen. Wir werden also nicht in Verbindung sein, wenn ich unterwegs bin.«

»Um so besser. Einige der Frauen werden Sie sogar vergessen.«

Er lächelte vielsagend und reichte ihr die Hand. »Bis bald, Ann. Unter anderen Umständen.«

Sie sah ihm wortlos nach, und ein etwas wehmütiges Lächeln spielte um ihre Lippen. Es war noch immer da, als seine Schritte längst in der Nacht verklungen waren.

Am anderen Morgen fehlte der Gleiter, und John war verschwunden. Aber es fehlte auch Bess Stream.

Nachdem sich die erste Aufregung gelegt hatte, ging das Leben der Kolonie seinen alten Gang weiter. Es wurde sogar besser. Nachdem Ann den Frauen klargemacht hatte, daß es absolut sinnlos sei, die beiden auf einer leeren Welt zu suchen, fanden sich alle damit ab, ihr Leben ohne Familie und Nachkommen hier am See zu beenden. Die Felder wurden bestellt, die Gärten angelegt und bepflanzt, die erste Ernte eingebracht.

Allmählich vergaß man John Brock und Bess Stream. Ein Jahr verging.

Inzwischen wußte man, daß es auf Lacertae keine Jahreszeiten gab. Das Klima war gleichbleibend schön, und in regelmäßigen Abständen fiel der für die Vegetation notwendige Regen. Es konnte jederzeit gesät und geerntet werden. Das Leben verlief friedlich und sorglos. Auch ohne Männer.

In gewissem Sinn gab es ein Gemeinschaftsleben, aber es hatte sich erstaunlich aufgelockert. Zwei oder drei Frauen lebten zusammen in einem Haus und teilten sich die Arbeit. Eine von ihnen erwies sich vielleicht als besonders geschickt in handwerklichen Dingen und stellte erste Gebrauchsgegenstände her, die dann auf dem täglichen Markt in der Bucht gegen andere Waren eingetauscht wurden.

Die Kolonie hatte die Bewährungsprobe des ersten Jahres überstanden. Das Leben hatte einen Sinn erhalten, auch wenn es ohne Zukunft blieb. Wenn sie starben, in fünfzig oder hundert Jahren, war alles vorbei. Es blieben nur die leeren Hütten, die dann zerfielen und vom Urwald überwuchert wurden.

An diesem Abend ging Ann ein wenig spazieren. Sie lebte jetzt mit Mrs. Dilldap zusammen, die ihr den Haushalt führte. Vielleicht nicht die ideale Partnerschaft, aber zumindest eine zweckmäßige. Ann brauchte sich nicht um das Haus kümmern und konnte ihren »Regierungsgeschäften«, wie sie es selbst spöttisch nannte, nachgehen, während Mrs. Dilldap von allen anstrengenden Arbeit befreit war.

Ihr Weg führte sie an dem Kap vorbei, auf dem John gewohnt hatte. Das kleine Haus stand noch immer leer, und wenn Ann es sich richtig überlegte, war es zu einer Art Kirche geworden. Schon oft hatte sie beobachten können, wie sich die Kolonistinnen verstohlen hierher bis an den verrosteten Drahtverhau schlichen, sehnsüchtig hinüber zu der Hütte blickten und dann wieder im Wald verschwanden.

»Sentimentalitäten«, murmelte sie wütend über sich selbst und ging weiter. »Es gibt keinen John Brock mehr – es darf ihn einfach nicht mehr geben. Und eine Bess Stream gibt es auch nicht!«

Später klopfte sie an Hilde Smarts Tür. Es brannte noch Licht hinter den buntgestickten Vorhängen. Hermeline Dekk und Mary Geldern, die mit Hilde zusammenwohnten, waren auch noch auf.

»Ein seltener Besuch«, sagte Hilde erfreut, als sie die Tür öffnete. »Das ist nett von dir, noch reinzuschauen, Ann. Komm ...«

Hermeline rannte sofort in den Keller, holte eine Flasche des selbstgemachten Weins und stellte ihn auf den Tisch. Mary kümmerte sich um die Gläser, die noch von der HAPPY FUTURE stammten.

»Mabel und Helen haben heute einen Riesenfisch aus dem See gezogen«, begann Hermeline aufgeregt. »Ich habe auf dem Markt ein Stück davon gegen einige Tonvasen eintauschen können.«

Ann kostete den Wein. »Ausgezeichnet, Hermi. Fehlt nur noch, daß du gelegentlich eine Schnapsbrennerei aufmachst. Die notwendigen Apparaturen würden wir uns schon zusammenbasteln. Dazu brauchen wir keinen Mann.«

Plötzlich war es still in dem Raum, und Ann spürte, daß sie das Wörtchen »Mann« besser nicht erwähnt haben sollte. Ein Jahr war zu wenig, alles zu vergessen. Sie lachte gezwungen und fuhr fort:

»Steuern brauchen wir auch keine zu zahlen, denn wir sind frei, richtig frei. Noch nie im Leben sind wir so frei gewesen.«

Nüchtern sagte Hilde: »Du hast recht, Ann, du hast natürlich recht. Wir sind frei, ganz frei. Und ich bin auch glücklich. Wir haben das alles dir zu verdanken, und wir werden es auch niemals vergessen, glaube mir.«

Ann nickte ihr dankbar zu, aber die leichte Verstimmung blieb. Die Erinnerung an John Brock war noch nicht erloschen.

Das zweite Jahr verging, und dann kehrte John Brock zurück.

Mabel und Helen waren wieder draußen auf dem See, als der Gleiter über dem Nordwald sichtbar wurde. Er flog sehr niedrig, so als müsse der Pilot sich orientieren und kenne das Gelände nicht. Mabel und Helen sahen sich an, bleich und voller Erwartung. In ihnen wurde etwas wach, das lange genug geschlummert hatte. Vergessene Dinge waren von einer Sekunde zur anderen wieder da, als wären sie niemals vergessen gewesen. Nur wollte eine es der anderen nicht eingestehen.

Der Gleiter sank tiefer, und er landete in der kleinen Bucht am Kap. John Brock, braungebrannt und sehnig, kam herausgeklettert und winkte den beiden jungen Frauen im Boot zu. Dann ging er an Land, in der Hand das mehrschüssige, altmodische Gewehr, das er mitgenommen hatte.

Mabel und Helen sahen nur ihn, und sie verfolgten ihn mit ihren Blicken, bis er in dem Haus verschwunden war. Ohne sich weiter um den Gleiter zu kümmern, ruderten sie in aller Hast zum Ufer zurück und alarmierten die Kolonie.

Zum erstenmal in ihrem Leben war Ann so etwas wie gelähmt. Unfähig, sich zu rühren, blieb sie in ihrem Sessel sitzen, während alle anderen ihre Arbeit im Stich ließen und zum Kap rannten. Jede von ihnen wollte die erste sein, den beinahe Vergessenen zu begrüßen.

Niemand dachte dabei an Bess Stream.

Hilde Smart war die erste beim Stacheldrahtverhau, der vom Dickicht überwuchert einen noch besseren Schutz als früher bot. Vergeblich suchte sie nach einem Durchschlupf, und als sie ihn endlich fand, waren auch schon die anderen bei ihr.

In diesem Augenblick peitschte drüben bei Johns Hütte ein Schuß auf. Die Kugel pflügte sich wenige Meter vor den Kolonistinnen in den Boden und spritzte ihnen den Dreck ins Gesicht.

»Bleibt, wo ihr seid!« Johns Stimme hatte sich verändert. Sie war hart und selbstbewußt geworden – die Stimme eines Mannes. »Ich kann auch besser zielen. Wo ist Ann?«

»Hier!«

Ann hatte ihre Starre überwunden und war den anderen gefolgt. Als sie den Schuß hörte, ahnte sie, was kommen würde. Sie mußte an das Gespräch denken, das sie in der Nacht vor Johns Verschwinden mit ihm geführt hatte. Er schien es auch nicht vergessen zu haben.

»Du kannst herkommen, aber allein und unbewaffnet, Ann.«

Hilde zeigte ihr stumm den Durchschlupf.

Die Kapbucht wurde durch Bäume verdeckt, und der Gleiter blieb für die Mädchen unsichtbar. Und das war gut so, denn als Ann endlich auf der kleinen Lichtung stand, an deren Rand John damals die Hütte errichtete, sah sie neben John eine junge, hübsche Frau stehen, die sie fast nicht wiedererkannt hätte.

Bess.

John hielt das Gewehr so, daß der Lauf gegen die Erde zeigte.

»Komm her, Ann! Du wirst verstehen, daß ich vorsichtig bin, aber du darfst mich nicht mehr mit dem unbeholfenen und unerfahrenen Kadetten verwechseln, der ich einst war. Zwei Jahre in der Wildnis haben mich hart gemacht. Ich bin frei, und niemand kann mir befehlen. Auch du nicht. Ich bin gekommen, um dir ein Angebot zu machen.«

Ann setzte sich auf einen umgestürzten Baumstamm. Sie trug nichts weiter als Shorts und ein buntes Brustteil, das sie sich in letzter Sekunde noch umgehängt hatte. Einige der herbeigeeilten Frauen hatten sogar das vergessen.

»Ein Angebot?« Sie würdigte Bess keines Blickes. »Welches?«

»Erinnere dich an unser Gespräch vor zwei Jahren, Ann. Wir erwogen die Möglichkeit neuer Richtlinien für unser Zusammenleben. Du konntest dich damals mit meinen Vorschlägen nicht anfreunden, darum ging ich und nahm Bess mit. Wir lieben uns, und hinter uns liegen zwei schöne Jahre. Trotzdem sind wir bereit, unsere Zweisamkeit für das Allgemeinwohl zu opfern. Die Kolonie muß weiterbestehen, Ann. Das hat auch Bess eingesehen. Ursprünglich wollte ich sie mit unseren Kindern hier bei euch lassen und mit einem der Mädchen weggehen – für ein Jahr vielleicht. Aber wir haben es uns anders überlegt. Wir nehmen eine oder zwei von euch mit und bringen sie zurück, sobald sie Mütter geworden sind ...«

Ann war aufgesprungen, setzte sich aber wieder, als sich der Lauf von Johns Gewehr um Zentimeter anhob.

»Du meinst, Ann, das sei ein unmoralisches Angebot?« Er schüttelte den Kopf. »Es war dein eigener Vorschlag, wenn du dich recht entsinnst. Ich habe ihn nur anders formuliert. Ich bestimme die Umstände, nicht du. Das ist der ganze Unterschied. Ann, sei doch vernünftig! Ihr braucht Kinder. Für wen wollt ihr denn leben und arbeiten, wenn ihr keine Kinder habt?«

Sie fühlte die Bitterkeit in sich aufsteigen. »*Wir* waren es vor zwei Jahren, die Kinder wollten, aber da wehrtest *du* dich dagegen. Warum muß es heute umgekehrt sein?«

»Weil sich die Verhältnisse änderten. Du hättest mich damals zu einem Werkzeug degradiert und als Mann entwürdigt. Heute bist du von mir abhängig, und das erzürnt dich. Es macht dich ungerecht und unvernünftig. Lieber läßt du die Kolonie zugrunde gehen, als dich unterzuordnen. Geh, Ann, und schick mir Hilde Smart.«

Ann sah ihn zornig an. »Was willst du von ihr, John?«

Er lächelte sie über den Gewehrlauf hinweg an. »Was will ein Mann schon von einer Frau?«

Sie drehte sich um und verschwand zwischen den Büschen.

Als Minuten später Hilde auf der Lichtung erschien, wunderte sich keiner mehr als John, der nicht damit gerechnet hatte, daß Ann ihr Bescheid sagen würde. Er senkte das Gewehr und ging Hilde entgegen. Bess folgte ihm langsamer.

»Willkommen, Hilde. Es geht dir gut, wie ich sehe. Gib mir deine Hand. Warum zitterst du? Es ist doch nicht kalt.«

»Ach was!« Hilde schien nicht verlegen zu sein. »Bloß die Aufregung, weißt du ... Man sieht nicht alle Tage einen Mann hier.«

Er lachte. Bess begrüßte sie freundlich und gab ihr die Hand.

»Wir bleiben die Nacht hier, Hilde. Möchtest du heute unser Gast sein? Wir haben dir einen Vorschlag zu machen. Aber jetzt kannst du mir erst einmal helfen, die Kinder aus dem Gleiter zu holen.«

Hilde warf John einen abschätzenden Blick zu, dann lächelte sie und folgte Bess zum Gleiter.

»Und ich sage euch, daß er nur an sich selbst denkt, nicht an uns oder die Kolonie!«

Ann hatte alle Frauen in der kleinen Kirche um sich versammelt und berichtete von ihrer Unterredung mit John. Sie bemühte sich, objektiv zu bleiben, aber so ganz gelang ihr das nicht.

»Es ist doch egal, an wen er dabei denkt, die Hauptsache ist, wir bekommen die Kinder«, rief Mabel dazwischen und dachte insgeheim an ihren Kahn, der unten am Seeufer lag. »Und wir wollen doch alle welche!«

»Eben, Mabel, das ist es ja! Wenn er zwei von uns mitnimmt und erst in einem Jahr wiederkommt, haben wir, wenn wir Glück haben, zwei Kinder für die ganze Kolonie. Rechnet euch doch selbst aus ...«

»Ann hat recht!« rief Mrs. Dilldap, und ihre Stimme verriet ihre seelische Verfassung. »Wir werden alle alt, und eines Tages kann es zu spät sein. Wir können nicht so lange warten. John muß gezwungen werden, bei uns zu bleiben. Es ist doch alles ganz einfach, wie jedes Naturgesetz. Wir Frauen können nur ein einziges Kind im Jahr bekommen, aber John kann fünfzig im Jahr ...«

»Seid still!« Das war Mary Geldern, sonst immer sehr ruhig und zurückhaltend. Vielleicht war gerade das der Grund für ihre jetzige Erregung. »Wie könnt ihr nur so reden? Wie könnt ihr einen Mann zu einer Maschine degradieren und alle moralischen Grundprinzipien zerstören? Ihr seid Tiere geworden, alle, wie ihr da seid. Hat sich John nicht bemüht, einen guten Ausweg zu finden? Ist er nicht zurückgekommen, um uns eine Lösung anzubieten? Gibt er sich nicht alle Mühe, uns zu helfen? Er hätte auch mit Bess allein bleiben können.«

»Ja, das hätte er«, stimmte auch Hermeline Dekk zu.

Ann sah sich in die Enge getrieben. »Ich denke nicht an die Moral der Erde, die für uns jetzt keine Gültigkeit besitzt. Ich denke nur an den Fortbestand der Kolonie. Stellt euch doch endlich um! Seht doch die Tatsachen! Wir sind fünfzig Frauen und ein Mann. Das ist alles.«

Anns klare Stellungnahme entfachte eine hitzige Diskussion, denn obwohl alle im Endeffekt das gleiche wollten, konnte man sich über den Weg dorthin nicht einig werden. Ann und ihre Anhängerinnen wollten John notfalls mit Gewalt zwingen, sein auf dieser Welt egoistisch anmutendes Familienleben aufzugeben und sich ganz dem Fortbestand der Kolonie zu widmen, während die kleinere Gruppe um Mary Geldern und Hermeline Dekk vorschlug, die Entscheidung John zu überlassen.

Diese Gruppe wurde überstimmt.

Noch während des allgemeinen Streits verließ Mabel, die Fischerin, heimlich die Kirche. Sie rannte durch die leeren Gärten und Felder, hinab zum See. Es war schon spät und sehr dunkel. In keinem der Häuser brannte Licht, und die ganze Kolonie wirkte wie ausgestorben.

Sie schob das Boot weiter ins Wasser und kletterte hinein. Vorsichtig bewegte sie die Ruder, bis das Ufer in der Finsternis verschwamm und sie allein auf der Welt zu sein schien. Aber dann sah sie das Licht auf dem Kap. Es kam aus Johns Hütte.

Er war also noch auf, und mit ihm Bess und Hilde. Um so besser.

Mabel ruderte behutsam näher, bis die Umrisse des Kaps aus der Dunkelheit auftauchten. Davor schimmerte silbern der Gleiter, kaum erkennbar. Er lag in der kleinen Felsenbucht des Kaps verankert, unbewacht und schutzlos.

Sie verstand nicht viel von Technik und schon gar nichts von Schwerkraftfeldern oder Raumschiffsantrieben. Aber sie konnte sich vorstellen, wie man einen Gleiter für längere Zeit oder auch für immer außer Betrieb setzte. Unwillkürlich tastete ihre linke Hand auf dem Bootsboden entlang, bis sie das kühle Metall der eigroßen Granate spürte, die noch aus der HAPPY FUTURE stammte. Sie war mit normalem Sprengstoff gefüllt, aber für den Gleiter würde das reichen.

Und ohne seinen Gleiter saß John auf der Landzunge fest.

Geräuschlos glitt der Kahn näher. Mabel ruderte längst nicht mehr. Der eigene Schwung brachte sie bis in die unmittelbare Nähe des Gleiters. Sie wagte es nicht, die letzten Meter noch einmal die Ruder einzutauchen.

Oben bei der Hütte war alles ruhig. Noch immer brannte das Licht, aber sonst war nichts zu hören. Einmal glaubte Mabel, das Weinen eines Kindes zu hören, aber dann war alles wieder still.

Sie knöpfte den unteren Jackenrand zu und ließ die Handgranate in den Brustausschnitt gleiten. Wasser würde ihr kaum etwas ausmachen. Dann stieg sie lautlos über den Bootsrand und tauchte in das lauwarme Wasser ein. Eine Weile noch hielt sie sich fest, dann ließ sie das Boot los und schwamm mit leichten Stößen zum Gleiter. Er schwankte kaum merklich, als sie ihn berührte und Halt fand. Ihre suchenden Füße fanden die Leiter, und behende schwang sie sich in das Cockpit.

Im Pilotensessel blieb sie reglos sitzen und wagte kaum zu atmen. Deutlich erkannte sie am Ufer die Hütte und das erleuchtete Fenster. Ihr war, als könne sie dahinter zwei Schatten erkennen. Zwei Menschen, die sich gegenübersaßen. Nur zwei Menschen?

Noch während sie zur Bluse faßte, hatte sie plötzlich das Gefühl, nicht allein im Gleiter zu sein. Ihr war, als hätte sie das unterdrückte Atmen eines Menschen hinter sich vernommen. Und dann, als sie die Granate hervorzog, sagte jemand hinter ihr: »Ich würde das nicht tun, Mabel.«

Die Stimme gehörte Bess Stream.

Mabel blieb stocksteif sitzen, in der rechten Hand den Sprengkörper.

»Ja. Was willst du hier?«

Mabel nutzte ihre scheinbare Überlegenheit.

»Was wohl? Den Gleiter in die Luft sprengen, damit ihr nicht mehr wegkönnt. Glaubst du, John soll nur dir allein gehören?«

Bess seufzte. »Ich dachte es mir. Aber du mußt bedenken, daß du dann auch nichts mehr von ihm hast, denn du wirst mit dem Gleiter in die Luft fliegen oder vorher von mir getötet werden. Ich habe eine Waffe. Doch lassen wir den Unsinn, Mabel. Was glaubst du, warum ich hier bin und nicht in der Hütte bei John und den Kindern?«

Mabel zögerte. Sie dachte an die beiden Schatten. »Ich weiß es nicht«, sagte sie, obwohl sie es ahnte.

»Dann will ich es dir verraten, und vielleicht wirst du dann vernünftiger. Ich werde diese Nacht hier im Gleiter verbringen. Ich werde hier schlafen. Hilde ist bei John.«

»Und ... und was tut sie bei ihm?«

»Sie unterhalten sich, Mabel. Du siehst, ich habe mich mit der neuen Moral abgefunden, und ich bin sicher, sie ist besser als die von Ann gewollte. John kann frei entscheiden und wird das Gefühl nie verlieren, ein freier Mann zu sein. Glaubst du nicht auch, das sei besser für ihn – und damit auch für uns? Glaube aber nur nicht, mir sei es leichtgefallen, Johns Vorschlag zuzustimmen – wir beide waren sehr glücklich zusammen, und wir werden es auch weiterhin sein. Aber ich sehe ein, daß ich nicht egoistisch sein darf. Unsere Kinder würden eines Tages allein auf dieser Welt sein, wenn wir und die Kolonie stürben.«

Mabel hielt noch immer die Granate in ihrer Hand. Sie schien ihr plötzlich schwerer geworden zu sein.

»Wir wollen alle nicht, daß die Kolonie stirbt, Bess. Darum bin ich hier. Ich stimme Anns Methode nicht zu und wollte eine bessere finden, darum wollte ich den Gleiter vernichten.«

»Du wirst es nicht tun, Mabel. Wirf die Bombe ins Wasser.«

»Und wenn ich es nicht tue?«

»Ich sagte dir schon, was dann passiert. Ehe du sie zündest, bist du tot. Ich bin in der Wildnis hart geworden, glaub mir.«

Mabel hielt die Hand über den Rand der offenen Kabine und ließ die Bombe los. Sie klatschte ins Wasser, und die Wellen trieben das Boot der Fischerin weiter in die Bucht hinein.

»So ist's gut, Mabel. Nun können wir weiterreden. Ich denke, du wirst zum Ufer zurückrudern und berichten, was hier geschehen ist. Vielleicht nimmt Ann endlich Vernunft an. Sie bekommt ihren John, aber erst dann, wenn John es will. Damit muß sie sich abfinden.«

»Und ich ...?« Mabel stockte, aber dann fuhr sie fort: »Wann werde ich ...?«

Hinter ihr lächelte Bess in die Finsternis hinein. »Auch du wirst Kinder haben«, sagte sie ruhig.

Wortlos kletterte Mabel aus dem Cockpit und ließ sich ins Wasser gleiten. Sie schwamm zum Boot, und wenige Minuten später ruderte sie aus der Bucht und nahm Kurs auf die Siedlung.

Als der Morgen graute, kehrte auch Hilde Smart zur Siedlung zurück. Sie hatte durch Bess erfahren, was geschehen war, und so überraschte sie der freundliche Empfang nicht, der ihr zuteil wurde. Sogar Ann schüttelte ihr die Hand.

»Hat John seine Absichten geändert! Wir dachten, du wolltest ihn begleiten?«

»Das wird nicht nötig sein. Er bleibt noch eine Weile hier. Wir können ihn besuchen, Ann, auch du. Bess läßt fragen, ob du etwas dagegen hast, wenn sie heute nachmittag mit den Kindern hierher kommt.«

Es wurde ein Freudenfest, und später kam auch John. Er hatte seine frühere Unbeholfenheit und Schüchternheit verloren. Aber nicht nur sein Charakter hatte sich zu seinen Gunsten verändert, auch äußerlich war er anders geworden. Die langen Haare reichten ihm bis zur Schulter, und ein selbstgewebtes Hemd umspannte seine breite Brust. Er trug kurze Hosen und ging barfuß. Sein Körper war braungebrannt und strotzte vor Gesundheit.

Er wäre auch auf Welten aufgefallen, auf denen es andere Männer gab. Hier wirkte sich sein Erscheinen geradezu phänomenal aus. Die Mädchen bestaunten ihn wie ein Wunder und versuchten, seine Aufmerksamkeit zu erregen, denn von Hilde wußten sie, daß John keineswegs unnahbar war. Und sie wußten auch, daß Bess' Kinder nicht die einzigen bleiben würden.

Für Ann konnte die Umstellung nicht einfach sein, aber sie beherrschte sich meisterhaft. Sie fand sich damit ab, daß der Mann bestimmte –

zumindest in dieser einen Angelegenheit. Und sie fand sich auch damit ab, daß sie und die anderen sich mit Geduld wappnen mußten.

Langsam begriff sie, was in Bess vorgehen mußte, und sie begann, die junge Frau zu bewundern – und zu beneiden. Der Unterschied zu früher war nur, daß sie Bess nicht Johns wegen beneidete, sondern ihrer Großzügigkeit wegen. Ihrer Gelassenheit wegen, mit der sie ihren Mann liebte und ihm die notwendigen Entscheidungen nicht nur verzieh, sondern ihm sogar dabei half.

Sie begriff auf einmal, daß erst heute, an diesem Tag, die Moral in die Kolonie zurückgekehrt war – eine andere Moral zwar, als sie auf der Erde üblich war, wo Männer und Frauen sich nahezu die Waage hielten, aber eine Moral, ohne die die Kolonie zugrunde gehen mußte.

Zwei Jahre nach dem Schiffbruch begann die neue Ordnung. Und vier Jahre danach landete die THUNDERBOLT.

5.

Captain Graybound holte tief Luft, ehe er sagte: »Und das hat dieser Mausbiber die ganze Zeit über gewußt – so ein Satansbraten! Das also meinte er mit der Überraschung!«

Leutnant Williams atmete ganz langsam durch und versuchte, sich nicht aufzuregen. »Mit der möchte ich mal baden gehen«, murmelte er.

Leutnant Goman hingegen marschierte geradewegs auf die junge Frau im Bikini zu und streckte ihr die Hände entgegen.

»Na, das nenne ich aber eine Freude«, sagte er mit belegter Stimme. »Hoffentlich sind Sie nicht verheiratet.«

Ann Griwers maß ihn mit einem verächtlichen Blick.

»Ob es eine Freude für Sie sein wird, muß sich noch herausstellen.« Sie betrachtete Williams wesentlich freundlicher. »Kommen Sie näher, meine Herren. Sie wurden bereits angemeldet. Die Kolonie erwartet Sie.«

»Kolonie?« japste Graybound fassungslos. »Was für eine Kolonie?«

Die Frau im Bikini drehte sich wortlos um und hob die Hand. Im gleichen Augenblick bewegte es sich in den Büschen, und dann erschienen weitere Frauen, genauso leicht bekleidet wie die erste, und kamen auf die Lichtung. Sie wirkten etwas befangen und betrachteten die drei Männer mit fast ängstlichen Blicken. Drei von ihnen trugen Waffen in den Händen.

Inzwischen hatte sich Ernesto von seiner Überraschung erholt. Mit hochrotem Kopf stürzte er aus der Beobachtungskuppel, um die Neuigkeit im Schiff zu verbreiten. Im Hauptkorridor begegnete er den beiden Kadetten Kurt Berndt und Heino Book. Er hielt sie einfach mit beiden Händen fest, stammelte ein paar unverständliche Worte und kam dann endlich wieder zu sich.

»Mensch!« stieß er hervor und schnappte nach Luft. »Was ich eben gesehen habe – ihr werdet es nicht für möglich halten! Frauen! Ach, was sage ich ...? Göttinnen! Die herrlichsten Mädchen, die ich je in meinem Leben gesehen habe!«

Berndt sah Book fragend an. »Unser Koch muß total übergeschnappt sein! Halluzinationen, würde ich tippen ...«

Heino Book blieb sachlich. »Es gibt keine derartigen Vorstellungen ohne plausiblen Grund, mein Lieber. Wenn wir also nach der Ursache forschen ... *was* hat er gesagt? Frauen?« Er atmete dreimal tief durch. »Richtige Frauen?«

»Hör doch nicht auf den Quatsch, Heino. Der Kerl hat doch schon immer gesponnen.«

Aber Heino Book war schon auf und davon. Er kannte Ernestos Leidenschaft und wußte, wo der Koch zuletzt gesteckt hatte, zumindest konnte er es sich denken. In der Beobachtungskuppel angelangt, überzeugte er sich davon, was draußen auf der Lichtung geschah. Knallrot im Gesicht kehrte er in den Hauptkorridor zurück.

»Kurt, der Kerl hat recht! Und das hat uns Graybound verschwiegen! Nun weiß ich auch, warum er unbedingt das Landkommando anführen wollte. Los, zu Klewobart, der wird schon wissen, was zu tun ist.«

Einmütig marschierten sie in Richtung Kommandozentrale.

Inzwischen wurde auf der Lichtung weiter verhandelt.

»Mein Name ist Ann Griwers, das dort ist Mrs. Dilldap, meine Stellvertreterin. Die anderen werden Sie noch kennenlernen, auch unsere Geschichte. Der kleine putzige Kerl, der uns zuerst aufsuchte, hat uns berichtet, daß Sie von der Erde kommen. So sehr uns das auch freut, so müssen wir Sie doch darauf aufmerksam machen, daß wir unsere eigenen Gesetze haben, und zwar seit vier Jahren. Wir haben nichts gegen Ihren Besuch einzuwenden, aber wir bitten Sie auch, sich nicht in unsere Angelegenheiten zu mischen.«

»Kein Gedanke daran«, erwiderte Graybound geistesgegenwärtig und musterte eine der Frauen mit besonderem Wohlgefallen. »Aber sicher gehe ich nicht fehl in der Annahme, daß Sie weiblichen Geschlechts sind?«

Ann überhörte die Ironie. »Sie gehen nicht fehl. Aber wenn Sie glauben ...«

»Ich glaube überhaupt nichts – he, Goman, behalten Sie die Hände bei sich! Entschuldigen Sie, Madam, aber Sie wissen ja, wie Raumfahrer nun mal sind. Etwas übermütig und voreilig.«

»Mit solchen Typen werden wir schon fertig«, beruhigte ihn Ann und lächelte freundlich-kühl. »Wie groß ist Ihre Mannschaft?«

»Zwölf Männer und acht Mausbiber.«

»Das sind die komischen Tierchen, nicht wahr?«

»Nun, so kann man sie auch nennen, aber ich rate Ihnen doch, sie das nicht hören zu lassen. Alles Telekineten, die stellen Ihnen sonst die ganze Siedlung auf den Kopf.«

»Sehen aber süß aus. Gut, Captain, dann möchte ich Sie hiermit im Namen der Kolonie zu einer Besichtigung einladen, Sie und Ihre Besatzung. Es gibt selbstgezogenen Wein. Sie können sich davon überzeugen, daß wir uns gut eingelebt haben, seit wir mit der HAPPY FUTURE hier landeten und Bruch machten.«

»Die HAPPY FUTURE ...?« Graybound zog das Gesicht in Falten. »Davon habe ich gehört. Der Besitzer ist ein alter Freund von mir. Hm, war da nicht eine ganz besondere Fracht an Bord?«

»Ja«, sagte Ann und nickte. »Wir.«

»Was heißt: wir?«

»Wir, fünfzig Frauen.«

Graybound schluckte und starrte Ann an. »Soll das heißen, daß sonst niemand an Bord war?« Er deutete in Richtung des Waldes. »Wo stecken die Männer?«

»Sie starben vor dem Schiffbruch, nur einer überlebte. John Brock.«

»Lieber Himmel!« rief Leutnant Goman aus. Aber dann begann er plötzlich zu grinsen, ziemlich anzüglich und durchaus nicht mitfühlend. »Der arme Kerl«, fügte er hinzu.

Ann sah durch ihn hindurch.

»Eine Sache des Standpunkts. Ich kenne Ihre Mentalität, Mister. In Ihrem tiefsten Innern beneiden Sie John Brock, aber Ihre anerzogene Moral läßt Sie das nicht zugeben. Auch dann nicht, wenn diese Moral der menschlichen Natur widerspricht. Zumindest auf diesem Planeten. Sie sollten sich an den Gedanken gewöhnen, daß John Brock ein glücklicher Mann ist – zumindest sollten Sie sich an den Gedanken gewöhnen, es offen zuzugeben.«

Goman starrte sie verwundert an, aber er gab keine Antwort. Graybound versuchte, das verlorengegangene Terrain zurückzuerobern.

»Selbstverständlich nehmen wir Ihre Einladung dankend an, Miß Griwers. Haben Sie etwas einzuwenden, wenn ich mein Funkgerät benutze?«

»Wozu?«

»Um meine Mannschaft zu verständigen. Sie werden verstehen, daß für diesen außerordentlichen Fall einige Anweisungen notwendig sind.«

Ann nickte nur, ohne ein Wort zu äußern. Sie blickte an den Männern vorbei hinüber zur THUNDERBOLT. Die Ausstiegluke stand offen, und in der Schleuse dahinter glaubte sie Bewegung wahrnehmen zu können. In dem engen Raum drängten sich mehrere Personen und versuchten, möglichst unauffällig einen Blick nach draußen zu werfen. Ann lächelte.

Inzwischen hatte Captain Graybound Verbindung zu Klewobart aufgenommen. In knappen Worten unterrichtete er ihn über die Lage und versicherte ihm, daß keine Gefahr drohe.

»Bleiben Sie bitte im Schiff und schicken Sie mir Leutnant Szissor. Er soll uns begleiten.«

Es dauerte keine drei Sekunden, da fiel jemand förmlich aus dem Ausstieg und kam dann hastig herbeigelaufen. Es war Leutnant Szissor, der über Telekom mitgehört hatte. Vor Graybound baute er sich auf und erstattete vorschriftsmäßig Meldung, sah aber dabei Ann und die anderen Frauen unentwegt an.

Graybound nickte ihm gelassen zu.

»Schon gut, Leutnant. Wäre nett, wenn Sie immer so flink sein könnten wie diesmal.« Er wandte sich an Ann. »Das sind meine Leutnants Szissor, Williams und Goman. Von mir aus können wir gehen. Ich bin gespannt auf Ihre Kolonie und ganz besonders auf Kadett Brock.«

Einige der Kolonistinnen gingen vor, die restlichen bildeten den Abschluß. Captain Graybound marschierte als erster der Männer, und er bemühte sich redlich, mehr auf den halbgerodeten Urwald zu achten als auf die hübschen Frauenbeine, die vor ihm gingen. Seine drei Begleiter hatten in dieser Hinsicht weniger Skrupel. Sie genossen das, was sich ihnen so freizügig bot. Und das war nicht gerade wenig.

»Junge, Junge«, murmelte Williams, der sich neben Szissor hielt. »Wenn das meine Inge wüßte ...!«

Szissor stolperte über einen Ast, den er nicht gesehen hatte. »Ich denke, du bist nicht verheiratet?«

»Freundin von mir, ganz lose Verbindung, weißt du ... aber enorm eifersüchtig. Die zweite von hinten – Mann, hat die eine Figur!«

Szissor nickte. »Hat sie, in der Tat. Haben eigentlich alle, bis auf die alte Tante, die Ann als Mrs. Dilldap vorstellte. An die sollte sich Graybound halten, wenn er keinen Ärger haben will.«

Williams grinste. »Wieso Ärger?« meinte er verständnislos.

Goman verhielt sich schweigsam. Er ging am Schluß und sah nicht einmal nach vorn. Mit nachtwandlerischer Sicherheit fand er den Weg, obwohl er sich dauernd umdrehte und vergeblich versuchte, ein Gespräch mit den Frauen zu beginnen. Mehrmals stolperte er über Äste und Steine, aber das hinderte ihn nicht daran, seine Versuche hartnäckig fortzusetzen.

Graybound hatte ganz andere Sorgen. Fast hätte er vergessen, warum sie überhaupt gekommen waren. Ernst Ellert? Nun, das sollte seine Sorge nicht sein, wohl aber die fünfzig jungen Frauen, die sich so selbstsicher und zufrieden gaben. Er kannte seine Pflicht. Schiffbrüchigen war zu helfen, das stand fest. Mit Gewalt konnte er sie natürlich nicht zwingen, in sein Schiff zu steigen und mit ihm zur Erde zurückzukehren, wohl aber den Kadetten Brock.

Graybound erhaschte einen flüchtigen Blick der vor ihm gehenden Beine. Und Brock würde sicherlich nicht mitkommen wollen, dachte er.

Das Blau des Sees schimmerte durch die Bäume, und dann standen sie hoch über seinem Ufer am Waldrand. Links unten lag die Bucht, an deren Rand die kleinen Häuser der Frauen standen, dicht an Wald und Felder geschmiegt. Auf dem Kap erhob sich eine zweistöckige Villa, von einem gepflegten Garten umgeben.

»Dort wohnt John«, sagte Ann einfach.

Graybound nickte nur. Geistesabwesend stellte er fest, daß Ann unglaublich lange Haare hatte. Sie fielen ihr bis zur Hüfte.

Unten auf der Dorfstraße war plötzlich Bewegung. Aus den Häusern kamen die Frauen gelaufen und starrten zum Waldrand empor. Einige von ihnen winkten. Szissor winkte eifrig zurück.

Schon wollte Ann den Befehl zum Weitermarsch geben, als hinter ihnen im Wald Geräusche laut wurden. Äste brachen, als jemand unachtsam drauftrat, jemand, der schnell lief und es sehr eilig haben mußte.

Die Kolonistinnen griffen zu den Waffen, ließen sie aber wieder sinken, als keins der gefürchteten Raubtiere in Sicht kam, sondern nur ein dunkelhaariger Mann mit einer weißen Pludermütze und weißen Hosen, die um seine dünnen Beine flatterten. Er trug ein weißes Hemd, und in den Händen hielt er mehrere Pakete.

Atemlos blieb er stehen und starrte die Frauen an.

Graybound holte tief Luft.

»Was fällt Ihnen ein, Ernesto? Wie können Sie ohne meine Erlaubnis das Schiff verlassen?«

Der Koch der THUNDERBOLT riß sich von dem verlockenden Anblick los und sah seinem Chef treuherzig in die strengen Augen.

»Das Mittagessen, Sir ... wäre schade, wenn es verkommen würde. Ich habe Captain Klewobart um Erlaubnis gefragt, es Ihnen bringen zu dürfen. Hier ist es.« Er deutete mit den Augen auf die Pakete, die er in den Händen hielt. »Ist noch ganz warm.«

Graybound bemühte sich, Haltung zu bewahren, während Szissor und Williams unverschämt grinsten. Lediglich Goman schien von der neu hinzugekommenen Konkurrenz nicht erbaut zu sein. Er blickte Ernesto finster an, sagte aber nichts.

»So, das Mittagessen ...?« dehnte Graybound und versuchte, ernst zu bleiben. Er kannte seine Pappenheimer. »Ist aber sehr nett von Ihnen, so besorgt um uns zu sein.« Er wurde plötzlich ganz rot im Gesicht, dann brüllte er unbeherrscht: »Wir haben aber keinen Hunger, Sie Suppenheini! Scheren Sie sich zurück ins Schiff, aber dalli!«

Der Koch war so verdattert, daß er sich nicht rühren konnte, aber da griff Ann vermittelnd ein. Mit ruhiger Stimme meinte sie:

»Warum so voreilig, Captain? Wir würden uns sehr freuen, wenn Sie mit uns essen würden, und einige von uns wären für Delikatessen von Terra äußerst dankbar. Nun, worauf warten wir noch? Unsere Frauen im Dorf werden ungeduldig – und fünf Männer sind besser als nur vier.«

Da gab Graybound sich geschlagen. Zum erstenmal zeigte sich auf seinem Gesicht so etwas wie Besorgnis, ernste Besorgnis. Sie verstärkte sich noch, als Mrs. Dilldap ihm aufmunternde Blicke zuwarf.

Ernesto schloß sich dem Zug an, der sich in Bewegung setzte. Er ging mitten unter den Frauen, die den Abschluß bildeten, und begann munter mit ihnen zu plaudern. Zu Gomans Ärger erhielt der Koch auch noch Antwort von ihnen.

Der Weg wurde breiter und gepflegter, je näher sie der Siedlung kamen. Einige Boote in der Bucht verrieten, daß Mabel und Helen, die beiden Fischerinnen, ihre kleine Flotte vergrößert hatten. Auch die Häuser sahen schmucker aus als vor vier Jahren.

Die größte Veränderung aber waren die Kinder. Einige von ihnen kamen eilig herbeigelaufen, blieben jedoch verdutzt stehen, als sie die Männer sahen. Für sie gab es nur einen einzigen Mann auf der Welt – ihren Vater John Brock.

Mitten auf dem kleinen Platz vor der Kirche hielt Ann an.

Inzwischen waren auch die anderen Frauen nähergekommen und umringten die Besucher. Einige stellten Fragen, aber Ann winkte energisch ab.

»Das hat Zeit bis später. Wir wollen nicht unhöflich sein, wenn wir so unerwartete Gäste begrüßen können. Wo ist John?«

»Auf der Jagd«, sagte eine hübsche Frau, die zwei Kinder an der Hand hielt. »Er brach schon früh auf und versprach, gegen Abend zurück zu sein. Vielleicht kommt er früher. Er muß das Schiff bemerkt haben.«

»Schon gut, Bess. Würdest du dafür sorgen, daß der Gemeindesaal hergerichtet wird? Wie zum Jahresfest. Du kannst Hermeline und Hilde mitnehmen, sie sollen dir helfen.« Sie wandte sich erklärend an Graybound: »Wir haben immer unser Jahresfest, müssen Sie wissen. Dann feiern wir den Tag, an dem John zurückkehrte und unsere neue Ordnung begann. Es war die Geburt der Kolonie.«

»Aha«, machte Graybound verständnislos und stieß Goman in den Rücken, um ihn ein wenig von den Frauen abzulenken. »Und was feiern Sie heute?«

»Ihre Ankunft!« rief Mrs. Dilldap begeistert und klopfte dem überraschten Captain herzhaft auf die Schultern. »Was denn sonst?«

Leutnant Szissor unterhielt sich angeregt mit einer jungen Frau, die sich ihm einfach als Carol vorgestellt hatte. Es ergab sich dabei wie von ungefähr, daß sie ein wenig abseits gingen, bis Leutnant Szissor plötzlich bemerkte, daß er im Vorgarten eines hübschen, kleinen Bungalows stand. Die Büsche verdeckten die Sicht auf den Kirchplatz.

Ehe der Leutnant sich's versah, hing Carol an seinem Hals und küßte ihn. Er war so überrascht, daß er sich nicht einmal wehrte, und Sekunden später hatte er auch nicht mehr die Absicht, sich zu wehren.

Graybound schnappte indessen nach Luft.

»Bitte, keine Umstände wegen uns, Mrs. Dilldap, Miß Griwers. Wir freuen uns, Sie gefunden zu haben, warum ein Fest? Wir machen Ihnen nur Arbeit.«

Ann lächelte maliziös und schielte in Mrs. Dilldaps Richtung.

»Aber, wer spricht denn von Arbeit, Captain? Es ist uns ein Vergnügen. Dürfen wir Ihnen nun unsere Kirche und unsere Häuser zeigen? Ihr Koch kann sich inzwischen mit Mabel und Helen ins Gemeindehaus begeben und ihnen bei der Zubereitung des Festmahls helfen.« Sie runzelte die Stirn. »Er ist doch ein guter Koch, hoffe ich?«

»Ein sehr guter Koch«, bestätigte Graybound.

Ernesto hakte Mabel und Helen unter und verschwand mit ihnen in Richtung eines langgestreckten Holzgebäudes, das unmittelbar neben der Kirche stand.

Goman und Williams blickten ihm neiderfüllt nach.

»Koch müßte man sein«, knurrte Goman.

Williams nickte, und dann vermißte er Szissor. Aber er sagte nichts und folgte Graybound, den Mrs. Dilldap untergehakt hatte und mitzog. Erst als ihn Mary Geldern vor einem Gartentor, hinter dem die beiden verschwanden, am Arm festhielt, blieb er stehen.

»Was ist denn?«

»Die beiden wollen sich unterhalten, Leutnant. Müssen Sie denn da unbedingt stören?«

Williams wurde verlegen.

»Oh, das wollte ich natürlich nicht, Madam. Was soll eigentlich das alles? Ich dachte, Sie wollten uns die Siedlung zeigen.«

Mary nickte eifrig. »Genau das haben wir auch vor. Kommen Sie mit ... Ich heiße übrigens Mary. Aber das sagte ich Ihnen ja schon.«

»Wie soll man sich das alles merken«, knurrte Williams und folgte ihr.

Natürlich zeigte Mary ihrem Gast zuerst ihr eigenes Haus.

Graybound bemühte sich, jede Stunde Funkverbindung zu Klewobart aufzunehmen und ihn darüber zu informieren, daß alles in bester Ordnung sei. Während er sprach, lag er auf Mrs. Dilldaps Couch in ihrem kleinen Haus und ließ sich verwöhnen. Auf dem Tisch stand eine Tasse mit einer dampfenden Flüssigkeit, die sie als Tee bezeichnete. Daneben, auf einem Teller, Kuchen.

»Es ist so selten, daß ich Herrenbesuch erhalte«, erklärte sie überglücklich, denn sie war der festen Überzeugung, daß Captain Graybound, der eingefleischte Junggeselle, freiwillig bei ihr weilte und blieb. »Das muß gefeiert werden! Sie müssen wissen, daß es manchmal in unserer Kolonie etwas einsam ist. John ist viel unterwegs, nicht immer allein. Und Ann ...« Sie zögerte. »Ann ist der Boß.«

Sie sagte »Boß«, nicht etwa »Anführerin« oder »Chefin«.

»Sie leitet die Kolonie, nicht John Brock?« wunderte sich Graybound ehrlich. »Eine Frau?«

»Das ist sie«, bestätigte Mrs. Dilldap überzeugt. »Und Frauen sind schließlich hier tonangebend. Daran müssen Sie sich gewöhnen.«

Er wollte sich aufrichten, wurde aber mit sanfter Gewalt wieder zurückgedrückt.«

»Sie bleiben doch noch bei uns?«

Er nickte. »Sicher, ein paar Tage. Schließlich haben wir eine Aufgabe zu erfüllen.«

»Welche denn?«

Es erschien Graybound ziemlich sinnlos, sie darüber aufzuklären, daß sie eigentlich einen Toten suchten. Was wußten diese Frauen schon von Ernst Ellert? Nichts, gar nichts. Sie bedeuteten keine Hilfe.

»Vermessungen«, sagte er nur.

Mrs. Dilldap verdrehte die Augen und säuselte: »Ach, wie interessant! Da können Sie gleich bei mir anfragen ...«

Graybound schalt sich einen Narren, keine bessere Ausrede gefunden zu haben.

Ernesto hatte keine Veranlassung, sich einen Narren zu nennen. Mabel und Helen zogen ihn in das Gemeindehaus. Es war leer, nur in der Mitte stand eine lange Tafel mit Stühlen für fünfzig Personen. Dann gab es noch eine niedrige Bühne mit einem Bastvorhang. An den Seitenwänden vervollständigten roh gezimmerte Anrichten und Schränke das Mobiliar.

»Wie gefällt es Ihnen?« erkundigte sich Helen. Sie sah entzückend aus mit ihren Shorts und dem straff sitzenden Hemd. »Hier feiern wir unsere Feste oder halten Versammlungen ab. Ist immer lustig.«

»Ohne Tanz kann so etwas nicht lustig sein«, sagte Mabel. »Aber das wird sich nun ändern. Wieviel Mann hat die Mannschaft eures Schiffes?«

Ernesto legte die Pakete vorsichtig auf den Tisch, um die Hände endlich frei zu bekommen.

»Insgesamt zwölf, hübsches Kind. Wie heißt ihr denn?«

»Ich bin Mabel, und das ist Helen. Wir fangen die Fische für die Kolonie. Jede hat ihre bestimmten Aufgaben. Ich habe einen Sohn, Jimmy. Er ist zwei Jahre alt.«

»Sieh mal an!« sagte Ernesto, dem nichts anderes einfiel. »Einen Sohn. Natürlich von John?«

»Von wem denn sonst?« hielt Helen ihm entgegen. »Ich habe eine Tochter von John. Sie heißt Doris. Hübscher Name, nicht wahr?«

»Fast so hübsch wie Helen«, stotterte Ernesto, dem allmählich der Gesprächsstoff ausging. Dann aber faßte er sich ein Herz und nahm

Helen und Mabel beim Arm. »Kinder, wie wär's denn, wenn ihr mir mal eure Hütte zeigen würdet. Ich finde es hier in dem großen Saal recht ungemütlich.«

Die Frauen ließen sich das nicht zweimal sagen.

Leutnant Goman hatte ein Erlebnis anderer Art. Mit einem drohenden Seitenblick auf die herandrängenden Frauen bahnte sich die rothaarige Jägerin einen Weg, bis sie vor dem Leutnant stand. Sie stemmte die Arme in die Hüften.

»Ja, wen haben wir denn da?« sagte sie mit tiefer Stimme und blickte Goman in die Augen. »Einen Mann, einen richtigen Mann!« Sie nahm seine Hand. »Komm mit.«

Er versuchte, stehenzubleiben. »Aber, Miß ... Mein Kommandant ... Wir haben Befehl ...«

Sie winkte verächtlich ab. »Keine Sorge, Kleiner.«

Goman wurde mitgezerrt. Die anderen Frauen wagten es nicht, ihn aus dem eisernen Griff Angelas zu befreien. Sie wußten aus Erfahrung, daß sie eine Beute niemals freigab.

Es dunkelte bereits, als Captain Graybound erneut Verbindung zur THUNDERBOLT aufnahm.

»Hören Sie, Graybound, was ist denn eigentlich los? Wenn Sie schon Feste feiern, warum sollen wir dann im Schiff hocken und uns alte Filme ansehen? Ich werde auch kommen.«

Graybound war ein Feind aller Ungerechtigkeit, außerdem hatte er in den vergangenen Stunden einwandfrei feststellen können, daß er und seine Leute sich unter Freunden befanden. So fiel es ihm nicht schwer, zu antworten:

»Also gut, Klewobart. Nehmen Sie sich die restlichen Männer und kommen Sie her. Man wird Ihnen eine Abordnung entgegenschicken. Die Mausbiber sollen an Bord bleiben. Verschließen Sie die Außenluke.«

»Klarer Fall«, gab Klewobart zurück.

Graybound lag noch immer auf der Couch, bis zum Rand mit Tee und Kuchen abgefüllt. Er konnte sich kaum noch rühren. Eifrig rannte Mrs. Dilldap in dem Raum hin und her, bis sie endlich die versteckte Flasche Wein fand. Sie schenkte ein.

»Den machen wir selbst«, berichtete sie. »Probieren Sie.«

Graybound tat es, mißtrauisch und voller Skepsis. Aber dann begann er, über das ganze Gesicht zu strahlen und leerte das Glas in einem Zug.

»Ausgezeichnet, Mrs. Dilldap, ganz ausgezeichnet. Ein guter Tropfen. Und das hier ...?«

»Das Klima, mein Freund, das Klima. Da muß jeder Wein gut werden. Wir machen ihn aus Beeren, die hier wachsen. John brennt auch Schnaps davon.«

Graybound richtete sich auf, denn nun hinderte sie ihn nicht daran.

»Warum ist dieser sagenhafte John noch nicht aufgetaucht? Er muß doch unser Schiff bemerkt haben? Hat er vielleicht Angst?«

»John hat nie Angst«, sagte Mrs. Dilldap empört. »Er ist ein Mann!«

»Ja, und dazu noch der einzige hier«, stimmte Graybound ihr zu. »Gestatten Sie mir eine etwas indiskrete Frage, verehrte Mrs. Dilldap?«

»Fragen Sie nur. Wir kennen uns nun gut genug, um offen miteinander reden zu können.«

»Meine ich auch. Dieser John ... um ehrlich zu sein, im ersten Augenblick hätte ich ihn ja um seine Lage beneiden können. Ein Mann und fünfzig hübsche Frauen, allein auf einer ganzen Welt. Eine einmalige Situation. Aber wie kommt er denn zurecht? Warum gibt es keinen Streit um ihn? Ich habe den Eindruck gewonnen, daß Sie sich alle gut vertragen, oder irre ich mich da?«

»Durchaus nicht. Fast jede der Frauen hat ein Kind von John, aber wenn Sie glauben, auch nur eine wäre eifersüchtig auf die andere, muß ich Sie eines Besseren belehren. Unsere Lage ließ auch keine andere Lösung zu. Und dann hat es sich schließlich von selbst eingebürgert.«

Graybound spitzte die Ohren. »Was hat sich eingebürgert?«

Mrs. Dilldap schenkte Wein nach. »Unsere neue Ordnung. Sie wäre auf der Erde natürlich undenkbar, aber hier ist das etwas anderes. Um es geradeheraus zu sagen: John hat fünfzig Frauen.«

Graybound verzog ungläubig das Gesicht.

»Nein, da irren Sie sich. Wahrscheinlich wissen Sie selbst nicht, ob Sie John beneiden oder bedauern sollen. Aber Sie dürfen nicht vergessen, daß er ein Mittel besitzt, mit dem er sich auch gegen fünfzig Frauen erfolgreich durchzusetzen vermag.«

»Welches Mittel?«

»Eigentlich sind es zwei. Erstens einmal die Tatsache, daß er ein Mann ist, und zweitens der Umstand, daß er der einzige Mann ist. Sie verstehen?«

»Ja, ich verstehe.« Graybound kratzte sich am Hinterkopf. »Aber das hat sich ja seit heute geändert. Er ist nun nicht mehr allein.«

Sie lächelte und strahlte den Captain an. »Nein, das ist er nicht, und ich bin ganz froh darüber.«

»Warum?«

Sie trank und stellte das Glas auf den Tisch zurück. Vorsichtig rückte sie näher an Graybound heran.

»Ich bin nicht mehr die jüngste. Wer könnte es John übelnehmen, wenn er die anderen Frauen mir vorzieht? Ich bin im Leben immer zu kurz gekommen.«

»Oh, das tut mir aber leid«, erklärte Graybound, und noch ehe er eine weitere Unvorsichtigkeit begehen konnte, wurde an die Tür geklopft. Es war Hermeline Dekk.

»Mrs. Dilldap, wir suchen den Kommandanten. Ah, da ist er ja. Die anderen Männer vom Schiff sind gekommen. Und schon wieder verschwunden. Wo steckt Ann?«

»Hier nicht«, fuhr Mrs. Dilldap sie ungehalten an. »Das siehst du doch!«

»Was soll ich denn tun? Im Gemeindesaal steht alles bereit. John ist auch eben eingetroffen. Er war ziemlich erschrocken, als er das Schiff sah. Ich glaube, er hat sich auf die Halbinsel zurückgezogen.«

Graybound rutschte von der Couch. »Ich danke Ihnen für Ihre Gastfreundschaft, Mrs. Dilldap. Ich muß zu John Brock. Wir sehen uns sicher später noch. Würden Sie die Güte haben, Miß ... eh ...?«

»Hermeline.«

»Ja, Miß Hermeline, würden Sie mich zu John bringen? Ich muß mit ihm reden.«

»Gern. Kommen Sie.«

Hermeline brachte Captain Graybound zum Kap. Im Haus war Licht, und ein Schatten wanderte hinter den Vorhängen unruhig auf und ab. Graybound schickte die Frau in die Siedlung zurück und klopfte an die Tür.

John öffnete und starrte Graybound an.

»Sie gestatten, Kadett Brock?« sagte der Captain und betrat den Vorraum. »Ich bin Captain Graybound, Kommandant der THUNDERBOLT. Ich möchte mit Ihnen reden.«

John überwand seine Verlegenheit. Er deutete auf einen selbstgezimmerten Sessel und wartete, bis sich sein Gast gesetzt hatte. »Unsere Geschichte werden Sie ja schon kennen, ich kann sie mir wohl sparen. Ich hoffe, Sie entschuldigen die seltsamen Umstände, unter denen wir leben, aber wie Sie gesehen haben, konnten wir den Schiffbruch überleben und eine Kolonie errichten. Sogar eine sehr gute Kolonie, denn wir betrachten uns als absolut unabhängig von der Erde.«

Er räusperte sich. »Sie befehligen kein Schiff der solaren Flotte, Captain?«

»Ich bin Privatmann, Mr. Brock«, sagte Graybound. »Ihr Glück.«

»Wieso?«

»Sie sind Kadett, wenn ich mich nicht irre ...«

»*War* ich. Jetzt bin ich der Leiter der Kolonie hier, und Sie haben mir keinerlei Befehle zu geben. Ich sage das nur vorsorglich, damit Sie nicht auf dumme Gedanken kommen. Ich habe nicht die Absicht, Lacertae zu verlassen.«

Graybound räusperte sich. »Was die Moral Ihrer Kolonie angeht ...«

»Auch das geht Sie nichts an, Captain, außerdem müssen Sie die Lösung unserer Probleme schon uns überlassen. Spielen Sie sich nur nicht als Tugendwächter auf. Ich bin erst seit einer halben Stunde zurück, aber was ich gesehen habe, reicht mir. Soll ich Ihnen sagen, wo Ihre Mannschaft steckt?«

Graybound verschluckte sich fast. »Sie müssen verstehen ...«

»Ja, und genau darum wollte ich Sie auch bitten. Um Verständnis und ein bißchen Logik. Wir hatten keine andere Wahl. Und wir kamen gut zurecht. Bis heute wenigstens.«

Graybound konnte nicht verhindern, daß seine Überlegenheit nach und nach schwand. Er fühlte sogar, daß er nun verlegen wurde. Wie konnte er einem Mann Vorwürfe machen, der ihn mit Recht anklagte? Außerdem mußte er gerade in dieser Sekunde an Mrs. Dilldap denken.

»Regen Sie sich nur nicht auf, Mr. Brock. Ich denke nicht daran, Ihnen Vorschriften zu machen oder gar zu versuchen, Sie mitzunehmen. Es ist Ihr freier Wille auf einem unbewohnten Planeten zu bleiben, also können Sie von mir aus bleiben. Sie und Ihr Harem.«

John nickte.

»Nennen Sie es Harem, das stört mich nicht. In Wirklichkeit haben wir in einer ungewöhnlichen Situation bewiesen, daß der Mensch in der Lage sein kann, sich allen Umständen anzupassen. Wir leben in einem Paradies, das wir uns selbst schufen. Wir haben keine Wünsche mehr und ...«

»Ich hatte einen anderen Eindruck«, unterbrach ihn Graybound hitzig. »Wo sind denn meine Männer jetzt?«

John hatte seine Überlegenheit wiedergefunden. »Nun, wo denn wohl?«

»Und warum?« Graybounds Stimme klang verbittert. »Doch wohl nur darum, weil Ihre ganzen Frauen wunschlos glücklich sind, he?«

John lächelte ironisch.

»Naturgesetz, mein Lieber, nichts als Naturgesetz. Ich *habe* meine Abwechslung, mein neues Erleben, ohne das der Mensch nicht schöpferisch tätig sein kann. Die Frauen hatten es bisher nicht. Aber nun kamen Sie. Ist es ein Wunder, wenn sie die Gelegenheit nutzen?«

»Meine Männer nutzen sie auch«, gab Graybound bedrückt zu. »Sagen Sie, John, werden Sie nicht eifersüchtig?«

Der Mann schüttelte den Kopf, ohne eine Sekunde zu überlegen.

»Warum sollte ich? Welches Recht hätte ich dazu? Gewöhnen Sie sich daran, daß wir eine neue, für uns passende Ordnung schufen. Sie paßt nicht zu Ihnen und zu Ihren Vorstellungen. Aber Sie werden sich daran gewöhnen müssen, falls Sie die Absicht haben, länger zu bleiben.«

Das war eine unausgesprochene Frage.

»Niemand weiß, wie lange wir bleiben. Aber ich denke, ich werde noch einmal starten und einen neuen Landeplatz suchen müssen. Am besten wohl auf der anderen Seite des Planeten.«

John Brock zuckte die Schultern.

»Das liegt bei Ihnen.« Es klopfte. John ging zur Tür und sprach mit einer jungen Frau. Dann kam er zurück. »Es war Kitty. Man erwartet uns im Gemeindesaal. Das Fest kann beginnen. Kommen Sie, Captain ...«

6.

Am anderen Morgen erwachte Gucky und blieb ganz still auf seinem Bett liegen. Er vermißte die üblichen Geräusche im Schiff, aber dann fiel ihm ein, daß Graybound und seine Männer zu einem Fest eingeladen worden waren und sicher noch schliefen. Aber nachdem er ein wenig telepathisch herumgestöbert hatte, wurde ihm eindeutig klar, daß sich an Bord der THUNDERBOLT außer ihm und seinen sieben Ilts niemand befand.

Er kletterte aus dem Bett, duschte sich und zog sich an. Den Umständen angemessen, wählte er die leichte Urlaubskombination. Dann suchte er die anderen in ihren Kabinen auf und weckte sie. Eine halbe Stunde später hockten sie alle beim Frühstück im Gemeinschaftsraum.

»Das ist aber wirklich die Höhe!« empörte sich Biggy mit schriller Stimme. »Sind einfach die Nacht nicht nach Hause gekommen!«

Ooch versuchte sie zu beruhigen. »Was ist da so schlimm dran, Putzimäuschen?«

»So, meinst du? Am liebsten wärest du wohl mitgegangen, nicht wahr? Fünfzig Frauen! Pah!«

Ooch grinste hinter der vorgehaltenen Hand und löffelte in seinem Nährbrei. Mit dem Fuß stieß er Axo an, der neben ihm hockte und nicht so schnell begriff.

»Was ist? Warum trittst du mich?«

Ooch löffelte schneller und gab keine Antwort.

Biggy hatte den Zwischenfall nicht bemerkt. Sie war immer noch zu sehr mit dem moralischen Verfall der Terraner beschäftigt. Gucky, der am Kopfende des langen Tisches saß, schob den Teller von sich.

»Hört zu, wir dürfen unsere eigentliche Aufgabe nicht vergessen. Was Graybound und seine Männer tun, geht uns nichts an. Wir haben jedenfalls Zeit für unsere eigene Arbeit. Zwar weiß ich wirklich nicht, warum mir Harno einen Hinweis auf diesen Planeten gab, aber ich bekam ihn nun einmal. Also suchen wir hier.«

»Und wie?« erkundigte sich Jumpy mit vollem Mund.

Gucky warf ihm einen strafenden Blick zu.

»Sprich nicht, wenn du kaust«, empfahl er streng und wandte sich dann an Gecko: »Du kannst doch mit einem Gleiter umgehen, oder?«

Gecko drückte die Brust heraus. »Ich habe alle meine astronautischen Lehrgänge mit Diplom absolviert, und ganz besonders gut verstehe ich mich auf Gleiter. Das Fliegen ist sozusagen meine Spezialität. Wenn ich noch hinzufügen darf ...«

»Danke, das genügt«, unterbrach ihn Gucky. »Ein Gleiter genügt für uns. Damit sehen wir uns in aller Ruhe den Planeten an. Wenn sich die anderen amüsieren, wollen wir auch etwas von dem Urlaub haben. Gegen Mittag brechen wir auf. Ich werde vorher noch Captain Graybound einen Besuch abstatten und ihn über unsere Absicht informieren.«

»Nimm mich mit«, bat Jumpy.

»Hm«, knurrte Gucky.

»Ich will die vielen Frauen auch mal sehen!« rief der dicke Axo. Er verschluckte sich fast vor Aufregung. »Wenn Jumpy mit darf, komme ich auch mit.«

Gucky sah sich in die Enge getrieben.

»Gut, dann gehen wir als Abordnung. Folgende Arbeitseinteilung.« Er stand auf, damit man ihn besser sah. »Gecko und Wully machen einen Gleiter startklar. Jumpy und Axo begleiten mich. Die übrigen sorgen dafür, daß unsere Ausrüstung bereitliegt, wenn wir zurückkommen. Alles klar?«

Wenn Gucky in diesem Tonfall fragte, dann *war* alles klar. Wenig später teleportierte er mit Jumpy und Axo in die Siedlung.

Sie rematerialisierten mitten auf dem Kirchplatz, was einige Kinder dazu veranlaßte, schreiend in die Häuser zu laufen. Kurz darauf erschienen einige Frauen, um die Ursache der Panik herauszufinden. Drei oder vier von ihnen waren bewaffnet.

Gravitätisch schritt Gucky ihnen entgegen, von Jumpy und Axo begleitet.

»Wo ist die Dame, die sich Ann nennt?« erkundigte er sich im Ton eines intergalaktischen Botschafters. »Die kenne ich schon.«

Kitty, deren kleiner Sohn heulend an ihrem Rock hing, senkte das altmodische Gewehr.

»Ach, ihr seid es! Ann?« Sie überlegte. »Hm, ich weiß nicht genau, wo sie jetzt ist. Gestern abend sah ich sie zuletzt mit Helen, Mabel und dem Koch ... Wie hieß er nur gleich?«

»Ernesto«, sagte Axo.

»Richtig, Ernesto. Ja, mit ihm und den beiden Frauen sah ich sie. Seitdem ist sie verschwunden.«

Gucky versuchte indessen, die Gedankenimpulse, die von allen Seiten auf ihn einströmten, zu sondieren, aber es gelang ihm nicht. Er konnte sich nicht richtig konzentrieren.

»Wo wohnen Ann, Mabel und Helen?« fragte er.

Kitty erklärte es ihm, beruhigte ihren immer noch brüllenden Sohn und sagte dann den anderen Frauen, daß sie in ihre Häuser und zu ihrer Arbeit zurückkehren könnten. Axo näherte sich mit guter Absicht dem kleinen Jungen und gab dabei seltsame pfeifende Geräusche von sich, um sein Wohlgefallen zu erregen. Aber er mußte wohl die falsche Melodie gewählt haben, denn das Kind ließ den Rock seiner Mutter los und rannte schreiend ins Haus.

»Unsere Kinder kennen keine lebendigen Teddybären«, erklärte Kitty entschuldigend. »Nehmen Sie es dem Kleinen nicht übel.«

Axo machte eine Verbeugung, wobei er fast umgefallen wäre.

»Aber Madam, wie könnte ich? Er ist richtig süß, der Kleine. Ich möchte gern mit ihm spielen.«

»Später vielleicht«, beendete Gucky schroff den Annäherungsversuch und sah sich im Kreis um. »Aha, dort drüben wohnt Ann. Gehen wir dort zuerst hin.«

Im Haus war niemand. Gucky führte seine Begleiter anschließend zum Haus von Mabel und Helen. Und da fanden sie dann die Gesuchten.

Ernesto lag quer über dem Teppich, in beiden Armen je eine leere Weinflasche. Er sah ein wenig ramponiert aus und erinnerte an eine jener Rauschgiftleichen, wie man sie öfters in billigen 3-D-Filmen sah.

In einem breiten Bett entdeckte Gucky Helen und Mabel. Sie lagen angezogen auf den Decken und schliefen, so wie der Wein sie hingeworfen hatte. In einem Sessel hockte Ann mit angezogenen Beinen und schnarchte leise vor sich hin.

»Muß ja eine wüste Party gewesen sein«, murmelte Jumpy erschüttert.

Gucky hielt ihm schnell die Augen zu, drehte ihn um und flüsterte ihm zu: »Du machst, daß du rauskommst! Warte im Garten auf uns! Du kannst ja am Seeufer ein bißchen spielen.«

Gehorsam marschierte Jumpy aus dem Haus und begann, Steine ins Wasser zu werfen.

Gucky ging zu Ann und tippte ihr auf die Schultern. Die junge Frau reckte sich, ohne die Augen zu öffnen.

»Aber Ernesto ...!« murmelte sie vorwurfsvoll, dann schlief sie wieder ein.

Axo kicherte. »Wie gut, daß Jumpy das nicht mehr hörte«, sagte er belustigt.

Aber Gucky blieb ernst. Er tippte noch einmal.

»Ich bin nicht Ernesto, Miß Ann. Ich bin Gucky, den kennen Sie doch schon. Wo sind die anderen Besatzungsmitglieder der THUNDERBOLT? Wo ist Captain Graybound? Wir müssen mit ihm reden.«

Ann schlug endlich die Augen auf. Es dauerte eine Weile, bis sie in die Wirklichkeit zurückfand. Sie entdeckte Ernesto auf dem Teppich, dann erst betrachtete sie die beiden Mausbiber eingehender.

»Ach – ihr seid es! Die Mausbiber. Putzige Kerlchen, wie der alte Graybound schon erklärte.«

»So, hat er das? Sehr interessant. Wo steckt er denn?«

»Wahrscheinlich hat Mrs. Dilldap ihn den Rest der Nacht bei sich untergebracht. Es war viel zu spät, noch zum Schiff zurückzukehren.«

»Ja, das verstehe ich«, gab Gucky geduldig zu. »Und wenn Sie nun die Güte besäßen, uns noch zu erklären, wo Mrs. Dilldap ihre Behausung hat ...«

Graybound lag auf der Couch in Mrs. Dilldaps trautem Heim. Er schnarchte, daß die Wände zitterten. Die gute Mrs. Dilldap hatte sich in ein Nebenzimmer geflüchtet, um wenigstens ein paar Stunden Schlaf zu erhaschen.

Gucky und Axo betraten das Haus, und Graybounds Schlafgeräusche wiesen ihnen den Weg. Ein wenig benommen standen sie dann in dem Raum und betrachteten den ruhenden Kommandanten. Die Benommenheit, die sie überkam, stammte von dem Alkoholgeruch, der sich in dem Zimmer festgesetzt hatte.

»Sieht ihm ähnlich«, knurrte Gucky verächtlich. »Schnaps oder so etwas.«

»Was hast du gegen Schnaps?« erkundigte sich Axo, der für seinen Bierkonsum berühmt war. »Laß ihm doch das Vergnügen. Wir haben ihn ja gefunden.«

»Aber nicht ganz einsatzfähig.«

»Muß er auch nicht sein. Im Gegenteil, wenn er müde ist, läßt er uns in Ruhe und ist schneller mit allem einverstanden, was wir verlangen. Los, wecken wir ihn auf ...«

Graybound hörte auf zu schnarchen, als er einen heftigen Rippenstoß bekam. Er stöhnte und murmelte dann schlaftrunken: »Aber Emma ... was soll das?«

»Hier ist nicht deine Emma!« pfiff Gucky ihn schrill an. »Mach die Augen auf! Seit wir auf dem Weiberplaneten gelandet sind, funktioniert dein Verstand wohl nicht mehr, was?«

Mühsam öffnete Graybound die Augen und erkannte verschwommen die beiden Mausbiber. Er schloß sie sofort wieder.

»Lieber Gott!« murmelte er. »Auch noch Halluzinationen ...!«

Axo sprang auf seinen Bauch. Der Captain grunzte erschreckt und versuchte vergeblich, sich aufzurichten.

»Der verdammte Kuchen von Emma. Ich hab's ja gewußt.« Abermals öffnete er die Augen und sah, wen er mit Mrs. Dilldaps Kuchen verwechselte. Er wurde plötzlich hellwach. »Wo kommst du denn her?«

»Aus dem Schiff, woher sonst?« eröffnete ihm Gucky und warf Axo einen warnenden Blick zu, der den Dicken veranlaßte, das Wort seinem Freund zu überlassen. »Kann man endlich vernünftig mit dir reden?«

»Kann man, Kleiner, kann man. Wie spät ist es eigentlich?«

»Bald Mittag, Graybound. Du hast wohl eine tolle Nacht hinter dir, was?«

»Haben wir alle. Es war ein wundervolles Fest, sage ich dir. Man hat uns aufgenommen wie die Könige.« Er sah Gucky an. »Hast du die anderen gesehen?«

»Keinen einzigen. Oder soll ich alle Hütten durchsuchen? Dazu haben wir keine Zeit. Aber ihr habt wohl Zeit, oder nicht?«

»Jedenfalls haben wir es nicht eilig«, gab Graybound zu. »Warum?«

Gucky setzte sich und wartete, bis Axo von Graybounds Bauch rutschte und ebenfalls auf einem Stuhl Platz nahm.

Dann sagte er: »Wir werden einen Gleiter nehmen und den Planeten absuchen. Vielleicht finden wir eine Spur von Ellert. Deshalb sind wir ja hier«, fügte er mit besonderer Betonung hinzu.

»Ja, ich weiß«, sagte Graybound und richtete sich auf. »Kann ich irgendwie behilflich sein?«

»Ja, indem du uns den Gleiter gibst und dich nicht weiter um uns kümmerst. Wir melden uns spätestens in einigen Tagen wieder. Einverstanden?«

»Einverstanden«, hauchte Graybound und sank in seine ursprüngliche Lage zurück. Er kam aber sofort wieder hoch, als sich die Tür zum Nebenzimmer öffnete und Mrs. Dilldap hereinkam. »O, Emma ... das sind Gucky und ... und noch ein Mausbiber. Ich kann sie nicht unterscheiden.«

»Axo«, sagte Axo und verneigte sich gravitätisch im Sitzen.

Mrs. Dilldap starrte Gucky und Axo an, als sähe sie Gespenster.

»Hallo, Emma«, sagte Gucky höflich und las in ihren Gedanken. Er warf Graybound einen vielsagenden Blick zu und erhob sich. »Wir wollten nicht stören. Komm, Axo!«

Immer noch sprachlos starrte Mrs. Dilldap hinter den beiden her.

Als Leutnant Szissor erwachte, brummte ihm der Schädel. *Wahrscheinlich*, so schloß er ganz logisch, *habe ich gestern zuviel getrunken.*

Es war ein tolles Fest geworden. Nur einige Frauen waren zu Hause geblieben und hüteten die eiligst zusammengetragenen Kinder der Kolonie. Man hatte Wein herbeigeschleppt, dazu ein Faß selbstgebrannten Schnaps, köstlich duftenden Braten, Früchte, Kuchen und selbstgebackenes Brot. John Brock, der bisherige Favorit, sah sich ein wenig vernachlässigt, aber er trug sein Schicksal mit Würde. Wenn er ein Mitglied der THUNDERBOLT-Besatzung irgendwo allein herumstehen sah, was selten genug vorkam, ging er zu ihm und begann ein Gespräch.

Feiner Bursche, dachte Szissor, als er wieder zu denken begann. *Hat es ja auch nicht leicht gehabt. Diese ganzen Jahre, allein hier auf einer Welt der Frauen. Oh, Junge ...*

Plötzlich spürte er neben sich eine Bewegung. Einen Augenblick lang war er wie gelähmt, aber dann kehrte auch die Erinnerung zurück. Es war nicht gerade die schlechteste.

»Carol?« flüsterte er. »Bist du es?«

Jemand kicherte. »Na, wer denn sonst, Herbi?« Sie gähnte, und dann verkündeten regelmäßige Atemzüge, daß Carol wieder eingeschlafen war.

Szissor atmete erleichtert auf, denn nun konnte er ungestört weiter nachdenken.

Ja, und dann dieser Ernesto? Wirklich das letzte! Irgendwie war es ihm gelungen, sich mit Helen und Mabel, den Fischerinnen, anzufreunden. Den ganzen Abend hatten sie zusammengehockt, und gegen Schluß – Szissor entsann sich nicht mehr, wann das war – hatte sich noch Ann zu der Gruppe gesellt. Und dann war Ernesto, dieser Küchenheini, mit allen drei Frauen auf einmal verschwunden!

Szissor seufzte. Nun ja, er konnte sich nicht beschweren. Carol war großzügig genug gewesen, ihn erst einmal im Saal kreisen zu lassen, ehe sie ihn fest für sich in Anspruch nahm.

Und Goman, der Westentaschencasanova! Die rothaarige Angela hielt mit eisernem Griff fest, was sie einmal geangelt hatte. Goman folgte ihr, gehorsam wie ein Hündchen.

Der ist an der Angel, dachte Szissor.

Und Williams, der alte Schwerenöter, versammelte gleich die halbe Kolonie um sich, wobei Mary Geldern allerdings auf seinem Schoß sitzenblieb, damit ihn niemand entführen konnte. Williams hatte Witze erzählt. An seinem Tisch war es wieder einmal am lustigsten zugegangen.

Aber auch die anderen hatten sich amüsiert, und das nicht zu knapp. Man landete nicht alle Tage auf einem Planeten, wo man von der Bevölkerung so liebevoll und freundlich empfangen wurde. Szissor begann zu begreifen, warum John Brock hierbleiben wollte, und zwar für immer.

Als er sich daran erinnerte, begann ein Entschluß in ihm zu reifen ...

Margits Kneipe – so nannte sich das einzige Restaurant auf dem Planeten Lacertae. Und es wurde von einer Kolonistin geführt, die auch Margit hieß.

Sie zählte zu den wenigen Frauen, die kein Kind hatte.

Als das Fest zu Ende war, kehrte Margit in ihr Haus zurück. Sie legte sich schlafen und wachte relativ früh wieder auf. Ruhig und sorgfältig wie immer, räumte sie auf und ging dann in den Gastraum, der an diesem Morgen natürlich leer blieb. Sie hatte auch sonst nur wenig Gäste, aber manchmal kamen die Frauen abends doch auf einen Sprung zu ihr herein und tranken ein Glas Wein oder aßen etwas. Sie taten es dann, wenn sie müde von der Arbeit waren und keine Lust mehr hatten, zu Hause zu kochen.

Draußen schien die Sonne. Margit ging hinaus in den Garten, der vom Seeufer und der vorbeiführenden Straße begrenzt wurde.

Die Ankunft der THUNDERBOLT war für sie so etwas wie ein Schock gewesen. Sie hatte sich an das einsame Leben auf Lacertae gewöhnt, und nicht nur das: Es gefiel ihr so, wie es war. Vielleicht hatte das auch daran gelegen, daß sie die einzige Frau von allen fünfzig war, die vor vier Jahren den ihr zugedachten Mann persönlich gekannt hatte.

Nun tauchte zum erstenmal die Möglichkeit auf, Lacertae zu verlassen und die damals begonnene Reise fortzusetzen. So schnell sie gestern noch den Entschluß gefaßt hatte, heute dachte sie bereits anders darüber. Vier Jahre waren eine lange Zeit.

Wer garantierte ihr, daß Boris heute noch auf sie wartete? Die HAPPY FUTURE galt als verschollen, und mit ihr die Frauen. Er würde seine erste Trauer um sie längst überwunden und sich eine andere Frau genommen haben. Wenn sie jetzt auftauchte, würde sie nicht mehr willkommen sein.

Sie hatte in dieser Nacht wenig geschlafen, das für und wider gegeneinander abgewogen und war schließlich zu dem Ergebnis gelangt, daß es keine andere und bessere Möglichkeit für sie gab, als auf Lacertae zu bleiben.

Sie sah den kleinen Jumpy, der am Ufer stand und immer noch Steine ins Wasser warf, wie sein Vater es ihm empfohlen hatte. Beim ersten Besuch hatte sie Gucky gesehen und kannte die Mausbiber. Sie lächelte versonnen und ging zum Ufer.

»Du kannst aber gut werfen«, lobte sie, als er sie fragend ansah.

Jumpy nickte eifrig. »Kann ich. Aber auf die Dauer wird es langweilig. Wer bist du?«

Sie erklärte es ihm. »Ich kenne noch jemand, der so aussieht wie du, aber er ist größer. Und etwas dicker.«

»Das ist Papa«, sagte Jumpy und fügte düster hinzu: »Lassen Sie ihn das nicht hören, daß er dick ist. Das mag er nicht. Haben Sie ihn gesehen?«

»Heute noch nicht. Warum bist du hier allein am See?«

»Ooch ... kein besonderer Grund. Papa und Axo suchen die Mannschaft unseres Schiffes, und da soll ich wohl nicht dabei sein. Als ob ich noch ein kleines Kind wäre. So ein Unsinn.«

»Hm.« Margit überlegte, wie sie die Unterhaltung fortsetzen sollte, ohne in Verlegenheit zu geraten. »Magst du ein Glas Obstsaft?«

Jumpy schien nicht abgeneigt. »Gern, wenn er nicht zu süß ist. Wegen der Figur«, fügte er erklärend hinzu und folgte ihr ins Haus.

Es ist auch wegen der Kinder, dachte Margit ein wenig bedauernd. *Was würde Boris sagen, wenn er erführe, daß ich keine Kinder bekommen kann? Damals habe ich das ja nicht gewußt, wir beide nicht. Aber heute weiß ich es. Es ist also in jedem Fall besser, ich bleibe hier, denn Siedlerfrauen müssen Kinder kriegen. Hier macht es nichts.*

Sie schob Jumpy das gefüllte Glas zu. »Ist dein Papa der berühmte Gucky?«

»Ist er!« bestätigte Jumpy stolz und probierte den Saft. »Oh, der ist aber gut. Macht ihr den selber?«

»Wir machen alles selbst. Täten wir das nicht, wären wir längst nicht mehr am Leben. Was wollt ihr eigentlich hier? Seid ihr zufällig gelandet?«

Jumpy überlegte. War es eigentlich ein Geheimnis, die Suche nach Ernst Ellert? Vielleicht nicht, aber auf jeden Fall war es ihm zu kompliziert, der freundlichen Margit die Suche nach einem Toten zu erklären.

»Es war reiner Zufall«, sagte er schließlich.

»Für manche ein glücklicher Zufall«, meinte Margit.

Jumpy richtete sich plötzlich kerzengerade auf. Er schien zu lauschen, aber Margit konnte nichts hören.

»Papa sucht mich«, sagte Jumpy.

»Hat er gerufen? Ich hörte nichts.«

»Telepathisch«, erklärte der kleine Mausbiber. »Er ist ganz in der Nähe. Warten Sie ...«

»Ich gehe schon«, unterbrach sie ihn und drückte ihn auf den Stuhl zurück, ging zur Tür und trat ins Freie. Sie entdeckte Gucky und Axo auf der Straße am Ufer. »Hallo, sind Sie Gucky? Wenn Sie Ihren Sohn suchen – er ist bei mir.«

Wenig später saßen sie in *Margits Kneipe* und schlürften den köstlichen Obstsaft, der ihnen vortrefflich mundete.

»Die zwölf Männer bleiben vorläufig hier, wenigstens für einige Tage«, sagte Gucky, als Margit eine entsprechende Frage stellte. »Es gefällt ihnen hier. Wir Mausbiber werden uns den Planeten ansehen.«

»Es gibt nicht viel zu sehen«, vermutete Margit. »Ich bin meistens hier am See gewesen, aber einige haben mit John Reisen gemacht, mit dem Gleiter. Sie berichten, es sei ein schöner, aber unbewohnter Planet.«

»Deshalb ist er ja schön«, meinte Gucky und nickte beifällig.

Margit schenkte nach. Sie unterhielten sich noch ein wenig, dann mahnte Gucky zum Aufbruch. Er versprach Margit, wieder bei ihr vorzusehen, sobald sie die geplante Exkursion hinter sich hatten.

Und Margit sagte: »Dann bringen Sie aber die anderen Mausbiber auch mit. Sie sind alle meine Gäste ...«

»Wird gemacht«, versprach Axo und gab ihr die Hand. Dann war Margit wieder allein.

Mit Hilfe des Antigravfeldes wurde der Gleiter aus der Hangarluke gehievt und landete wohlbehalten neben dem Schiff auf der Lichtung. Gecko benahm sich in der Tat äußerst geschickt, aber dem wachsamen Auge Guckys entging es nicht, daß der ehrgeizige Pseudoadmiral dabei vor Aufregung zu schwitzen begann.

Er ging zu ihm. »Sei ehrlich, Gecko, bist du auch sicher, das Ding fliegen zu können, ohne daß wir auf die Nase fallen?«

Gecko musterte Gucky mit abschätzenden Blicken. »Ich habe mehrere Prüfungen abgelegt und Diplome dafür erhalten ...«

»Das wissen wir bereits, aber du solltest nicht vergessen, daß es allein auf die Praxis ankommt, nicht auf theoretische Lehrgänge. Hast du schon Einsätze geflogen – ich meine richtige Einsätze, keine Probeflüge in absturzsicheren Magnetfeldern?«

Gecko wischte sich den Schweiß aus der behaarten Stirn. »Natürlich habe ich Einsätze geflogen, wenn auch nicht gerade unter extremen Bedingungen. Aber so ein Gleiter ist doch ein lächerliches Spielzeug in der Hand eines erfahrenen Piloten, und ...«

»Ich habe keine Lust, durch deine Dummheit vom Himmel zu fallen, und wenn das passiert, kann ich euch nicht alle auf einmal in Sicherheit bringen. Höchstens vier oder sechs. Du würdest der siebente sein, Gecko.«

Gecko starrte Gucky an. Man sah ihm an, wie er nachrechnete. Zum Glück erschien in diesem peinlichen Augenblick am Rand der Lichtung ein Mann und näherte sich der Gruppe beim Schiff. Es war Leutnant Szissor, an dessen Hand eine hübsche Frau ging. Er beschleunigte seine Schritte, als er Gucky entdeckte.

»Ich fürchtete, ihr wäret schon fort«, sagte er atemlos, als er den Mausbiber erreichte. »Das hier ist übrigens Carol.«

Sehr galant, begrüßte Gucky Szissors Begleiterin und sorgte dafür, daß Gecko abgedrängt wurde.

»Was gibt's, Herbi?«

»Kann ich kurz mit dir allein sprechen?«

Gucky sah ihn einen Augenblick scharf an, dann schüttelte er den Kopf.

»Nicht nötig, ich weiß schon Bescheid. Das hat übrigens im Endeffekt der Alte zu entscheiden. Aber was den Ausflug angeht ... nun, eine Frage dazu: Kannst du mit einem Gleiter umgehen?«

Leutnant Szissor deutete verblüfft auf den Gleiter, an dessen Heck Gecko angelehnt stand, als habe er das Ding soeben in einem Laden erworben.

»Den Gleiter dort ...? Aber sicher, Gucky. Das gehört zu unserer Ausbildung. Habe schon oft Einsätze geflogen, unter schwierigsten Bedingungen ...«

»Gut, das reicht. Dann machst du den Piloten. Aber was wird aus Carol?«

»Ich spiele nur dann den Piloten, wenn sie mitkommt. Wir wollen uns den Platz gemeinsam aussuchen. Er muß uns beiden gefallen.«

Gucky seufzte.

»Also gut, ich lasse mich breitschlagen. Bin ja nicht so. Was später geschieht, geht mich nichts mehr an. Graybound wird wohl auf einen seiner Offiziere verzichten können. Nur fürchte ich, die anderen werden auf ähnliche Gedanken kommen.«

Szissor drückte Gucky begeistert beide Hände, gab Carol einen flüchtigen Kuß und ging dann zum Gleiter. Gecko vertrat Szissor den Weg.

»Was ist?« erkundigte er sich ölig. »Noch nie einen Gleiter gesehen?«

Leutnant Szissor ließ sich nicht beeindrucken. »Habe ich, darum fliege ich ihn jetzt. Was dagegen?«

Gecko sah sich in die Enge getrieben. Außerdem waren die anderen Mausbiber herbeigekommen und standen im Halbkreis herum. Auf keinen Fall konnte er sich nun eine Niederlage erlauben. Aber er war klug genug, die Sache nicht auf die Spitze zu treiben. Mit einem strahlenden Lächeln gab er den Weg frei.

»Aber nein, Szissor, warum sollte ich? Man muß den Unvollkommenen jederzeit die Chance geben, hinzuzulernen. Bitte, bediene dich. Wo der Pilotensitz ist, weißt du ja sicher noch ...«

Szissor war über die unerwartete Reaktion so verblüfft, daß er automatisch nickte und in das Cockpit kletterte, um die Startkontrollen zu überprüfen, wie es Vorschrift war. Gecko aber schritt breitbeinig durch die gaffenden Ilts hindurch, verneigte sich weltmännisch vor Carol und bot ihr seinen Arm an.

»Kommen Sie mit, ich zeige Ihnen unser Schiff – wenigstens von außen.«

Carol bückte sich, um der Aufforderung Folge zu leisten. Das ungleiche Paar verschwand in Richtung der nahen THUNDERBOLT. Gucky starrte fassungslos hinterher.

»So ein Lausekerl!« murmelte er. »Möchte mal gerne wissen, wann dem keine Ausrede einfällt!«

Er schüttelte den Kopf und teleportierte zu Szissor in die Kanzel des Gleiters. Der Leutnant hatte seine Überprüfung gerade beendet.

»Alles in Ordnung, Gucky. Wann starten wir?«

»Von mir aus sofort. Wir haben alles vorbereitet, und die Genehmigung von Graybound liegt auch vor. Lassen wir die Kabine offen?«

Das durchsichtige Schiebedach war zurückgefahren worden. Wenn die Fluggeschwindigkeit nicht zu sehr erhöht wurde, konnte der frische Fahrtwind nur angenehm sein. Szissor nickte:

»Ich denke schon. Wenn Carol neben mir sitzt, direkt hinter der Sichtscheibe, wird sie kaum frieren. Also – warten wir nicht länger.«

Gucky sagte: »Ich weiß, warum Sie es so eilig haben.«

»So?«

»Wegen Graybound. Praktisch sind Sie ja ausgerissen. Er weiß doch nichts davon, daß Sie mitwollen, oder doch?«

»Natürlich nicht. Aber wir haben heute den ganzen Tag Urlaub, wir alle. Und da kann man ja bekanntlich tun und lassen, was man will. Nun, ich will eben einen Ausflug mit Carol unternehmen, das ist alles.«

Gucky gab keine Antwort. Er lehnte sich über den Rand der Kabine und rief den Ilts zu, sich zu beeilen. Start sei in zehn Minuten. Dann bemerkte er, daß Gecko noch fehlte. Er sah ihn vor der THUNDERBOLT stehen und mit großartigen Gesten Carol das Schiff erklären. Mit einem flüchtigen Lächeln auf den Lippen entmaterialisierte er und teleportierte so geschickt unter das Mädchen, daß Gecko ihn nicht sah. Eine Sekunde später hockte Carol neben Szissor in der Kabine des Gleiters. Gucky begab sich wieder auf seinen Beobachtungsplatz und blickte in Richtung Schiff.

Gecko, der nichts von der Entfernung Carols bemerkt hatte, sprach und erklärte noch immer. Mit beiden Händen fuchtelte er in der Luft herum, wobei sein Mundwerk nicht einen Augenblick stillstand. Die anderen

Mausbiber, die inzwischen an Bord gekommen waren, sahen interessiert zu. Einige von ihnen grinsten recht unverschämt.

»Der ist ja mal wieder schön in Fahrt«, meinte Wully. »Spricht schon mit Geistern.«

»Dicker Angeber!« flüsterte Biggy und drängte sich zärtlich gegen Ooch, der neben ihr stand. »Wir müssen es ihm sagen, sonst quasselt er morgen noch.«

Aber so geistesabwesend war Gecko nun auch wieder nicht. Mitten im Satz verstummte er plötzlich, denn er hatte Carol ansehen wollen und sie nicht mehr neben sich vorgefunden. Ein Blick zum Gleiter enthüllte ihm die Wahrheit.

Diesmal fiel ihm keine passende Ausrede ein, wenigstens nicht so schnell. Hastig setzte er sich in Trab und rief: »He, warten! Ich will mit! So was dummes ...«

»Nicht wahr?« empfing ihn Ulfo, der ewige Spötter. »Da sind wir ganz deiner Meinung. Etwas dümmeres haben wir auch noch nicht gesehen.«

Gecko plumpste in einen freien Sessel. Er würdigte Ulfo keiner Antwort.

Leutnant Szissor grinste, nickte Carol und Gucky zu, dann schaltete er den Antrieb ein.

Fast lautlos erhob sich der Gleiter, strich dicht über die Wipfel der Bäume dahin und verschwand in westlicher Richtung, den See unten links zurücklassend.

Weit vor ihnen, fast am Horizont, versperrte ein langgestrecktes Gebirge die Sicht. Dahinter lag das Meer.

7.

Gegen Mittag tauchte Captain Klewobart in »Margits Kneipe« auf. Mit einer knappen Handbewegung begrüßte er die Besitzerin und ließ sich schwer in einen der Sessel fallen.

»Nicht viel los«, stellte er mit einem Rundblick fest. »Schlafen wohl alle noch.«

»Kann wohl sein, Captain. Was darf ich Ihnen zu trinken anbieten?«

Klewobart holte tief Luft. »Alles, nur keinen Alkohol. Haben Sie Fruchtsaft?«

Margit brachte ihm das Gewünschte.

»Schönes Wetter heute, nicht wahr?« Klewobart fiel kein anderer Gesprächsstoff ein, der unverfänglich genug gewesen wäre. Er räusperte sich verlegen. »Überhaupt ein schöner Planet, was die Klimaverhältnisse angeht. Sie haben wirklich Glück gehabt, ausgerechnet hier zu landen. Das hat John Brock gut gemacht.«

»Ja, hat er«, bestätigte Margit und verzichtete darauf, dem Captain zu erklären, daß sie kaum eine andere Wahl gehabt hatten. »Bei der Landung allerdings setzte er ein wenig zu hart auf. Nun, wir haben alles gut überstanden und fühlen uns wohl hier. Wie lange bleiben Sie?«

»Das kommt auf Captain Graybound an, meinen Partner. Und natürlich auf die Mausbiber.«

»Auf die auch?« wunderte sich Margit.

»Gerade auf die!«

»Verstehe ich nicht.«

Klewobart wußte nicht so recht, wie er ihr es erklären sollte. »Sehen Sie, Miß ... äh ...«

»Margit, einfach Margit«, sagte Margit und deutete auf das Schild über der Tür.

»Ach so, jaja. Hm, das ist so: Die Mausbiber gelten als gleichberechtigte Mitglieder der terranischen Gemeinschaft, und Gucky wird hin und wieder sogar ein wenig bevorzugt, was durchaus seine Berechtigung hat, denn er hat eine Menge für uns getan. Er ging also zu Rhodan und bat ihn um ein Schiff. Er bekam die THUNDERBOLT – und da sind wir.«

Margit schüttelte den Kopf. »Alles gut und schön, aber was wollen die Ilts hier?«

»Das ist schwer zu erklären, Miß Margit. Ich weiß nicht, ob Sie die alte Geschichte aus den Anfängen des Solaren Imperiums kennen, so zur Zeit der Dritten Macht. Im zwanzigsten Jahrhundert.«

»Nur sehr vage«, gab Margit zu.

»Ja, sehen Sie, da gab es einst einen Mann, der Ernst Ellert hieß. Er war Teletemporarier ...«

Langsam kam Klewobart in Fluß. Er berichtete, was er von der Geschichte wußte, und schloß nach dem dritten Glas Fruchtsaft:

»Und nun glaubt Gucky, daß es hier auf dieser Welt eine Spur gäbe, die zu Ellert führt. Er ist überzeugt, daß der noch lebt, in einer anderen Gestalt natürlich, oder vielleicht nur als Geist oder so was. Er bekam von Rhodan die Erlaubnis, ihn hier zu suchen.«

Margit stellte keine Fragen und gab auch keinen Kommentar. Sie stellte lediglich fest: »Nun verstehe ich auch, was die kleinen Kerlchen mit der Exkursion meinten, die sie heute vornehmen. Drei von ihnen waren vorher bei mir. Ich habe sie eingeladen, mich zu besuchen, sobald sie zurück sind.«

Captain Klewobart wurde hellhörig. »Exkursion? Heute?«

»Ja. Vor zwei Stunden etwa.«

Klewobart stand gewollt langsam auf und ging zur Tür. Dort blieb er stehen und schüttelte den Kopf. »Verzeihen Sie – was bin ich Ihnen schuldig?«

»Sie sind mein Gast«, erwiderte Margit einfach.

Er bedankte sich und fragte: »Wissen Sie, wo ich Captain Graybound finde?«

»Sicher bei Mrs. Dilldap, Captain. Die Straße entlang, das dritte Haus auf der linken Seite.«

Klewobart bedankte sich abermals und marschierte in der angegebenen Richtung davon. Er begegnete einigen kleinen Kindern, die im Sand der Straße spielten. Ansonsten herrschte eine fast unheimliche Stille. Es schien, als schliefe noch alles.

Klewobart war fest entschlossen, das baldmöglichst zu ändern.

Gegen Mitternacht sah John Brock bereits, welche Entwicklung sich abzuzeichnen begann. Er hatte von Anfang an damit gerechnet.

Bess begleitete ihn, als er zu seinem Haus auf der Halbinsel ging. »Glaubst du, daß es Ärger geben wird, John?«

»Warum? Unsere Besucher werden noch einige Tage hier bleiben, vielleicht sogar ein oder zwei Wochen. Ich habe mit dem Kommandanten gesprochen. Sie haben Zeit.«

Sie nickte ihm ermunternd zu, als er schwieg. »Ja, sprich nur ruhig weiter, John. Was willst du damit sagen?«

»Ist doch ganz einfach, was ich sagen will. Es sind zwölf Männer, Bess, und wir haben knapp fünfzig Frauen. Wenn die Männer länger bleiben ...«

Wieder zögerte er.

»Ist es wirklich so einfach? Ich weiß, was du sagen willst, aber du kannst die irdische Mathematik nicht auf unsere Verhältnisse anwenden. Du hast selbst einmal gesagt, daß wir unser Leben den neuen Bedingungen anpassen müssen. Das haben wir getan. Und nun sind auf einmal zwölf Männer da. Und jetzt vergißt du deine eigene Regel, John.

Diese Männer kommen von der Erde. Sie haben die Erde in ihrem Schiff mitgebracht – ich will damit sagen, daß ihnen unsere Gesetze fremd sein müssen.«

Er blieb stehen, dicht neben ihr. Vor ihnen lag das Kap.

»Aber du hast doch selbst gesehen, was geschah. Wie schnell haben unsere Frauen mit ihnen Freundschaft geschlossen, und wie schnell haben sich jene gefunden, die vielleicht mehr werden können als Freunde.«

»Stimmt«, gab sie zu und drückte sich an ihn. »Aber ich wiederhole: Sie kommen von der Erde. Unsere Moral, die den Bestand und das Weiterleben der Kolonie sichert, muß ihnen verwerflich erscheinen. Jeder von ihnen hat eine Frau gefunden, mit der er zusammensein möchte. Aber was ist morgen, John? Glaubst du, daß sie rein psychisch in der Lage sein werden, eine andere Frau zu sich zu nehmen?«

Er begriff, was sie damit sagen wollte. Daran hatte er nicht gedacht. Langsam ging er weiter und zog sie mit sich.

»Du hast recht, Bess. Es wird Ärger geben. Mehr als die Hälfte unserer Frauen wird sich benachteiligt fühlen, ehe drei oder vier Tage vorbei sind.« Er schüttelte den Kopf. »Warum können sie sich nicht umstellen? Warum haben sie kein Verständnis dafür, daß wir anders leben müssen als sie?«

»Du vergißt, wie lange das bei uns gedauert hat, John. Weißt du noch, wie es vor vier Jahren war? Und weißt du auch noch, wie wir von hier flohen und wann wir zurückkehrten?«

Sie gingen ins Haus und machten Licht. Die Kinder schliefen. Sie wurden auch nicht wach. Als sie im Bett lagen, nahm er ihre Hand.

»Wenn wir ganz ehrlich sind, Bess, haben auch wir uns noch nicht an die neuen Gesetze gewöhnt, die wir selbst machten. Wir leben zwar danach, weil wir keine andere Wahl haben, aber trotzdem wohnst du bei mir, immer. Es gibt auf dieser ganzen Welt nur ein einziges richtiges Paar, und das sind wir, du und ich ...«

»Ich bin sehr glücklich darüber«, sagte Bess und löschte das Licht.

Nachdem Captain Graybound mühevoll erklärt hatte, was Mausbiber waren und welche Rolle sie spielten, wobei er immer wieder betonte, daß sie das ja eigentlich noch wissen müsse, kehrte wieder Ruhe und Frieden in das kleine Haus zurück. Zum erstenmal in seinem Leben bekam Graybound das Frühstück ans Bett gebracht und wurde verwöhnt wie ein Pascha.

Er hatte sich noch nie so wohlgefühlt und wünschte sich, daß es immer so bleiben möge. Kaum hatte er das getan, begann er sich Sorgen zu machen.

»Du siehst so nachdenklich aus, Liebster«, säuselte Mrs. Dilldap und setzte sich auf den Bettrand. »Was hast du denn?«

»Dienstlich, es ist dienstlich. Ich glaube, ich muß mich um meine Leute kümmern.«

»Aber wieso denn? Es ist noch früh, und die schlafen noch alle.«

»Eben!« knurrte er vielsagend. »Das wird ihnen so gut gefallen, daß sie überhaupt nicht mehr ins Schiff zurückzubringen sind. Kann auch sein, daß sie meutern und hierbleiben wollen.«

»Ach, wie aufregend!« entfuhr es Mrs. Dilldap unwillkürlich.

»Ich danke dafür.« Graybound sank in die Kissen zurück. Dabei sah er auf seine Uhr. Die Mittagsstunde nahte. Vielleicht schliefen die anderen wirklich noch, aber er sollte sich darum kümmern. Zumindest konnte ein bißchen Disziplin nicht schaden. Appell auf dem Kirchplatz vielleicht, oder so etwas Ähnliches.

Er leerte die Tasse mit dem Kaffee, der noch aus den Vorräten der HAPPY FUTURE stammen mußte, dann kroch er aus dem Bett. Kurze Zeit später war er angezogen und abmarschbereit. Er gab Mrs. Dilldap einen flüchtigen Kuß.

»Ich habe meine Pflichten als Kommandant«, sagte er und fügte hinzu: »Wir sehen uns bald wieder ...«

In diesem Augenblick klopfte es an der Tür. Graybound ging hin und öffnete, während Mrs. Dilldap im Schlafzimmer verschwand.

Es war Captain Klewobart. »O, guten Morgen, Graybound. Gut geschlafen?«

»Sicher, sicher. Was gibt es?«

»Die Mausbiber sind auf und davon. Nennen es eine Exkursion. Ich habe es von der Besitzerin der Kneipe erfahren.«

Graybound nickte. »Ja, ich weiß. Sonst noch was?«

Klewobart konnte seine Enttäuschung nicht verbergen. »Ist das nicht genug? Machen einfach eigenmächtig eine Exkursion? Wer weiß, was sie darunter verstehen ...«

»Sie haben sich mit meiner Erlaubnis einen Gleiter genommen und umrunden Lacertae, das ist alles. Deshalb sind sie ja hier. Ich weiß nicht, was dabei sein soll, Klewobart.«

»Ich dachte nur, es sei gut, wenn wir es beide wüßten.«

Graybound nickte beifällig. »Das tun wir ja. Aber etwas anderes. Ich möchte die Besatzung sprechen. In einer Stunde in Margits Kneipe oder wie der Laden heißt. Geht das klar?«

»Ich kümmere mich darum«, versprach Klewobart. »In einer Stunde.«

Graybound wartete, bis er verschwunden war, dann ging auch er. Sein Weg führte ihn schnurstracks zu Margits Kneipe am Seeufer, aber bevor er dort ankommen konnte, wurde er aufgehalten.

Als die Wiederbelebungsversuche mit starkem Kaffee endlich einen Erfolg zeitigten, ließ Ernesto die Augen vorsichtshalber noch geschlossen. Langsam nur kehrte seine Erinnerung an den vergangenen Abend zurück.

Da waren Mabel und Helen gewesen, die beiden Fischerinnen der Kolonie. Und später war noch Ann hinzugekommen. Es hatte ihm sofort leid getan, sie nicht früher und vor Helen und Mabel kennengelernt zu haben, aber dann hatte sich das Problem, wie so oft im Leben, von selbst gelöst.

Immerhin – da war doch noch etwas gewesen, aber was nur?

Er spürte eine weiche, ungemein zärtliche Hand auf seiner Stirn. »Geht es dir besser?«

Ernesto holte ganz vorsichtig Luft und öffnete die Augen. Er täuschte sich nicht. Über sich sah er Anns Gesicht, nicht das von Helen oder Mabel.

»Oh, diese Kopfschmerzen! Ich muß zuviel getrunken haben.«

Sie nickte mitfühlend. »Ja, leider. Du warst voll wie eine Haubitze. Ein Glück, daß Helen und Mabel mir halfen, dich ins Bett zu bringen. Du hättest sonst irgendwo im Straßengraben geschlafen.« Sie setzte sich zu ihm.

»Wo bin ich?« fragte er, obwohl er es genau wußte.

»Bei mir zu Hause, wo sonst?«

Er richtete sich auf. »Und die anderen? Ich meine, meine Kameraden?«

»Irgendwo, ich weiß nicht. Wir sind etwas früher gegangen, weil du nicht mehr stehen konntest. Böse?«

Er schüttelte den Kopf. »Danke, daß du dich um mich gekümmert hast.« Er sah sich im Zimmer um. »Wo hast du denn geschlafen? Ich sehe nur ein Bett.«

Ann lächelte. »Nebenan im Wohnzimmer natürlich.«

Er lächelte zurück. »Wirst du rot werden, wenn ich es nicht glaube?« fragte er.

Captain Klewobart klapperte alle Häuser ab, um die Mannschaft zusammenzusuchen. Er schaffte es, jeden einzelnen Mann der THUNDERBOLT vom Wunsch des Kommandanten zu unterrichten.

Lediglich Leutnant Szissor blieb unauffindbar.

Die Frauen hatten ihn zuletzt mit Carol gesehen, aber deren Haus war leer, wie sich bald herausstellte.

Klewobart marschierte mit einem unruhigen Gefühl zu Margits Wirtschaft und setzte sich dort an einen Tisch im Ufergarten. Im Gegensatz zu vorher bat er um ein großes Glas mit Obstschnaps. Dann wartete er auf das Erscheinen des Kommandanten.

Aber nicht nur Graybound erschien, sondern mit ihm kamen Mrs. Dilldap und noch weitere zehn Frauen. Sie begleiteten ihn wie eine Ehrenwache, wobei ihre Gesichter allerdings nichts Gutes verhießen. Auch Williams und Goman kamen nicht allein. Sie wurden von Mary Geldern und Angela begleitet.

Nicht ein einziger der Männer kam allein.

Klewobart schaute tief in sein Glas und tat so, als ginge ihn das alles nichts an. Seine Verwirrung wuchs, als er vom Ufer her noch John Brock herbeikommen sah.

»Das Strafgericht!« murmelte er. »Jetzt muß sich der alte Graybound aber anstrengen, um die armen Frauen zu beruhigen ...«

Er sah die Angelegenheit natürlich völlig falsch, wie sich bald herausstellte.

Graybound setzte sich zu ihm und hielt einen Stuhl für John Brock frei. Auf den vierten setzte sich Leutnant Williams, ehe Mrs. Dilldap ihn mit Beschlag belegen konnte.

»Es tut mir leid«, begann Graybound, der die nicht gerade rosige Stimmung der Frauen genauso mißverstand wie Klewobart. »Es tut uns allen leid, Brock. Aber es war ja auch nicht anders zu erwarten. Männer, die viel im Raum sind, und Frauen, die auf einer Welt wie dieser leben. Versuchen Sie das zu verstehen, Brock, und dann ...«

John Brock legte ihm die Hand auf den Arm. »*Was* tut Ihnen leid, Captain?«

Graybound schien etwas verwirrt. Er sah Brock an.

»Nun ja, wie soll ich es ausdrücken? Meine Männer sind keine Engel, Brock. Ich bitte Sie, das zu verstehen, Brock. Wir wollten Sie nicht kränken, Ihre Ordnung nicht stören. Sollte sich eine der Frauen gekränkt fühlen ...«

John Brock begriff den Irrtum, in dem sich der Kommandant befand.

»Heute noch nicht, Captain«, unterbrach er ihn hastig, »aber vielleicht morgen schon. Ihre Männer dürfen niemanden bevorzugen, dann ist alles gut. Ich habe ja das auch nicht getan, und nur deshalb kommen wir alle gut miteinander aus.«

Klewobart, der inzwischen längst gemerkt hatte, worauf Brock hinauswollte, gab Graybound einen leichten Tritt vors Schienbein. Williams begann zu grinsen, aber dann sah er Mary Geldern und wurde schnell wieder ernst.

»Sie wollen damit doch nicht sagen ...?« Graybound schnappte nach Luft. »Das ist verwerflich und widerspricht jeder Ethik, Brock!«

Brock beugte sich vor. »Versetzen Sie sich in unsere Lage, Captain. Die übrigen Frauen kämen sich zurückgesetzt und betrogen vor. Das mühsam aufrechterhaltene Gleichgewicht der Kolonie wäre empfindlich gestört. Sie sind zwölf Männer, und keine zimperlichen. Nun erzählen Sie mir nur noch, die seien alle streng monogam veranlagt. Das glauben Sie wohl selbst nicht.«

Graybound zuckte zusammen, als er Mrs. Dilldap zum Tisch kommen sah.

»Wir reden noch darüber«, flüsterte er John Brock schnell zu und fuhr lauter fort: »Was ist mit Szissor, Williams?«

Der Leutnant erwiderte: »Keine Ahnung. Ich habe ihn seit gestern nicht mehr gesehen.«

Mrs. Dilldap hörte die Bemerkung und sagte: »Er war mit Carol zusammen.«

»Das Haus ist leer«, knurrte Graybound wütend. Er begann, den Planeten der Frauen bereits heimlich zu verfluchen. »Szissor und Carol sind verschwunden.«

Leutnant Williams schreckte zusammen, als Mary sich auf seinen Schoß setzte. Graybound runzelte die Stirn.

Mary Geldern sagte: »Leutnant Williams hat sich entschlossen, nicht mehr auf die THUNDERBOLT zurückzukehren. Er wird hier bleiben.«

Graybound starrte die junge Frau mehrere Sekunden fassungslos an, dann kehrte die Farbe in sein Gesicht zurück. Mary hatte so laut gesprochen, daß alle sie gehört hatten. Man drängte sich um den Tisch, um die Unterhaltung weiter verfolgen zu können. Angela, die Leutnant Goman fest bei der Hand hielt, kam ebenfalls näher.

»Was sagten Sie da?« keuchte Graybound endlich. »Sie wollen meine Leute zur Desertion verleiten? Unerhört!« Sein Blick wurde plötzlich ganz gläsern, dann schlug er mit der Faust auf den Tisch. »Szissor!«

»Er hat sich versteckt«, pflichtete Klewobart ihm bei. »Deshalb fanden wir ihn auch nicht. Wir müssen ein Suchkommando ausschicken.«

»Das wir dann auch suchen können!« knurrte Graybound und schüttelte den Kopf. »Da muß einer auf den anderen aufpassen – nein! Wir kehren ins Schiff zurück, und zwar sofort. Das ist ein Befehl. Klewobart, du bist mir dafür verantwortlich, daß die Mannschaft in einer Stunde im Messeraum der THUNDERBOLT versammelt ist.«

Ehe Klewobart Stellung nehmen konnte, spürte Graybound plötzlich eine schwere Hand auf seiner Schulter. Langsam und voll böser Ahnungen drehte er sich um. Hinter ihm stand Mrs. Dilldap.

»Und dann ohne Abschied starten, was?« Sie schüttelte energisch den Kopf und ließ ihre Hand auf Graybounds Schulter liegen. »Das könnte euch so passen. Wir Frauen halten zusammen und wenn es euch John noch nicht gesagt hat, dann sage ich es euch: Ihr bleibt solange hier, bis wir euch fortlassen. Ist das klar?«

Graybound dachte nur einen Augenblick daran, sich mit Waffengewalt zum Schiff durchzuschlagen und einfach zu starten, um an einem anderen Ort wieder zu landen, wo sie in aller Ruhe auf die Mausbiber warten konnten. Dann gab er die Idee wieder auf.

Er hatte bemerkt, daß sein kleiner Handstrahler fehlte. Er mußte ihm in der vergangenen Nacht abgenommen worden sein.

An diesem Tag begriffen Graybound und die Männer seiner Besatzung, daß auch die schönsten Verlockungen ihren Preis haben. Und sie begriffen weiter, daß sich die Moralbegriffe der menschlichen Gemeinschaft innerhalb weniger Jahre von Grund auf ändern konnten, wenn die Situation dazu gegeben war.

Es geschah aber insofern noch mehr, als John Brock einsehen mußte, daß er mit seiner Behauptung, der Mann habe in gewissen Dingen zu entscheiden, nicht mehr durchkam. Ann hatte recht behalten, wenn auch nur in diesem speziellen Fall. Bei ihm war das anders gewesen. Er besaß das Monopol – bis gestern, als die THUNDERBOLT landete.

An diesem Abend gab es kein Fest, und Leutnant Williams gab seine heimlich gefaßten Pläne auf, mit Mary in den Wald zu fliehen und dort zu warten, bis die THUNDERBOLT gestartet war.

Er wußte, daß es sinnlos war, denn er würde mit Mary hier nie glücklich werden können, wenigstens nicht mit ihr allein.

»Ich glaube nicht, daß wir die richtige Lösung gefunden haben«, befürchtete Ann Griwers, die John und Bess in ihr Haus auf der Halbinsel begleitet hatte. Sie saßen im Wohnzimmer und tranken noch ein Glas Wein. »Sie ist ungerecht. Schon deshalb, weil ihr die Ausnahme seid, an die wir uns gewöhnt haben, die aber den Männern der THUNDERBOLT wie eine Herausforderung vorkommen muß. Ich glaube, wir werden sie morgen vor die Wahl stellen müssen, sich einen anderen Landeplatz zu suchen oder freiwillig bei uns zu bleiben, solange sie wollen. Natürlich unter den jetzigen Bedingungen. Aber wir dürfen sie nicht mit Gewalt zwingen, unsere Männer zu sein.«

John zog Bess näher zu sich heran. »Es gibt noch eine dritte Möglichkeit«, meinte er langsam.

»Und die wäre?«

John nahm einen Schluck aus seinem Glas. »Wir lassen die THUNDERBOLT starten, und wer von den Frauen mitwill, kann gehen. Wir halten sie nicht zurück.«

Beide Frauen nickten.

»Ich denke auch, das wäre die beste Lösung«, meinte Bess.

»Wir werden es ihnen morgen mitteilen.«

Captain Klewobart hatte sich entschlossen, die Initiative zu ergreifen. Er hatte gesehen, daß sein Freund Graybound ziemlich in der Klemme steckte, auch wenn er Mrs. Dilldap gegen Hermeline Dekk vertauschen durfte. Aber das änderte nichts an der heiklen Situation, in der sie sich alle befanden.

Er wartete, bis Hilde Smart eingeschlafen war, dann erhob er sich vorsichtig und zog sich an. Leise schlich er sich aus dem Haus und blieb erst stehen, als er auf der Straße war. Zum Glück hatte er sich am Abend gut gemerkt, wo seine Männer in dieser Nacht untergebracht waren. Sein gutes Gedächtnis half ihm dabei, diese Häuser nun wiederzufinden.

Graybound schlief gleich nebenan. Wie ein Schatten glitt er zu dem offenen Fenster. Aus dem verdunkelten Raum drangen sonore Schnarchtöne, die sicherlich nicht von Hermeline stammten. Klewobart zog eine Kiste heran, die neben dem Blumenbeet stand. Unhörbar kletterte er ins Zimmer und näherte sich dem Bett. Seine Augen hatten sich an die Dämmerung gewöhnt, und mit Erleichterung stellte er fest, daß Graybound allein war.

Er legte ihm eine Hand auf den Mund, mit der anderen gab er dem Kommandanten einen leichten Rippenstoß. Das Schnarchen endete mit einem unmelodischen Schnaufer.

»Pst, ich bin's, Klewobart. Zieh dich an, aber leise. Wir hauen ab.«

Graybound schob die Hand von seinem Mund. »Was soll das? Glaubst du vielleicht ...?«

»Ruhig! Wir müssen weg hier! Nun mach schon!«

Graybound mochte einsehen, daß jede Diskussion jetzt sinnlos war. Er stand auf, und wenige Minuten später verließen beide Männer das Haus auf dem gleichen Weg, auf dem Klewobart hineingelangt war.

»Drüben schläft Marne«, flüsterte Klewobart und deutete auf die andere Straßenseite. »Gleich daneben Goman.«

Bei Marne gestaltete sich die Sammelaktion einfach, aber Goman machte Schwierigkeiten.

»Wieso denn das?« erkundigte er sich, als er geweckt wurde. »Was habt ihr denn gegen die Frauen? Ich bin froh, diese Irin losgeworden zu sein. Stellt euch vor, sie hat mich freiwillig gehen lassen. Ich verstehe das nicht ...«

»Mund halten!« zischelte ihm Graybound zu. »Wir verschwinden, das ist ein Befehl!«

»Aber ...«

»Mann, sind Sie denn blind?« fuhr Klewobart ihn an. »Sehen Sie denn nicht, worauf das alles hinausläuft? Die Weiber und Brock stecken unter einer Decke, und sie sind sich alle einig. Wenn wir auch nur noch einen Tag hier bleiben, machen sie mit uns, was sie wollen.«

Goman wollte grinsen, aber er kam nicht mehr dazu. Klewobart hob ihn einfach aus dem Bett und trug ihn zur Tür. Da gab Goman es auf. Schweigend zog er sich an und kam mit ihnen.

Alles ging gut, bis die Reihe an Ernesto kam.

Graybound ging allein ins Haus, während die anderen draußen im Garten warteten. Auf einer Anrichte stand ein Wachslicht und verbreitete schwaches Licht. Es genügte immerhin, Graybound die Situation erkennen zu lassen. Der Chefkoch saß schlafend auf der breiten Couch, zwischen zwei Frauen, die ebenfalls schliefen. Auf dem Tisch standen ein paar leere Flaschen und noch halbgefüllte Gläser. Wie es schien, hatte Ernesto die Gelegenheit benutzt, sich mit den Frauen zu betrinken.

»Immer muß er zwei haben!« knurrte Graybound. »Hoffentlich wird er gleich wach.«

Ernesto wurde gleich wach, aber nicht geräuschlos. Mit etwas glasigem Blick griff er nach dem erstbesten Glas, verschüttete die Hälfte des Inhaltes über Graybounds Hose und prostete ihm dann lautstark zu.

»Pst!« warnte der Kommandant, aber es war bereits zu spät. Die Frauen schlugen die Augen auf und erkannten den Besucher. Instinktiv ahnten sie, was er wollte. Ehe Graybound es verhindern konnte, sprang die eine von der Couch und rannte zur Tür. Bevor sie jemand aufhalten konnte, war sie verschwunden, während gleichzeitig draußen auf der Straße ein Höllenlärm losbrach.

Die wartenden Männer wollten sie festhalten, aber sie schrie gellend um Hilfe. Sekunden später kamen Frauen aus allen Häusern gerannt und umringten die ratlosen Flüchtlinge.

Graybound kümmerte sich nicht um Ernestos zweite Gefährtin. Er packte den Koch am Arm und zog ihn aus dem Haus. Ernesto schwankte wie eine Gerte im Sturmwind, und nur mit Mühe blieb er auf den Beinen.

Mrs. Dilldap hielt ein Gewehr in den Händen, als sie auf die Gruppe zusteuerte. Ihr Gesicht verhieß nichts Gutes.

»Aha«, sagte sie, »ihr wolltet ausreißen? Das könnte euch so passen. Zurück, marsch marsch! Wir reden morgen über den Zwischenfall.«

Captain Graybound ließ Ernesto los, der sich an den Straßenrand legte und weiterschlief. Ungeachtet des drohend auf ihn gerichteten Gewehrs ging er auf Mrs. Dilldap zu und blieb dicht vor ihr stehen.

»Wir lassen uns nicht zwingen«, sagte er. »Wenn auf dieser verrückten Welt auch die Frauen bestimmen, was zu geschehen hat, wir sehen keine Veranlassung, uns Ihren Regeln zu beugen. Wir gehen zurück aufs Schiff, und versuchen Sie nur nicht, uns daran zu hindern. Dann gibt es nämlich Ärger.«

Mrs. Dilldap spannte den Hahn des altmodischen Schießprügels. Mit der anderen Hand griff sie in ihre geräumige Tasche und zog die Strahlpistole hervor, die sie Graybound in der vorangegangenen nacht abgenommen hatte.

»Und *wie* gibt es Ärger?« erkundigte sie sich ironisch. »Wir haben euch die Waffen gestohlen. Kamt euch wohl sehr klug vor, was? Aber wer zuletzt lacht, lacht am besten. Das sind wir.«

Plötzlich hatten auch einige der anderen Frauen Waffen in den Händen, und sie sahen alle ganz so aus, als könnten sie damit umgehen. Captain Graybound sah sich in die Enge getrieben. Er hielt es auch für sinnlos, der guten Mrs. Dilldap das Gewehr abzunehmen, obwohl das für ihn eine Kleinigkeit gewesen wäre.

»Sie werden das alle bereuen«, stieß er wütend hervor. »Und dann noch eine Frage: Was glauben Sie, dabei profitieren zu können?«

»War eine dumme Frage«, stellte Mrs. Dilldap fest und nickte den anderen Frauen zu. »Los, bringt sie zurück!«

Lediglich Ernesto war es völlig egal, ob er ins Schiff oder ins Haus zurückgebracht wurde. Er hätte auch genausogut auf der Straße weitergeschlafen.

8.

In geringer Höhe strich der Gleiter über die Berggipfel dahin.

Leutnant Szissor erwies sich in der Tat als ausgezeichneter Pilot und befolgte peinlichst genau Guckys Anweisungen. Dumm war nur, daß Gucky selbst nicht wußte, was er eigentlich wo suchen sollte. Wenn er ehrlich sich selbst gegenüber war, durfte er auch nicht damit rechnen, wirklich etwas zu finden. Höchstens einen Hinweis.

Jumpy saß neben seinem Vater. Als schwacher Telepath war der Kleine durchaus in der Lage, die Gedankenimpulse seines Vaters zu empfangen.

»Ich würde mir an deiner Stelle keine Sorgen machen«, riet er, als am Horizont der blaue Spiegel des Meeres sichtbar wurde. »Wenn dieser Ellert etwas von uns will, wird er sich schon melden.«

»Darum geht es nicht, Jumpy. Ellert war mein Freund. Und vielleicht *kann* er sich nicht melden. Damals konnte er, körperlos wie er nun mal war, von Lebewesen zu Lebewesen überwechseln und deren Bewußtseine übernehmen. Einmal geriet er auch in eine andere Zeitebene, und da wurde es schwierig mit der Kontaktaufnahme zwischen ihm und uns. Dann verschwand er endgültig. Ich glaubte nicht, daß er aufgehört hat zu existieren, und darum bin ich Harno für den kleinsten Hinweis dankbar.«

Jumpy nahm das alles nicht so schwer.

»Na, und wenn nicht, dann haben wir wenigstens einen feinen Urlaub gemacht. Oder glaubst du, ohne Grund hätte man uns so einfach mit der THUNDERBOLT abzischen lassen?«

Gucky schüttelte den Kopf. »Wo hast du denn *den* Ausdruck schon wieder her?«

»Von dir, Papa«, klärte ihn Jumpy trocken auf.

Weiter hinten im Cockpit bewunderten die anderen Mausbiber lautstark die unter dem Gleiter dahinziehende Landschaft. Sie alle waren sich darüber einig, selten eine schönere und einladendere Welt gesehen zu haben. Wie Jumpy betrachteten auch sie die ganze Reise als Vergnügen, nicht als ernsthafte Suchaktion. Sie kannten Ernst Ellert nicht, und für Geister interessierten sie sich schon von Natur aus nicht.

»Da vorn ist eine Insel!« rief Wully gellend, so daß Szissor sich entsetzt die Ohren zuhielt. »Ich liebe Inseln.«

Es war eine langgestreckte Insel, fast fünfzig Kilometer der sandigen Festlandküste vorgelagert. In ihrer Mitte erhob sich ein kegelförmiger Berg, sicher ein erloschener Vulkan, dem die Insel ihre Entstehung zu verdanken hatte. Seine Hänge waren mit grüner Vegetation bedeckt, die sich in der Ebene als Urwald fortsetzte. Dem offenen Meer zu lagen Riffe und weiße Brandungsringe. Das Wasser war klar, und von oben her waren die Untiefen genau zu erkennen.

Gucky hatte die Augen geschlossen, was äußerst verwunderlich erschien, denn gerade er hatte sonst immer etwas für Naturschönheiten übrig. Selbst Wullys entzückter Aufschrei störte ihn nicht. Aber dann, als Leutnant Szissor die Insel in geringer Höhe überflog, wurde er plötzlich lebendig.

»Langsamer, Herbi, langsamer. Geh tiefer und umkreise den Berg. Da ist etwas.«

Szissor verstand zwar nicht, was an dem Berg sein sollte, aber er gehorchte widerspruchslos. Er ließ den Gleiter tiefer sinken und sah sich vorsichtshalber nach einer geeigneten Landestelle um. Er schaltete den kleinen Energiespürer ein, der Fremdimpulse sofort registrierte.

Gucky sah nach unten. Der Gipfel des Kegelberges bestand aus einem flachen, muldenartigen Krater, dessen Rand an keiner Stelle eine Neigung von mehr als dreißig Grad aufwies. Nichts deutete darauf hin, daß der Vulkan in den letzten tausend Jahren einmal tätig gewesen war.

»Kannst du im Krater landen?« fragte Gucky den Piloten.

»Kann ich«, bestätigte Szissor knapp und zog eine Schleife. »Ist dazu wie geschaffen. Ich frage mich nur, was du da willst.«

»Weiß ich selbst nicht«, knurrte der Mausbiber und deutete auf die Kontrollinstrumente. »Kannst du Impulse feststellen?«

Fast hätte Szissor das vergessen. Er sah einen Augenblick hin, dann nickte er Gucky zu.

»Regelmäßige Impulsstöße, wie ein Sender. Kommen direkt aus der Kratermitte. Was soll das?«

»Ich habe sie schon vorher empfangen; sie sind also nicht nur rein mechanischer Natur. Künstliche Telepathieimpulse, würde ich sagen. Also landen wir. Kann das sein, was wir suchen.«

Szissor hatte noch nie etwas von künstlichen Telepathieimpulsen gehört und konnte sich auch nicht vorstellen, wie sie erzeugt wurden, aber das war schließlich auch nicht seine Sorge. Er streifte Carol mit einem zärtlichen Blick. Dann sah er wieder hinab auf die paradiesische Insel – und sein Entschluß war gefaßt.

Der Gleiter setzte mit einem sanften Ruck auf, und dann erstarb das leise Summen der Antigravfelder.

Gucky sagte: »Ich verlasse den Gleiter allein. Ihr bleibt hier, bis ich euch ein Zeichen gebe. Jumpy, du bleibst immer in Verbindung mit mir.«

Leutnant Szissor lehnte sich zurück und legte den Arm um Carol.

»Ich würde an Guckys Stelle vorsichtiger sein«, meinte er, als der Mausbiber über den felsigen Lavagrund auf das Zentrum des Kraters zuwatschelte, das durch eine zehn Meter durchmessende Mulde, kaum einen Meter tief, gekennzeichnet wurde. »Die Impulse sind merkwürdig und auf jeden Fall künstlicher Natur. Jemand war also vor uns hier. Ob John vielleicht etwas damit zu tun hat?«

Sie schüttelte den Kopf. »Nicht daß ich wüßte.«

»Es könnte sich um einen automatisch arbeitenden Notsender handeln, mit dem er ein zufällig in der Nähe stationiertes Schiff anrufen wollte.«

»Wenn es so ist«, vermutete sie logisch, »braucht Gucky auch nicht vorsichtig zu sein.«

Das war Gucky auch nicht. Er marschierte geradewegs auf die Stelle zu, die er als Quelle der Energieimpulse angepeilt hatte. Noch bevor er sie erreichte, sah er die Pyramide.

Sie war nur einen Meter hoch und aus Lavasteinen errichtet worden, provisorisch und ohne Hilfsmittel. Einfach Stein auf Stein, unten die flachen großen, oben die kleinen. Sonst nichts.

Aber aus ihrem Innern drangen die Impulse, regelmäßig, ein Energiestoß alle zehn Sekunden. Dazwischen nichts.

Tief im Unterbewußtsein Guckys begann eine Erinnerung zu dämmern, aber sie blieb dunkel und undeutlich. Gucky begann nur zu ahnen, daß er die Art der Impulse kannte, daß er ihnen schon einmal begegnet war, vor sehr langer Zeit, vielleicht vor Jahrhunderten.

Er ging in die Hocke und starrte die Pyramide an, die ihm jedoch keine Antwort auf seine Fragen gab.

Wenn John Brock es nicht gewesen war, wer hatte sie errichtet? Ausgerechnet hier, auf dem Gipfel eines Vulkans, auf einer Insel, auf einer praktisch unbewohnten Welt ...?

Er blieb sitzen und rief zum Gleiter hinüber: »Leutnant, kommen Sie mal her.«

Szissor ließ Carol los und kletterte aus der Kabine. Neben Gucky hockte er sich nieder.

»Eine Steinpyramide?« staunte er.

»Ja, und wir werden sie jetzt auseinandernehmen. Ich muß wissen, was sie verbirgt. Fangen wir an, aber vorsichtig und von oben, damit sie nicht zusammenfällt.«

Es war keine schwere Arbeit, und es dauerte auch nicht lange, bis nur noch die Grundplatten in der Mulde lagen. Ringsum häuften sich die abgenommenen Steine.

Das Innere der Pyramide war hohl, und in der winzigen Kammer, die freigelegt worden war, lag ein metallischer Gegenstand von ovaler Form. Von ihm gingen die Impulse aus.

Er war nicht größer als eine Faust. Die Wulst in der Mitte ließ darauf schließen, daß man es auseinanderschrauben konnte wie eine Granate. Aber das Ding war mit Sicherheit keine Granate.

Gucky starrte den Gegenstand an, und dann war die Erinnerung plötzlich wieder da. Und doch ...

»Es sieht nur so aus, aber es ist keiner«, murmelte er fassungslos. »Das also hat Harno gemeint ...«

»Was?«

»Es sieht aus wie ein Zellaktivator, Herbi. Aber es ist keiner. Schon die Impulse deuten darauf hin, außerdem fehlt die Kette. Wer mag das Ding hierhergelegt haben, und warum? Woher wußte Harno davon?«

»So also sieht ein Zellaktivator aus?« Szissor war sichtlich beeindruckt, und ein wenig besorgt las Gucky in seinen Gedanken den Wunsch, einen solchen unsterblich machenden Aktivator zu besitzen. Das war durchaus verständlich, und Gucky nahm es ihm auch nicht weiter übel. »Ich habe noch nie einen gesehen.«

»Ist ja auch keiner, sieht nur so aus. Immerhin – wo kommt er her und was soll er bedeuten? Vielleicht ein Hinweis, wo einer zu finden ist?«

»Nehmen wir ihn mit?«

Gucky zögerte. »Später vielleicht. Läßt sich feststellen, ob die Impulse in eine ganz bestimmte Richtung geschickt werden? Ist in dem Metallei ein Richtstrahlsender?«

Leutnant Szissor erhob sich. »Mit dem Ortergerät werden wir das gleich haben.« Er ging zurück zum Gleiter.

Gucky folgte ihm wenige Minuten später, und während er seinen Mausbibern berichtete, was er gefunden hatte, blieb Szissor nicht untätig. Schon nach kurzer Zeit stand das Ergebnis seiner Untersuchung fest: In dem Ei befand sich ein Richtstrahlsender.

»Lacertae besitzt eine Rotation«, sagte Gucky. »Wir müssen nun noch herausfinden, wann genau die Impulse auf ihr Ziel gerichtet sind.«

»Wahrscheinlich nachts, wenn Sterne am Himmel stehen«, vermutete Szissor. »Wir bleiben hier, und dann werden wir sehen, welcher Stern genau in den Strahl wandert. Es müßte Zufall sein, wären es zwei oder gar drei.«

Gucky nickte. »Ein guter Vorschlag. Also kampieren wir hier. Du wolltest ja ohnehin hier auf der Insel bleiben, mit Carol, nicht wahr, Herbi?«

Szissor sah sich durchschaut. Stumm nickte er und blickte hinaus in die trostlose Kraterlandschaft. Er wußte, daß fünfhundert Meter unter ihnen das Paradies auf sie wartete.

Gegen Mitternacht stand ein einziger, hellstrahlender Stern genau im Impulsstrahlbereich. Szissor fertigte eine Skizze an, um seine Bezeichnung und alle anderen Daten anhand der Karte feststellen zu können. Dann warteten sie weiter, aber ihre Zweifel und ihre Ungewißheit schwanden, als kein zweiter Stern auch nur in die Nähe des fraglichen Sektors kam.

»Bald wissen wir mehr«, sagte Gucky, als im Osten der Morgen graute und die Sterne allmählich erloschen. »Wir kehren zum Schiff zurück, und wir nehmen den Sender mit. Es darf ihn keiner finden. Der Hinweis war für mich gedacht, sonst hätte Harno geschwiegen. Vielleicht hat Ellert einen Zellaktivator gefunden, auf einem Planeten des Sterns, den wir anmaßen. Hier auf Lacertae verbarg er den Hinweis.«

»Vielleicht ist alles so, wie du vermutest«, meinte Szissor skeptisch. »Vielleicht aber auch nicht.«

Gucky antwortete nicht. Er ging zu der abgebrochenen Pyramide, nahm das Metallei vorsichtig auf und steckte es in die Tasche. Er wußte, daß es als Wegweiser nun wertlos geworden war, aber er wollte es in Terrania von Spezialisten untersuchen lassen.

Damit war seine Reise beendet. Seine Aufmerksamkeit wandte sich wieder anderen Dingen zu.

»Was wird Graybound sagen, wenn du ihm mitteilst, daß du hierbleiben willst?«

Szissor hob die Schultern.

»Was soll er schon sagen? Ich verzichte auf mein Gehalt und steige aus, das ist alles. Wie ich Williams und die anderen kenne, werden sie auf ähnliche Gedanken gekommen sein. Ich kann sie verstehen. Hier sind wir alle Sorgen los.«

Gucky sah hinauf in den wolkenlosen Himmel.

»Kann auch sein, daß sie erst beginnen. Frauen gegenüber bin ich immer skeptisch gewesen. Sie wollen alles besser wissen, besonders aber dann, wenn sie in Mengen auftreten. Und genau das ist hier der Fall.«

»Was gehen mich die anderen an? Ich liebe Carol, sonst keine.«

Gucky kicherte belustigt.

»Du wirst dich wundern, was die anderen dazu sagen werden. Hier denkt man anders als auf der Erde. Vergiß John Brock nicht. Er konnte sich einiges erlauben, weil er der einzige Mann hier war. Aber wenn ihr auch nur zwei seid, können die Frauen einen gegen den anderen ausspielen. Du willst mir doch nichts über die Frauen erzählen, was? Ja, es gibt Ausnahmen, echte, wundervolle Ausnahmen, aber die mußt du erst mal finden.«

»Habe ich schon«, grinste Szissor und deutete auf Carol, die friedlich in ihrem Sessel schlief.

»Wer's glaubt, wird selig«, murmelte Gucky und sah ein, daß man mit einem Verliebten unmöglich über die Liebe diskutieren konnte. Wenigstens nicht objektiv. »Ich lege mich noch ein Stündchen aufs Ohr. Bis dann ...«

Es wäre besser gewesen, er hätte versucht, Graybounds Gedankenimpulse aufzufangen.

9.

Der Tag begann mit einer handfesten Prügelei.

Ahnungslos kam John Brock von seiner Halbinsel ins Dorf, von Bess und Ann begleitet. Er trug nur dann Waffen, wenn er auf die Jagd ging, und das hatte er an diesem Tag nicht vor.

Es schien ihm heute besonders ruhig zu sein. Wo sonst schon die Kinder spielten und die Frauen mit ihrer Tagesarbeit begannen, herrschte eine unnatürliche Stille. Es sah ganz so aus, als schliefen noch alle, dabei hatte es gestern kein Fest gegeben, und jeder war relativ früh schlafen gegangen.

Auf dem Kirchplatz blieben sie stehen.

»Merkwürdig«, sagte Bess. »Wo stecken sie denn alle?«

John ging weiter bis zu dem Baum auf der Mitte des Platzes, an dem ein schweres Metallstück hing. Auf dem Boden lag ein Hammer. So heftig er konnte, gab er Alarm.

Die dröhnenden Schläge hätten selbst einen Toten aufwecken können. Und sie blieben auch nicht ohne Erfolg.

Einige Frauen kamen aus den Häusern und rannten auf den Platz, gefolgt von Kindern und gezähmten Waldtieren, die hier die Hunde ersetzten. Captain Graybound erschien in einer Haustür. Als er John Brock erblickte, stürzte er sich brüllend auf ihn und schlug mit beiden Fäusten zu, ehe John begriff, was mit ihm geschah.

Auch die anderen Männer der THUNDERBOLT wurden sichtbar, und keine zwei Minuten später war auf dem Kirchplatz die schönste Keilerei im Gange.

Immer wieder versuchte John Brock, seinem Gegner etwas zu sagen, aber wenn er den Mund aufmachte, bekam er von dem wütenden Graybound einen Schlag darauf. Bess und Ann erwehrten sich Klewobarts, der in ihnen wahrscheinlich die geistige Basis des Gegners vermutete und mit allen zur Verfügung stehenden Mitteln versuchte, sie außer Gefecht zu setzen.

Die Männer der THUNDERBOLT hatten sich nicht an die neuen Moralgesetze einer Siedlungswelt gewöhnen können, im Kampf gegen sie vergaßen sie jedoch die eigenen Gesetze und behandelten Frauen wie wehrhafte Männer. Sie nahmen keine Rücksicht, und als Bess, von einem heftigen Faustschlag Klewobarts getroffen, zu Boden ging, klatschte Ernesto Beifall. Die Quittung erhielt er, als Helen und Mabel ihm ein Ruder um die Ohren schlugen.

Graybound ließ John Brock nicht los, als er ihn einmal richtig gepackt hatte.

»Sie stecken doch hinter der ganzen Sache!« brüllte er ihn an und schleppte ihn ein wenig zur Seite. »Ich werde Ihr Verhalten in meinem Bericht an die Raumbehörde entsprechend erwähnen, darauf können Sie sich verlassen. Ihre Kolonie, gut und schön, aber das geht dann doch zu weit.«

»Sie haben es nicht anders gewollt ...«, stieß John hervor, aber dann schwieg er plötzlich, die Augen weit aufgerissen.

Graybound witterte Gefahr, aber noch ehe er sich umdrehen konnte, spürte er einen furchtbaren Schlag im Rücken und kippte nach vorn in den Straßenstaub. Er verlor zwar nicht die Besinnung, wohl aber die Gewalt über seinen Gefangenen. Und er erkannte auch seinen neuen Widersacher, der ihn so heimtückisch von hinten überfallen hatte.

Es war Mrs. Dilldap. In der Hand hielt sie eine schwere Pfanne, die sie drohend hin und her schwenkte.

»Noch einen Muckser, und du hörst die Engel singen«, warnte sie Graybound, als er mühsam versuchte, sich aufzurichten. »Das nenne ich Dankbarkeit. Meinst du, ich wüßte nicht, wie froh du gestern warst, als ich auf deine weitere Gesellschaft verzichtete?«

Graybound sah sich vorsichtig um, blieb aber liegen. Die Sache stand schlecht für ihn und seine Leute. Meist waren die Frauen zu mehreren über die Männer hergefallen, und es handelte sich bei ihnen nicht um gewöhnliche Frauen, sondern um zähe und kampfgewohnte Siedlerinnen. Selbst der korpulente Goman lag hilflos am Boden, von drei der Mädchen festgehalten und verprügelt. Aber er zeigte sich sehr tapfer und gab keinen Laut von sich.

Lediglich Ernesto wurde verschont, jedoch nicht deshalb, weil er besonders beliebt gewesen wäre, sondern aus dem einfachen Grund, daß er immer noch stark umnebelt teilnahmslos mitten auf dem Platz herumschwankte.

Graybound räusperte sich und sagte zu John Brock:

»Also gut, Sie haben gewonnen. Was sind Ihre Bedingungen?«

John gab Mrs. Dilldap einen Wink.

»Sagen Sie den anderen, sie sollen die Männer freigeben. Ich habe Captain Graybound einen Vorschlag zu machen.« Er wandte sich an den Kommandanten und fuhr fort: »Wir haben gestern abend darüber nachgedacht, Bess Stream, Ann Griwers und ich. Es ist sinnlos, Menschen eine neue Ordnung aufzuzwingen, die nur vorübergehend auf unserer Welt bleiben. Sie können starten, Graybound, wann immer Sie wollen, und wenn die eine oder andere unserer Frauen Sie begleiten möchte, so haben wir nichts dagegen einzuwenden. Ich glaube, damit ist beiden Seiten gedient. Was meinen Sie dazu?«

Langsam richtete Graybound sich auf. Der Rücken schmerzte noch immer.

»Einverstanden, Brock. Ein salomonisches Urteil, würde ich sagen. Wissen Sie, wo Leutnant Szissor steckt?«

»Keine Ahnung. Vielleicht im Schiff.«

»Möglich. Wir werden es bald wissen. Würden Sie nun Ihren Tigerinnen sagen, daß sie meine Männer freilassen? Wie ich sehe, glaubt man Mrs. Dilldap nicht so recht ...«

Das stimmte. Die Frauen weigerten sich, ihre Beute wieder freizugeben. Wahrscheinlich befürchteten sie, bei einem neuerlichen Kampf, bei dem die Überraschung nicht auf ihrer Seite stand, den kürzeren zu ziehen. Aber als John Brock ihnen ein Kommando zurief und Ann sich noch einmischte, gaben sie auf.

Ein wenig verlegen ob ihrer Niederlage, standen die Männer der THUNDERBOLT auf dem Platz herum. Lediglich Ernesto, der alles nur am Rande erlebt hatte, grinste friedlich vor sich hin und wurde erst wütend, als er entdeckte, daß seine Flasche leer war.

Über dem See wurde plötzlich ein Schatten sichtbar, und wenige Sekunden später landete der Gleiter mit den Mausbibern auf dem Kirchplatz. Am Steuer saß Leutnant Szissor, der Captain Graybound fröhlich zuwinkte.

10.

»Ja, so war das«, erklärte Gucky und deutete mit großartiger Geste auf die blaue Fläche des Goshun-Sees. »Und jetzt bin ich froh, wieder hier zu sein.«

Bully, der neben ihm auf der Terrasse im Liegestuhl lag, meinte: »Aber die Geschichte ist doch noch gar nicht zu Ende. Was geschah noch. Ich meine, konnte Graybound starten? Gingen Frauen mit? Was ist mit dem Sender, den du gefunden hast? Was hat denn Rhodan dazu gesagt?«

Gucky lehnte sich weiter zurück und schloß die Augen. »Na gut, dann sollst du auch noch den Rest hören. Gib mir mal die Flasche ...«

Geduldig reichte ihm Bully die Flasche mit dem Apfelsaft. Nebenan im Garten waren Iltu und Jumpy damit beschäftigt, die von den anderen Mausbibern verwüsteten Gemüsebeete wieder in Ordnung zu bringen.

»Der Rest ist schnell erzählt«, begann Gucky, nachdem er sich durch einen Schluck gestärkt hatte. »Leutnant Szissor war auch nach dem Waffenstillstand nicht dazu zu bewegen, Lacertae zu verlassen. Natürlich wollte er nicht in der Siedlung bleiben. John Brock versprach ihm regelmäßige Belieferung mit Lebensmitteln, sobald er auf der Insel wohnte. Graybound verstand zwar die Welt nicht mehr und konnte nicht begreifen, wie jemand den Rest seines Lebens auf einer einsamen Insel verbringen wollte. Aber Carol verstand es, ihn zu überreden, und so erhielt Leutnant Szissor seinen ehrenvollen Abschied. Überglücklich ließen sich die beiden dann von Brock zur Insel bringen.

Wir alle waren sehr überrascht, als nur drei der Frauen sich bereiterklärten, ihre Kolonie zu verlassen und mit uns zur Erde zurückzukehren. Mary Geldern begleitete Leutnant Williams, und Angela ließ es sich nicht nehmen, auch weiterhin auf Leutnant Goman aufzupassen. Ernesto und Ann Griwers wurden noch auf dem Rückflug von Captain Klewobart getraut. Damit trat John Brock die Nachfolge an und wurde offiziell der Boß der Kolonie.«

Bully schüttelte den Kopf. »Eine gute Lösung, wenn ich es recht betrachte. Aber wie kam diese Ann ausgerechnet auf Ernesto, euren Koch?«

»Das war uns allen ein Rätsel«, gab Gucky zu. »Er gefiel ihr, das ist alles. Vielleicht will sie ihm auch nur das Trinken abgewöhnen.«

Bully streckte sich und gähnte. »Und der Rückflug verlief ohne Zwischenfälle?«

»Laß dir erzählen«, entgegnete Gucky.

Der Abschied von der Kolonie der Frauen gestaltete sich in bestem Einvernehmen beider Gruppen und mit dem Versprechen Graybounds, so über den Zwischenfall zu berichten, daß keine Veranlassung bestand, von seiten der terranischen Regierung etwas zu unternehmen. Graybound konnte allerdings nicht dafür garantieren, daß eines Tages nicht doch ein Schiff mit unternehmungslustigen Siedlern hier landete.

Die THUNDERBOLT ließ sich von ihren Antigravfeldern langsam in die Höhe tragen und nahm dann Kurs auf die Insel, über der Graybound eine gekonnte Schleife zog, ehe er das Schiff mit steigender Beschleunigung in den Himmel hinaufrasen ließ. Unten auf dem sandigen Strand waren zwei winzige Punkte zu erkennen – Leutnant Szissor und Carol. Sie blieben zurück im Paradies.

Noch bevor sie in den Linearflug übergingen, brachte Gucky den Chefkoch Ernesto beinahe zur Verzweiflung. Bekanntlich betrieb Ernesto ein Hobby: die Astronomie.

»Nun tu mir schon den Gefallen und sieh mal nach!« drängte der Mausbiber und hielt dem Koch die im Vulkankrater angefertigte Zeichnung zum zehntenmal unter die Nase. »Ich muß wissen, was das für ein Stern ist. Für dich doch eine Kleinigkeit, aber ich kenne mich da nicht so aus.«

»Ich habe keine Zeit«, sagte Ernesto. Er dachte an Ann, die in der Kabine auf ihn wartete. »Später vielleicht.«

»Jetzt, und zwar sofort!« piepste Gucky ihn an. »Du hast die ersten vier Stunden dienstfrei! Meinst du, ich wüßte das nicht?«

»Du mußt verstehen, Gucky ...«

»Nichts verstehe ich! Ich will wissen, was das für ein Stern ist und wie weit er von der Erde entfernt ist.« Er deutete auf die Skizze. »Wo hast du die Karten?«

»In der Beobachtungskuppel«, seufzte Ernesto und ergab sich in sein Schicksal. »Gehen wir also ...«

Die THUNDERBOLT ging in den Linearraum, nachdem Captain Graybound den Kurs zur Erde programmiert und die Automatik gefüttert hatte. Captain Klewobart übernahm das Kommando. Er schüttelte noch immer verblüfft den Kopf über die Tatsache, daß Graybound den beiden Leutnants Williams und Goman für die Dauer der Reise dienstfrei gegeben hatte. Seine Erinnerungen an Mrs. Dilldap mußten doch nicht so schlecht sein, wie allgemein vermutet wurde.

Während Graybound seiner Kabine zuschlenderte, um ein paar Stunden zu schlafen oder auch über seine ungewohnten Ideen nachzudenken, strebten Ernesto und Gucky der Beobachtungskuppel zu. Natürlich gab es da jetzt nicht viel zu sehen, denn wenn ein Schiff im Linearraum war, verschwanden die Sterne.

»Glaubst du, daß es leicht sein wird, den Stern zu identifizieren?«

Ernesto schreckte aus seinen erfreulichen Gedanken auf, die um Ann kreisten.

»Oh ja, ich denke schon. Die Skizze ist sehr ordentlich angefertigt. Was soll sie überhaupt bedeuten?«

Gucky entsann sich, daß Ernesto den größten Teil seines Aufenthalts auf Lacertae im alkoholisierten Zustand zugebracht hatte. Er konnte gar nicht wissen, was in dem Krater geschehen war.

»Nichts von Bedeutung«, sagte er schließlich, weil er keine Lust verspürte, dem Koch die ganze Geschichte noch einmal zu wiederholen. »Ich möchte es einfach nur wissen, das ist alles.«

»Auch gut«, bemerkte Ernesto und versank wieder in Gedanken, bis Gucky ihn in den verglasten Raum schubste, der mit astronomischen Instrumenten nur so gespickt war. »Wo sind die Sternkarten?«

»Drüben im Schrank«, knurrte Ernesto und steuerte darauf zu. »Werden wir gleich haben.«

Gucky konnte seine Ungeduld kaum noch zügeln. Für ihn war völlig klar, daß der merkwürdige Sender ein Hinweis sein mußte. Schon lange waren keine Zellaktivatoren mehr aufgetaucht, obwohl es noch mehrere davon irgendwo in der Galaxis geben mußte. Man hatte die Suche danach aufgegeben und auf einen späteren Zeitpunkt verschoben.

Gucky selbst war vorerst noch nicht an einem solchen Aktivator interessiert, denn er hatte noch einige hundert Jahre zu leben. Aber er wußte auch, wie wertvoll ein solches Gerät für Rhodan sein mußte. Auf keinen Fall würde Gucky sich die Chance entgehen lassen, einen Aktivator zu finden.

Inzwischen wühlte Ernesto in der Kartei herum; er suchte eine allgemeine Übersichtskarte, nach der er sich zu orientieren hoffte. Er fand sie.

Gucky starrte hinaus in die absolut lichtlose Finsternis des Linearraums, den man hin und wieder im Gegensatz zum Einstein-Universum das Clarke-Universum nannte. Denn A.C. Clarke war es damals im Jahre 1967 gewesen, der zum erstenmal ganz offiziell die Möglichkeit andeutete, daß es jenseits der Lichtgrenze ein Universum geben könnte, in dem die Lichtgeschwindigkeit die geringste aller Geschwindigkeiten sei. Weiter führte er damals aus, eine Verbindung zwischen beiden Universen sei unmöglich. Und genau das hatte sich bestätigt. Es gab keine Hyperfunkverbindung zwischen dem Einstein-Universum und dem Linearraum.

»Da wollen wir mal sehen.«

Aha, dachte Gucky, *er hat die Karte gefunden!* Er drehte sich um und ging zu Ernesto, der damit beschäftigt war, die Skizze mit der Übersichtskarte zu vergleichen.

»Aha«, machte nun auch Ernesto, allerdings ein wenig verwundert, wie es Gucky schien. »Was ist denn?«

Ernesto gab keine Antwort, aber er dachte auch nichts, was mit der Sternkarte auch nur das geringste zu tun gehabt hätte. Er verglich die beiden Karten mit einer Verbissenheit, die Gucky allmählich unheimlich wurde.

Dann legte Ernesto die Übersichtskarte in die Kartei zurück, wählte eine andere Nummer und wartete, bis die gewünschte Karte zum Vorschein kam. Gucky konnte mit solchen Karten nicht viel anfangen. Für ihn sahen sie alle gleich aus.

»Na?« erkundigte er sich.

Ernesto ließ sich nicht aus der Ruhe bringen. Er studierte weiter, dann legte er auch die zweite Karte zurück. Sein Gesichtsausdruck blieb undefinierbar. Gucky versuchte, in seinen Gedanken etwas zu erfahren, aber zu seiner Verblüffung dachte Ernesto lediglich an Ann, das war alles.

Ernesto gab Gucky die Skizze zurück.

»Da hast du sie, das Meisterwerk. Und nun beantworte mir eine Frage, Gucky.«

»Gern.«

»Soll das mit der Skizze ein Witz sein? Einer deiner üblen Scherze, mit denen du Rhodan, die ganze solare Flotte und fast das halbe Universum zur Verzweiflung bringst?«

Gucky sah ihn verständnislos an. »Was meinst du damit?« fragte er. »Wieso ein Witz?«

»Dann beantworte mir zuerst eine andere Frage: Was soll die Skizze? Was bedeutet sie eigentlich?«

Gucky erzählte es ihm. Ernesto begann zu grinsen, aber dann wurde sein Gesicht plötzlich mit einem Schlag ernst.

»Der Stern«, sagte er fast tonlos, »ist nämlich unsere Sonne.«

Bully kam mit einem Ruck hoch und starrte Gucky an. »Was sagst du? Die Sonne – *unsere* Sonne?«

Gucky nickte. »Ja, da bist du platt, nicht wahr? Deshalb flogen wir fünfundfünfzig Lichtjahre weit, nur um dort einen Hinweis auf unser eigenes System zu finden. Dieser Ellert ist ein Spaßvogel, oder es gibt in unserem System noch einen Zellaktivator, den wir nicht entdeckten.«

»Das ist unmöglich, Gucky! Unsere Spezialorter hätten ihn längst aufgespürt. Das gibt es überhaupt nicht!«

»Wer weiß?« Gucky leerte seine Flasche mit Apfelsaft und stellte mit einem Seitenblick befriedigt fest, daß Iltu und Jumpy die Beete in Ordnung gebracht hatten. »Oft geschehen noch Zeichen und Wunder. Vielleicht liegt er auf einem unserer Planeten, gut isoliert und so abgeschirmt, daß seine Impulse nicht nach außen dringen. Jedenfalls gab Harno mir nicht umsonst den Hinweis. Wir werden suchen müssen.«

Bully schüttelte den Kopf. »Und was sagt Perry Rhodan zu der ganzen Sache?«

Gucky hob die Schultern. »Was soll er schon sagen? Das übliche.«

Bully sah auf die Uhr und dann hinauf in den Himmel. Es wurde Zeit zum Mittagessen. Danach wollte er ein wenig segeln und baden gehen.

»Das übliche? Wieso?«

»Na, du hättest den Empfang erleben sollen! Zuerst sehr feierlich und ganz nach Vorschrift. Dann erstatteten wir Bericht. Die Geschichte mit den Frauen verstand er ja, und er lächelte sogar, als Graybound sich wie ein Aal wand. Er meinte, dieser John Brock müsse ein sehr weiser Mann sein, weil die meisten Männer kaum mit einer einzigen Frau fertig würden, Brock aber mit fünfzig. Dann aber fragte er mich, ob meine Mission von Erfolg gewesen sei. Ich erzählte alles, von A bis Z.«

»Und?«

»Ich habe Rhodan noch nie richtig wütend gesehen, aber da war er es. Dabei ist es doch wahrhaftig nicht meine Schuld, wenn Ellert sich solche Scherze erlaubt.«

»Was sagte er?«

»Daß ich mir einen Urlaub für mich und meine Ilts erschwindelt hätte, das sagte er. Dabei ist alles wahr, was ich dir erzählt habe. Ich kann doch auch nichts dafür. Rhodan kann ja Harno fragen.«

Bully seufzte und erhob sich. Anzüglich deutete er hinüber zum benachbarten Grundstück.

»Iltu und Jumpy sind fertig. Sie werden mit dem Essen auf dich warten. Ich würde mich an deiner Stelle beeilen.«

Gucky seufzte ebenfalls. »Du hast gut reden, Dicker, denn du bist nicht verheiratet.«

»Ist das so schlimm?«

»Schlimm genug, um weder Szissor, Williams, Goman noch Ernesto verstehen zu können.« Er stand auf. »Danke für den Apfelsaft. Ich werde mich um meine Familie kümmern.«

Als er schon unterwegs war, rief Bully ihm noch nach: »Was ist denn? Wirst du den Zellaktivator nun hier im Sonnensystem suchen?«

Gucky ging in seinen Garten und rief von dort aus zurück: »So ein Kurzurlaub lohnt sich nicht und bringt nur Ärger.«

Bully dachte noch eine Weile über die Bemerkung nach, und dann wußte er überhaupt nicht mehr, was er von der ganzen Sache halten sollte.

»Quatsch«, murmelte er schließlich und ging ins Haus, wo ihn der Bedienungsroboter in stoischer Ruhe erwartete. »Ich bin ja nicht verheiratet.«

Gucky hingegen verzog keine Miene, als Iltu ihm den Rechen in die Hand drückte.

»Laß nur die Maschinen im Stall«, sagte sie in sehr bestimmtem Tonfall. »Das ist körperliche Arbeit, und die tut dir gut, besonders deiner Figur. Du bist dick geworden, mein Bester.«

Gucky schob die lockere Erde auf den Beeten sinnlos hin und her.

Und wenn das verdammte Ding gleich nebenan in Bullys Garten liegen sollte, dachte er verbissen, *ich werde es suchen. Wenn nur wieder ein Urlaub dabei herausspringt! Graybound werde ich auch wieder überreden können. Hoffentlich.*

Gucky dachte natürlich nicht an seinem Garten, er dachte an etwas ganz anderes. Er dachte an den Mars, an die Venus oder an Jupiter. Er dachte an die vielen Monde der äußeren Planeten und an den Asteroidengürtel.

Irgendwo dort draußen gab es einen Zellaktivator, der ewiges Leben verlieh. Und er war sicher, daß er ihn eines Tages finden würde.

Krumme Geschäfte

Die Sonne Aarsaun, etwa viertausend Lichtjahre von Terra entfernt, besaß nun zwei Planeten, von denen der äußere günstige Lebensbedingungen für Sauerstoffatmer aufwies. Trotzdem hatte diese Welt niemals eigenes intelligentes Leben hervorgebracht.

Gegen Ende des 21. Jahrhunderts, um 2060 herum, hatte ein terranischer Prospektor das System entdeckt und den zweiten Planeten nach sich selbst benannt: Dreiackers Planet. Die Entdeckung wurde schnell bekannt; aus diplomatischen Gründen verzichtete das aufblühende Solare Imperium jedoch darauf, das System seinem Machtbereich einzuverleiben.

Dreiackers Planet blieb eine »offene Welt«, die jedem Angehörigen der galaktischen Völkerfamilie zugänglich sein sollte. Die Folge davon war, daß sich bereits einige Jahrzehnte später auf Aarsaun II dutzende von Handelsniederlassungen befanden, geführt von Vertretern der unterschiedlichsten Völker, selbst von solchen, deren Heimatwelten den Terranern noch nicht bekannt geworden waren.

Kein Wunder also, daß sich die Solare Abwehr sehr für das interessierte, was auf Dreiackers Planet geschah, und ständig mindestens einen ihrer Agenten dort stationierte, der unter dem Deckmantel eines Geschäftsmanns Informationen sammelte, die er immer öfter auftauchenden terranischen »Urlaubern« mitgab.

Naturgemäß waren es die Springer, die Galaktischen Händler, die sich auf dieser Welt ein Stelldichein gaben. Die Abkömmlinge der Arkoniden tätigten hier ihre vorteilhaftesten Geschäfte. Sie waren es auch, die den Aufstieg des Solaren Imperiums mit großer Aufmerksamkeit verfolgten und für Dreiackers Planeten den terranischen Solar als interstellares Währungsmittel einführten und die einzige größere Stadt »Solar City« tauften.

Am Rand dieser Stadt, nicht weit entfernt vom Raumhafen, erfreute sich »Habecks Kneipe« äußerster Beliebtheit. Verbunden mit einem komfortablen Hotel entwickelte sich das Unternehmen zum Treffpunkt aller Reisenden, denn jedem Geschmack wurde Rechnung getragen.

In der geräumigen und mit Nischen versehenen »Kneipe« ließen sich Geschäfte abschließen, im Restaurant gab es die köstlichsten Delikatessen aller bekannten Welten, und wer sich richtig amüsieren wollte, zog sich in die ebenfalls zum Hotel gehörende Bar zurück, die der Besitzer sinnigerweise »Pinte zum Rüsselmops« getauft hatte. Niemand ahnte, daß Habeck der fähigste Agent der SolAb war.

Das Walzenschiff des Patriarchen Korafol, die KORA, landete am Rand des Raumhafens von Solar City, wo jene Einheiten abgestellt wurden, deren Besitzer oder Kommandanten die Absicht hatten, längere Zeit auf Dreiackers Planeten zuzubringen.

Grimmal, die Patriarchin, kam in die Zentrale und quetschte ihre drei Zentner mühsam in einen der Kontursessel.

»Ich habe mir bald die Augen aus dem Kopf geguckt, aber keine Spur von der DAREX entdecken können.«

»Dein Vater wird sich verspätet haben, Grimmal. Du weißt doch, wie das ist. Manchmal bieten sich ganz unverhofft die günstigsten Geschäfte an, und welcher Springer würde sich eine vorteilhafte Gelegenheit entgehen lassen? Dein Vater Darexol sicher nicht.«

»Stimmt auch wieder«, ließ Grimmal sich beruhigen. »Und was machen wir inzwischen?«

»Wir sehen uns die Stadt an«, schlug Kraxol, der jüngste und noch unverheiratete Sohn des Patriarchen, abenteuerlustig vor.

Seine ebenfalls noch ledige Schwester Brixi stimmte freudig zu.

»Aber geschlafen wird hier im Schiff«, gab Korafol nach einer kurzen Debatte seine Erlaubnis. »Wir sind doch nicht so verrückt und werfen dem teuren Hotel das Geld in den Rachen.«

Das würde natürlich nicht ausschließen, daß man sich oft genug in Habecks Kneipe aufhalten würde, schon um sich sehen zu lassen und eventuelle Geschäftspartner kennenzulernen. Außerdem war die Kneipe als Treffpunkt mit Darexol ausgemacht worden.

Korafols beiden übrigen Söhne, Parafox und Damos, hatten sich entschlossen, mit ihren Schiffen ein anderes System aufzusuchen, um später vielleicht auch nach Aarsaun II zu kommen, es gab jedoch keine feste Abmachung.

Beim Zoll gab es den üblichen Aufenthalt.

»Ich kann dir versichern«, wiederholte Korafol zum dritten Mal, »daß unsere Ware an Bord bleibt und nicht eingeführt wird. Seit wann sind denn überhaupt die Bestimmungen verschärft worden? Früher konnte man ...«

»Früher ist nicht heute«, wurde er von dem Beamten, einem Akonen, nicht gerade freundlich belehrt. »Es gibt neuerdings auch Devisenbestimmungen, um den Solar hier nicht abzuwerten.«

»Auch das noch!« empörte sich Grimmal und knallte ein 10-Solar-Stück auf den Tisch. »Muß das vielleicht auch verzollt werden?«

Der Akone nahm die Münze und steckte sie in seine Uniformtasche.

»Das nicht«, meinte er freundlicher. »Vielen Dank, ihr könnt passieren – und willkommen auf Aarsaun II.«

»Bestechung auch noch!« murmelte Korafol empört, als sie das Gebäude verließen und auf der Straße standen. »Wenn der wüßte, daß wir den ganzen Laderaum voller Gurdufelle haben ...!«

»Und da bleiben sie ja vorerst auch«, sagte Kraxol und deutete auf ein riesiges Hochhaus in geringer Entfernung. »Das muß das Hotel sein.«

»Mit Habecks Kneipe«, präzisierte Grimmal und setzte sich mit der Bedächtigkeit einer altersschwachen Dampflok in Bewegung. »Ich brauche jetzt was Anständiges zu essen.«

»Richtig!« gab Korafol ihr recht. »Deine Kochkünste haben in letzter Zeit arg nachgelassen.«

Sie ignorierte die Bemerkung, schon deshalb, weil sie bereits nach wenigen Metern völlig außer Atem war und ihr Tempo merklich verlangsamte. Zum Glück gab es auf der anderen Straßenseite einen Rollweg, der direkt zum Hotel führte.

Es herrschte erstaunlich wenig Verkehr. Die Fahrzeuge, die sie überholten, konnte man an den Fingern abzählen. Die neuen Zollbestimmungen schienen sich nicht gerade günstig ausgewirkt zu haben.

Habecks Kneipe, die man durch einen Nebeneingang ebenfalls betreten konnte, war hingegen gerammelt voll. Es war in erster Linie dem gewaltigen Umfang von Grimmal zu verdanken, daß die vier Springer einen Ecktisch bekamen, denn der einsame Volater, der sich da niedergelassen hatte, erhob sich bei ihrem Anblick und verschwand eiligst in Richtung der überfüllten Theke. Kraxol nahm das zurückgebliebene Glas, noch halb gefüllt, und beförderte es in den nächsten Müllschlucker.

Vergeblich suchte Grimmal unter dem Tisch nach dem Speise- und Getränkespender.

»Den gibt es nur im Restaurant«, klärte Korafol sie auf, der schon öfter hier gewesen war, damals allerdings noch ohne seine Gemahlin, die ja erst kürzlich nach dem Abenteuer auf Rubin II ihre Gleichberechtigung als Patriarchin erhalten hatte. »Hier bedienen von den Terranern als Schrott verkaufte Roboter – wenn sie funktionieren. Seht, da kommt schon einer.«

Tatsächlich steuerte ein halb verrostetes Gebilde auf ihren Tisch zu und erkundigte sich nach ihren Wünschen. Der eingebaute Translator funktionierte einwandfrei und auch der Gedächtnisspeicher, denn zehn Minuten später brachte er das Bestellte.

»Wirklich erstaunlich«, kaute Korafol zufrieden.

Grimmal blieb stumm, wenn man von ihrem Schmatzen absah.

Kraxol, der zuerst mit dem Essen fertig war, studierte bei einem Pokal sauren Weines die Anwesenden. Überschlagmäßig mochten es an die hundert Gäste sein, die an den Tischen saßen, etwa fünfzig drängten sich an der langen Theke, hinter der ein riesiger Naat das Regiment führte. Wahrscheinlich diente er auch gleichzeitig als Rausschmeißer, falls es Ärger gab.

Gleich am Nebentisch hockten in Spezialsesseln zwei Topsider und unterhielten sich flüsternd mit ihren Zischlauten. Weiter hinten, in einer der Nischen, schienen drei Volater irgend etwas zu feiern, denn sie wirkten stark angeheitert und ließen den Bedienungsroboter regelrecht heißlaufen. Ein Wunder, daß er noch nicht zusammengebrochen war.

»Terraner sind auch da«, beobachtete Brixi und bekam etwas Glanz in die Augen. »Sehen wirklich gut aus, die Jungs.«

Grimmal warf ihr einen strafenden Blick zu und hörte einen Moment auf zu kauen.

»Guck gefälligst woanders hin!« ermahnte sie ihre Tochter. »Die Burschen sind gefährlich, wenn es um hübsche Mädchen geht.«

»Bin ich denn hübsch? Hast du noch nie behauptet.«

»Für Terraner reicht es«, sagte Grimmal und kaute weiter.

Korafol stand plötzlich ohne ersichtlichen Grund auf.

»Was ist denn los?« wollte Grimmal wissen.

»Ich habe einen Bekannten entdeckt, einen alten Patriarchen, mit dem ich schon geschäftlich zu tun hatte. Ich gehe mal zu ihm. Vielleicht kann er mir ein paar Tips geben. Wartet hier auf mich.«

Der Springer, den er meinte, saß allein an einem Tisch und sah auf, als Korafol sich ihm näherte. Dann überzog ein Grinsen sein bärtiges Gesicht. Er blieb sitzen, streckte aber beide Hände aus.

»Korafol, alter Gauner! Welch ein Zufall! Komm, setz dich!«

»Und wie geht es dir, Climax? Immer noch Witwer, oder hast du dir eine neue Patriarchin zugelegt?«

»Ich habe sieben Töchter am Hals, das reicht.« Climax gab dem vorbeiknarrenden Roboter ein Zeichen. »Trinken wir einen Schluck auf das Wiedersehen. Und dann habe ich einen Tip für dich.«

»Einen Tip? Da bin ich aber gespannt.«

»Du wirst staunen, mein Freund. Du siehst doch drüben am Tisch die beiden Terraner?« Als Korafol nickte, fuhr er fort: »Um die geht es. Wohnen hier im Hotel, reiche Urlauber, nehme ich an. Werfen jedenfalls mit Solars nur so um sich.«

»Nach uns werden sie kaum damit werfen«, meinte Korafol, denn für *so* dumm hielt er auch terranische Urlauber nicht.

»Warte es ab und trink erst mal«, riet Climax gutgelaunt.

Sie prosteten sich zu, und als ihnen der Robot die nächsten Gläser brachte, flüsterte Climax:

»Nun paß gut auf, Korafol. Eben näherte sich ein dritter Terraner dem Tisch der beiden. Ich beobachte ihn schon seit Tagen, er gehört nicht zu ihnen, sondern hat sein Schiff verpaßt und sitzt nun hier fest. Ohne Geld, denn seit gestern versucht er, die beiden Touristen anzupumpen. Die rücken aber keinen Soli raus.«

»Was hat das mit deinem Tip zu tun?«

»Abwarten, mein Freund.«

Der Neuankömmling hatte sich zu den Terranern gesetzt, obwohl ihn diese nicht dazu aufgefordert hatten. Fred Conter befand sich in der Tat in einer verzweifelten Lage. Unter Umständen ließ sich sein Rückflugticket umschreiben, aber er kam nicht durch die Kontrollen, ohne seine Hotelrechnung bezahlt zu haben. Und Habeck nahm nur Bares.

»Er versucht es wieder«, flüsterte Climax. »Kannst du erkennen, was er den beiden als Sicherheit anbietet? Ja, das kleine, flache Kästchen mit dem winzigen Bildschirm. Muß was ganz Neues sein, aber er wird es nicht los. Und nun hör gut zu, jetzt kommt mein Tip für dich ...«

»Glaubt mir doch, das Ding ist zehnmal mehr wert als die lächerliche Summe, die ihr mir leihen sollt. Selbst die SolAb wäre interessiert, aber die zahlt ja nichts dafür. Und ich brauche Geld. Ihr geht kein Risiko ein, Freunde.«

»Wir sind nicht deine Freunde, außerdem ist uns die Sache zu heiß. Versuch dein Glück woanders, Fred Conter.«

»Wäre denn in eurem Schiff noch eine Passage frei?«

»In der EX-35? Kommandant Claasen würde ich nicht einmal im Laderaum unterbringen. Und nun verzieh dich, dein Ruf ist nicht der beste.«

Fred Conter erhob sich zögernd, nachdem er das Kästchen in der Rocktasche verstaut hatte, ging nahe am Tisch der beiden Springer vorbei und verließ den Raum.

»Nun?« fragte Climax. »Was meinst du?«

»Ich wundere mich«, erklärte Korafol nachdenklich, »warum du es nicht selbst machst. Die Geschichte muß einen Haken haben.«

»Der Haken sind eintausend Solar, die ich nicht flüssig habe.«

Das leuchtete Korafol ein. Er ließ sich Climax' Plan noch einmal durch den Kopf gehen, dann nickte er.

»Gut, versuchen kann ich es ja. Aber erst morgen. Heute muß ich erst noch meine Familie zurück ins Schiff bringen. Und allein läßt die mich abends nicht von Bord.«

Climax grinste. »Kapierst du endlich, warum ich Witwer geblieben bin?«

Korafol grinste säuerlich zurück. »Also dann – bis morgen.«

Er ging zum Ecktisch zurück, wo er Grimmal, Brixi und Kraxol bei bester Laune vorfand. Die leeren Flaschen und Gläser verrieten, daß man seine Abwesenheit reichlich ausgenutzt hatte.

»Und wer soll bezahlen?« fragte er.

»Du natürlich«, verriet ihm Grimmal. »Wollen wir denn schon gehen? Was hast du übrigens mit dem Alten zu flüstern gehabt?«

»Geschäfte«, wehrte er die Frage ab. »Und nun ab nach Hause, es wird schon dunkel.«

Sie folgten ihm mit wenig Begeisterung, trösteten sich aber mit dem Gedanken daran, daß sie noch einige Zeit auf Dreiackers Planeten bleiben würden.

Normalerweise führte Kommandant Claasen lieber Forschungsaufträge aus, statt, so wie diesmal, im Auftrag des Solaren Reisebüros Touristen in der Galaxis herumzuschaukeln. Daß zu diesen Touristen auch die beiden Mutanten, der Mausbiber Gucky und der Teleporter Ras Tschubai, gehörten, trug nicht zu seiner Begeisterung bei.

Gucky lag ausgestreckt auf seinem Bett in dem Luxusappartement, das er mit Ras teilte. Seine Miene drückte Langeweile aus.

»Die rechnen uns diesen Quatsch auch noch als Urlaub an«, befürchtete er mißmutig. »Schicken uns zu diesem lausigen Planeten, nur um Habeck zu fragen, ob es was neues gibt!«

Ras winkte ab. »Reg dich wieder ab, Kleiner, und genieße die Ruhe. Was versäumen wir denn schon? In der Kneipe unten ist doch eine Menge los.«

»Und dann diese Pinte!« konnte sich der Mausbiber nicht beruhigen. »Zum Rüsselmops! Hast du gesehen, daß dieser Mops, den sie neben der Eingangstür auf die Wand gemalt haben, mir ähnlich sieht? Wenn dieser Habeck nicht ein so wichtiger Mann wäre, würde ich ihn dreimal quer durch seinen ganzen Laden fliegen lassen.«

»Würde ihm vielleicht noch Spaß machen, wie ich ihn kenne.«

»Mit Bruchlandung nicht«, versicherte Gucky.

»Frühstücken wir hier oder unten?« wechselte Ras das Thema.

»Unten! Vielleicht finden wir dann endlich diesen Habeck, der sich angeblich auf Geschäftsreise befindet.«

Im Restaurant ging es recht vornehm zu. Bedienungspersonal gab es nicht, dafür die gut bestückten Spender unter den Tischen. Es waren nur wenige Hotelgäste anwesend. Die beiden Mutanten wählten einen Eckplatz, von dem aus sich der ganze Raum überblicken ließ.

Ein schlankgewachsener Terraner, ganz in Schwarz gekleidet, betrat das Restaurant und blieb neben der Tür stehen. Er mußte zum Personal gehören. Suchend blickte er sich um, bis er Ras und Gucky entdeckte. Ohne zu zögern, schritt er auf sie zu.

»Das ist er!« flüsterte der Mausbiber.

Habeck deutete eine leichte Verbeugung an. »Darf ich mich setzen?«

»Wir hätten Sie sogar darum gebeten«, teilte Ras ihm mit.

Habeck nahm Platz. »Stichwort?« fragte er so ganz nebenbei.

»Allan!«

»Mercant«, vollendete der geheime Agent Terras und Hotelbesitzer. »Wie war die Reise? Wie gefällt es Ihnen hier bei uns?«

Ras reagierte schnell genug, um den Mausbiber nicht zu Wort kommen zu lassen: »Ausgezeichnet, Habeck. Sie haben hier einen tollen Laden aufgezogen, alle Achtung! Ich denke, wir werden uns hier wohl fühlen – aber deshalb sind wir ja nicht nur hier. Ich glaube, daß Sie uns etwas mitzugeben haben.«

Habeck zögerte nur kurz. »Ich bin nicht sicher, ob es wichtig ist. Morgen weiß ich vielleicht mehr. Es handelt sich um einen gewissen Fred Conter, der auch im Hotel wohnt – ohne allerdings bezahlen zu können oder zu wollen. Er besitzt etwas, von dem ich gern mehr wüßte.«

»Hört sich recht geheimnisvoll an«, deutete Ras die Frage an.

»Ein Gerät, sehr klein und flach. Ich vermute Mikrotechnik auf Hyperfunkbildgrundlage. Stammt nicht von der Erde. Mercant wäre sicherlich daran interessiert. Möchte wissen, woher Conter es hat.«

»Das finde ich schon heraus«, ließ Gucky sich vernehmen.

»Aber Vorsicht!« mahnte Habeck. »Eine Hauptregel der SolAb besagt, daß niemals ungesetzlich vorgegangen werden darf. Unsere Lage auf dieser Welt ist nicht gerade sehr stabil zu bezeichnen. Größte Zurückhaltung ist Bedingung. Einverstanden, meine Herren?«

»Ich bin kein Herr, ich bin ein Ilt«, protestierte der Mausbiber.

Habecks Lächeln verriet seinen Humor. »Ist mir bekannt. Außerdem weiß ich auch, daß sich das fragliche Gerät dem augenblicklichen

Besitzer leicht mit Telekinese entwenden ließe, aber wie schon betont: Das Ding muß ganz legal in unseren Besitz gelangen.«

»Kaufen wir es ihm doch ab«, schlug Ras vor.

Habeck beugte sich etwas vor.

»Auf die Idee scheint auch schon jemand gekommen zu sein. Drüben in der Kneipe verhandelt Conter mit einem alten Springer. Es muß um Geld und das Kästchen gehen. Seht mal zu, was ihr machen könnt. Und noch einmal: legal! Sonst gibt es Ärger.«

Er stand auf, nickte ihnen zu und verschwand durch eine Seitentür.

»Dann wollen wir mal.« Gucky schüttete den Rest seines Karottensafts in sich hinein. »Sehen wir uns den Burschen und den Springer an. Ein bißchen espern kann ja wohl nicht illegal sein.«

»Fünftausend!« verlangte Fred Conter und legte die flache Hand auf das Gerät. »Es ist viel mehr wert, Springer, aber ich brauche Geld.«

»Ich heiße Korafol, und wer spricht überhaupt von kaufen? Ich habe da eine ganz andere Idee. Du bekommst Geld von mir und bleibst trotzdem im Besitz deines Schatzes. Nun, wie hört sich das an?«

Conters Gesichtsausdruck verriet absolute Verständnislosigkeit. »Das begreife ich nicht.«

Korafol zog ein Blatt Papier aus der Tasche und faltete es auseinander.

»Ich habe hier einen Vertrag aufgesetzt, der rechtsgültig ist. Der Text besagt, daß ich dir den Betrag von eintausend Solar *leihe*. Als Sicherheit verwahre ich das Gerät für dich, elektronisch verschlossen in einer Stahlkassette, die nur ich öffnen kann. In genau einem Jahr treffen wir uns wieder hier, du zahlst deine Schulden, und ich gebe dir dein Eigentum zurück.«

Conter blieb mißtrauisch. »Und wenn du nicht aufkreuzt?«

»Das wäre gegen die Prinzipien der Galaktischen Händler, mein guter Ruf wäre dahin und ich geschäftlich erledigt. Außerdem hast du ja den Vertrag. Das ist Sicherheit genug.«

»Tausend Solar ... nun ja, besser als nichts. Gib den Vertrag her.«

Korafol schob ihn über den Tisch und wartete gespannt. Dem dunkelhäutigen Terraner mit seinem drollig wirkenden Begleiter, die in einiger Entfernung ihre Getränke schlürften, schenkte er keine Beachtung. Zwar hatte er noch nie in seinem Leben einen Ilt gesehen, aber hier konnte man jeder vorstellbaren Lebensform begegnen. Vielleicht war der Kleine ein Rüsselmops, nach dem ja die Pinte benannt wurde.

»Hier steht etwas von fünfzig Prozent Zinsen«, brach Conter das Schweigen endlich. »Ist aber verdammt viel, meine ich.«

»Absolut legal und üblich.«

Nach einer längeren Pause willigte Conter schließlich ein.

»Dann unterschreibe hier.« Korafol reichte ihm einen Schreibstift. »Ich bekomme in einem Jahr eintausendfünfhundert Solar von dir, und du erhältst dein Eigentum unversehrt zurück.« Er zog den signierten Vertrag zu sich, um ebenfalls zu unterschreiben. Gleichzeitig legte er zwei Bündel von je fünfhundert Solar auf den Tisch. Dann unterschrieb er *zweimal,* nachdem er einen Satz hinzugefügt hatte. »Ich habe mir gedacht, daß es dir sicher schwerfallen wird, mir in einem Jahr anderthalbtausend Solar auf einen Schlag zurückzuzahlen, darum kassiere ich die Zinsen gleich jetzt.« Er nahm das eine Geldbündel und tat es zusammen mit dem Kästchen in seine Rocktasche. Das zweite Bündel und den Vertrag schob er Conter zu. »Damit wäre das Geschäft perfekt.«

Das alles ging viel zu schnell, als daß Fred Conter begriffen hätte, wie sehr man ihn geleimt hatte. Er sah nur die fünfhundert Solar und vergaß, daß er eintausend zurückzahlen mußte. Noch bevor ihm die Erleuchtung kommen konnte, war Korafol aufgestanden und hatte Habecks Pinte eiligst verlassen.

Fred Conter starrte mit offenem Mund hinter ihm her. Dann schüttelte er den Kopf und stand auf, um sich zu erkundigen, auf welchen Betrag inzwischen seine Hotelrechnung angestiegen war.

Gucky, der den Handel telepathisch verfolgt hatte, schimpfte: »Das ist doch die Höhe! So eine Gaunerei! Dieser Schwindler von einem Springer!« Schnell erklärte er Ras, was vorgefallen war. »Nun hat dieser Korafol das Gerät für fünfhundert ergaunert, dabei ist es hundertmal mehr wert!«

»So wie du es berichtet hast, Gucky, war es ein legales Geschäft, nur ist dieser Conter eben ein ausgesprochener Dummkopf, und das ist ebenfalls erlaubt.«

»Und wie kommen wir jetzt an das Gerät? Legal, meine ich.«

»Uns wird schon was einfallen«, hoffte Ras und winkte dem Bedienungsroboter.

»Zeit haben wir ja noch. Dieser Korafol bleibt länger hier, weil er auf jemanden wartet. Wir werden rein zufällig Kontakt mit ihm aufnehmen, trinken ein paar Tropfen mit ihm und freunden uns an. So erfahren wir eine Menge über ihn – und dann schlagen wir zu.«

»Aber wie denn?« Ras war völlig verzweifelt. »Wie sollen wir denn diesem gerissenen Gauner das Kästchen legal abschwindeln?«

»Legal abschwindeln ist gut«, lobte der Mausbiber und genehmigte sich ein scheußlich schmeckendes alkoholfreies Bier. »Und das wird genau das sein, was wir tun.«

»Hm«, meldete Ras Bedenken an.

Gucky leerte sein Glas. »Ich werde heute noch über das kodierte Hyperfunkgemassel der EX-35 mit Mercant reden. Mal sehen, was der meint. In Conters Gedanken habe ich übrigens gelesen, daß er das Gerät von den Swoons hat, den besten Mikrotechnikern der Galaxis, wenn sie auch aussehen wie mißratene Gurken.

Ras pfiff leise. »Die Swoons? Vielleicht was ganz neues aus ihrer Werkstatt. Das ist praktisch unbezahlbar. Und dieser Kerl kassiert es für fünfhundert Solar. Hat er überhaupt die Absicht, es zurückzugeben, falls Conter so blöd ist, ihm tausend Solar zu bezahlen?«

»Natürlich nicht – habe ich auch aus seinen Gedanken. Er meint, es wäre tausend Solar wert.«

»Und möchte es für fünftausend verscherbeln?«

»So in der Richtung.«

Ras zählte an den Fingern der rechten Hand ab: »Illegal – legal – illegal – legal – illegal ...«

»Das genügt«, hielt Gucky ihn auf. »Vergiß die linke Hand.«

Ras grinste. »Schon verstanden, Kleiner. Komm, sehen wir uns die Stadt an.«

»Und heute abend schnappen wir uns den Springer«, versicherte der Mausbiber.

»Danke für den Tip«, faßte Korafol zusammen, als er mit Climax einen freien Platz in der Rüsselmopsbar gefunden hatte. In wenigen Worten klärte er den anderen Patriarchen auf. »Das Ding ist mehr wert als fünfhundert Solar. Aber mit *dem* Vertrag kann der Terraner nichts gegen mich unternehmen. Der ist so legal wie nur irgend etwas.«

»Aber du hast doch gar nicht vor, ihm das Gerät zurückzugeben!«

»Dafür darf er seine tausend Solar Schulden behalten. Ist doch mehr als entgegenkommend von mir.«

»Und wenn es nun mehr als tausend wert ist?«

Korafol hob die Schultern und ließ sie wieder sinken, begleitet von der entsprechenden Handbewegung unter Einbeziehung der Arme.

»Meine Schuld, wenn der Partner dämlich ist? Ich erlasse ihm ja seine Schuld, falls er Klage erheben sollte und ich das Ding inzwischen gut an den Mann gebracht habe. Jeder Richter wird mir da recht geben.«

Climax schien damit zufrieden zu sein und wechselte das Thema.

Korafols Familie war in die Stadt gerollt, um sich die Vorstellung eines galaktischen Zirkus' anzusehen. Er konnte sich also hier in aller Ruhe mit Climax unterhalten. Beide achteten nicht auf Ras und Gucky, die im Hintergrund dicht neben der Bühne, auf der ein halbes Dutzend Ganters eine artistische Vorstellung gaben, einen freien Platz gefunden hatten.

»Du hast doch kürzlich ein System mit zwei Planeten entdeckt, Korafol. Was ist damit?«

»Was soll damit sein? Der eine ist total mit Wasser bedeckt und könnte als Reservoir dienen, und der andere könnte besiedelt werden, weil er gute Bedingungen bietet und unbewohnt ist.«

»Willst du sie verkaufen?«

»An wen denn? Hunderttausend sind das mindeste.«

»Die habe ich leider nicht«, bedauerte Climax.

»Das weiß ich schon, Climax. Ich werde schon einen Dummen finden, denn was soll ich mit zwei Planeten?«

Abermals wechselte Climax das Thema, diesmal der Realität mehr angemessen: »Du hast durch mich ein gutes Geschäft abgeschlossen, also könntest du dich erkenntlich zeigen. Die Rechnung heute abend geht auf dich. Einverstanden?«

Korafol nickte zögernd. »Gut, wenn es nicht zuviel wird.«

Es wurde verdammt viel.

Korafol wurde seine fünfhundert Solar beinahe los. Die Rechnung belief sich wegen des Besuches eines in der Nähe gelegenen Vergnügungsetablissements auf insgesamt vierhundertfünfundneunzig Solar.

Das war ein Geschäft überhaupt nicht nach Korafols Geschmack. Er ahnte nicht, daß es noch schlechtere Geschäfte geben würde.

»Nun?« fragte Ras, als sie auf ihrem Luxuszimmer waren, »ist dir was eingefallen?«

»Im Prinzip, ja«, entgegnete Gucky, der auf seinem Bett lag und auf den Drei-D-Schirm starrte. »Das mit den beiden Planeten läßt etwas in mir reifen.«

»Was läßt es reifen?« verlangte Ras eine präzisere Information.

»Einen Plan«, offenbarte der Mausbiber im Tonfall eines Guru.

Ras seufzte und sank in die Kissen zurück.

»Wenn du fertig geplant hast, laß es mich bitte wissen«, wünschte er und schloß die Augen, um nichts mehr zu sehen. »Vielleicht bist du so rücksichtsvoll, wenigstens den Ton abzuschalten.«

»Was für einen Ton?« fragte Gucky und nahm die beiden kleinen Mohrrüben aus den Ohren.

Als das Gedudel verstummte, atmete Ras erleichtert auf.

»Was also hat Mercant zu der ganzen Geschichte gesagt? Stimmt es, daß Claasen uns sein Schiff zur Verfügung stellen soll, wenn wir es benötigen?«

»Genau das hat er gesagt und angeordnet.

»Und wofür benötigen wir das Schiff?«

»Um uns die beiden Planeten anzusehen, die wir dem Springer abkaufen werden.«

»Was?« Ras saß plötzlich senkrecht im Bett und starrte den Mausbiber an, als habe er einen Irren vor sich. »Bist du verrückt geworden? Was sollen wir mit zwei Planeten, und überhaupt: Woher willst du denn das Geld nehmen? Hunderttausend Solar ...«

»Wir benötigen kein Geld«, deutete Gucky vorsichtig an.

Ras sank wieder in die Kissen zurück. Er verstand gar nichts mehr. Außerdem fragte er sich vergeblich, was die beiden Planeten mit dem Gerät zu tun hatten, das sie Korafol abluchsen wollten.

»Ich geb's auf«, seufzte er schließlich und schloß die Augen.

»Gute Nacht«, murmelte Gucky und schaltete den Bildschirm endgültig ab. »Aber vorher will ich dir noch erklären, wie ich mir den Handel vorstelle, sonst kannst du ja doch nicht schlafen.«

Ras schlug die Augen wieder auf und hörte zu. Als Gucky fertig war, sagte er lange Zeit nichts.

»Nun?« wurde der Mausbiber ungeduldig. »Was ist?«

»Das nennst du legal? Du bist ja noch schlimmer als der gerissenste aller Galaktischen Händler, aber ich glaube nicht, daß Korafol darauf reinfällt. Der ist mit allen Wassern gewaschen.«

Es war um die Mittagszeit des folgenden Tages, als Habeck sie in sein Büro bat. Er hielt sich nicht lange mit der Vorrede auf.

»Mercant hat mich über alles informiert, ohne jedoch offiziell sein Einverständnis zu erklären. Die SolAb hat demnach offiziell nichts mit dem zu tun, was in dieser heiklen Angelegenheit unternommen wird. Allerdings«, fügte er mit einem flüchtigen Lächeln hinzu, »bin ich angewiesen worden, die Summe von fünfzigtausend Solar bereitzuhalten, falls sie benötigt werden sollte.«

»Der gute alte Allan«, freute sich Gucky, »ist ja doch ein schlauer und vor allen Dingen vorsichtiger Fuchs. Wenn das Ding schiefgeht, kann er immer noch behaupten, das fragliche Gerät regulär kaufen zu wollen.«

»Damit rechnet er ohnehin«, vermutete Habeck. »Übrigens, dieser Fred Conter, dem der Springer das Gerät abgaunerte, hat heute mit einem Schiff der Akonen den Planeten verlassen, nachdem er umbuchte und hier seine Rechnung bezahlte. Er muß die ganze Nacht gerechnet haben, denn er kam zu dem Ergebnis, daß Korafol ihm eigentlich nur fünfhundert Solar geliehen habe, keine tausend. Der Springer könne lange warten, bis er das Geld zurückbekäme.«

»Schlaues Kerlchen«, spottete Ras. »Praktisch hat er wegen der fünfhundert Solar auf fünfzigtausend verzichtet, die ihm die SolAb vielleicht bezahlt hätte.«

»Jedenfalls sind wir ihn los«, zeigte sich Habeck erleichtert. Er sah die beiden Mutanten an. »Und wann soll das Spielchen beginnen?«

»Sobald wir uns mit Korafol bekanntgemacht haben. Es muß wie ein Zufall aussehen.« Ras gab Habecks Blick zurück. »Könnten Sie das nicht arrangieren?«

»Läßt sich machen. Er kommt mit seiner Familie meist am späten Nachmittag zum Essen in die Kneipe. Manchmal suchen sie auch das Restaurant auf, obwohl es da teurer ist – und Korafol scheint recht geizig zu sein, zumindest dann, wenn er Frau, Tochter und Sohn dabei hat.«

»Geldgier und Geiz passen gut zu unserem Plan.«

»Ich werde sie an einen Sechsertisch setzen, und sobald alle anderen Tische voll besetzt sind, bringe ich euch persönlich zu den letzten beiden freien Plätzen, da kann selbst ein Patriarch nicht mehr ablehnen.«

»Er hält mich für einen Rüsselmops«, beklagte sich Gucky.

»Ich werde dich als den Potentaten einer exotischen Welt vorstellen«, versprach Habeck. »Orden habe ich noch vorrätig vom letzten Kostümball, auch entsprechende Bekleidung. Alles klar soweit?«

»Bis jetzt schon«, schränkte Ras die Erfolgsaussichten ein.

Habeck erhob sich und beendete damit das Meeting.

Während des Nachmittags sichteten Ras und Gucky den Theaterfundus von Habecks Unternehmen. Es war unvorstellbar, was sich da im Lauf der Zeit alles angesammelt hatte. Es gab Kostüme für jede nur erdenkliche Lebensform, selbst in allen Farben schillernde Schuppenüberzüge für die von Echsen abstammenden Topsider waren vorhanden.

Ras machte nicht viel Umstände und wählte die schmucke Uniform eines terranischen Regierungsbeamten, die inzwischen längst aus der Mode gekommen war. Eine blaue Schärpe quer vor der Brust erhöhte den seriösen Eindruck und würde seine Behauptung, er sei in diplomatischer Mission unterwegs, nur noch unterstreichen.

Gucky hingegen wühlte verzweifelt in den Kisten herum, in denen die Kostüme für kleinere Lebewesen lagerten. Eins davon zog er aus dem unordentlich eingepackten Bündel hervor und hielt es in die Höhe.

»Sieh dir das an, Ras! Ich kann doch nicht als Knubbelwurm gehen!«

Ras lachte. »Mußt du ja auch nicht. Such dir was Besseres aus, ist ja genug vorhanden.«

Nun wühlten sie beide, um das Passende für den Mausbiber zu finden. Ihr Blick fiel schließlich auf ein grellfarbiges Gewand, das die richtige Größe hatte. Gucky zog es über, während Ras sich das Lachen verbiß. Es reichte bis zum Boden und verbarg Guckys Beine.

»Sieht doch ganz ordentlich aus.« Ras ging mehrmals um den Ilt herum. »Dein Biberschwanz ist hinten im Weg. Er beult das Kleid aus.«

»Da schneiden wir ein Loch in den Stoff, kein Problem. Hast du Orden finden können?«

»Drüben in der Kiste.«

Die Auswahl war beträchtlich. Ras nahm sich nur einen goldenen Stern und heftete ihn sich an die blaue Schärpe, während Gucky sich erst zufrieden gab, als drei Reihen klimpernder Orden seine Brust schmückten.

»Nun?« Er stolzierte ein paarmal auf und ab. »Wie sehe ich aus?«

»Äußerst beeindruckend, wirklich. So etwa hätte ich mir den Botschafter des Ilt-Planeten Tramp vorgestellt. Hoffen wir, daß Korafol noch nie etwas davon gehört hat, besonders nicht von dir.«

»Kaum möglich. Und nun, glaube ich, wird es besser sein, wenn wir in unserer Luxusbude verschwinden, bis Habeck uns Bescheid gibt. Korafol und seine Familie werden entzückt sein, heute noch die Bekanntschaft so hochgestellter Persönlichkeiten machen zu dürfen.«

Korafol und Anhang geruhten heute im Restaurant zu speisen. Habeck höchstpersönlich gab sich die Ehre, sie an den noch freien Tisch für sechs Personen zu geleiten, feierlich ganz in schwarz gekleidet. Er murmelte einige Höflichkeitsfloskeln zur Begrüßung, wünschte ihnen einen angenehmen Abend und zog sich diskret zurück.

»Ein netter Mann«, flüsterte Brixi ihrer Mutter zu und sah hinter Habeck her. »Und dazu noch der Besitzer von dem allem hier.«

»Kannst ihn ja mal fragen, ob er dich heiraten möchte.« Korafols Stimme drückte bissige Ironie aus. »Wirst schon gelegentlich einen passablen Springer bekommen. Hoffentlich.«

»Essen wir lieber«, schlug die stets hungrige Grimmal vor und nahm sich die Karte mit den zur Verfügung stehenden Gerichten, um sie sorgfältig durchzugehen.

Nachdem sie gegessen hatten, bestellte Korafol in einem Anfall von Großmut Wein für sie alle. Er schien bester Laune zu sein.

Inzwischen hatte sich das Restaurant gefüllt. Alle Tische waren besetzt, und die zwei einzigen freien Stühle gehörten den Springern. Das war genau der Augenblick, auf den Habeck gewartet hatte. Zwei Minuten später erschienen Ras und Gucky im Eingang und sahen sich suchend um. Ihr Anblick erregte einiges Aufsehen, obwohl sich hier die seltsamsten Lebensformen ein Stelldichein gaben. Gucky empfing einige wenig schmeichelhafte Gedanken, die seine Person betrafen, aber tapfer ignorierte er sie, wenn es ihm auch schwerfiel.

Habeck erschien, würdevoll wie immer, deutete eine Verbeugung an und ging dann voran, um den Tisch der Springer anzusteuern. Korafol blickte ihm nicht gerade freundlich entgegen. Er ahnte, was passieren würde.

Habeck spielte seine Rolle ausgezeichnet.

»Wenn die Herrschaften gestatten«, sagte er höflich zu Korafol gewandt, »möchte ich Sie mit dem terranischen Botschafter Ras Carlon und mit dem Prinzen von Trampanien bekannt machen. Es tut mir leid, aber die beiden einzigen freien Stühle ...«

»Wir sind entzückt«, kam Grimmal ihrem Gatten zuvor, dessen Gesicht allerdings beeindruckt wirkte. »Bitte, nehmen Sie doch Platz. Es ist uns eine große Ehre, Ihre Bekanntschaft zu machen.«

Habeck bedankte sich und entschwand. Der Rest war nicht mehr seine Angelegenheit. Auch Ras und Gucky sprachen ihren Dank aus und nahmen Platz.

Sie aßen nur eine Kleinigkeit, dann kam allmählich ein Gespräch in Gang. Korafol wollte wissen, wo Trampanien sei, er habe noch nie von dieser Welt gehört. *Wir auch nicht,* dachte Gucky, ehe er begann, ein Märchen zu erzählen und von einer Welt zu berichten, die sein Vater als König beherrschte.

»Sie werden sicher verstehen, daß wir isoliert bleiben möchten und damit frei von fremden Einflüssen. Ich als Nachfolger unseres Herrschers habe natürlich Gelegenheit, mir andere Welten anzusehen. Kontakt haben wir eigentlich nur mit den Terranern.«

»Aha«, machte Korafol. Neid in der Stimme. Er war davon überzeugt, daß sich mit diesen Clowns von Trampanien gute Geschäfte machen ließen.

Brixi ließ Ras nicht aus den Augen. »Sie sind ein Botschafter, Exzellenz?«

»Allerdings, Gnädigste. Aber nennen Sie mich einfach Ras Carlon.«

»Ich heiße Brixi«, sagte sie und bekam einen Rippenstoß von der neben ihr sitzenden Grimmal.

Gucky entnahm dem Getränkespender einige Flaschen Wein, nachdem er etliche größere Solarscheine in den Zahlschlitz geschoben hatte. Das Bündel, das er wieder unter sein Gewand zurückschob, hatte Korafol natürlich gesehen. Ihm mußte etwas einfallen.

»Sie bleiben länger hier, Hoheit?« erkundigte er sich.

»Ein paar Tage noch.«

Korafol gab sich einen innerlichen Ruck.

»Ich würde mich gern für Ihre Großzügigkeit erkenntlich zeigen und Sie morgen zum Essen einladen, Hoheit. Würden Sie mir die Ehre einer Zusage geben?«

Wenn Grimmal sich über das gedrechselte Gerede ihres Gatten wunderte, so ließ sie sich das nicht anmerken.

Gucky und Ras gaben nach gespieltem Zögern die gewünschte Zusage.

»Wir haben noch einige Verpflichtungen«, entschuldigte Ras das kurze Zögern und legte dann den vereinbarten Köder aus. »Der Herrscher über Trampanien, das ja keine eigene Raumfahrt besitzt, möchte ein terranisches Schiff chartern – selbstverständlich mit Mannschaft, um eine unbewohnte Welt zu finden, die sich für eine Besiedlung eignet. Trampanien, müssen Sie wissen, ist überbevölkert.«

Korafols Hände, die das Weinglas hielten, begannen zu zittern, aber er hatte sich sofort wieder in der Gewalt.

»Einen Planeten? Ist das richtig, Hoheit?« wandte er sich an den Mausbiber.

Der nickte gelassen. »Behalten Sie das aber bitte für sich. Die Verhandlungen sind vertraulich und die Terraner sehr empfindlich. Wir müssen auch den Charterpreis noch drücken, und das erfordert viel Geschick. Wir können uns doch auf Sie verlassen, verehrter Freund?«

»Das können Sie getrost«, versicherte Korafol.

Kaum hatte sich die Tür ihres Appartements geschlossen, machte Gucky seinem aufgespeicherten Ärger wütend Luft:

»Ich hätte den Kerl am liebsten in die Stratosphäre befördert und dann losgelassen. Du kamst ja noch ganz gut weg in seinen Gedanken, aber mich hält er für eine Witzfigur. Morgen wird er mir ein großartiges Geschäft vorschlagen. Er meint, ich sei so dumm wie eine taube Nuß.«

»Von dem Kästchen wird dann keine Rede sein.«

»Das möchte er dir andrehen. Mal sehen, ob wir beide Geschäfte kombinieren können. Sie haben übrigens soeben das Restaurant verlassen und begeben sich an Bord ihres Schiffes. Vielleicht kann ich noch mehr erfahren.«

Ras war wenig später eingeschlafen, während Gucky noch versuchte, durch Espern so viel wie möglich über Korafols Absichten herauszufinden.

Der Springer erschien zur Mittagszeit in Habecks Kneipe. Ras und Gucky waren informiert und gesellten sich wenig später zu ihm. Korafol bestellte bei dem verrosteten Roboter drei kleine Menüs, dazu eine Flasche mit einer Flüssigkeit, die entfernt nach Wein schmeckte.

»Hoheit«, leitete Korafol das Gespräch ein. »Sie erwähnten gestern, daß Sie einen Planeten suchen, zu Zwecken der Auswanderung. Zufällig besitze ich ein System mit zwei Planeten. Sie gehören mir, denn ich habe sie entdeckt.«

»Hört sich gut an«, spielte Gucky mit. »Das würde mir langes Suchen ersparen.«

»Hunderttausend für das ganze System – einschließlich der Sonne«, fügte Korafol scherzhaft hinzu. »Das ist halb geschenkt.«

Der Prinz von Trampanien hob abwehrend die Hände.

»Hunderttausend Solar? Woher soll mein armes Volk soviel Geld herhaben? Völlig unmöglich! Kommen Sie, Exzellenz, wir gehen.«

Ras machte Anstalten, sich zu erheben, aber Korafol lenkte ein:

»Ich habe doch nur den üblichen Standardpreis genannt, meine verehrten Herrschaften. Darüber läßt sich reden, oder nicht?«

Gucky spielte den Zögernden. Er vergewisserte sich: »Hunderttausend sind also der reguläre Preis für das ganze System?«

»Richtig. Und hier ...«, er holte das flache Bildschirmkästchen aus der Tasche und legte es auf den Tisch, »dies hier würde ich noch als Geschenk dazugeben.«

»Was ist das?« Gucky drehte das Gerät in den Händen herum und betrachtete es von allen Seiten. Er konnte die Hypertechnik espern. Das Ding war in seiner Leistung einem großen Bordgerät durchaus ebenbürtig, schätzte er. »Ein hübsches Spielzeug.«

»Spielzeug?« empörte sich Korafol, der nicht die geringste Ahnung hatte, wieviel das Gerät in Wirklichkeit wert war. »Ich habe immerhin fünftausend dafür bezahlt.«

Ras nahm und prüfte es ebenfalls, ehe er es scheinbar gedankenlos in seine Tasche schob.

»He! Soweit sind wir noch nicht«, rief Korafol erschrocken.

»Wir werden uns schon einig«, beruhigte ihn der Mausbiber. »Ich schlage vor, Sie überlassen mir die beiden Planeten zum halben Preis.«

»Fünfzigtausend also?« Korafol versank in tiefes Nachdenken. Vor seinem geistigen Auge schwebten die beiden Welten und die Koordinaten ihrer Sonne. »Siebzigtausend!«

»Fünfzigtausend!« beharrte Gucky. »Zahlbar nach Besichtigung.«

Das war dem Patriarchen nun gar nicht recht, denn schließlich würden die Trampanier mit der Wasserwelt nichts anfangen können. Jetzt galt es, den richtigen Modus auszuhandeln.

»Fünfzigtausend und das Spielzeug«, wiederholte Gucky stur. »Für zwei Planeten der halbe Standardpreis. Nun, was ist, Korafol?«

Obwohl Korafol eine Falle witterte, siegte seine Geldgier.

»Gut, ich bin soweit einverstanden. Wann bekomme ich das Geld?«

»Ich deponiere es hier auf dem Sperrkonto der Bank, die ebenfalls Habeck gehört. Sobald ich das System besichtigt habe, können Sie es abheben.«

»Aber Hoheit!«

»Ich lasse einen Vertrag vorbereiten, zu Ihrer Sicherheit. Und nun benötigen wir noch die Koordinaten.«

Zögernd gab sie ihm der Patriarch. Sie stimmten mit denen überein, an die der Springer kurz zuvor gedacht hatte, demnach waren sie richtig. Ras erhob sich endgültig. Mit dem Gerät in seiner Tasche verabschiedete er sich.

»Ich kümmere mich um den Vertrag«, sagte er und ging, ehe Korafol eventuell protestieren konnte.

Gucky schlug seinen berühmten Plauderton an, allerdings etwas getragener als sonst, wie es sich für einen Prinzen gehörte, der sich dazu herabließ, mit einem gewöhnlichen Sterblichen an einem Tisch zu sitzen.

»Mein Freund, der Botschafter, wird bald zurück sein. Trinken wir noch ein Gläschen, diesmal auf meine Kosten.«

Der Wein schmeckte Korafol nicht mehr so recht. Er wurde einfach das dumme Gefühl nicht mehr los, das ihn von Anfang an beschlichen hatte. Aber was sollte schon passieren? Vertrag war Vertrag. Basta!

Nach der zweiten Flasche kehrte Ras an den Tisch zurück und legte einige Bogen Papier vor sich hin. Einzeln erläuterte er ihren Inhalt und schob sie Korafol zur Überprüfung und Unterschrift hinüber.

»Der Vertrag besagt, daß wir zwei Planeten für die Hälfte des von Ihnen angesetzten Standardpreises kaufen. Die Summe von demnach fünfzigtausend Solar wird auf Habecks Bank deponiert und zum gegebenen Zeitpunkt für Sie freigegeben. Der Vertrag ist von einem Notar auf seine Gültigkeit geprüft und abgesegnet worden.«

Noch zögerte Korafol. Er las Vertrag und Bankbescheinigung mehrmals durch, konnte aber keinen Pferdefuß entdecken. Es ging um zwei Planeten, die rechtmäßig verkauft wurden, ob sie nun dem Prinzen von Trampanien gefielen oder nicht. Er unterschrieb.

Mit dem Original beider Schriftstücke in der Tasche begab er sich zurück an Bord seines Schiffes, um Grimmal von dem vorteilhaften Geschäft zu berichten.

Zu seiner Überraschung fiel sie ihm nicht vor Freude um den Hals, sondern zog sich mit nachdenklich-besorgtem Gesicht in ihre Kabine zurück.

Während Korafol mit Familie an diesem Abend vergeblich auf das Erscheinen des Prinzen von Trampanien und des Botschafters Ras Carlon warteten, näherte sich die EX-35 dem nur knapp zweihundert Lichtjahre von Aarsaun entfernten System mit den beiden eingekauften Planeten. Außer Kommandant Claasen und der Stammbesatzung befanden sich nur Ras und Gucky an Bord.

Ein Kreuzer des Solaren Imperiums erwartete sie bereits auf dem zweiten Planeten, der sich tatsächlich als gut verwertbare Urwelt erwies, während der Wasserplanet nur für entsprechende Lebensformen geeignet war. Keinesfalls für Menschen oder »Trampanier«.

Gucky und Ras zeigten dem terranischen Bevollmächtigten ihren mit Korafol abgeschlossenen Vertrag, der für rechtsgültig befunden wurde, obwohl er der Auslegung des Mausbibers skeptisch gegenüberstand.

Der Bevollmächtigte sagte schließlich nach einiger Überlegung: »Die restliche Abwicklung des Geschäfts ist nicht mehr unsere Angelegenheit. Sie überlassen diese eine Welt, die rechtmäßig Ihnen gehört, für zehntausend Solar dem Solaren Imperium, das hier noch morgen mit der Errichtung eines vorläufigen Stützpunkts beginnt. Die Summe wird Ihnen zu gleichen Teilen auf Ihrem Konto in Terrania gutgeschrieben. Damit ist die Sache für uns erledigt.«

»Da wäre noch etwas«, sagte Ras und hielt dem Bevollmächtigten ein versiegeltes Päckchen hin. »Es ist an Allan Mercant, Chef der SolAb, adressiert. Würden Sie es ihm bitte persönlich überreichen. Er ist bereits informiert.«

»Geht in Ordnung. Ich bin ebenfalls informiert.« Er zwinkerte mit den Augen. »Und was ist mit den fünfzigtausend Solar, die auf Habecks Bank deponiert wurden?«

»Die stehen jederzeit zur Verfügung, denn sie werden nicht mehr benötigt.«

Der Bevollmächtigte grinste. »Ich nehme an«, vermutete er, »daß Sie mit mir in zwei Tagen nach Terra zurückkehren möchten, oder möchten Sie zurück nach Dreiackers Planet?«

»Nie und nimmer!« rief Gucky erschrocken aus. »Später vielleicht, wenn Gras über die Sache gewachsen ist. Doch Kommandant Claasen fliegt dorthin zurück und nimmt eine Botschaft an den Patriarchen mit, denn wir wollen ihn doch nicht unaufgeklärt sterben lassen.«

»Sterben?«

»Ist nur so ein Ausdruck«, beruhigte ihn der Mausbiber. »Wir werden noch heute abend unsere Kabinen in Ihrem Kreuzer beziehen.«

Mit der EX-35 kehrte Claasen wohlbehalten nach Dreiackers Planet zurück, wo er von den Urlaubern schon erwartet wurde, deren Ferien zu Ende gingen. Er nahm den versiegelten Umschlag und übergab ihn Habeck mit den Worten:

»Warten Sie mit der Übergabe, bis meine Passagiere an Bord sind und ich mit meinem Schiff mindestens fünfhundert Lichtjahre entfernt bin. Es könnte sein, daß Korafol ein wenig ungehalten sein wird, wenn er die Nachricht gelesen hat.«

»Keine Sorge, wird gemacht. Ich habe vor nichts Angst.«

Nachdem die EX-35 gestartet war, trug Habeck den Umschlag stets bei sich, aber erst am späten Abend erschien Korafol mit seiner Familie, in der stillen Hoffnung, endlich den Prinzen und den Botschafter in der Kneipe, im Restaurant oder in der Pinte zum Rüsselmops zu begegnen.

Als sich Habeck würdevoll ihrem Tisch näherte, atmete Korafol erleichtert auf. Seine Erleichterung verwandelte sich jedoch in Mißtrauen, als der Terraner ihm den Umschlag überreichte.

»Eine persönliche Botschaft des Prinzen von Trampanien«, erklärte er und fügte hinzu: »Ich hoffe, es ist eine angenehme Nachricht.«

Damit entfernte er sich mit der gleichen Würde, mit der er gekommen war. Das war er seinem Ruf schuldig. Korafol hielt den Umschlag in zitternden Händen und wagte nicht, ihn zu öffnen.

»Nun mach schon auf!« fuhr ihn Grimmal an, die Böses ahnte.

Er seufzte und brach das Siegel. In dem Umschlag war nichts als ein Schriftstück mit dem amtlichen Siegel des Königreiches Trampanien.

Der Text lautete:

Verehrter Patriarch Korafol!

Sie haben mir, dem Prinzen unseres Reiches, zwei Planeten zum *halben* Standardpreis überlassen, das entspricht haargenau dem Wert *eines* Planeten. Ich habe also nur *einen* der beiden Planeten in Besitz genommen und verzichte auf den zweiten und auch auf die Sonne, womit meine Schulden rechtmäßig in jeder Hinsicht annulliert wären.

Da besagter Planet für meine Zwecke ungeeignet ist, habe ich ihn dem Solaren Imperium zum Verkauf angeboten. Das nur zu Ihrer Information.

Hochachtungsvoll gezeichnet:

Prinz von Trampanien

Korafol stierte mit glasigen Augen auf das Schreiben. Grimmal riß ihm den Brief aus der Hand, las und warf dann das zusammengeknüllte Papier auf den Tisch.

»Du dümmster aller Springer! Du hast dich glatt hereinlegen lassen und kannst nicht einmal was dagegen unternehmen. Der Handel ist rechtsgültig, du wirst keinen einzigen Soli zu sehen bekommen.«

Kraxol war der Appetit vergangen. »Laßt uns hier verschwinden, ehe noch mehr passiert«, schlug er vor.

Und Brixi meinte kleinlaut: »Dabei war doch dieser terranische Botschafter so ein netter Mensch. Ich hätte ihn gern näher kennengelernt. Kann er wirklich mit dem anderen, diesem Prinzen, unter einer Decke gesteckt haben?«

»Ein Gaunerpaar!« Korafol bekam wieder Farbe ins Gesicht. »Wenn dieser Rüsselmops ein Prinz ist, dann bin ich der Kaiser der Galaxis.«

»Finde es heraus, dann hast du eine Chance«, riet Grimmal.

Korafol nickte ihr zu. »Ich werde ihn eines Tages finden, vielleicht. Die Galaxis ist zu klein für uns beide.«

Doch dann, später auf seinem Bett, kamen ihm Bedenken. Was wollte er schon machen? Zwei Planeten zum halben Preis, einer zurückgegangen – da war die Endsumme Null.

Oder doch nicht?

E N D E